U0527142

只要你

Only for You

九兜星 著

北京联合出版公司
Beijing United Publishing Co.,Ltd.

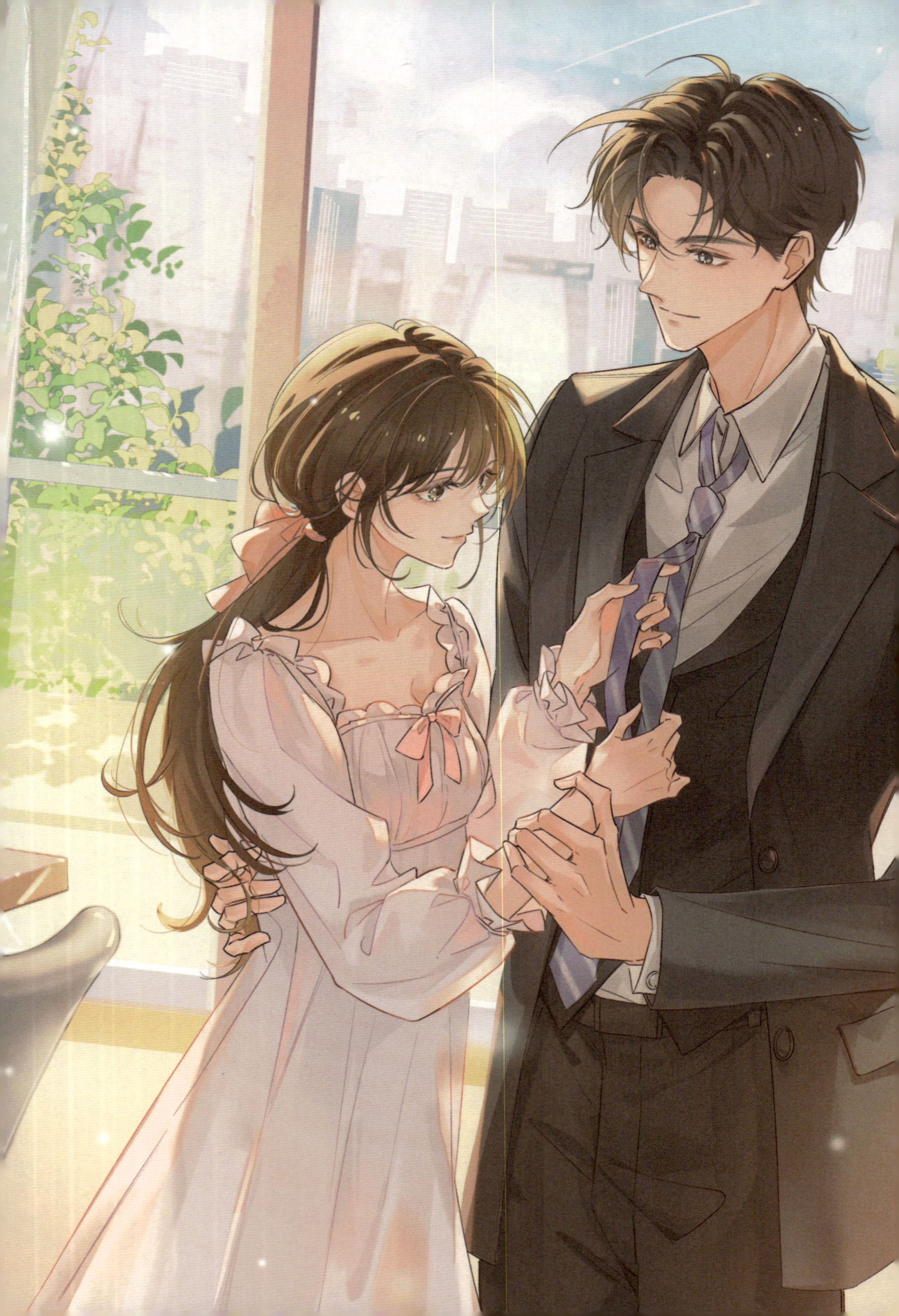

你的领带，好像歪了……

我看不见。

室友一场，
你看见了，不能帮我弄一弄？

CONTENTS
目录

【编号】 / 【描述】	【页数】
第一章 / 新同桌	￥001
第二章 / 谁是你哥哥	￥039
第三章 / 失而复得	￥077
第四章 / 还好你在	￥115
第五章 / 喜欢	￥155
第六章 / 结婚证	￥195
第七章 / 追你	￥233
第八章 / 芙陈	￥273

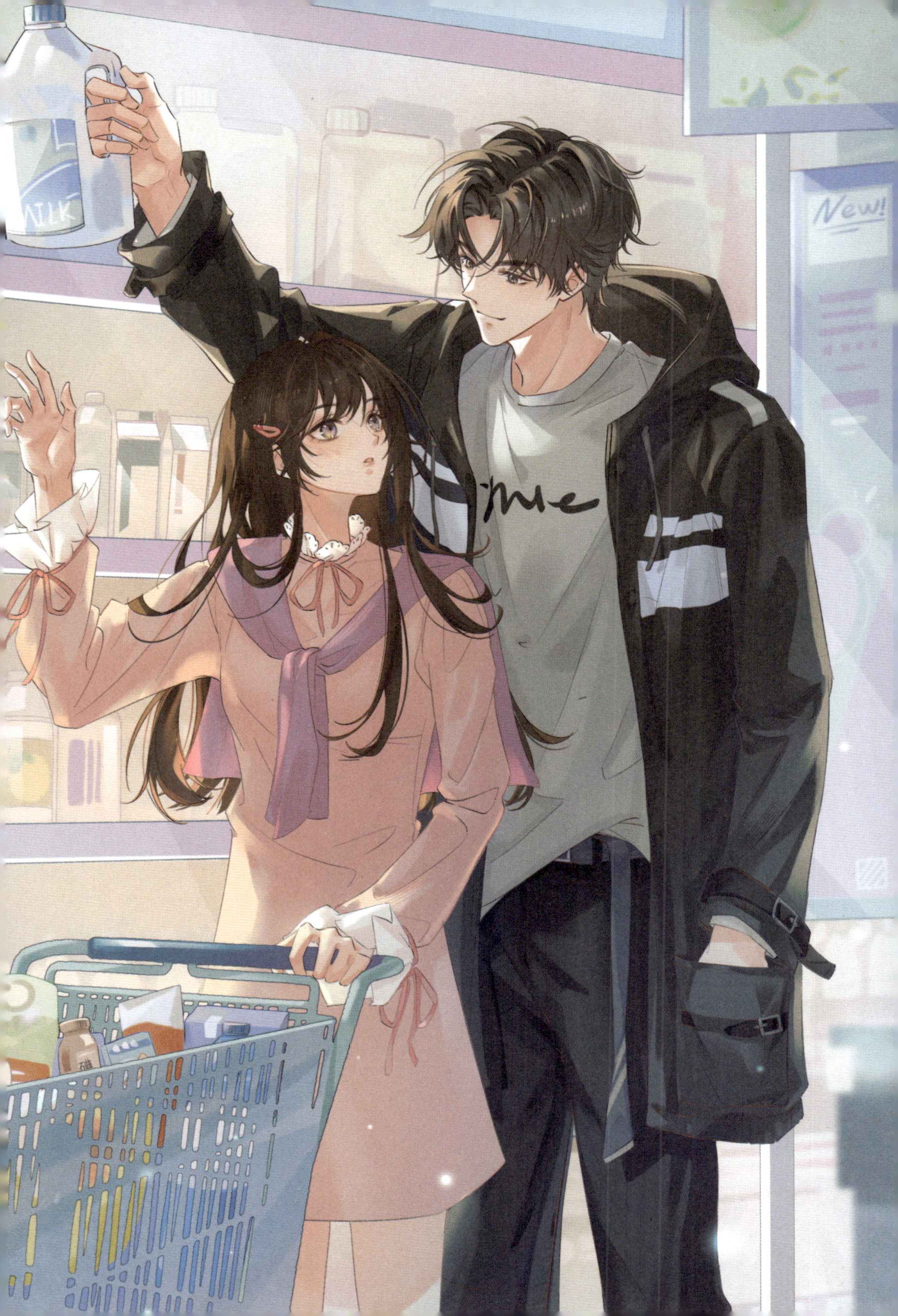
New!

她喜欢这里的温度，喜欢这里的空气，
喜欢每天睁眼下楼就能吃到熟悉的清粥小菜，
喜欢穿着宽大的蓝白校服，

被陈忌牵着一块儿去上学。

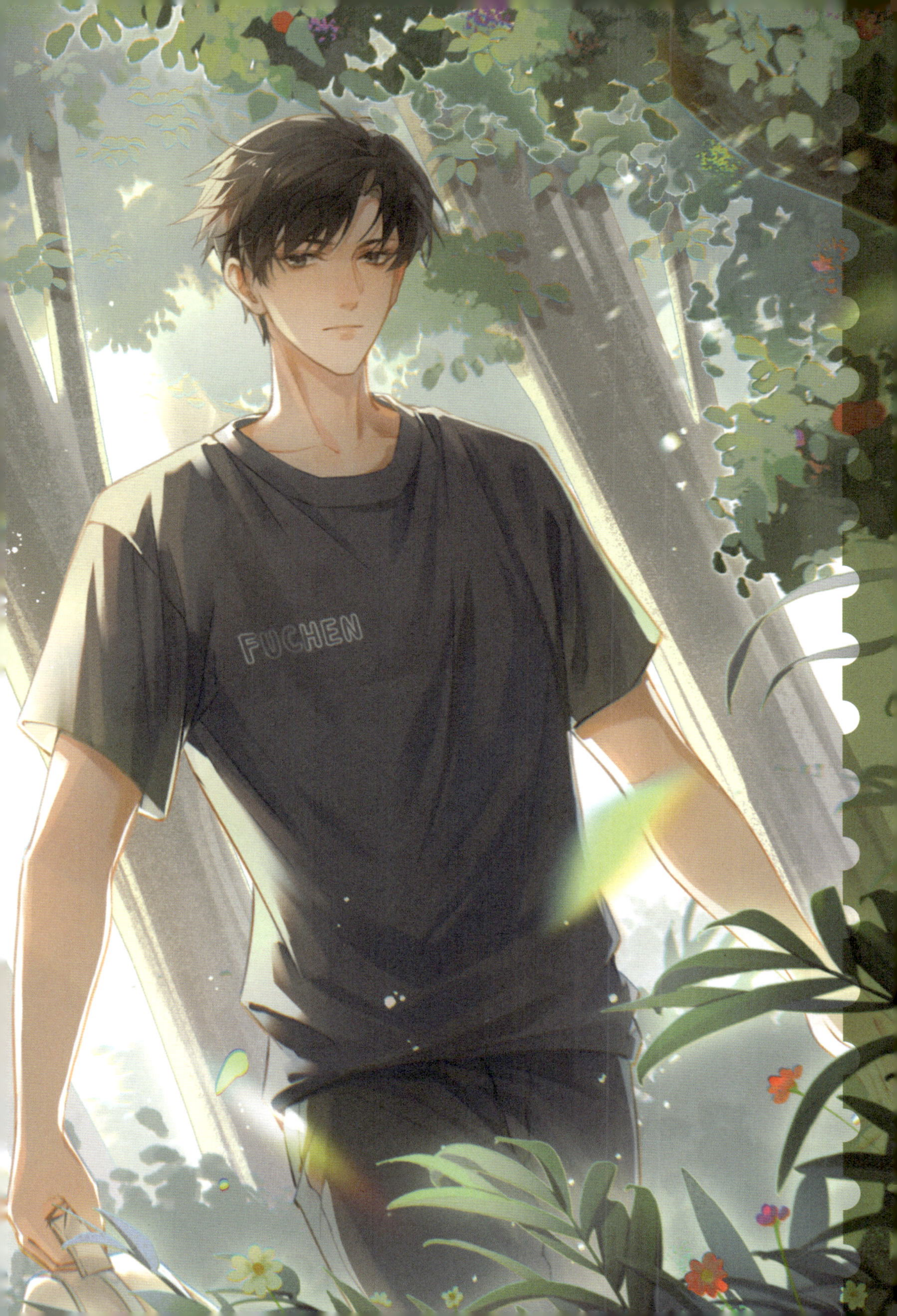
FUCHEN

只要你

Only for You

第一章　新同桌

第一次遇见陈忌的那个盛夏，烈日高悬，滚烫又热烈。

临近长假，熬夜赶图是建筑系学生的日常，周芙宿舍里的这几位也不例外。

几个人守着电脑，逼仄的空间内，鼠标键盘声彻夜没停过。

晚上七点出头，室友往身后椅背一靠，闭上眼扭了几下脖子，起身，开始翻箱倒柜："我不行了，先泡碗面吃再说。"

周芙闻声偏头瞧过去，不自觉跟着打了个哈欠，眉眼瞬间蒙上疲惫的水汽。

没一会儿，室友捧着热气腾腾的桶面走到她身边，用胳膊顶了顶她肩头，小声问："饿不饿，垫两口？"

"不了。"周芙左手习惯性按下"保存"快捷键，抬头有气无力冲她笑了下，"你吃吧，我快弄完了，一会儿去食堂随便买点就好。你呢？快好了吗？我看你也熬了一夜。"

"别提了，昨天我实习的公司带我的那位，临下班前给我发了一堆平面图，让我把楼梯间大样①全画了，二三十张，说今早就要，简直不是人。"

建筑学到大五这年，学校几乎不再安排课程，给学生一年时间用于实习，大多数学生会赶在大四下学期的暑假之前早早入职。

"楼梯间大样？"

"嗯，实习不就是廉价干苦力的？"室友低头吃了口泡面，继续道，"正经设计哪儿会让咱们碰？都得先被安排画上个一年半载的楼梯间核心筒大样图。"

室友将最后一口汤喝完："算了，不说这个，对了，你不还没开始实习吗，怎么也跟着熬？"

"想把作品集再弄好一些，我今天有面试，有点紧张，反正也睡不着。"

室友随意往她电脑屏幕上扫了眼："怎么都是古建筑的？"

周芙温声道："要面试的那家公司，主方向是古建筑修缮、更新、规划之类的。"

---

① 即大样图，工程术语，指针对某一特定区域进行特殊性放大标注，较详细地表示出来。

室友瞬间明了:"你要去浮沉建设?"

周芙轻点了下头。

"'浮沉'的门槛可太高了,我之前投过简历,人家人事压根儿不搭理,连面试机会都没有。"她感叹了一句,又轻轻拍拍周芙的肩,"能去肯定最好不过。我听说,浮沉建设的头儿,是咱们前两届的学长,就是系主任每堂课都要夸的那个。据说这大神不仅专业水平'吊打'普通人,还是个大帅哥。"

周芙睫毛轻扇了下,盯着手里那块看起来有点年头的木头疙瘩微微出神,思绪似是飘向了别处。

浮沉建设。

那是陈忌还在校时一手创办起来的,近两年在业内风头正盛。

她原本……并没有这个胆量再次靠近他的世界。

可在招聘软件上,意外收到浮沉人事主动发来的面试邀约时,她犹豫许久,最终还是没有忍住。

桌上的手机忽地振动起来,两人视线均被吸引过去,来电显示——婶婶。

周芙脸上难得出现烦躁,拧起眉心。

半晌,对方先失了耐心,将电话挂断。

紧接着屏幕再次亮起,这回进来的是两条短信。

不用看便知道找她是为了什么事。

"又准备喊你去相亲?"

周芙面无表情,直接把短信点开来,将手机摆到桌上。

"这回这个条件特别好,你信婶婶的,见一见,准有惊喜。"室友念完,忍不住吐槽,"假惺惺,条件要真好,怎么不让她亲闺女嫁?上回逼你见的那个几岁来着?"

"四十七,三婚带四个小孩,大儿子比我还大。"周芙平静地答。

"……太欺负人了,拿了你家那么多钱不知足,还想把你当商品一样卖。你暑假别回去了。"室友操心道。

周芙点点头:"嗯,要是今天面试通过了,我打算在公司附近自己住。"

"难怪你前两天说要租房,找着了吗?浮沉建设那片儿,不太好找吧?"

周芙淡淡"嗯"了声:"潇琪说她那边正好还空了一间没找到人。"

"不是吧?你真要和她合租啊?她那处处找事难伺候的脾气,长期一块儿住怎么受得了!"

潇琪和两人同寝,品行一般,大学四年,大家处处忍让,关系并不融洽。

周芙无奈一笑:"没办法,市中心寸土寸金,不合租的话,租金我实在负担不起,好歹潇琪算是熟人,能稍微放心些。"

她脾气向来好，室友却没她乐观，皱眉叮嘱："潇琪之前老夜不归宿，在外边交了不止一个男朋友，没准还会经常把男人往家里带。你到时候自己注意点，晚上睡觉门窗记得锁好了。"

周芙习惯性地将那木头疙瘩攥在手心里，乖巧应道："知道了。"

面试时间在下午三点。

到达浮沉建设大楼时，已经有不少人静坐着在等待。这些人个个埋头盯着手中的作品集，嘴里念念有词，气氛比高考进场前还要紧张。

一室的寂静，最终是被陈忌的到来打破的。

彼时周芙刚从工作人员那儿拿到表单，正低头认真填写，左手不经意撑在光洁的额前，雪纺白衬衣水袖轻飘飘滑落到纤细的手肘处。

原本悄无声息的等候区忽地起了一阵躁动。

"我没看错吧，是那个北临建筑系大神陈忌吗？"

"第一天面试，居然就能亲眼见大神？"

"他该不会要亲自面试我们吧？"

听到"陈忌"二字的一瞬间，周芙下意识攥紧了手中的笔，仅是一瞬后，像是想起什么，匆匆将滑落的雪纺袖拉至手腕，紧张地将那纤弱的手臂遮了个严实。

再抬头时，男人已漫不经心地从她面前走过，一秒都未曾停留。

空气中只留下那丝记忆中尤为熟悉的木质淡香，并非来自香水，而来自最为原始的古树原木。

周芙眼底忽地染上一丝酸涩。

她不敢回想两人上一次见面是什么时候了。

几年时间，比起记忆中的少年，男人的背影显得高大不少，宽肩窄腰，西装革履，退去了当年的一身戾气与青涩，清冷沉稳，游刃有余。

周芙心脏不受控地突突直跳。

他刚刚应该……没有看到自己吧？

周围的人仍旧兴奋地压低嗓音，不断讨论着陈忌当年在校时的种种风云事迹。

周芙没法静下心，掏出手机，给发小儿凌路雨发了条消息："我好像……真的见到陈忌了。"

消息刚一发出，还没来得及等对面回应，已经有面试完的姑娘从里头出来了。是哭丧着脸出来的，连着几个，都是如此。

不少人关切地围上去安慰询问，不过说到底都是陌生的竞争者，面试完的几个人哪怕难过到极点，也不愿具体回答到底问了什么问题，只说"太难了""大神不是人""被问得一个字都答不上来"。

周芙一颗心跟着悬到了嗓子眼。

她进去时，连脚步都尤为小心翼翼。

面试厅内，领导们一字排开，端坐在她面前。

唯有陈忌气定神闲地坐在最边上，懒散地半靠着桌沿，黑色西服外套已经脱下，随意搭在椅背上，修长的指节若无其事地将领带稍稍扯松，姿态漫不经心。

这一回，周芙真真切切地见到了阔别多年的他。

一头短发干净利落，眼尾懒懒垂着，额前黑色碎发在鼻梁上投下小片阴影，将那漆黑的瞳仁藏在深处，侧边下颌线锋利硬朗，比起从前，多了几分成熟气概。可眉眼间不经意流露出的那份痞气，才是周芙记忆中最为刻骨铭心的印象。

整场面试下来，陈忌一言未发，连眼皮子都懒得抬，不曾问过她一句，也不曾抬眸看过她一眼。只由人事向她发问。

问题并不算难，都和防火规范有关，周芙对防火这块儿十分重视，因而对答如流。

人事终于满意地笑了下："难得有实习生注意防火这块儿的规范，刚刚好几个都答不上来。"

对方的态度显然是满意的，周芙稍稍放下心来。

人事语气轻松了许多："建筑这行还是很苦的，你们做设计画图纸的虽然不用跑工地，但熬夜加班可能都是避免不了的。"

周芙抬眸，一本正经地开始表态，模样十分乖巧："我能吃苦的。"

边上全程一言不发的男人，忽地轻嗤了声。

大抵是因为陈忌那没来由地一声轻嗤，周芙只觉得胸口有种说不上来的闷。

面试结束后，她找到洗手间，用冷水扑了几下脸，昏昏沉沉出来时，无意中瞥见不远处的落地窗前站了个男人。

那个几分钟之前还在面试厅内对她毫不在意的男人，此刻正半倚着窗框，领带不知什么时候已经被他扯掉，衬衣领口略微凌乱，比起先前的衣冠楚楚，更显离经叛道，背脊没挺直，微垂着头，眉头轻蹙，大手拢着打火机微弱的火，片刻后，烟雾缭绕，将他那锋利的侧颜笼去半分。

周芙看不真切，却直觉是他。

心跳如打鼓之时，一个电话打乱了少女的思绪。

见来电显示是婶婶，本想直接挂断，不承想手一抖，点成了免提。

婶婶的大嗓门很快飘荡在狭长的廊道中："周芙啊，你怎么回事？叔叔婶婶给你发过多少次短信，都和你说相亲时间已经定了，你不接电话是什么意思？你听婶婶的，这次这个男人啊，他——"

就连周芙都没有注意到，原本还在落地窗前抽着烟的男人，不知何时已经将烟掐灭，径直往她这个方向走来。

几秒之后，高大的身子从她侧边经过，不偏不倚，轻撞了下她的手臂。

手机沾染上脸颊的水珠，聒噪的电话戛然而止。

她下意识地屏住呼吸抬眸瞧他。

视线撞上的一瞬间，后者只微微颔首，眼神并未在她身上多做停留，语气漠然："抱歉。"随后头也不回地进了她身后的洗手间。

礼貌、疏离、冰冷。

像毫不相干的陌生人。

突如其来的涩意一丝丝蔓延到她眼底。

那个几年前最最心疼她的少年，似乎被她永远地丢在了今塘岛的冬天。

手机不停地振动，发小儿凌路雨的消息疯狂轰炸——

"嗯嗯嗯？谁？"

"陈忌？"

"哪个陈忌？！"

"是那个特别疼你的陈忌？"

"人呢？！"

周芙握着手机，茫然地打着字，视线逐渐变得模糊起来。

"他应该已经……不记得我了……"

可她仍旧忘不掉，第一次遇见陈忌的那个盛夏，烈日高悬，滚烫又热烈。

八年前的那个夏天，周芙是在课堂上被母亲派人匆匆接走的。

她坐在去往今塘岛的车里时，身上还穿着私立高中制服。

她只记得当时车速飞快，母亲打来电话时，语气有些不太对劲儿。

"爸爸妈妈要出国半年，你到了今塘，好好听那边苏奶奶的话。那里气候好，适合你养病，妈妈已经让人帮你把学校安排好了，周一带上资料直接就能去报到。"

"粥粥，你记着，到了那边先安安心心读书养病，别和北临这边联系。"

"妈妈永远爱你。"

终于，轿车缓缓停下。

周芙往窗外望了眼，轻声细语地问："是到了吗？"

"去今塘一般从海上走，所以山路窄，轿车开不进去，可能得下车往里走一两公里才能到。"助理抱歉道，"不过已经很近了，过了那座桥就是。"

挂着北临牌照的轿车很快离开。

从出生起便娇生惯养的周芙,这辈子没走过这样坑坑洼洼的石土路。

半人高的行李箱被沙砾绞得纹丝不动。

蝉鸣四起,咸咸的海风卷着盛夏的热潮,一股一股朝她涌来。

须臾,轰鸣声由远及近,尘土飞扬,惹得周芙忍不住掩面咳嗽。

噪声落定之时,几辆摩托车围在她左右。车上跨坐着的,个个是混混儿模样。

"哟,这姑娘正。"

"白白净净娇滴滴的,一看就是城里来的。"

有人坏笑:"去今塘?来哥哥车上,哥哥带你飞。"

周芙这短短十多年人生,从未遇见过这样的混混儿,紧张得攥着行李箱拉杆的指节都泛着青白。

一帮人越靠越近,小姑娘咬着牙,退无可退。

大抵是起哄声太过放肆,不远处大树下,原本正安静仰坐在黑色摩托上的少年,忽地将扣在脸上的硫酸纸掀到一旁,眉头紧蹙,满脸写着不耐烦。

一群人偏头看去,只一眼,便吓得立刻噤声。

那是她第一次见到陈忌。

少年身形高大,微弓着背坐在摩托上,一边脚懒懒踩着车身,另一边长腿轻松点地,宽大的纯色黑T恤随意套在身上,野性十足,烈阳之下,逆着光,在周身勾勒出耀眼的黄。

虽看不真切长相,可有那么一瞬间,周芙觉得,那就像从天而降的神明。

他们都忌惮他。

她几乎是不由自主地,逃命般朝他奔去。

那年陈忌的个头已然比她高出一大截,周芙努力仰着头望向他,眉眼间带着可怜,巴巴儿地央求:"能,能带我去趟今塘吗?"

然而少年眸光意味不明,无形的威慑透着浓烈的压迫感,轻蔑地扯了下唇角后,声线冷硬:"妹妹,你看我像好人?"

闻言,周围立刻嘲声一片。

"噗,挑谁不好,独独挑了阿忌。"

"这种想尽办法上阿忌车的女孩儿,数都数不过来,就没见哪个女的得逞过。"

"阿忌不带我们带呀!"

周芙唇角抿得发紧,倔强地拽着行李箱拉杆,独自艰难往前。

调笑声还在继续,深黑色摩托上懒懒坐着的清冷少年,忽地没了先前的平静,鼻间只闻得见少女方才凑近时扑面而来的独特淡香。

一闭上眼，脑中便不断浮现出她咬牙离开的倔强模样，越想越烦躁。

那种从骨子里便透着娇生惯养的城里公主，压根儿就不配走在这泥泞崎岖的石土路上。

陈忌忽地下了车，鬼迷心窍般到了周芙跟前，青筋微显的大手一下将那拉杆从她手中抢过，板着张冷冰冰的脸，与生俱来的桀骜没有半分掩饰，没耐心道："一会儿上了车可别哭。"

周芙微怔，几分钟后，才明白他方才那句话的意思。

摩托发动的一瞬间，海风从脸颊前呼啸而过。

原本只敢小心翼翼地扯住陈忌一片衣角的少女，瞬间被惯性推着，重重砸到他微微俯下的脊背上。

她下意识环抱住少年劲瘦的腰，死死闭住双眼，那一瞬间，她似乎嗅到了死亡的气息，紧接着便是陈忌身上的原木淡香。

待到车速终于缓缓降下，周芙小心翼翼睁开眼。

深黑色摩托，沿着桥，穿过望无边际的碧海。

到达今塘镇口时，少年声线冷硬，轻嗤："还没抱够？"

周芙一颗心扑通直跳，脸上挂着几颗金豆。

下车时，她没出息地腿软了一下。陈忌毫不怜惜地一把将人拽起来，之后神色极为漠然："这就哭了？娇气。"

看热闹的混混儿们姗姗来迟。

"这姑娘连阿忌的车都有胆子上。"

"阿忌，把人家小姑娘欺负哭了，不得哄哄？"

少年面无表情，视线冷冷扫过去。

一帮人立刻敛去笑意："你们谁见过阿忌哄人？"

乌压压一伙人很快散了个干净。

周芙愣愣站在原地，小脸苍白，半晌才缓过神来。

心跳还未平复，指尖深嵌在掌心。

她十多年来安稳平静的世界，从未有过这样的放肆与荒唐。

他们根本不是一类人，往后遇上也该远远躲开。

她抹掉眼泪，茫然地环顾了下四周，艰难地拖着行李箱，按照助理给的照片，挨家挨户寻找照片上的老房子。

等她终于找到时，已然接近傍晚。

老人家在家门口等候她多时，见人来了，热情地接过她的行李，关切寒暄之后，直接先把人往餐桌边带："这一路过来远着呢，路上一定饿坏了。先吃晚饭，苏奶奶做了好多好吃的，等着啊，奶奶去端出来。"

周芙乖巧听话地在饭桌边坐下，小心翼翼地打量着这个陌生的地方。

没承想仅是几秒钟之后，那个浑身透着股叛逆感的少年忽地推门而入。

周芙抬眸的一瞬间，正撞上他漆黑深邃的眸。

老人家语气自然："阿忌，回来了？奶奶去给你盛饭。一会儿吃完饭啊，你带着妹妹出去，把入学资料打印一下，顺便带她逛逛咱们今塘岛，熟悉熟悉周边环境。"

"……妹妹？"陈忌轻嗤了声，随后视线意味不明地从端坐在饭桌边的周芙身上懒懒扫过。

她下意识屏住呼吸，目光没敢在他那儿多停留半秒，手指紧攥着。

少年随手将板凳拖出来，漫不经心地往上一坐。

木头凳脚在地上滑出闷响。

也不知是怎么惊扰了这位城里来的娇气公主，就见少女那肩头不自觉瑟缩了下，之后将头埋得更深。

"哎哟，你们看我这记性。"奶奶盛了碗饭出来，放到陈忌桌前，"都忘了给你俩介绍了。"

"这是我家孙子，叫陈忌。"老人家冲周芙笑了笑，又看向边上已然拿起筷子开吃的少年，"这是你妈妈先前发小儿的女儿，叫周芙，往后要在咱们家住上一阵。阿忌，你这个做哥哥的，要好好照顾妹妹。"

陈忌："……"

周芙："……"

奶奶没察觉出两人之间异样的气氛，怜爱地给周芙添了几筷子菜后，回忆又涌了上来："说起来你俩小时候还见过呢。那会儿你才几个月大，来家里玩的时候，阿忌自己都走不稳，还总喜欢和你妈妈抢着抱你，你尿他一身，他也乐呵呵地不肯撒手。"

陈忌："……"

周芙："……"

整顿饭下来，奶奶自顾自地说着话，也没管两个小的是否应声。

临下桌前，奶奶又对周芙提了一回："你妈妈刚刚打电话来说，你的入学资料忘替你收拾进来，说是发给你了，一会儿让阿忌带你去打印，别担心。"

"好。"她终于开了第一次口，嗓音怯生生的，听起来乖得要命。

老人家一走，桌边又恢复一片寂静。

陈忌吃起饭来没那么讲究，吃相有些糙，看起来却让人觉得很有食欲。

他三两下扫光一碗，起身准备去厨房再盛一碗时，下意识往周芙那头扫了一眼。

与他相比，这丫头吃起饭来，就显得过分优雅斯文了，明明埋头吃了那么久，整碗饭还跟没动过似的。

陈忌怀疑她吃米粒得一颗一颗数着吃。

猫吃得都比她多。

等他几碗吃完放下筷子，视线再度扫向周芙——米饭终于下去了三分之一，碗边有悄悄挑出来的一小堆辣椒。

少年眉梢微垂，半晌收回眼神。

他吃完了却没走，懒懒地坐回位子上，也没玩手机，就那么安静地等着。

几分钟之后，周芙才意识到不太对劲儿。

打从几小时前第一次在岛外碰上，她便隐约察觉到，眼前的少年似乎对她带着点莫名的敌意。

她多少有些怕他。

想到方才奶奶临下桌前的嘱咐，周芙内心紧张纠结许久后，小心翼翼抬眸。见陈忌看过来，她立刻又别开眼神，睫毛轻颤，心跳得厉害，像是鼓足了极大勇气，才敢同他开口："你……你不用等我，没关系，我一会儿可以自己去……"

四周静谧了一瞬，只听得见窗外绕着翠绿树梢的蝉鸣。

半晌，陈忌淡淡开口，语气果然如她想象中冷硬："谁等你了？老子等你的碗筷。"

尴尬和难堪迅速在她周身蔓延，周芙只觉得脸颊烧得火辣辣的。

努力加快速度，没承想几口过后，她被呛得忍不住掉了几颗眼泪。

少年痞里痞气地一脚踩着板凳，半个身子懒散靠墙，黑色碎发散落额前，闭目养神。

闻声，他眼皮子抬了抬，不咸不淡地说："有人和你抢？"

周芙："……"

小半碗饭好不容易吃完，陈忌慢悠悠起身，面无表情地伸手将碗筷收走。

周芙虽从未做过这些事，眼下毕竟寄人篱下，还是忍不住小声道："我来吧……"

然而他像是压根儿没听见似的，利落收拾完桌面，端着碗筷转身就走。

她下意识地跟在他身后，一块儿进了厨房。

见他将手中碗筷全数浸到满是泡沫的洗碗池，周芙没多想，忙伸出手来要帮忙："我帮你一起洗。"

白皙细嫩的双手触碰到洗碗水的一瞬间，手腕忽地被身旁少年一把攥住。

陈忌蹙了蹙眉，神色一顿，很快回过神，喉结上下滑动了下，最后语气十分嫌弃道："滚出去，别给我添乱。"

这公主一看就娇气得要命，能帮个什么忙。

周芙长这么大，没遇过这么凶的人，心里还挺犯怵，没敢再热脸贴冷屁股，小心翼翼回了卧室。

卧室在二楼走廊的尽头。

里头陈设简单,但干净整洁。被褥崭新平整,隐约透着股太阳晒过后暖融融的味道。想来是苏秀清提前替她准备过,没有什么需要她动手打扫的。

原本打算先把行李收拾收拾,刚想起行李箱还没从一楼拿上来,虚掩的木门被门外的人敲了两声响。

周芙没敢让人等,趿拉着拖鞋,"啪嗒啪嗒"几步小跑到门后。

开门的一瞬间,陈忌高大的身子一下撞入眼帘。

他表情仍旧淡淡,小臂结实有力,随手将行李箱往她门前一放,还没等她说完"谢谢",转身便进了隔壁房间。

一句废话都懒得多说。

几分钟之后,周芙想起苏秀清的叮嘱,见天色已然渐渐昏暗,忙抓上手机准备出门。

出了卧室,经过隔壁那扇虚掩的房门,再从木质楼梯下到一楼,一路上都没再遇到那个冷冰冰的少年。

她暗自松了口气,哪承想才走到前厅,陈忌微沉的嗓音便从不远处的院子里传来。

周芙悄悄顺着侧窗看出去,就见少年懒懒靠在庭院栅栏处,眉眼间少了点她先前见过的冷硬,可那股野劲儿仍旧怎么藏都藏不住。

奶奶苏秀清见状,唠叨了他两句。

陈忌没当回事,扯着唇角笑了下,转而道:"今晚的菜您辣椒放多了,受不了。"

"得了吧,又找的什么借口!"

"真的,明儿少放点呗,老太太。"

"行行行。"苏秀清拿这个孙子没办法。

周芙在原地愣了会儿,等回过神来才发现,外头站着的少年已然将视线转向她。

他的眼神透过侧窗冷冷扫进来,停留在她身上。

满脸写着"给老子快点"这几个大字。

周芙心下一紧,忙小跑出去。

见人出来了,陈忌也没多说什么,默不作声地领着她拐进一个巷子口,手机忽地响了起来。

他接通电话,语气也没多客气:"什么事?"

"哪儿?"

"现在?"

他下意识偏过头，瞧了眼乖巧跟在身边、慢吞吞踮着脚跨过水坑的小姑娘："有点事。"

　　周芙闻言抬眸，待他将电话挂断后，自觉道："我自己去也行。"

　　陈忌居高临下盯着她，安静了两秒，也没坚持，抬手给她指了指方向："往前走到底，右拐，过一座小桥有家小网吧，里头能打。"

　　两人就地分头走。

　　今塘岛是个小镇，地方不算大，不似北临那边车水马龙，晚上八点一过，路上便显得冷冷清清。

　　昏黄的路灯将周芙的影子拉得斜长。

　　她独自走了一段路之后，才惊觉四周静得让人发慌，心下忽地没了方才跟着陈忌时的镇定，脚步也加快了不少。

　　好不容易找到网吧，从里头打完资料，走出店门的一瞬间，她茫然地在原地站定。
　　周芙方向感极差，方才一进一出，此刻已分不清回去的方向。

　　她犹豫许久，选了条光线较亮的街往前走。
　　晚饭过后，今塘岛刚下过一场小雨，这会儿地上大大小小的水坑不少。
　　周芙低着头，小心翼翼地走，没注意到越走越偏。
　　经过小巷拐角处时，她还是不小心踩了一脚污水。
　　身旁光线暗处，忽地来了句气急败坏的骂声："谁溅老子一身水！没长眼睛啊！"
　　周芙被这突如其来的辱骂吓了一大跳，道歉都有些结巴："抱，抱歉，我不是故意的……"

　　少女嗓音一出，骂声忽然停了，转而变为流里流气的腔调："哟，是个小美女啊！"
　　边上有人附和："我看看，还真是！哥，这姑娘咱先前没见过啊，而且……"对方目光猥琐地扫了眼周芙身上的私立高中制服，压低了嗓音，"这穿得还挺带感啊！"
　　几个混混儿的笑声越发污浊："小美女，道歉可不是这样道的哟！"
　　为首的已经忍不住冲她伸出手。
　　周芙手里攥着刚刚打印好的资料，下意识用来一挡。
　　几张纸轻轻松松落到对方手里。
　　周芙一下慌了神，扭头便想往人多的街道跑，哪承想手腕瞬间被人抓住，直直往后扯。

　　和先前陈忌握住她的力道不同，此刻她觉得自己的骨头都要被人捏碎了。
　　"跑什么啊小美女？你这歉都还没道完就想跑？"
　　她这双手是用来弹钢琴的，被混混儿狠狠捏着，压根儿使不上半点劲儿。
　　对方人多，知道她跑不掉，似乎也不急。

012

两边僵持间，不知从哪儿飞来了颗石子，正砸中那只攥住周芙的手。

石子力道似乎极大，周芙只觉得手腕一瞬间重获自由。

紧接着便听到那小混混儿暴躁的哀号："哪个王八砸老子！"

还没等众人反应过来，陈忌不知何时已出现在这狭小的巷口。

少年个头比那混混儿高上一大截，明明还是那个漫不经心的懒散样，气势却莫名压人一筹，力气似乎也大得骇人，面不改色，轻轻松松将对方双手反剪。

只稍稍一抬腿，几秒钟之前还在耀武扬威的混混儿，顷刻间便不受控地往地下跪去。

明明对方人多，却没一个敢上来。

其中似乎有人认出了少年，嗓音抖着："陈，陈忌？"

陈忌手上稍稍加了点力道，那地上的人便立刻龇牙咧嘴。少年冲周芙抬了抬下巴："这公主娇气得要命，动不动就哭，能烦死人，你们也敢碰？"

明面上是对她的嘲讽，可字里行间的警告和威胁，是个人都听得出来。

说完，他满脸嫌弃地将那混混儿的手猛地甩开："滚。"

几个人几乎是连滚带爬地落荒而逃。

然而才跑出半截，少年轻蹙起眉，语气带着些不耐烦："等会儿，东西还回来。"

很快，几张 A4 纸到了他手上。陈忌懒懒地往资料上扫了眼，入目便是周芙弯唇微笑的两寸证件照。

他目光定定看了片刻，随后转头看向那个正躲在自己身后，悄悄抹眼泪的小姑娘："这份脏了，进去再打一份。"

周芙睫毛上还沾着泪珠，乖巧地点点头。

陈忌慢悠悠跟在她身后，默不作声地陪着一块儿去。

站在店门前等待的空当，他不经意往里头扫了一眼。见她正认认真真地和老板说着话，他垂眸又瞧了眼手中资料上的两寸照片，面不改色，仔仔细细地将文件折成小份，放进了口袋。

随后他几步跨进店里，替她扫码付了钱。

周芙见状忙道："我自己付就行——"

"少废话，我没那么多耐心等你。"他语气仍旧冷硬。

周芙将话咽回去："给，给你添麻烦了……"

陈忌："你还知道自己是个麻烦？"

周芙："……"

两人一块儿出了网吧，陈忌一声不吭，周芙也不知道他准备去哪儿。可经历过方才的事，这会儿她没胆子一个人走。

少年腿长步子大，两人很快拉开一段距离。

周芙垂着头，小心翼翼地跟在他身后，没察觉他是何时放缓脚步的，直到额头撞上他脊背。

她满脸抱歉地抬头，尴尬得不知该说什么好："你，回家吗？"

陈忌眼尾微沉，扫了眼她满是泥点的白袜包裹的脚踝不知什么时候被划破的口子，半晌淡声道："先去趟超市。"

周芙立刻开口："好巧，我也要去超市。"

陈忌："……"

周芙说完，立刻尴尬地低下头，没好意思再看他。

这种张口就来的厚脸皮发言，她这辈子第一次说。

她甚至不用看，就能大概猜到，此刻陈忌的表情，一定免不了带着嘲讽。

后者果然没令她失望，有意无意学着她方才那不要脸的语气，拖腔带调轻嗤道："哟，那可真是，太巧了呢。"

周芙："……"

两人一前一后往超市走，路上坑坑洼洼的小水坑还是不少。

陈忌腿长，闭着眼都能轻松走过，周芙却需要跨过去。

她在边上一蹦一跳，摇摇晃晃，时不时失去平衡，还要顺手拽一下陈忌的衣角，之后在少年无语的目光下乖乖说"抱歉"。

很奇妙，明明巷子仍旧昏暗，身旁的少年也是同样一副凶巴巴的模样，此刻周芙的心里无比踏实。

今塘岛的旅游业发展得还算不错，超市没有想象中的小，虽比不上北临，但也算是该有的都有。

两人一块儿进了门，陈忌随手拉过购物车，推到周芙手边："要买什么自己找，我去拿点东西。"

说完，没等她应声，他就径直往左手边走了。看起来很有目的性。

周芙就不同了。从前在北临，每回逛超市，没一两个小时，她是出不来的。

此刻，她也没改掉这个习惯，优哉游哉地推着车，按着货架的顺序，一排接着一排慢慢逛。

她在生活上被家里人照顾得很周全，没替自己操过心，因而一时半会儿也想不到缺什么。

等到陈忌拿完东西过来时，购物车里的零食已经堆成小山。

而零食的主人，此刻正踮着脚，试图拿下最高层上放着的桶装牛奶。

陈忌懒懒斜靠着一旁的货架，面无表情地看她使完各种招数也没能得逞后，慢条斯理地往前走了两步,在她身后站定,之后稍稍一抬手,轻轻松松,就把牛奶拿了下来。

周芙还没发现是他回来了,眉眼不自觉弯起,一声"谢谢"还没来得及说出口,就听见身后少年淡淡讥讽道:"你这种个头,确实不能断奶。"

周芙:"……"

周芙转过身来,见他手中拿了东西,随手把购物车推到他面前。

本意是想让他把东西一块儿放进车里,省得用手提。

哪承想少年见状,眉梢微微抬了抬,视线漫不经心从她身上扫过,又回到购物车上,最后还是顺手将车接过,轻嗤道:"你倒还挺会使唤人。"

"嗯?"

半晌,周芙才反应过来,他大概是误会了自己的意思。

本想稍稍解释一下,见他已经把车接了过去,这会儿再说,又莫名有种得了便宜还卖乖的感觉。

周芙乖乖把嘴闭上,安静地看他把东西丢进车里。

他倒是没像她一样,买那么多东西。

先是几双白袜,之后是……碘伏和创可贴?

周芙下意识开口问他:"你是……受伤了吗?"

陈忌懒懒地抬了抬眼皮:"少管我。"

她动了动嘴唇,没敢再多问。

到了结账的时候,周芙还在身后东瞧西逛,陈忌便先一步到了收银台。等她反应过来,追过去时,他已经付完钱,把一车东西全数拎在了手中。

"哎!"那一大袋子几乎全是她的零食,周芙实在不好意思。

少年拎着购物袋,只回了下头,淡淡道:"走了。"

回家的路上,周芙几次想开口,碍于身边人冷冰冰的表情,多少有些怯,犹豫再三,终于还是没忍住:"陈,陈忌。"

嗓音脆生生的,带着点小心翼翼。

这似乎是周芙第一次喊他的名字。

少年脚步微微一滞,仅是一瞬,又恢复如常,懒懒散散垂眸扫了她一眼,算作回应。

"我能加一下你的微信吗?"她问。

"不能。"他想都没想,拒绝得十分干脆。

周芙愣了下,又想起先前小混混儿们说的话,大抵能猜到,他这个相貌,在女孩里头应该很是吃香,估计要微信的事没少遇过,也没少拒绝。

怕他误会，她忙解释道："我是想把钱转给你。"她指了指那一大袋零食。

闻言，他停下脚步，漆黑瞳仁直对着她的双眸。那表情，就差直接说"你这种招数我见得多了"。

随后他似笑非笑，语气有点欠："噢，那不好意思哟，我只收现金。"

周芙："……"

回到家，两人一起上了二楼。

周芙开了卧室房门，陈忌直接将购物袋往她门前一放，回了隔壁。

周芙忙叫住他："你的东西还没拿走——"

回应她的是关门声。

周芙只当他是忘了，也没多想，抱着睡裙出了卧室，到对面的卫生间洗澡。

短短一天下来，经历的事似乎有些多，周芙打开手机放了首钢琴曲缓缓神。

——The truth that you leave（《你离开的事实》）.

这是她想要静下心来时，最习惯听的曲子。

水流混着泡沫流经周身时，周芙才隐约察觉到脚踝有微微的刺痛感。

冲掉泡沫，她俯身查看，发现那里不知何时破了个口子，想来应该是方才不小心踩进水坑时划的。

她轻蹙起眉，有些娇气，脑海里忽然闪过陈忌今晚买了却没拿走的东西：几双女士白袜、碘伏和创可贴。

另一边，陈忌一进卧室，便懒洋洋往床上一躺，手臂压在额前，面无表情地闭上了眼。

几分钟后，他鬼使神差地从口袋里掏出那几张被折成小份的A4纸，随手将资料展开，对着上头周芙的两寸证件照，看了许久。之后又觉得自己大概有什么毛病，烦躁地将几张资料揉掉，丢到床边地上。

须臾，少年沉着脸，下了床，走到桌边，将地上的纸团捡起来，重新弄平整后，夹进手绘本，扔进抽屉，随后便出了卧室。

他经过走廊时，水声伴随着柔和优雅的钢琴曲，从洗手间那头传来。

陈忌脚步不自觉停了下来，他自知没有任何高雅的艺术细胞，可就是莫名其妙地听完了整首曲子。

也没察觉水声是什么时候停的，等他再抬眸时，小姑娘穿着宽松的棉质吊带睡裙，抱着刚换下来的衣服，正撞入他眼中。

小细胳膊小细腿，白嫩娇气，眼神还是蒙的。

少年一声没吭，头也没回径直下了楼。

手机忽地振了振，电话接通时，对面传来兄弟陆明舶的声音："阿忌，完事了吗？来玩啊！"

陈忌下意识往二楼尽头的小窗看去，见灯灭了，收回眼神出了家门。

聚会的地方在距离网吧不远处的一个小四合院里，开了十多年，岛内的人都熟悉。

见陈忌来了，众人笑着打了声招呼，里头陆明舶闻声看过来，冲他招手："阿忌，这儿。"

陈忌懒洋洋往位子上一坐，对面几个小姑娘瞬间红了脸。

陆明舶好奇地问道："哥，刚喊你怎么不来啊？"

陈忌语气淡淡："家里来了只猫，事多，折腾。"

陆明舶随口问了一句："那现在没事了？"

陈忌："猫睡了。"

陆明舶笑着举杯："那今晚别回去了。"

话音刚落，陈忌忽地想起临出门时奶奶嘱咐他，让他明早带着周芙一块儿去学校报到，他一时间连饭都吃得有些心不在焉起来。

店内音乐放得震天响，急促的节奏鼓点震得陈忌莫名心烦。

对面几个小姑娘打从他一来便红着脸窃窃私语，此刻互相推着，其中一个留披肩发的站了起来，端了盘东西送到陈忌面前，嗓音嗲得腻人："阿忌，刚烤好的。"

陈忌耳边忽地闪过周芙那脆生生的一句"陈忌"，相比之下，眼前这位着实惹人厌。

他懒得伸手，直接无视，不耐烦地冲身旁陆明舶问了句："这什么破歌？"

"啊？"陆明舶被音乐震得听不太清，不自觉便扯着喉咙问，"哥，你说什么？这歌多带感啊！"

陈忌眉头蹙起："吵。"

也不知是说这歌，还是说那非要凑到跟前不可的人。

陆明舶见状，忙说："哥，你想听什么？我让老板切！"

少年不自觉想起方才在走廊外听到的那首洗手间里传来的曲子，冷不丁来了句："有钢琴曲吗？"

陆明舶："啊？"

陈忌有些烦躁，也觉得自己像是有病，起身去把账结了，招呼都没打便直接走了。

几个女孩儿见他走了，失望道："唉，怎么走了？"

陆明舶也摸不着头脑："可能……是怕猫又醒了？"

"养猫这么麻烦吗？跟搞对象似的……"

隔天一早要去新学校报到，周芙早早熄了灯，乖乖在床上躺好，大概是因为有些择席，翻来覆去许久，都没能睡着。

今塘岛的夜晚不似正午那般炎热，海风从窗户灌进来，带着丝丝凉意。

周芙安静地躺着，满脑子全是一整天下来发生的事。

她不明白母亲为什么突然将自己送到这个陌生的小镇，不明白为什么不让她同北临那边的人联系，不明白为什么晚上洗完澡，忍不住往母亲那边打电话时，号码已经变成了空号。

她越想就越睡不着。

夜色渐深，四周一片漆黑。奶奶的卧室在一楼，陈忌方才出门了，整个二层，只剩下她一个人。

周芙裹在薄被中，看着被夜风吹动的窗帘都觉得十分骇人。

也不知过了多久，隔壁窸窸窣窣起了声响。

周芙心跳飞快，脑子里一瞬间闪过无数个恐怖片画面，害怕得用被子将自己整个人蒙起来，咬着手不敢出声。

黑暗中，听觉无限放大。

她隐约感觉到隔壁木门"吱呀"一声开了，随后脚步声有一下没一下，朝着自己卧室的方向慢慢逼近。

不知是人是鬼。

周芙心脏已经提到了嗓子眼，终于忍不住脱口而出："陈忌！"

门外脚步声忽地顿了顿，半响后传来一声熟悉的轻讥："你倒挺自来熟，睡觉还喊我名字，不合适吧？"

周芙几乎是一瞬间便松了口气，语气显得十分庆幸："你回来了呀？"

这腔调倒是把陈忌弄蒙了，难得不自在道："啊……"

"你还出去吗？"

少年眉梢微抬，带着点痞气："管我呢？"

周芙抿了抿唇，没作声。

他说完，又觉得她方才的情绪似乎有些不大对劲儿，最后还是懒懒道："不出去了，洗澡睡觉，老太太不是吩咐明天得送你去上学吗？"

也不知是什么原因，知道陈忌回来且不会再出去之后，周芙的困意便很快袭来。这一夜意外睡得十分踏实，睁眼便是天亮。

她习惯性赖了会儿床，等洗漱完换好衣服下楼时，餐桌上已经摆上了几道小菜。

陈忌懒洋洋地从厨房出来，手上还端着两碗冒着热气的白粥。

周芙见状，忙几步从楼梯上小跑下来，凑到他身边："我帮你呀！"

"让开。"少年冷淡的语气并没有丝毫改变。

周芙识相地闭了嘴，自觉地走到饭桌前乖巧地等吃。

小菜还挺丰盛，拌过油醋汁的松花蛋、清炒时蔬、炒鸡蛋，边上还有一盘剪成小段的油条。

周芙还没见过油条配粥的吃法，之前在北临，家里阿姨准备的大多是西式早餐，因而她此刻觉得还挺新鲜。

待陈忌坐下，周芙小心翼翼地替他摆好筷子。

少年淡淡扫她一眼，也没多说什么，直接开吃。

他的吃相还是一如既往地让人看着很有食欲，周芙悄悄看着，不自觉便看得久了些。

半晌，少年冷不丁来了一句："想迟到？"

"啊？"周芙反应过来，忙尴尬地收回眼神，"没有……"

陈忌语气仍旧凉凉的："看我能饱？"

"……"她只觉得脸颊有些烧，胡乱回了句，"粥，粥有点烫……"

等她吃完早餐，陈忌已经在外头院子里了。

她背上书包跟出去，两只手乖巧地握在双肩包的背带上，八字刘海儿柔软地垂在光洁的额前，微卷的长发披散在身后，半截处绾起公主头，一副好学生模样。

相比她，一旁闲散站着的少年就显得痞气十足。上身套了件黑T恤，没穿校服，也不见书包，两手空空，看着就不像是要去上学的样子。

今塘附中距离苏秀清这栋老房子不算远，就是中间隔了个小山包，得走一小段山路。

这对周芙这种全然没有半点运动细胞的人来说，是件难事。

陈忌步子大，体力也极佳，又独来独往惯了，没走两步就拉开了距离，片刻后还得下意识停下脚步，返回去找人。

原本几分钟的山路，他生生回了五次头。

最后实在被她那娇气样惹得没了耐心，他黑着脸走到她跟前，一把将她那书包拽到自己手中，随后留了条书包带子给她，声线冷硬："牵着。"

周芙几乎是被他拖着走的，借了点力，一瞬间轻松了不少。

到了稍稍平缓的路，她松开手，陈忌也没将书包还给她，仍旧替她拎着，脚步不知何时也放缓了许多。

山路两旁生机盎然，树木花草繁盛。

少年时不时抬手，将探到小路中央的枝丫挡开，之后轻而易举地从上头摘下几颗野果，面无表情地递到周芙面前。

周芙一时有些蒙，半晌没伸手。

陈忌眸子微垂，冷淡地看着她，嗓音沉沉："嫌脏？"

"不是……"她下意识答他。

然而他像是没听见，收回手，懒懒地用衣角将野果来回搓了两下，重新递给她，语气仍旧冲："娇气。"

走出小山头，抬眼便能看见今塘附中的金字门头就在不远处。

身着蓝白校服的学生三五成群拥入校园，舒缓的广播萦绕耳畔。

周芙加快了脚步，身旁的少年却默不作声地停了下来。

发现时，她回头看他："你，不走吗？"

"少管我。"他转身离开，只留给她一个背影，"还得我送你到座位上？"

"……"

正如母亲在电话里所说的，入学的一切事宜她已经安排妥当。周芙到达学校没一会儿，班主任廖伟福便接她去办理了入学手续。

领完教材和校服之后，廖伟福带着她，踩着上课铃进了新班级。

周芙不善于社交，性格也不太外向，其实挺害怕这种场合。

她应班主任要求，站在讲台前自我介绍时，被那么多双眼睛盯着，脸颊烧得厉害。

她的话很短，声音也小。即便如此，光凭那张极其出众的脸蛋，底下的掌声、口哨声还是乱成一片。

"行了行了，都安静下来，上课了，像什么话？"廖伟福稍微维持了一下班级秩序，之后对周芙道，"班里暂时没有其他空位，你先委屈一下，等期中考完之后，再按排名调整。"

周芙顺着廖伟福手指的方向望去，第四组最后一排靠窗有两个空位，算是班级的最角落。初到陌生的新环境，她倒是蛮喜欢这个位置的。

靠走道的那张桌上放着许多空白试卷，周芙下意识往里走。

稀稀拉拉的早读声很快在班里响起。

等她坐到位子上，前桌女同学便立刻转过身来，凑近她："你好呀，我叫许思甜。"

"我叫周芙，也可以叫我粥粥。"她温声回道。

"我知道的，你刚刚自我介绍了。"许思甜看着她，忍不住小声感叹，"你长得真好看。"

"谢谢，你也好看。"

周芙多少有些害臊，说完，随手将刚领到的教材全数放到隔壁空桌上，还没来得及收回手，就见许思甜小心翼翼地压低嗓音提醒道："你边上是有人的，你别放他那儿了。"

周芙闻言，忙将教材全挪了回来，睫毛扇了下，轻声问："那他怎么没来？"

"他不常来。"许思甜像是习以为常，似是担心吵醒身边趴着睡觉的同桌陆明舶，她音量仍旧小,"他原本是比我们大两届的,听说已经过了十八岁。好像是因为家里出了什么事,耽搁了两年,才和我们分到一个班。"

周芙点点头,见前桌欲言又止,又问:"怎么了?"

对方似乎有点胆子小,摇摇头,只叮嘱道:"万一他要是来了,你别惹他就是了。"

周芙十分听话:"好。"

看来这位没见过面的新同桌,大抵是个不好惹的角色。

不知怎的,她脑海中忽地闪过陈忌那张桀骜不驯的脸。

二十分钟的早读课很快到了尾声,下课铃响过没多久,教室走廊外忽然拥来不少人。

几乎全是男生,个个往班级里探头探脑,像是在寻找什么,语气兴奋:"这是高一(八)班吗?"

"对啊。"窗边的同学回了句。

"你们班是不是有个叫周——什么的?"

"哦,你找班花是吧?"同学闻言,忙朝班里喊了句:"周之晴,外头有人找。"

喊声立刻吸引了班里不少同学的注意。

叫周之晴的女生,身边围坐了两三个小姐妹,闻声你一言我一语起着哄:"不愧是班花啊,之晴,又有那么多男生来找你。"

"快去快去。"

周之晴努力维持着不太在意的表情,语气还故意带着些懊恼:"哎呀,我都不认识……"

"谁让你长得漂亮,学校男生都想来看看你。"

她仍旧扭扭捏捏,唇角却忍不住翘了些,最后半推半就地被姐妹们推到了窗边。

然而外头的人一见到她,便脱口而出:"不,不是你,周什么来着?嗯——俩字的,就你们班今天从北临新转过来的那漂亮姑娘,坐哪儿呢?"

"噢,你说周芙啊!第四组最后一桌。"窗边同学把话接了过去。

一帮男生闻言,没有半点犹豫,一下便从周之晴面前掠过。

后者的脸几乎瞬间就黑了下来。

身边的小姐妹们也有点尴尬,顺着男生们离开的方向,望向周芙所在的角落,酸溜溜道:"她也太喜欢出风头了,来学校还不穿校服。"

"我觉得还是之晴好看。"

"那肯定的,毕竟连陈忌都主动和之晴说过话。全校那么多女生追他,见他搭理过谁?"

周之晴心虚的表情中又带了点得意:"哎呀,你们别乱说啦!"

……………

傍晚放学时，陆明舶伸了个懒腰，从课桌上抬起头来，清醒过后第一件事，便是蹿到周之晴座位旁，讨好地问："班花，晚上一块儿去烧烤呗？"

周之晴因为上午的事心情不佳，这会儿木着脸收拾书包，没搭理他。

陆明舶追她有段时间了，懂得怎么投其所好，忙又补了句："阿忌也去，一块儿呗？人多热闹点。"

周之晴的动作果然停顿了一瞬，片刻后抬了抬眉梢："行吧，反正我爸妈晚上也不回来吃饭。"

见她答应了，陆明舶忙躲到走廊外头，给陈忌打了个电话。电话里就差跪下了，费了老半天劲儿终于把人给约了出来。

地点还是昨晚那个，离今塘附中很近，几个人从学校走过去，没花几分钟。

到的时候，里头半个客人都没有，更别说陈忌了。

陆明舶熟门熟路拉着老板开始点菜，周之晴则拉着小姐妹们，有意无意站在店门口左顾右盼。

待那独特的摩托轰鸣声由远及近，最终落在院子外，周之晴眼光忍不住亮了亮，兴致明显比方才高涨不少，眼神打从陈忌一进门，便没从他身上离开过。

陆明舶看在眼里，却装不在意，还是嬉皮笑脸地冲陈忌招手。

后者视线往这桌扫过来的一瞬间，眉头便下意识蹙起，坐下之后，一言不发。

整顿饭的气氛全由陆明舶来调动。

最后话题又不自觉绕到了新转来的周芙身上。

陆明舶一边啃着串儿，一边对陈忌道："阿忌，你今天没来不知道，老班给你弄了个新同桌呢。"

陈忌微拧着眉，并不在意什么新同桌。

"说是北临来的，哎，我就纳闷儿了，北临条件那么好，怎么还跑咱们这儿来？"

陈忌的动作微微一顿。

"还是个美女。"陆明舶继续道，"你是没看见，今儿早读一下课，几个年级的男生全跑来围在她座位附近，拍照的拍照，搭讪的搭讪，'美女''妹妹'地叫着，搞得我都没法睡觉。"

陈忌微微咬了咬后槽牙，脸色明显黑了不少。

几个小姐妹见陆明舶这么夸周芙，担心周之晴不爽，忙开口吐槽："那女生感觉特招摇，来学校连校服都不穿，穿个JK制服[①]搞特殊。"

[①] 原指日本女高中生的校服，后指代这类风格的服饰。

话音刚落，整顿饭没说过两句话的陈忌忽地开了口，声线冷硬带着讽意："人刚转来，你让她穿什么校服？"

一时间，鸦雀无声。

"先走了。"陈忌跟陆明舶打了声招呼，起身就往门外走。

陆明舶见状忙追了出去："阿忌，怎么就走了？"

"烦。"陈忌拧着眉。

"唉，怪我，我知道你讨厌这帮女的，但我想约周之晴……不叫你，她又不肯和我出来……"陆明舶尴尬地挠着头，"要是和你说她来了，你肯定就不来了……"

陆明舶端正态度，开始保证："我下回肯定不这样了。"

"行了。"陈忌拍了下他背，也没太在意，"你进去吧，我回家吃。"

陈忌也没想明白，此刻为什么一门心思只想回家。

等他到了家，看见院子里只有苏秀清一个人，眼神便不自觉往屋里探去。

老人家见状，随口说："粥粥还没回来。"

少年喉结动了动，不自在道："我又没找她。"

说罢，他瞧了眼手机上的时间，出了门往外走，不经意间便到了去往附中必经的小山头，往上又走了两分钟后，终于看见周芙耷拉着脑袋，慢慢腾腾朝自己的方向走来。

他下意识加快了脚步，见她并未察觉到自己的靠近，板着张脸，一把拽过那比早晨重了不少的书包。

周芙心下一紧，抬眸见是他，这才松了口气。

少年冷冷嘲讽道："可以，转学第一天就在外边玩到舍不得回家？"

"啊？"周芙一愣，之后忙开口解释，"我没……不太记得是往哪边走……"

"路痴。"

"……"周芙想了想，小心翼翼地问，"你是来接我的吗？"

少年薄唇抿成一条线，半晌才冷冷道："那你可真是想多了，纯属路过。"

"……"

隔天一早闹钟响完，周芙没再像昨天那般赖床。

没想到，陈忌依然比她早了不少。

等她动作利落地换好校服下了楼，饭桌上和昨天清晨一样，已经整整齐齐摆好了清粥小菜。

不同的是，多了盆水，水面上漂着冰块，里头凉着碗白粥。

周芙乖巧地走到桌前坐下，就见陈忌将那碗白粥从凉水里头拿出来，摆到她面前，其间仍旧没多说半句废话。

周芙有些蒙："这是？"

陈忌没抬头，嗓音带着早起的懒意："不是说烫？"

少女闻言，下意识舀了勺吃进嘴里，比起昨天热气腾腾的，今天的粥温度正好。

大抵因为不烫，周芙吃得明显快了不少，一小碗吃完时，陈忌还没结束。

她背上书包，乖巧地同他说："我认得路了，今天就不麻烦你送了。"

说完，没等陈忌回她，起身便出了门。

没了陈忌拽她，周芙走得有些艰难，路上耽误了不少时间，到学校时，差点迟到。

原以为临近响铃，一路上应该寂静无比，哪儿想到越往班级走，走廊上越热闹。

一拨又一拨女生不断拥向八班窗外，时不时还窃窃私语："他真来学校了？"

"真的，我姐妹已经去看过了。"

"趴桌上睡觉都帅到爆。"

周芙有些蒙，还没走进班级，就被许思甜紧张兮兮地拦下来叮嘱："你同桌居然来了，你小心一点哟。"

周芙下意识往座位那头望去。

就见半小时之前，还和自己同个屋檐下、同一张桌子上吃早餐的少年，此刻正趴在她旁边的座位上补觉。

"……"

周芙莫名有些紧张起来。

她走到他身旁的过道上，犹豫再三，没敢将人吵醒，小心翼翼地欠着身子，从他身后的缝隙挤到自己的位子上。

然而刚一坐下，还没来得及松口气，那个所谓的"新同桌"，漫不经心地坐了起来，眼神懒懒散散扫过她，之后忽然伸手，食指在她桌面上轻叩了两下，嗓音冷淡带着点傲慢："没看见我？"

周芙一时还没有适应在学校里看见他这件事。

她多少有些紧张："看，看见了。"

"看见了？"大抵是方才补了觉的缘故，陈忌嗓音少见地带了点闷，"看见了不吭声？"

他自己也没弄明白，为什么对她刚刚进班级后小心翼翼与他拉开距离的行为，莫名有些耿耿于怀："装没看见？"

"不是……"周芙将书包塞进抽屉里，坐到座位上，一系列动作结束后，发现对方懒洋洋的眼神仍旧没从自己身上挪开，颇有种不等到她回话不善罢甘休的架势，她心跳莫名加快了许多，抿了抿唇，也不知道该说些什么，硬着头皮随口问了句，

"你怎么来了？"

话刚脱口而出，她便觉这问题属实有点毛病——学生还不能来学校了？

然而陈忌像是被问住了，眉梢一挑，他也搞不懂自己怎么就来了。

半响，周芙隐约听见耳边响起了一声熟悉的轻嗤。

少年拖腔带调，忽地一本正经道："来学习了，老子、热爱、学习。"

陈忌这个人，浑身散发着玩世不恭的痞气，从头发丝到脚后跟，大抵都跟热爱学习扯不上半点关系。

周芙也不知道直接沉默会不会显得不太好，这确实是一个冠冕堂皇的理由，她或许该适当地夸上两句，想了想温声道："那你真棒。"

陈忌第一次被她堵得说不出话来。

早读铃声响起，许思甜不得不从班外回到座位上，见到周芙随手翻开的练习册稍稍越过了界，占了陈忌桌面的一小角，还相当操心地伸手替她挪了点回来。

周芙原以为自己对陈忌已经够小心翼翼了，没想到还有比她更怕他的，一时没忍住笑了下。

因这浅淡的笑，陈忌下意识侧过头去，单手懒洋洋撑在桌上托着脸，目光不自觉停留在周芙身上，微微出神。

她似乎是第一次在他面前这样笑。

窗外暖阳洒在她的脸上，酒窝若隐若现。

早读读的是英语，周芙摊开书，轻声跟上班里朗读的节奏，发音标准流畅。

陈忌是空手来的，此刻半点没把自己当外人，随意伸手从周芙桌上挑了本书摆到桌面上。

之后伴随着她温软的读书声，枕着她的课本，继续补觉。

这一觉睡到下课铃响都还未有转醒的迹象。

陆明舶原本兴奋地转过身来，想和哥们儿在学校这种难得能相遇的场合叙叙旧，见状立刻把嘴闭上。

他这兄弟的起床气他可是实实在在领教过的，要是吵着对方，小命都得丢半条。

下课没几分钟，走廊外又如同昨天那般，一下拥来不少其他班的男同学。

这回他们就比较轻车熟路了，也没注意周芙身边的空位上多了个趴着睡觉的人，三五成群从后门溜进来后，全数围到她跟前。

周芙眉心微蹙，双手捂在耳边，连头都没抬，安安静静背着自己的单词。

一帮人嬉皮笑脸，昨儿没要到的联系方式，今儿接着要，没说完的搭讪话接着说，吵吵闹闹，动静着实不小。

几秒钟过后，身旁默不作声睡了一整节课的少年，忽地一脚踹上前排陆明舶空着的椅子。

"咣"的一声，座椅瞬间倒在众人跟前。

一帮人下意识噤了声。

"都给我滚。"少年音量并不大，却带着股骇人的冷意，声音磁沉微哑，迫人心慌。

有人倒吸了口冷气，小声道："是陈忌！"

"走走走，赶紧走。"

周围顿时恢复寂静。

周芙不自觉攥紧了手，心跳加速。

须臾，陈忌像是察觉到什么，懒散起身偏头望向她，就见这小姑娘面色带着些青白，一副被吓到的模样，紧张兮兮。

少年盯着她看了半晌，也不知是刚醒，头脑不清醒还是怎的，右手像是不受控制般，慢悠悠探到她脸蛋边，毫不客气地掐了下，之后微微扯了下唇角："你紧张什么？又没说你。"

"……"周芙只觉得方才被他掐过的地方此刻莫名烧得厉害。

陆明舶从外头吃完早餐回来时，就看见自己的椅子惨烈地倒在地上，表情登时有些不悦："这谁干的？"

同桌许思甜忙小心翼翼蹲下替他将椅子扶好。

他下意识往周围瞧了眼，在对上陈忌冷硬的眼神时，从那熟悉的、目中无人的表情中，瞬间读出了三个字，"我干的"。

"干得好。"陆明舶脑子转得极快，语气也骤变，"我早就看这破椅子不顺眼了，活该挨踹！"

陈忌："……"

周芙："……"

周芙内心忍不住替陆明舶这段表演鼓了个掌，居然还能这样，这是她没有想到的。

今塘附中的午休时间比较短，大多数学生不回家吃饭，午餐几乎都在食堂或者学校附近的小吃店解决。

放学铃声刚响，前桌许思甜便转过身来，小声问周芙："你中午是去食堂还是去外边吃？"

"嗯？"

"午餐。"

周芙没什么想法："我都行。"

许思甜："那我们一块儿去外边吃吧？"

周芙下意识瞥了眼身旁还在睡的新同桌。

她来今塘之后，几乎每顿饭都是和陈忌一块儿吃的，想到这是在学校，他或许并不想和自己扯上太多不必要的关系，她便点了点头："好。"

两人一块儿来到学校后门的小吃街。

一到放学的点，这条街就被学生堵得水泄不通。她们两个来得有些晚，不少店已经排起了长队，座无虚席。

来来回回走了两遍，许思甜好不容易瞄到一家有空座的，忙拉着周芙的手挤进去："这家可以吗？"

"行。"

天气燥热，大家对吃什么都无所谓，只想快点找个凉快的地方坐下休息。

许思甜要了份沙茶面。

轮到周芙时，她一本正经看向墙上的菜单，大多数东西她都没吃过，研究半天，最终简简单单要了份汤粉，随后特地叮嘱了句："能别放辣吗？我吃不了。"

"没问题。"老板答应得爽快。

店里的人陆续多了起来，许是忙昏了头容易忘事，等周芙那碗汤粉送过来时，上头赫然漂着层红彤彤的辣油。

周芙接碗的动作一顿。

老板似是才想起来，拍了下自己脑门儿："哎哟，你看，我给忙忘了。小姑娘不好意思啊，顺手就放了辣油，不过也没放太多，要不你将就着吃？实在是不好意思。"

老板态度如此端正，周芙向来脾气好脸皮薄，不喜欢难为人，不好意思多说什么："行吧。"

她微皱着眉，将漂着辣油的汤粉缓缓挪到自己面前。

只是刚刚吃了一小口，一只大手忽然出现在眼前，毫不客气地将那碗粉从她的眼皮子底下端走。

周芙下意识抬眸，对上陈忌懒懒的眼神，少年语气仍旧带着点傲慢："饿死了，我先吃，不介意吧，新、同、桌？"

"新同桌"三个字拉长了声调，周芙脸颊莫名有些发烫，不自觉点点头。

待陈忌走后，许思甜才松了一口气，紧张地压着音量："吓死我了，他突然就过来了。"

周芙闻言问道："你很怕他？"虽然她自己也有点怵。

"谁不怕他？陆明舶那么凶，都对他好声好气。你刚转来不知道，陈忌在我们这儿可出名了，对谁都是冷冰冰的，好多女孩儿喜欢他，但是都不怎么敢靠近，就没见他搭理过哪个。

"同班这么长时间，今天是我听他说话最多的一次了。"

周芙微垂的睫毛轻扇了下。

陈忌随手将粉端到另一张桌上，又面无表情地走到老板跟前："牛肉粉，牛肉加量。"随后又淡淡补了句，"别放辣。"

片刻后，周芙面前重新上了碗粉，牛肉堆得满满当当，也没见红彤彤的辣油。

"哇，还是牛肉粉，分量好足，赚了赚了，正好你还不吃辣。"许思甜低头吃了口自己的面，忽然又好奇起来，"哎，陈忌怎么知道你不吃辣的？"

"啊？"周芙莫名有些紧张起来，分了点牛肉给她，"可能刚才说的时候，他听见了吧……"

许思甜心思不多，也没深究，只随口嘀咕了句："可刚刚他还没来啊……"

隔着几桌人的不远处，隐约传来陆明舶的声音："阿忌，不是说好了上老地方吃烤鱼去？怎么就绕进这小店来了……"

陈忌嗓音一如既往地沉："爱吃不吃。"

周芙咬着鲜嫩的牛肉，心脏忽地跳得厉害。

连着几周，陈忌破天荒地每天按时上下学。即使来了也不一定好好听课，偶尔打打瞌睡，更多的时候是懒懒散散拿着拷贝纸，一遍又一遍不停地画着周芙看不懂的草图。

打从他回来上课之后，那帮外班的男生便再没胆子来打扰。也没那个必要来。

毕竟陈忌那种长相、家底的人摆在这儿当人家同桌，长眼睛的都知道自己没有任何胜算。

日子渐渐入了秋，几场暴雨过后，寒潮来势汹汹。

周芙打小就身体弱，是个小病秧子，天气热的时候还算好，温度一旦稍稍降下来，鼻炎、咳嗽那些老毛病便如期而至找上门来，惹得她每天鼻头红红，眼眶也红红，看起来可怜兮兮。

奶奶苏秀清按照周芙母亲先前给的方子，到药店替周芙抓了些药回来煎上。

这天傍晚，两人一前一后从学校回来，进门便闻到股浓浓的中药味。

这味道周芙也算是从小闻到大，熟悉得很，早已习惯。

陈忌倒是不自觉蹙起眉："什么味？"

苏秀清掀开砂锅的盖儿，瞧着火候，闻声也没回头："粥粥的药，吃完饭后记得喝了。"

陈忌想起她在学校时，用纸巾捂着鼻子，红着眼委屈巴巴打喷嚏的模样，顿时便看不惯她身上那件单薄的校服短袖，伸手拎了下，像是有些生气，板着脸，声线冷硬地讽刺她："你这个体质，这种天，就穿这个？觉得中药太好喝？"

周芙："……"

毕竟朝夕相处了近两个月，周芙对他的脾气多少也有些了解，如今不像先前那么怕他了。哪怕他态度仍旧冷冰冰的。

她想了想，有些不服气，看着同样穿着短袖的陈忌，鼓着腮帮子嘀咕了句："你不也是……"

"你见我打过一个喷嚏？"少年个头高，居高临下懒懒瞥了她一眼，"可以，身体没养好，胆子倒是大了不少。"

换作近两个月前，说她两句，她怕是又要吓得掉眼泪，现在都敢顶嘴了。

"上楼去把冬季校服找出来。"陈忌没给她拒绝的机会。

"噢。"

楼下苏秀清从厨房出来，拍了下陈忌："你熊粥粥了？"

"我哪儿敢熊她？"少年语气不紧不慢的，"老太太，你讲点道理，那是温柔教育。"

周芙上楼的脚步顿了顿——温柔什么，凶得要命。

晚上，周芙乖乖地从衣柜里翻出今塘附中的冬季校服。

当初刚领回来，苏秀清就帮她把冬季和夏季的一块儿洗了晒好，此刻抽出来时还有股淡淡的清香。

周芙抱着校服坐在床上，不由得出神，时间过得真的很快，来时还是盛夏，不经意间，她已经在今塘住了快两个月。

初来的不安与茫然似在渐渐消散，只是她多少有些想念爸妈，也不知到底怎么回事，这么久了，他们一个电话都没有来过。

片刻后，周芙开始试穿校服。

她是中途忽然转学过来的，领校服时没剩下几个尺码可供选择，现在穿上身后便觉得大了。

她本就小小一个人，宽大的校服往身上一套，衬得她越发娇小。

周芙站在镜子前打量了番自己，莫名便觉得这个模样是要被陈忌嘲笑的。

陈忌果然没有让她失望，屋外响起了一阵敲门声，她"嗒嗒嗒"跑过去开门。

熟悉的中药味一下便扑面而来。

少年懒懒站在门前，手里端着碗药，淡淡道："奶奶让你喝了。"

"噢。"她伸手接过。

陈忌双臂交叠搁在胸前，漫不经心斜倚着墙，没有要走的迹象。

周芙抬眸："怎么了？"

陈忌："当场喝。"

快两个月的相处，陈忌对她的秉性已有所了解。

她嗜甜如命，吃不得半点苦头，十分娇气，谁知道关上门后会不会偷偷把药倒了？

周芙显然明白他的意思，心虚道："人与人之间就没有半点信任？"

"没有，喝。"

周芙最终还是皱着眉，硬着头皮捏起鼻子开始喝。

陈忌盯了会儿，最后视线落到她那身宽大的校服上，忽地轻扯嘴角嗤了一声。

虽然他没说一个字，但周芙已经感受到了些许侮辱的意味。

几分钟之后，陈忌又慢腾腾拿了杯牛奶上来，欠欠地感叹："还是不能断奶。"

"……"

翌日清晨，周芙穿好校服下楼，看见陈忌的一瞬间，她脚步一下顿住了。

一向不喜欢穿校服的少年，今天居然破天荒地穿了，还和她一样是长袖冬季款。

两人面对面吃完早餐，一块儿起身去上学。

出了门，陈忌习惯性面无表情地冲她伸手，而周芙同样也习以为常地将自己的书包交到他手上，由他拎着。

双方的动作都十分自然。

刚走了没两步，陈忌便想起周芙今早刚下楼时的不对劲儿，适时地对她进行一些提醒："从早上下楼就一直盯着我。"

周芙表情没了方才的自然，开始不自在起来。

"理由。"

"非要说吗？"

"你觉得呢？"

周芙垂眸抠着手指头，话音极弱："就觉得……你穿校服还挺好看。"

没想到她居然这样直白，陈忌眉梢一扬，唇角微微弯了一瞬。

片刻后，周芙补了句："校服果然还挺衬气质。"

少年闻言，又换回傲慢的语气："那得看是谁穿，你看看陆明舶。"

周芙没忍住，直接笑出了声。

和往常一样，陈忌一连睡了两节课，课间也没起。

他个头高，身量也大，往桌上一趴，座位与后边墙之间便没剩多少缝隙。

周芙坐在靠里的位子，想出去就得将他叫醒，索性就老老实实待着。

第二节课快下课时，她隐约觉得肚子有些不对劲儿，闷闷地坠着疼。

她赶紧喝了几口热水，保温杯很快见底，仍旧不太舒服。

她看向身旁趴着睡觉的少年，犹豫半晌，最终还是硬着头皮将人弄醒。

陈忌沉着脸不耐烦地支起身，皱着眉头看向身侧时，呼之欲出的怒气莫名消了大半，只是语气仍旧冷冰冰，带着点沙哑："干吗？"

周芙拿着保温杯站起身："你让让，我去接点热水。"

陈忌眼皮子只半抬着，还带着被吵醒的不悦："怎么这么麻烦？"

嘴上虽冷硬地讥讽她，人却从座位上站了起来，伸手自然地接过她的保温杯，理所当然地准备替她去。

少年居高临下，视线对上的一瞬间，才发现她脸色有些不大对劲儿，秀气的眉心紧拧着，小脸苍白。

"你怎么回事？"他问。

周芙一时也没反应过来，只蔫巴巴站着，有气无力地答："肚子疼。"

话音刚落，两人几乎是同时反应过来。

周芙身子一僵，动都不敢再动弹。

少年面不改色，视线默默往她身后移了些，就见她那长及大腿的冬季校服下摆处，渗出了一小块深暗的红。

"你别看了……"周芙尴尬得要命，眼巴巴看着他，"怎么办？"

怎么办？

这个问题倒是把陈忌问住了。

他这辈子还是第一次被女孩儿问这种问题。

陈忌薄唇抿成一条直线，沉默了半晌，似是在思考对策，片刻后反问道："你觉得我有经验？"

……也是。

似乎是这段时间以来，依赖他惯了，不论是在学校里还是在家里，几乎事事有他兜着。

他虽然脾气差，说话也挺难听，但确实过于可靠，有时候周芙都觉得，应该没有什么事是陈忌办不到的。

他习惯老成地管着她，即便大多数时候凶巴巴的，周芙性子向来软，没什么主见，也确实乐意被他管着。

因而一遇上这种难以解决的事时，她脑海中冒出的第一个念头便是向他求助，完全没想过，这或许会是他少有的能力盲区。

小姑娘茫然地站在原地，蔫巴巴扫视了一圈教室。

第二节课后是二十五分钟的大课间，大多数没吃早餐的同学会在这期间往食堂冲。

许思甜被体育委员叫走帮忙登记下午需要用到的运动器械，此刻班级里只零零散散剩下几个忙着抄作业的男生。

周芙绝望地动了动僵直的腿，才稍稍挪了一步，某种涌出的感觉重新让她顿住。

她沉默良久，内心强烈纠结过后，还是硬着头皮，吞吞吐吐向陈忌开口："你能不能……帮我找隔壁班女生借一个那个……"

这要求确实挺难为人，陈忌差点被她气笑了，冷冷反问："你觉得可能吗？"

周芙自己都忍不住否定："可能性应该不大。"

最后一点幻想也破灭了，周芙耷拉着肩膀，垂着眸，一时也不知道该怎么办。

半响，身侧的少年叹了口气，手里仍旧握着她的保温杯，冷硬道："你先等着。"说完便板着脸出了教室。

再回来时，保温杯里盛好了温度正好的热水。他随手往周芙桌上一放，语气莫名带着些少见的尴尬，音量压得很低："学校小卖部应该有的卖，我去一趟，你老实点。"

随后，又在周芙难以置信的眼神下，几步出了教室。

大课间，小卖部里学生不少，不过大多数挤在食品区，越靠近生活用品的地方，人便越稀少。

相应地，越往里走也就越引人注意。

加之陈忌这个人，在今塘附中的名号属实有些响，这个身量、这张脸往人群中一摆，想不惹眼都难。

少年单手懒懒地插着校服裤兜，冷着张脸站在摆满卫生巾的货架前时，周围几个女孩儿已经有意无意来来回回在他身后"路过"好几趟了。

陈忌这辈子没买过这玩意儿，原以为就跟买卫生纸似的，随便拿了就能走，哪儿想得到一整个货架花里胡哨、五花八门。

他研究了会儿，什么都没研究出来。

须臾，几个频繁路过的女孩儿终于忍不住凑到他身边："需要我们教你挑吗？"

语气小心翼翼却又藏不住兴奋。

哪怕明知道男生买这东西，肯定是替别的女孩儿买的，似乎能同他多说两句话，都觉得无比幸运。

少年眼尾微垂，这确实是个最便捷的方法，都不用他花心思，不知怎的，他想都不想便一口回绝："不用。"

简短干脆，就连拒绝都懒得多说一个字。

几个女生尴尬离开，陈忌懒洋洋地从裤兜里摸出手机，指尖在屏幕上一顿，之后才想起这近两个月下来，两人住在同一屋檐下，又是同桌，有什么事都直接当面说，根本没有对方的联系方式。

最后电话打到了陆明舶手机上。

电话接通后,陈忌一句废话都没有,开口便是:"把手机给我同桌。"

几秒钟过去,那边响起周芙微弱的嗓音:"怎么了?"

少年眼神在货架上来回扫视,态度一本正经,像是在进行某种学术上的深度探讨:"要什么牌子?"

周芙:"……啊?"

"噢。"她反应过来,脸颊有些烧,忙随口提了个常用的。

本以为这就结束了,下一秒,那边又继续问:"多长的?什么日用还是夜用?"

"……"周芙咬了下唇,"日用……"

"怎么还分什么网状……"陈忌"啧"了声。

周芙忙答:"随便。"

最后他竟然来了句:"要什么口味的?"

"口味?"她怎么不知道这种东西居然还分口味。

"哎,你快点。"陈忌冷冷催着,十分别扭,"好多人盯着我。"

这语气惹得周芙有些想笑:"有,有什么口味?"

少年似乎正盯着外包装上的字:"什么薄荷……"

几分钟之后,周芙捏着陈忌买回来的卫生巾,随手拿了本练习册挡在身后,猫着身子小步挪着去了卫生间。

陈忌盯着她出了教室,还是放不下心,索性懒洋洋起身,跟着朝卫生间的方向走去。

周芙处理完后,脱下校服外套,看到下摆处沾染的深红,拧着眉头跑到水池处冲洗。

她过去压根儿没做过这些,哪儿想到原本只是一小块红,搓着搓着就染了一大片。不仅红,还湿漉漉的,这下彻底穿不了了。

正巧从隔间出来的周之晴见状,嫌弃地瞥了她一眼,之后莫名得意地勾了下唇,匆匆离开。

等到周芙耷拉着肩膀,抱着湿了大半的校服,懊恼地从卫生间出来时,陈忌已经靠在外头走廊上等候许久。

"终于舍得出来了?"是他一贯的冷嘲热讽,"还以为你打算在里边过个年。"

周芙:"……"

他垂眸瞥了眼她手上的东西,瞬间了然。

"你来这玩意儿,还能碰冷水?"陈忌气不打一处来,忍不住伸手掐了下她的脸颊,"觉得自己身体很好?"

周芙自知理亏，没敢吭声。

下一秒，少年沉着脸将自己的校服外套脱下，劈头盖脸直接丢给她，之后将她手里的湿衣服接过，冷冷道："自己穿上。"

再抬眸时，他身上只着一件宽大的黑色短袖，周芙忍不住皱眉："你这样会生病的。"

他的语气仍旧傲慢："你以为我是你？"说完，他转身懒洋洋回了教室。

周芙跟在后头，慢吞吞地穿外套。

穿好的一瞬间，她更加真切地感受到两人体格的差距。

原本只觉得他比同龄人高大不少，没想到校服居然能大成这个样子，就差垂到膝盖，能直接当裙子穿。

两人前后脚回到教室。

此刻距离下节课上课只剩几分钟。

讲台前站了一群检查纪律的学长，周之晴跟在边上拿着本子，不知在上头登记什么："大家都坐好，例行检查，这次得分和下周流动红旗挂钩，胸卡没戴、校服没穿的都站起来。"

周芙忽然明白，方才周之晴从自己身边离开时，为什么会露出那样嚣张得意的表情。

她忙看向身旁的陈忌，双手已经搭在自己领口处的拉链上了，着急道："我把校服还你。"

然而少年似乎压根儿没当回事，懒懒偏过头，伸手一把将周芙已然拉到中间的拉链一下拉了回去，一拉到顶，她稍稍低个头，便轻松感受到被他身上那独有的木质淡香包裹着。

少女脸颊微微发烫，心脏也忍不住"怦怦"直跳。

"老实穿着。"

"可是——"

"晚上想多喝一碗中药？"陈忌不紧不慢地问。

"……"

很快，周之晴拿着本子来到两人跟前。

见陈忌上身套件黑T恤漫不经心靠在座椅中，而一旁周芙身着干净宽大的校服时，她忍不住皱起眉头："没穿校服的自己站起来。"

陈忌原本懒得理她。

然而一旁的小傻子似是乖乖女当惯了，做贼心虚，闻言便紧张地想起身。

见状，他懒洋洋地先她一步站了起来，之后大手覆上周芙头顶，一把将人按回座位上:"有你什么事?"

这举动无疑透着种难掩的亲近,周之晴像是忽然被点了火般,一时间都忘了她平时温柔淑女的人设,眼神对上周芙:"你把校服还给陈忌!"

周芙眨了下眼,还没来得及说话,身边少年已经不耐烦地反问周之晴了:"校服写我名字了?"

被喜欢的人这么一撑,周之晴心态已经有些崩了:"大那么多!"

陈忌轻嗤了句:"矮子有罪?"

"……"周芙抿了抿唇,还是想为自己辩解一下,"我有一米六。"

"闭嘴。"少年语气显然比对上周之晴时缓和许多,"你老实点。"

周芙:"……"

换作从前,管他什么查纪律的,陈忌压根儿懒得放在眼里,天王老子来也奈何不了他。

而这一回,他老老实实地替她罚站了一整节课。

中午放学时,周芙没和许思甜一块儿出去吃,她来例假胃口不太好,蔫蔫地趴在桌上休息。

中途,陈忌打包了一份雪菜瘦肉粥回来,逼着她吃完小半碗后,才被陆明舶拉去打篮球,一直打到下午第一节体育课上课,才见周芙慢吞吞从教室出来。

周芙套着他宽大的校服朝操场走。

因为来得有些迟,她错过了体育老师安排课程内容的时间点,这会儿正巧见陆明舶离自己近些,便随口问了句:"这节课练什么呀?"

陆明舶态度挺好:"羽毛球,球拍在许思甜那儿领。"

周芙点了下头,正打算往许思甜的方向走,就见陈忌冷着张脸,从不远处的篮球场径直往她这个方向走来。

她以为是有什么事,停下脚步,乖乖在原地等他。

少年腿长步子大,即便走得懒懒散散,也很快到了跟前。表情有些不太对劲。

"你刚刚找陆明舶做什么?"他看似不经意地问了句。

"嗯?"周芙垂着眸,似是在回想,"噢,问他这节体育课练什么。"

陈忌眉头微蹙着,莫名别扭地来了句:"没看见我在?"

周芙一时没懂:"啊?"

没等她反应过来,少年便觉得自己像是有什么毛病。

他随手把篮球往身后一丢,沉着脸直接回了教室。

体育课还未结束,教室里安安静静的。陈忌却没来由地烦躁,睡不着觉,草图也画不顺,拷贝纸揉了一团又一团。

二十多分钟后，下课铃响起。

同学陆续从操场回来，三五成群，吵吵闹闹。

他漫不经心抬了抬眼皮子，足足望了五分钟，才看见人群后面露出了周芙的脸。

她仍旧不太舒服，走得很慢。

体育课还没让班里的男生过完篮球瘾，此刻一颗球在班里传来传去。

周芙耷拉着脑袋进门后，也没抬头，就这么慢慢腾腾朝第四组最后一桌走。快要回到自己位子时，传球的男生似乎玩嗨了，也没注意，连着后退了好几步，一不小心便撞上了正巧经过的周芙。

她本就小小一人，又加上身体不适，反应过来时，身子已经控制不住地直直往桌角扑了过去。

她下意识闭上眼认命。

只是，想象中的疼痛感并未出现。

睁眼时，就见面前的陈忌右手握着一支针管笔，如往常一样不知在纸上画些什么，头也没抬，像是压根儿懒得关心周围的一切。

然而少年的左手不动声色地覆盖在那尖锐的桌角上，生生替她挡了一下。

她抬眸，一下对上他那深邃的眸，只一瞬，周芙莫名紧张地别开眼，耳郭不自觉红得发烫，最后匆匆从桌斗里拿了片卫生巾，直接转身去了洗手间。

须臾，前桌陆明舶慢悠悠转过身来："阿忌，你最近好像……有点不太一样。"

陈忌懒得搭理他。

"真的。"陆明舶开始分析，"你不觉得你最近话变多了吗？对上你新同桌的时候。"

陈忌敷衍道："我觉得你话有点多。"

陆明舶并没有气馁："阿忌，大老爷们儿害什么臊啊？"

"……"

"喜欢就追，凭你这张脸，还不是勾勾手的事？"他有些兴奋，"人家小姑娘要是实在矜持，我陆某人也不是不能给你献上一计。"

"……"

"真的哥，百试百灵，小姑娘都吃这套。"他跃跃欲试，开始陶醉，"你给小周妹妹写封信，就这么写：'宝，我在写作业，你猜我写什么作业？想你的一夜一夜又一夜。'"

陈忌这辈子就没这么无语过，舌尖不耐烦地抵了抵腮帮子，伸手一下将陆明舶的头给扭回去，忍无可忍道："……你给我滚回去写作业。"

陆明舶老老实实写了半分钟作业，还是不死心："哥，我又心生一妙计。文的不行，咱们来武的。"

陈忌这回是连眼皮子都懒得抬了，根本不想搭理这个傻子。

陆明舶也不管他听不听，自顾自道："过几天咱们附中和私立高中那边有场篮球赛，你要是愿意来，咱们铁定能打哭他们，这还不得让周芙屁颠屁颠给你送水，爱你爱得死心塌地？怎么样，哥，打不打？"

第二章　谁是你哥哥

你除了敢和我凶，
还敢和谁凶？

因中间那句话，陈忌眉心莫名舒展了下，忍下已经到嘴边的"滚"字，只面无表情地敷衍了句："不打。"

"别啊阿忌，为什么不打？你要是去了，真的分分钟把他们弄趴下。"陆明舶这话说得没有半点拍马屁的意思。

他私底下和陈忌常玩，着实领教过对方的水平。

"烦。"陈忌只淡淡吐了个字。

几所高中之间的联赛，关注度肯定不小，来看的人也多。

陈忌名声本就响，先前甚至连市里都有女同学只是在今塘附中贴吧里看了一眼他的照片，就千里迢迢赶过来找人。

平日里小玩小闹打个球，篮球场都能里三层外三层被女孩儿们围得水泄不通，一次恨不得抬几箱水送给他。

更别提这种事关校荣誉的大赛事。

换作别的男生，恨不得一秒炫一个耍帅的扣篮，享受得要命。

也就是陈忌，一见到叽叽喳喳的一群姑娘就烦。

"就没见过这么讨厌被女孩儿追的，这长相、身材给我多好。"陆明舶摇着头"啧"了声，"旱的旱死，涝的涝死。"

陈忌："……"

周芙从洗手间回来时，距离上课还有一段时间。

陈忌已经闲散地趴在桌上闭了眼，给她留下的缝隙依旧窄，想要进去，就得从他背后蹭过。

周芙似乎已经习惯，踮着脚往里头挤了挤，双手不自觉便搭到少年脊背之上，随后轻拍两下。

后者也不知睡没睡着，倒是没恼，懒洋洋往前动了动身子，给她腾了点空间，待她坐定后，又舒展回原本的姿势。

明明双方都一声没吭，却配合得十分默契。

早上班主任廖伟福通知，期中考试的时间定在两天后。回到座位上，周芙拿出许思甜借给她的往年试卷，想熟悉熟悉今塘这边的试题类型。

她之前在北临时，家里虽有心培养她走钢琴这条路，但文化课方面也没有落下，常年有家教来给她查缺补漏，成绩还算不错。

周芙一连做了好几道都顺顺利利。

她欣慰地弯了下唇，正准备继续，十一月末凉飕飕的冷风卷着秋日的枯枝败叶，一下从正对着她侧脸的窗户外灌了进来。

她不自觉瑟缩了下，鼻尖因这寒风泛起了红。

周芙偏头看了下仍旧闭眼睡觉的陈忌，少年的校服给了自己，此刻身上只穿着件单薄的短袖，担心他这样会着凉，她便没犹豫，伸手将窗户关了个严实。

没一会儿，周芙感觉自己的肩头被人推了一下。

她抬头，来的是周之晴的几个小姐妹，她们平日里没有什么交集，周芙疑惑地问："怎么了？"

其中一个人道："你把窗开一下，不通风，教室里这么多人，闷着难受。"

周芙犹豫了下："今天外边的风有些大，窗开了可能会着凉。"

对方似乎没想到周芙这种软性子居然会拒绝："我们都没觉得冷啊！"

马尾辫也附和道："对啊，不能因为你一个人怕着凉，就让大家都闷着吧？别这么自私。"

周芙张了张嘴，本想反驳，又觉得浪费时间。多少也了解，大抵是因为周之晴不太喜欢自己，所以她的小姐妹们才来找碴儿，说再多也是无用。

她向来不喜欢同人吵架争辩，点点头，转身搭上了窗户把手。

开到一半时，手腕忽地被只熟悉的大手攥住，少年掌心的温度从她冰凉的手腕处迅速蔓延。

周芙一愣，回过头来，就见陈忌满脸写着被吵醒的不悦，蹙着眉头，面色微沉。

而那几个女生早已心虚地溜回各自的座位。

陈忌攥着她的手还未松开，嗓音带着些初醒的沙哑，磁性磨耳："是不是傻？这么好欺负？"

周芙鼓了下腮，没吭声，手上使了些劲儿，还是将窗户开了一半。

"被人欺负了还跟我倔。"陈忌索性收回手，冷冷讥讽她，"在家里和我顶的时候不是挺厉害？凶不过还会哭！刚才怎么不哭？"

周芙这会儿不想搭理他。

半晌，他欠欠地"噢"了声，尾音拖得又慢又长："还是说，这招儿只对我使？"

周芙偏头瞪了他一眼，少年微微勾了下唇，轻嗤她："你除了敢和我凶，还敢和谁凶？"

周芙干脆破罐子破摔："我就和你凶！"

陈忌眉梢扬了扬，忽地低笑了声："行。"

"你给我起来。"他笑完，又突然开口。

周芙眨了下眼，这会儿进入了防备状态："干吗？"该不会是要动武吧……她可打不过他……

"你什么表情？"陈忌忍住想要掐她脸的欲望，"坐外边去，我靠墙睡舒服。"

"啊？"

等周芙反应过来时，已经被陈忌强行换了位子。

少年背对着半敞的窗，高大的脊背一下将那刺骨寒风全部替她挡去。

周芙怔了一瞬，心跳不受控制地加快。

她不自在地收回眼神，忽地想起当初刚转来时，班主任廖伟福说，期中考试结束后再按排名调整座位的事。

周芙看着卷子上她刚刚顺利做完的几道题，之后又偷偷看了眼此刻再次闭眼补觉的少年。

也不知道他的成绩到底怎么样，她好像……还是想和他继续坐同桌。

傍晚放学，班里人陆续走得差不多了，周芙见陈忌还没醒，便也没打扰他，自行去班级卫生角挑了个顺手的扫把，之后拿出盆，去阳台洗手池处接了点水。

须臾，陈忌懒洋洋醒转，抬眸时，就见她一手抱着盆，另一手笨拙地从盆里捧水往地上一点一点洒。

他皱了下眉，嗓音有些沙哑："你干吗？"

说着，人已经起身走到她跟前了，少年的大手一下将盆从她怀中接过，修长的指节探入水中试了试温度——冰的："你有什么毛病？"

周芙抬眼："嗯？"

"来例假碰冷水。"陈忌声线冷硬，"你还真能给自己找事。"

"不是呀，"她解释道，"我看他们扫地之前都得洒点水，这样灰尘不会到处乱飞。"

"谁让你扫地了？"陈忌手指拧了一下眉心，似乎还没从睡意中缓过神来。

"今天值日轮到我们嘛……"

"我们？"

"我和你。"周芙抿了抿唇。

他压根儿不记得有这事："那你不知道叫我？"

"我看你在睡嘛。"她鼓了下腮，有些不好意思，"而且今天都麻烦你一天了。"

陈忌微眯了下眼，眸光暗了一下："你何止麻烦我这一天？"

"……"

"行了，我来。"他语气缓了许多。

周芙乖巧地应了声"好"，跑去拿扫把："那我们一起。"

扫把还没在她手中停留三秒，又被陈忌没收了去："你会个什么，边上等着，别碍手碍脚的。"

周芙已经习惯了他的说话方式，老老实实"噢"了声。

周芙回到位子上，见卷子写得差不多了，想先收起来。

讲台处，少年视线懒懒扫过来，以为她要提前走，淡淡地来了句："周芙，做人要有点良心。"

周芙没懂："啊？"

"我全干了，你先走？"

她原本是没这个想法的，闻言，忍不住逗逗他："不是你叫我别碍手碍脚的吗？"

陈忌都快被她气笑了："坐回去写卷子，等我弄完才能走。"

周芙努了努嘴，嘀咕："霸道。"

陈忌眼神冷冰冰扫过来："什么？"

小姑娘立刻心虚改口："我觉得你这个提议非常好。"

陈忌："……"

她的作业已经写得差不多了，索性抽出张纸来默写单词。最开始还认真地默写了几个，后来也不知怎的，笔下的内容逐渐不再是英文字母，笔尖窸窸窣窣画出个少年趴在课桌上补觉的轮廓。

等周芙反应过来时，"陈忌"两个字几乎占了大半页纸。

少女耳郭迅速泛起粉红，心下莫名有些紧张，动作很快地将纸胡乱折起来塞进书包之后，从位子上站起来。

陈忌单手握着扫把，正好扫到第四组的过道，见状随口问："干吗？"

"我……去上个洗手间。"她此刻甚至没胆子和他对视，说完便匆匆从他面前离开。

陈忌动作利落，没一会儿便打扫得差不多了，单手提起半人高的垃圾桶，轻轻松松拎着下楼，把垃圾倒完回到班级时，周芙还没回来。

他到阳台洗手池随意洗了下手，摸出手机瞧了眼时间，眉头不自觉皱起，随后下意识出了教室，径直往尽头的洗手间走，步子很大，脚下生风。

洗手间外的走廊空空荡荡，不见半个人影，陈忌脸色沉了沉："周芙？"

里头没人吭声，少年薄唇抿成一条直线："不说话我就进去了。"

他正打算往里走时，小姑娘耷拉着脑袋，从洗手间缓缓挪步出来，像是因暴雨兜头而落般，浑身上下全都湿透，原本精致漂亮的公主头，此刻被水浇得一丝一缕地紧贴着脸颊，冰冷的水珠子止不住滴入衣领。

陈忌火气一下便蹿了上来："谁弄的？"

"我不知道。"周芙摇摇头，"我在隔间里，没看见外面是谁，就听见点脚步声，原本还以为是你来了，结果水一下就从上面泼了进来。"

少年咬了咬后槽牙，几乎是强行将戾气先压了下去："先回家。"

她那一身湿漉漉的衣服，必须马上换了。

两人一前一后出了校门，陈忌黑着脸一言不发，周芙委屈巴巴地跟在他身边，片刻后忽然问："我这样回去，要是被苏奶奶看见了，她是不是会担心啊？"

"这不是废话吗？"陈忌这会儿瞧着她一身狼狈就来气，说话也不好听，"要不带你去酒店？"

周芙没来由地一羞："陈忌！"

陈忌哪儿能不知道这意思，习惯性伸手掐了把她脸蛋："你想哪儿去了？我想让你先洗个热水澡，把湿衣服换了。"

"噢——"周芙尴尬地抿了下唇。

气氛倒是比方才缓和了不少。

少年勾了下唇，淡淡讥讽她一句："小小年纪，想法还挺花里胡哨。"

"你一把年纪，还挺纯情。"周芙不甘示弱地补了句。

陈忌都快被她气笑了："我也就比你大两岁。"

说归说，陈忌瞧了眼她慢慢腾腾的样子，照她这个速度走，还没到家估计就冻死了："算了，我给老太太打个电话，今晚不回了。"

"嗯？"

"带你去个地方。"

学校不远处的小饭馆前停了辆深黑色摩托，陈忌带着人走到跟前时，周芙便认了出来。近两个月前她初到今塘，就是这辆车载着她进来的。把手上挂着顶同色摩托帽，外形和主人气质一样桀骜不羁。

陈忌随手将头盔取下，低头流畅地开扣，之后直接扣到周芙脑袋上。

两人面对面，周芙一愣，抬头时正对上少年微垂的眼眸。

某种温热的气息似乎在两人之间暗自传递。

他盯着卡扣，没看她，正仔细替她调试大小。

周芙心跳莫名急促了些，小声提醒："我头发很湿，会把帽子弄脏的。"

"要你操什么心？"卡扣"咔嗒"一声落锁，陈忌将挡风片拉下，"一会儿不许哭。"

周芙表情一怔，这句熟悉的话，瞬间将记忆拉回了近两个月前的初见，只是这次，少年的语气比当初温柔得多。

她唇角挂起浅淡的笑："那你慢一点。"

陈忌眉梢挑了下，不置可否，只说："那你抱紧点。"

这是周芙第二次坐他的车。

车速明显比上回收敛得多。

只有偶尔在她担心自己的湿衣服会连带将他的T恤弄脏，而不敢靠他太近，只攥着他一小片衣角时，才会莫名迎来一阵急促的加速，直到她双手圈上他的腰，整个人贴在他宽阔的脊背上，牢牢抱紧才会降速。

摩托穿过错落的巷弄，没几分钟便偏离了人群熙攘的地段，四下很快再无喧嚣。

换作从前，孤身一人跟着个离经叛道的少年，去到这样的地方，是周芙想都不敢想的事情。如今，她心里甚至没有半分忐忑，只剩下好奇与期待。

车子最后停在了满是礁石的小海岸边，陈忌腿长，轻轻松松率先下车，之后骨节分明的大手"啪"的一声将她头盔上的挡风片撩开，垂眸往里扫了两眼，微微勾了下唇，淡淡道："可以，长大了。"

没掉眼泪。

周芙："……"

他伸手替她将头盔摘下来："跟上。"

"我们去哪儿？"周芙好奇地问。

"到了就知道了。"

两人顺着礁石外沿的台阶下去，才走到一半，周芙便看见艘白色小快艇漂在石阶尽头，能坐三五个人，和她在海滩景点见过的那种类似。

陈忌似乎常来这里，取下扣在岸边的绳索，熟练地将快艇扯到最近处，之后随意一跨便上去了。

周芙跟在身后，抬眸时，少年已经将大手伸向她。

她有些犹豫："这样会不会不太好？"

陈忌没懂："嗯？"

周芙指了指他脚下那艘快艇。

少年懒懒地扯了下嘴角："我的。"

周芙张了张嘴，最后在惊讶中被他带到了对岸一座古色古香的宅院。

宅子看起来已经有些年头，柱梁相错，斗拱飞檐繁复。

穿堂两侧的花池似是有人常年精心打理，郁郁青青带点粉，星星点点的小鲤鱼在镂空的石板路下穿梭，悠闲自在。

目光所及之处，静雅闲适，与陈忌身上桀骜难驯的气质格格不入。

只是穿过外廊，进到内院之时，眼前的景象令周芙忍不住咋舌。

主宅被烧去大半，梁柱不复精致，三分之一都成了灰烬。

她下意识看向陈忌，而身旁的少年眸光浅淡，似乎没有要解说的意思，还是如往常一样，毫不怜香惜玉地提溜起她肩头衣料，踏上木梯，将人拎到二楼浴室门前："别顾着看，先去洗澡。"

周芙早已习惯听他的话，随口便应了声"好"。

浴室里头的陈设比苏奶奶那栋老房子的新式不少，和她在北临时的家差不多，她用起来十分自如。

没一会儿，木门被敲响，门外传来陈忌磁性的嗓音："开个门。"

周芙咬了下唇："我还没好……"

"……"少年喉结动了动，"开个缝，这儿没女孩儿的衣服，先换我的。"

"噢，好……"

周芙小心翼翼地从门缝处接过他递进来的衣服，棉质柔软，干净清爽，上头还微微有股属于他的木质香。

她脸颊微热，又听他道："我回去一趟，拿点东西。"

"啊？"

"这附近外人来不了。"陈忌又补了句，"我很快回来。"

她这才安心："好。"

周芙草草吹完头发出来时，陈忌还没回来。

她趿拉着他宽大的拖鞋，"嗒嗒嗒"在宅子上下逛了一圈，虽不知这到底是什么地方，但看起来陈忌应该常来。

一楼厅堂像是被他当作工作室，几张长桌拼在一块儿，上头放着几摞翻旧了的古建筑书籍和防火规范手册，手稿草图铺了一桌，内容和他在课上画的差不多。

长桌两旁是几排木架子，上头陈列着各式各样的木质榫卯斗拱，有搭好的，有雕到一半的。周芙忽然知道他身上独有的原木香是怎么来的了。

周芙参观了没一会儿，陈忌就拎着东西从外头走了进来。

"你回来啦。"周芙下意识朝他的方向迎过去。

"……嗯。"

少女柔软的长发乖巧地披散在肩头，身上套着属于他的宽大棉 T 恤，由于体格差距实在过大，衣服下摆已然垂至膝盖，跟穿裙子似的。

陈忌随手将方才路上买的牛奶蛋糕递过去："先垫下肚子。"然后进厨房开火炒菜。

周芙这会儿确实饿了，这蛋糕的甜度正好又是她最喜欢的，美美咬了两口后，像只跟屁虫似的，跟在陈忌身后进了厨房。

看到他利落的动作，周芙有些惊讶："你会做饭呀？"

少年没回头，注意力仍在手上，淡声嘲讽她："不然你以为你每天吃的早餐是谁做的？"

"是你做的？"周芙惊得音调都高了些，"我以为是苏奶奶。"

她望向他的眼神里多了几分崇拜，难怪他总嫌自己什么都不会，因为他好像什么都会。

周芙吃完一个蛋糕，手上没事做，便开始不老实，跟在陈忌身后左凑凑右凑凑："要不你教教我呗？我会了也能给你打下手。"

陈忌想都没想便冷冷拒绝："伺候人的事，学来做什么？"

"我也可以伺候——"她话还没说完，陈忌的眼神懒懒扫了过来。

周芙忽地一怔，别开眼，话音别扭地弱下些许："我自己啊……"

少年轻扯了下唇角，淡淡道："出去，少凑热闹。"

周芙鼓了下腮，正要出去时，余光瞥见他左眼眉骨之上多了一道新鲜的伤口，此刻血痕似乎才凝固，颜色甚至都还未变暗。

她记得方才放学一块儿回来时，是没有的。

周芙皱起眉凑过去："你这里怎么回事啊？"

还没等她瞧个仔细，陈忌便随手将她一挡："油会溅出来，别过来。"

"你这个伤——"

他满不在意地敷衍道："刚骑车回去的时候被路边树枝刮了一下。"

周芙眨了下眼，觉得也挺合理："噢。"

想了想，她又问："你这儿有药箱吗？我找点药给你上一下吧。"

陈忌压根儿不把这小伤当回事，淡淡嗤笑道："你以为我和你一样娇气？找药的工夫，都愈合了。"

"……"

吃过饭，陈忌坐到厅堂里的工作桌前，一边在拷贝纸上不断修改草图，一边对着图纸，用工具刀在木条上削个不停。

周芙一个人不敢待在二楼，便搬了张凳子，凑到他边上写卷子。

四下静谧无声，她写了一会儿，悄悄侧头看他。

这人向来是一副吊儿郎当的懒散样，周芙鲜少见过他这样专注，不免有些看得入神。

"写卷子还是看我？"少年的眼神并未从手中的木条上挪开。

周芙闻言，一下别开脸，再回过头来时，陈忌修长的手指正翻着一本厚厚的建筑资料集。

周芙瞧了眼，忽地对他开口道："陈忌。"

"嗯？"他懒懒应道。

"你好好读书呀，以后能从这里走出去的。"他做什么都好厉害，要是好好上课，学习肯定也不会差。

少年翻书的手一滞，面色意外地沉了下来，侧脸下颌线凌厉锋利，声线冷硬地反问道："走出去？"

周芙还没发现他的不对劲儿："嗯，去更大的地方。"他应该会成为一个很优秀的人，而不是局限于此。

陈忌面无表情："去哪儿？"

"嗯——"周芙抿唇，想起他画草图时专注的模样，"比如你要是喜欢建筑，北临大学的建筑系就很不错。"

没承想话音刚落，就见少年蹙眉不耐烦道："滚，别烦我。"

周芙不自觉一怔，他平时虽也不是什么好脾气的人，可这样疏离的语气，还是少有。似乎每每都在提起北临之后。

周芙隐隐觉得，陈忌对北临似乎有着难以言喻的排斥。

她沉默了半晌，最终还是忍不住嘟囔："班主任说，期中考试过后就要按成绩重新排座位了……"

陈忌不自觉抬头瞥了她一眼，没吭声。

周芙耷拉着脑袋，嘀咕："陈忌，你好凶啊！"

他简直快被她说得没脾气了，习惯性伸手扯了下她的脸颊："周芙，你好娇啊！"

"……"

凌晨三点多，突发的高烧烧得周芙浑身滚烫，整个人软绵绵的，没了半点力气。

她身体本就不好，例假期间更是容易生病，加之傍晚被莫名泼了一身冷水，一场高烧来势汹汹。

陈忌起夜时，看见隔壁亮了灯，犹豫片刻终究还是不放心，敲门进去后，就见周芙蔫蔫地缩在被子里，迷迷糊糊直掉眼泪。

少年面色忽地沉下来，少见地失了一贯的冷静。

好在他反应够快，转身下楼，几分钟后，拿着湿毛巾和药重新回到周芙床前。

"坐起来。"

床上的小姑娘已经没力气吭声了。

他蹙着眉，轻手轻脚将人从被窝里捞出来一些，半靠在床头，又抽了个软枕给她垫着，一包药摊在手心，送到她唇边，沉声道："张嘴。"

周芙一边难受得掉眼泪，一边老实照做，刚将药丸吃了，他又喂了勺东西过来。

苦的，她吃出来了，是每天都在喝的中药。本以为今晚能逃得掉，哪儿想得到他居然从家里带过来了。

陈忌坐在她床边,一口一口耐心地喂。

今晚大抵是生病作祟,她比往常还要娇气些,只喝了两口就开始躲:"太苦了。"

"喝完。"他坚持道。

周芙瘪着嘴,将脸偏到一边去,不看他了。

"就两口了。"少年轻叹了口气,破天荒地哄着,"你听点话。"

翌日一早两人到学校时,班级里还没来几个人。

陈忌昨晚因为要时刻盯着她的状况,熬了个通宵,一到座位上就趴下补觉。

周芙这个被照顾的倒是挺精神,偏头见他面朝着自己这边,枕着手臂睡,莫名想到昨天傍晚时她无意间画的那个轮廓。

她悄悄从书包里翻找出来,偷偷对着他又添了几笔。

片刻后,周之晴那几个小姐妹将她叫了出去。

饶是脾气再好的人,一而再,再而三地被找碴儿,也忍不住拧眉。

没想到,几个人这回竟是来向她道歉的,为的是开窗户和泼水的事。态度小心翼翼。

周芙其实也想过大抵是她们干的,没想到仅隔了一夜,对方竟主动回过头来承认并道歉。

她忽地想起陈忌昨晚回来时,眉骨上添的那道小小的伤口,总觉得应该不像他随口说的那么简单。

隔天期中考试,陈忌破天荒地没有缺席。就连陆明舳在考场上见到他,都忍不住调侃"稀客"。

考试结束当天晚上,班委组织大家一块儿聚餐放松。

许思甜转过来说:"你等我一下,一会儿我和你坐一起。"

"嗯?"周芙还没反应过来。

"聚餐呀。"

"噢,好……"

许思甜说完,跑去上厕所了。

周芙下意识看向陈忌:"你去吗?"

"不去。"他懒懒地回道。

他和这帮乖学生压根儿不熟,玩的也不是一个路数,从不会参与这些集体活动。

周芙"噢"了声。

陈忌扬了下眉梢:"倒也不用这么失落。"

"……"

聚餐和周芙设想的差不多，一个班的人围着两张圆桌坐下，随便吃点东西聊聊天，有的甚至还在对白天考试的答案，这种安分的场合，好像确实不太适合陈忌那样离经叛道的人。

周芙忍不住弯唇笑了下。

一顿饭吃到晚上将近九点，原本也差不多到了该回家的时候，这时不知道谁提了句要去楼上包厢，可以唱歌，一群人听了马上跟着附和起来。

"可以可以，反正明天周末不上课。"

"对啊，一块儿去，都考完试了。"

许思甜莫名有些兴奋，拉着周芙就要跟上大队伍。

然而陈忌不在身边，周芙有些不敢太晚回家，本想拒绝，许思甜就开始磨她："哎呀，来都来了嘛。而且我听说陆明舶——噢，还有陈忌他们好像都在，肯定好玩。"

周芙耐不住她软磨硬泡，最后还是一块儿去了。

到地方后，班里男生便开始霸着话筒鬼哭狼嚎。

周芙陪着许思甜坐在角落，整场下来也没遇上什么陆明舶。

许思甜似乎有些失落，在一边自顾自地吃吃喝喝。

她的话语已经开始含混不清："粥粥，我听说，陆明舶今晚还叫了周之晴她们……都是同桌，怎么陈忌就整天盯着你、护着你，陆明舶就把我当空气？"

周芙怔了下，心想：陈忌他……也没有整天盯着我吧？

许思甜说完，又打算继续。

周芙忙将她拦下："别喝了，我送你回家吧？"

一听到"回"这个字，许思甜猛摇了摇头，死都不愿走，最后成功把自己晃恶心了，抱着周芙："粥粥，你带纸了吗？我想吐……"

周芙翻了半天书包，没翻着，索性站起身："我去前台帮你买。"

出了包厢，她按照记忆中的路线往左手方向走。

只是她才走了两步，迎面便凑上来个醉鬼，酒气极重，手上还拎着个瓶子，走起路来晃晃悠悠，有意无意往周芙身边蹭。

周芙忍不住皱起眉，下意识往走道另一边躲了躲。

哪儿想到这醉鬼立刻跟了过来，一下将她堵在身子和墙中间，耍起流氓："这么漂亮！多少钱一晚啊？哥哥我——"

"啊——"

"滚开！"少女尖叫声响起的同一时间，熟悉的嗓音忽地传到她耳朵里。

等她反应过来时，那醉鬼已经躺在地上捂着肚子打滚了。

身形高大的少年走到她跟前，居高临下地盯着她，语气有些凶："这里也是你能来的？"

见到是他，某种压抑的委屈便不自觉地涌了上来，周芙努力忍住哭腔嘴硬道："你能来我就不能来？"

陈忌眉梢一挑，刺她一句："你也就会跟我横。"

他说完，语气又软下去一些，握着她的手腕垂眸检查："那浑蛋碰你哪儿了？"

周芙瘪着嘴："那浑蛋碰我手了。"

陈忌闻言，脸一下便黑了，正想转身将地上那浑蛋再打一顿，下一秒，瞧见自己握着她的那只手，这才反应过来"浑蛋"说的是他……

少年痞里痞气地笑骂了句："我白护着你了。"

"走了。"他淡淡道。

"啊？"

"回家。"

周芙本来也不想继续待着，乖巧地点点头。

走了几步，她忽然想起刚刚出来的目的，忙拉住陈忌："那个，我还得把许思甜送回去，她有点晕，时间太晚了。"

少年停下脚步回过头，扯了下她脸颊："你可真有能耐，还有送别人回家的本事。"

"……"

"等着，我给陆明舶打个电话。"

大抵是包厢里太吵，陆明舶那边迟迟没接，陈忌"啧"了声："陪我回去一趟。"

周芙点点头，乖巧跟着。

到了包厢，陈忌推门而入，周芙安安静静站在门外等着。

里头很快传出声来："阿忌，外头是你小同桌在等你吗？"

周芙下意识屏住呼吸。

陈忌只笑骂了句："别管闲事。"

她悄悄望进去，就见陈忌随手从桌上拿了罐饮料，单手轻易地将拉环拉开了，仰头灌了几口，喉结耸动，哪怕只是个侧影，也野得不行："先走了。"

兄弟们起哄："别让人在外边干等啊，好多吃的刚上，一块儿吃点？"

几人话音落下，就见陈忌懒洋洋走出去，问她："饿不饿？要不要吃东西？"

周芙摇摇头，他也没坚持，只回头打了声招呼："小姑娘睡得早，先走了。"

再出来时，少年面不改色，好像里头的一切都没发生过般，淡淡道："陆明舶马上就过去。"

051

似是知道周芙在想什么,他又补了句:"他不会乱来。"

从饭店出来后,四下瞬间被静谧包裹。

周芙跟在陈忌身侧,习惯性垂眸盯着脚尖走。

"看路。"

"噢。"

"你怎么长这么大的?"少年淡淡讥讽她。

"……"周芙理所当然道,"你不是在吗?"

两人默不作声走了一段,陈忌忽地开了口:"害怕吗,刚才?"

"嗯?"周芙攥紧了下手,怎么不怕?事出突然,她那会儿还是蒙的,此刻回想起来,后怕得手脚冰凉,然而还是好面子地嘴硬道,"不怕。"

少年嗤笑了声,压根儿不信:"晚上偷着哭的时候,可以通知我欣赏一下。"

"……"有那么一刻,她觉得,他是在用这种方式缓解她心里的恐惧,效果似乎挺不错。

紧张情绪刚刚松懈下来之际,不知从哪儿飙出来一辆摩托车,陈忌几乎是下意识地一把将周芙死死拽到自己身侧。

待车过了,他蹙着眉头,单手将周芙拎到小路内侧,语气又从方才片刻的温柔变回凶巴巴:"走里边去。"

"噢。"

隔天周末不上学,周芙抱着手机等了一早上,终于在快吃午饭时,等到了许思甜报平安。

昨晚她到家后倒头就睡,一直到刚刚才睁眼。

如陈忌所说,陆明舶半点没乱来,甚至规矩得都有些过分。许思甜无语地抱怨:"同桌欸,我晕成那样,他也就礼貌客气地扶我的一只手臂。"

她话音弱下来,像在自言自语:"要是周之晴,他恨不得全程公主抱。"

周芙:"……"

"粥粥,我不想到下周一。"许思甜忽然没头没脑地来了句。

"什么?"周芙没懂。

"下周一就要换位子了,当初开学,我是故意迟到,才和他成同桌的。"许思甜失落道,"我不想换位子。"

周芙忽然没了声,脑海中忍不住闪过陈忌趴在她边上补觉的样子。

她……也不想。

因为要调换座位,这天周一,大部分人来得都比平时早些。

班主任廖伟福站在讲台前,分发期中考试成绩单。

同学们领完后，按照单子上的排名，调整到相应座位。

收拾抽屉调换桌椅，教室里闹哄哄的，乱成一锅粥了。

周芙到班里时，大半同学已经换好位子了。

许思甜孤零零坐在第一组第二桌，苦着张脸，垂头丧气，时不时地转过身往最后一桌看。

周芙找班主任领了自己的成绩单，全班第二，总算没有浪费在北临时交出去的大几万元家教费。

周芙走到许思甜前面一桌坐定，刚转过身去，就听见她叹了口气："我要是也考得那么差就好了。"

周芙："……"

这话听在别人耳朵里，大抵要被吐槽，不过周芙知道她的心思，想想这话也在情理之中。

周芙顺着许思甜的目光看过去，原本属于她和陈忌的第四组最后一桌，此刻正坐着周之晴。

周芙小声问："周之晴的成绩……有这么差吗？"

虽说她表现出的的确是没把心思放在学习上的样子，但也不至于考全班倒数第一吧。

"没差到这地步，她故意的。"许思甜摇摇头，"因为陈忌以前总是懒得来考试，千年倒一，她想和陈忌坐同桌，估计交的白卷。反正她平时成绩差，家里人也不管。"

周芙一下噤了声，看着周之晴身边的空位，忽然也能和许思甜感同身受了。

不过，此刻周之晴的表情似乎也不怎么好看。

许思甜瘪着嘴："但是陈忌这次考试来了，所以是陆明舶和她成了同桌。"

周芙："……"

许思甜回头瞧了眼将兴奋写在脸上的陆明舶，愤愤道："你看他那不值钱的样子！"

周芙想了下，又问："你知道我旁边是谁吗？"

许思甜摇摇头："可能是班长或者学委吧，他俩平时成绩比较好。"

周芙"噢"了声，语气难掩失落。

然而仅过了几秒，陈忌竟朝着她大摇大摆走了过来。随后懒洋洋地坐到了她边上的位子上，痞里痞气道："新同桌，认识一下？"

周芙犹豫着提醒他："班主任说按排名坐……"

少年闻言，眉梢一扬，不紧不慢将手里的成绩单放到桌上，两指抵着，慢悠悠推到周芙面前，一副"你瞧不起谁"的表情，指尖轻点了点写着名次的地方。

第一名。

周芙惊得张了张嘴,说不出话来。

许思甜则是忍不住"哇"了声。

陈忌微微勾了下唇,嚣张地伸手扯了扯周芙的脸蛋,语气相当欠揍:"有些人不是说什么好好学习,哭着求着说非要和我坐同桌?"

周芙:"……"她明明没有说后面这句!还哭着求着……

少年懒懒瞥她:"就没我做不到的事。"

整个上午,周芙微弯的唇角就没放下来过。

她自己大概没察觉,陈忌倒是全都看在眼里,语调欠欠的:"坐个同桌而已,也不用这么兴奋。"

周芙忍着笑意瞪了他一眼。

正想替自己辩解两句时,班长拿着几张表单走到两人桌前,随后面朝全班通知:"班主任让大家把出生年月日、籍贯、住址还有电话号码填一下,每组填在一张表上,从第一桌开始,填完往下传就行。"

周芙接过表单,一笔一画仔细写完推给陈忌。

后者接过后,只敷衍地写了几个字便趴下接着睡觉,周芙将表单往后传。

许思甜接过,随意扫了眼,不自觉"咦"了声,忙伸手拍拍周芙:"粥粥,原来你生日是圣诞节前一天呀,那不就是平安夜?"

周芙点了下头。

许思甜继续道:"那马上就要到了。"

"嗯。"

"你打算怎么过呀?"

周芙怔了下,随后带着点失落:"不知道,以前都是我爸妈还有发小儿他们帮我过,今年他们都不在。"

"没事没事,今年有我们呢。"许思甜怜爱地揉了揉她脸颊,眸光忽然一亮,"对了!我记得平安夜那天白天,咱们学校和几所私立高中有篮球赛,我们可以一起去看啊!这是多好的生日礼物啊,全是一米八大高个儿的篮球小哥哥。"

许思甜继续兴奋道:"你知道路泽舟吧?就是最近特火的那个 rapper[①],超帅,我发小儿特迷他,听说他以前就是隔壁私立高中篮球队的。啊!要是他们学校篮球队都是他那种标准的……粥粥,咱们到时候一人带瓶水,必须冲下去送!"

周芙忍俊不禁:"好。"

陈忌:"……"

[①] 指说唱歌手。

原本还一动不动趴着睡觉的少年，莫名蹙着眉，烦躁地坐了起来。

陈忌偏头冷冷地扫了眼周芙，两秒后，伸手将她桌上的保温杯抢过来，面无表情地拧开盖，仰头喝了大半，随后又若无其事放回去，最后沉着张脸起身往陆明舶那边走了。

日子一天比一天冷，今塘附中不似北临那边有暖气，大多数学生都在校服外面加了厚厚的棉服。

周芙来时是盛夏，没带多少冬衣，后来陈忌不知去哪儿给她买了几件崭新的外套，质量和保暖效果都极佳，就是审美过分"直男"。

清一色的粉，又大又厚实，穿上后，像个撒了草莓糖霜的粉团子。

她六岁之后就没穿过粉色的了，觉得没来由地羞耻，悄悄将拉链拉开着，露出里面校服本来的颜色，结果还没挺走出门，就被陈忌揪着衣领子拽到跟前。

她垂着脑袋，老老实实看着少年将自己衣服的拉链重新拉上，一拉到顶。

周芙："……"

反观他自己，仍旧是一件薄短袖加校服外套，像是根本感觉不到冷。

周芙不服气地说他一句，只能换来少年淡淡的讥讽："你和我能一样？"

"……"她确实没底气再多说。

临近圣诞的前一周，班里女生开始流行起织围巾。

几乎每节课间都有女生抱着五颜六色的粗毛线埋头苦干，许思甜也不例外。

周芙从前在北临时没见同学做过这些，觉得新鲜，下了课便转身凑到许思甜那儿研究。

"你是织给陆明舶的吗？"周芙手指卷着毛线问。

许思甜嘴硬道："送他干吗？我织来当抹布用！"

周芙努力忍住才没笑出来。

中午吃过饭，她喊许思甜陪自己去买了毛线。

之后的好多天，陈忌总觉得身边这小姑娘有点不大对劲儿，总趁着自己课间睡觉的时候，偷偷摸摸用手指在他身上动来动去。

几天后的夜里，周芙洗完澡出来，正巧在走廊上碰到了懒懒倚靠在门边的陈忌。

少年居高临下瞅她一眼，漫不经心地问："你最近鬼鬼祟祟的，到底干吗？"

"啊？"周芙一下被问蒙了。

陈忌也没兜圈子，直接问："老趁我睡着，在我身上摸来摸去。"少年"啧"了声，"你这个问题有点大啊。"

周芙想了想，觉得撒谎就更解释不清了，索性直说："我想织件毛衣……"

这下换陈忌愣了，片刻后，眉梢扬了扬："给我的？"

周芙点了下头。

少年心情莫名十分愉悦:"一般不都织围巾?"

周芙有些别扭:"她们说你每年能收到几十条,我不是怕你用不过来吗?"

闻言,陈忌唇角微微扬起个弧度:"也不是谁的都收,你见我有过?"

周芙被他盯得不自在了,忙换了个说法:"主要还是我看你每天就穿一件短袖,跟没穿衣服似的……"

"哦——"少年拖腔带调地说,"原来我在你眼里,一直都没穿衣服?周芙,你可真行。"

周芙:"……"

陈忌:"你这样不太好吧。"

周芙这辈子就没见过比陈忌还不要脸的人。

"尺寸都偷摸着量完了?"他忽然问。

周芙想了想,如实汇报:"没,还差腰围。"

她话音刚落,少年懒洋洋地冲她张开双臂:"那量吧。"

"啊?"

"快点啊。"他痞里痞气地催着,"过了这村没这店。"

"……"

圣诞节前一天清晨,周芙的早餐不再是清粥小菜。

汤汁浓郁的长寿面上,躺着两个灿黄的溏心荷包蛋。

周芙眸光亮了亮,看向陈忌:"你知道今天是我生日?"

她好像从没和他提过。

少年头都懒得抬,语气淡淡:"我有什么不知道?"

周芙弯唇笑笑,尝了一口面,好吃得忍不住眯起眼。

陈忌看着,唇角不自觉地勾了下。

下午上完第一节课后,便迎来了大家期盼已久的篮球联赛。

今年地点定在今塘附中的球场。

铃声刚响,学生们便一窝蜂往楼下冲。

许思甜也激动得要命,从包里掏出两瓶早就备下的水,分给周芙一瓶:"等会儿去送水,你挑个咱们学校队里最高的,我挑个对面学校最高的,'雨露均沾'!"

周芙忍不住笑:"好。"

两人手挽手一块儿去了球场。

没人看见坐在旁边的陈忌,脸色黑得有多难看。

许思甜领着周芙到了球场，原本只打算随便挑个位子坐，见到周之晴堂而皇之地坐在离球员休息区最近的第一排时，轻哼了声，拉着周芙也坐到了第一排。

比赛很快开始。

如许思甜所说，一眼望去，全是一米八大高个儿，让人看得眼花缭乱。

周芙对篮球的规则了解并不多，看了会儿便兴致缺缺，只知道盯着计分板上的数字，不时问一句："哪边是我们的？"

许思甜："分少的那个。"

"……"

刚过去五分钟，已经拉开二十来分的差距。

许思甜科普道："我们学校篮球确实不太行，私立高中那边练体育的多，这种跨校比赛，派过来的都是专业训练过的，我们打赢基本没可能，只求输得不要太难看。"

果然，上半场过后，比分直接拉开了六十来分。

中场休息时，外校的已经忍不住开始庆祝起来。

陆明舶满头大汗地坐在休息区，一边垂头丧气，一边还得赔着笑脸去哄觉得丢脸的周之晴。

两分钟后，场内忽然起了阵骚动。

许思甜循着躁动声望去，下意识拍了下周芙："粥粥，你同桌来了。"

"嗯？"

等周芙反应过来，陈忌已经穿过一排排观赛区座椅，径直走到她面前站定。

少年居高临下，拿着从班里带出来的她的粉色保温杯，随手递给她，之后懒洋洋地将校服外套脱下，旁若无人地丢到她怀中，里头穿的是今塘附中篮球队服。

场内顿时充满了女生们激动的讨论声。

陆明舶那边见陈忌来了，像是忽然打了鸡血般，颓败的气势顷刻间一扫而空。

下半场，那颗球像是忽然长了眼睛般，只在陈忌的双手和篮圈间来回切换。

短短十分钟，他一人就将比分追回了三分之二。

四下的尖叫声明显比先前高涨。

周芙也不再只盯着计分板，眸光死死追随着场上那个高大熟悉的身影。

许思甜忽然开口："粥粥，你同桌好像是队里最高的。"

周芙握着手中保温杯，心脏"怦怦"跳："嗯——"

倒计时之际，陈忌跨了半个场地的球稳稳落入篮圈中。

最后一刹那，比分反超三分。

观赛区瞬间不分敌我，一片倒戈，尖叫声全给了陈忌。

隔壁提前庆祝过的外校球员脸色铁青："不是说陈忌不来吗，还打这么猛，要知道他来，咱就不来丢人了。"

而那个威风了整个下半场的少年，此刻脸不红心不跳，甚至连汗都没怎么出，就这么在众目睽睽之下，懒洋洋走到周芙跟前。

周芙下意识将许思甜先前给她的水瓶递出去。

陈忌眉梢一挑，不接，自行拿走她的粉色保温杯，仰头喝了起来，喉结上下滑动，溢出的水珠顺着唇角，流经下颌线，最后没入衣领中。

模样野得不行。

另一边，周之晴愤愤地盯着周芙，手中水瓶都快被捏变形了。

陆明舶觍着脸笑嘻嘻冲她要水，周之晴根本懒得理。

他这会儿嗓子都快冒烟了，没辙，看向一旁的前同桌许思甜，理所当然地伸过手去。

没想到的是，从前总是屁颠屁颠求着他喝两口水的少女，竟也没给什么好脸色，拿着水起身就跑到隔壁队最高的那个人面前去了。

陆明舶脸色当即就黑了。

比赛是几所高中合办的，奖品还挺丰厚，半人高的毛绒娃娃怀中塞着个大红包，里头是五千现金，参赛的每人再分个签名篮球。

由于比分几乎都是陈忌一个人力挽澜打回来的，队员们一致决定奖品由他来分。

只不过陈忌家底厚，这些东西他根本看不上，钱和球都不要，让大家自己分了，只要了那唯一的毛绒娃娃。

然后他随手塞到周芙怀中，让她抱着先回教室，自己则和其他队员一块儿去男生宿舍蹭浴室冲澡。

毛绒娃娃一路上引得无数女生羡慕。

周之晴快气死了，陆明舶没敢去洗澡，拿着签名球追在她身后，说要送她。

可她压根儿不想要，只死死盯着周芙怀里的毛绒娃娃。

陆明舶最后没了法子，硬着头皮凑到周芙桌前，心虚地询问她："周妹妹，那个，能不能把这毛绒娃娃给我？我同桌实在喜欢，或者我向你买。"

"啊？"周芙一愣，犹豫道，"陈忌只让我帮他拿着……"也没说送她，她不太好自作主张。

"肯定是送你的，他一大老爷们儿要这玩意儿干吗？"陆明舶抱歉道，"赶明儿我一定还你个更大的。"

周芙摇摇头，把毛绒娃娃递出去："不用了，本来就是你们一块儿努力赢回来的奖品。"

倒是向来胆小的许思甜忽然抬头白了他一眼，嘀咕道："你这道德绑架玩得挺好。"

陆明舶："……"

等陈忌洗完澡换了身干净衣服回来时，就见那毛绒娃娃到了周之晴手里。

周芙什么都没说，他也没问。

陆明舶却因许思甜那一句嘀咕，内心莫名煎熬了一整节课。

课间，他实在忍不住，悄悄找陈忌坦白并忏悔了自己的"罪行"。

陈忌懒得管他追女孩儿的那点破事，只说是一起赢回来的奖品，别多想。

到了傍晚放学，他习惯性替周芙拎书包，两人一块儿走出校门后，他提溜起周芙外套上的帽子，将人往另一条路领。

"怎么了？"周芙不解。

陈忌没说话，把她带到树下摩托前。

周芙睁大眼睛，乖巧地问他："我们要去哪儿啊？"

少年伸手掐了下她脸颊，淡淡道："带你去趟市里。"

这是周芙来今塘之后，第一次去这边的市区。

她没去过，多少觉得有些新奇，圆溜溜的杏仁眼躲在头盔的挡风片后左顾右盼。

车子最后停在一座游乐场的门前。

陈忌将车停好，拎着她外套帽子就要将人往里带。

周芙看着他："这是？"

"不是没人给你过生日吗？"

她以为早上那顿长寿面就算过完了。

她弯了下唇："许思甜送了我生日礼物。"

陈忌扬眉，语气有些不屑："我和她能一样？"

排队买票时，陈忌扫码付了钱，周芙忽然想起来，说："你该早和我说的，这样我就能把银行卡带出来，取现金还你。"

毕竟他只收现金。

陈忌垂眸瞥她一眼，冷冷道："和我在一块儿要你花什么钱！"

这个时间点，游乐场的人不算多，根本不用排队，两人畅通无阻玩了好几个项目。

放在过去，陈忌一定会嫌弃幼稚，看都懒得看一眼，更别说主动来，只是见周芙越玩越兴奋，又觉得陪着一块儿似乎也挺有意思。

周芙虽在城里长大，可母亲望女成凤，疼她但管教严苛，日常不是补课就是练琴。

不得不说，来今塘岛被陈忌带着的这段时间，大抵是她短暂人生中最为肆意、自由、快乐的时光。

中场休息时，周芙盯上了摩天轮下的冰激凌。

她对甜食特别青睐，尤其是冰激凌，就是身体差，处处被管着，少有机会能吃到。加之如今已然入冬，今塘大街小巷都不卖了，也就游乐场里还有，算起来她也好久没吃过了。

周芙眼巴巴望着，陈忌顺着她的视线看过去，冷冷道："想都别想。"

周芙："……"

要不是她今天没带手机和钱包，也不至于沦落至此！

见她眼神还没收回来，陈忌又适时提醒她："上次半夜发烧到40摄氏度的是谁？"

"喝药还得一口一口喂，一边掉眼泪一边不让人走，哭哭啼啼折腾一个通宵的，是谁？"

然而周芙如今对陈忌的脾气有所拿捏，觉得还能商量："我就吃一颗球……"

"半颗都别想。"

"就舔一口，这样总行吧？"

"……"

周芙盯着陈忌，眨巴眨巴眼。

半晌，少年轻叹一口气，无奈地走到冰激凌车前，掏手机扫码。

周芙跟在身后，喜滋滋地将"得逞"两个字写在脸上。

不远处大树下正巧摆了个射击摊。好几对小情侣站在摊子前，男生打气球，女生拍视频，不过看起来应该挺难，偶尔有一两发打中，都会引起周围一阵欢呼。

气球墙后边摆了不少毛绒玩偶奖品，几乎都是小型劣质的，唯有一个一米多高的摆在最显眼的位置，看起来十分精致。

大多数人肯定都想要那个，只是弹道偏，冲击力也小，打上几发便知道几乎不可能中。商家怎会做赔本生意？

陈忌眼神扫过去，面不改色地拎着周芙到了摊前。

他随手挑了支枪，游刃有余地装弹上膛，不过是试试手感的工夫，就中了五发。

边上女生见状，都顾不上拍自己男友了，个个拿手机对着陈忌脸红心跳，恨铁不成钢地吐槽："看看别人的男朋友。"

周芙惊得睁大了眼，陈忌倒是一脸习以为常。

只不过老板的脸色当即就没那么好看了。陈忌这摆弄枪的手法，他一看就知道，会玩。

老板不情不愿地将小奖品递出去，然而少年只摆摆手："这些小的我都不要，那个最大的，怎么个玩法？"

老板闻言，眸光一亮，那个玩法可没白纸黑字写着，现在还不是他随口说了算？

想了想，他说："这十二个气球全中就行。"

陈忌方才已经连打五个没失过手，知道没这么简单，一言不发等他继续说。

下一秒，店家果然一脸笑意，胸有成竹道："不过只能打三发，全中，娃娃你带走，我一句话不多说。"

少年懒懒地抬了抬眼皮子，轻笑了声："您这规则还挺刁钻。"

"这不明摆着坑钱？"围观的人愤愤道。

周芙看向陈忌，心中却莫名觉得，他总有办法的。

片刻后，他说了声："行。"

就见他动作利落地举起枪，对准正前方瞄了瞄，随后忽地将手臂抬高，冲着头顶繁盛的老树扣下第一发。

枪子正中枝干，之后迅速反射回露天的射击摊，眨眼工夫，斜穿过竖着粘连的四个气球。

周围惊讶声一片。

剩下两列八个，陈忌如法炮制。

十二个打完，甚至没花几分钟。

少年微勾起唇，狂妄道："老板，下回摆乱点，这没什么挑战。"

老板摆摊二十年，也没见过这么牛的主，东西送得也心服口服，不仅把最大的那个拿下来，连带之前打的小的也一并给了。

他"啧啧"冲周芙感叹："小姑娘，你这个男朋友，确实厉害啊！"

周芙脸颊当即便烧了起来，刚想解释："我们不是——"

还没来得及说完，陈忌便一把将那娃娃塞到她怀里，淡淡道："自己抱着。"

一旁围观的小朋友看了羡慕得不得了，吵着闹着要娃娃。

陈忌被吵得头疼，随手将老板送的几个小的给出去。

哪承想小孩人小心却挺贪，盯着周芙手上那个，哭着要，一副得不到便不罢休的模样。

家长似乎也是贪小便宜贪惯的，见状，看向周芙："你看我们家这还是个孩子，年纪小，要不就让给他吧？宝宝，喊声'姐姐'，让姐姐送你好不好？"

下一秒，陈忌懒洋洋地伸手揉了揉周芙脑袋，微挑了下眉梢，目中无人道："那不好意思啊，我们家这个，年纪也小，也是个得让着的孩子。"

周芙："……"

吃过东西，两人又逛了会儿，晚上八点多钟时，陈忌带着周芙回到今塘。

车子停在老地方，他单手拎了两大袋周芙的零食，后者抱着那一米多高的娃娃，跟在他身旁。

他们就快要到苏秀清的那栋老房子时，迎面遇上了陆明舶一行人。

夜里光线昏暗，周芙一时没看清是谁，下意识往陈忌身后躲了一步。

　　这无形中透着依赖的小动作，让陈忌十分受用，少年不觉勾了下唇角。

　　"哟，你俩这是从哪儿回来的？"陆明舶语气暧昧，"难怪上苏奶奶家没找着你，原来是……"

　　周芙莫名有种被抓包的错觉，脸颊烧起来，不自在地看向陈忌。

　　后者只懒懒抬了下眼，没搭理他那废话，直接问："什么事？"

　　"蒋周正、路泽舟他们今天回来，已经到了，你让带的东西也带来了，一块儿聚聚？"陆明舶继续道，"刚才就给你打了好几个电话，全被你挂了。"

　　周芙忽然想起方才在游乐场时，陈忌的手机确实振个不停，不过他一个没接，只看了眼便随手挂断。

　　陆明舶瞧了眼周芙，嬉皮笑脸补充道："放心，都是大老爷们儿，没女孩儿。"

　　周芙："……"

　　陈忌垂眸扫了眼周芙，问："去吗？"

　　周芙这会儿被对面一群人好奇地盯着，害臊得要命，忙摇摇头："你去吧。"

　　"行。"陈忌也没强求，懒懒看向陆明舶，"你们先走，我一会儿去。"

　　见他要送自己，周芙忙又扯了下他袖口小声道："我可以自己回去，你不用送我。"

　　陈忌只当没听见："少废话，回家。"

　　直到将周芙送进家门口的院子，陈忌才扭头去陆明舶他们那儿。

　　蒋周正、路泽舟比他们大几岁，在北临读大学，这两天正好放假回来。

　　都是一块儿玩到大的，陈忌刚一落座，都懒得寒暄，就冲路泽舟问："蛋糕呢？"

　　"这儿呢，急什么？"对方笑了下。

　　陆明舶一脸会意："你是不知道，阿忌最近闷骚着呢，前一秒和我说不打球赛，后一秒就上去'咣咣'一顿得分，还抢人家姑娘保温杯里的水喝……"

　　陈忌懒得搭理他，心思也完全没在桌上，只惦记着周芙到底到没到家。

　　明明刚刚是他亲自将人送到家门口，眼睁睁看着她进院子的，可还是不太放心。

　　想了想，他摸出手机，皱起眉头，凭着上回班主任让填信息表时一扫而过的记忆，输入周芙的手机号。

　　几秒之后，屏幕上出现了"北临市"三个字，少年沉着脸，安静地等。

　　那头许久没有人接听，时间过长便自动挂断。

　　陈忌眉头不自觉地蹙得更深，点开短信页面，给她发了一条："到房间没有？"

　　然而半分钟过去，仍旧没有回信。

　　对面蒋周正见他这副样子，忍不住调侃："找谁呢？女朋友？查岗啊？"

　　陈忌抬了抬眼皮子，痞痞地扯了下唇角，竟没否认。随后懒懒站起身，叫店老板打包了几份吃的后，拎起让人从北临空运过来的生日蛋糕，淡淡道："先走一步。"

"这就走？"蒋周正问。

"家里的猫得喂了。"

蒋周正诧异："什么猫这么娇气？跟供祖宗似的！阿忌还有这耐心？"

陆明舶对陈忌最近这迟到早退的德行早就习以为常，笑得一脸暧昧："哪是什么猫啊？城里来的小公主，不过阿忌确实拿人家当祖宗供着。"

另一边，周芙刚洗完澡，正安安静静坐在桌前吹头发。

陈忌回来时，步子很急，三步作两步上了楼，见到二楼走廊尽头的门缝处透出丝丝暖黄的亮光时，终于松了口气。

随后他自嘲地扯了下唇角，也不知到底在紧张什么，方才明明是他亲自送她回的家。

走到卧室前，陈忌随手敲敲门。

屋内吹风机的声音很快停下，熟悉的脚步声"嗒嗒嗒"地响起。

少年眉心不自觉舒展，心情莫名愉悦了不少。

片刻后，周芙探了个脑袋出来："怎么了？"

"不接电话？"

"啊？"她没想到陈忌居然还会给她打电话，"刚刚在洗澡。"

想也是，陈忌也没多问："回屋套件外套。"

"嗯？"

"下楼。"

周芙眨眨眼，虽不知道他想干吗，却还是乖乖答了声："噢。"

餐桌上摆了个大蛋糕，周芙裹着厚棉服从楼梯上下来时，就见陈忌正拿着打火机点蜡烛。

她愣了愣，之后忙小跑过去，看见熟悉的蛋糕盒时，惊讶道："我以前每年生日都是吃这家的。"

陈忌淡淡"嗯"了声："北临运来的。"

她先前随口提过一回。

"不许哭。"少年懒懒抬眸瞥她一眼，欠欠道，"掉眼泪就把你和蛋糕一起扔出去。"

周芙："……"

说完，他随手丢了个木块到她怀里，漫不经心道："生日快乐。"

"这是什么？"周芙好奇地研究了一下，应该是他自己削的木条搭起来的，晃一晃，里头似乎还有些许声响，"这个能拆吗？"

"以后教你拆。"

周芙乖巧地点点头，忽然又想起什么，走到陈忌跟前，握住少年的大手，将手心翻过来，从棉服兜里掏出个苹果放上去："平安夜平安。"

"哟——"陈忌微眯了下眼，"你先前说要给我织的毛衣，哪儿去了？我看陆明舶的围巾可都戴上了。"

周芙不好意思道："暂时还没学会，先不送了……"

陈忌这回真是被她气笑了："你可真行。找借口占便宜呢，抱都给你抱了。"

隔天周芙一到教室，就觉得气氛莫名有些压抑。

进门时，不少人下意识抬眸看她，随后又都默契地看向趴在桌上的周之晴。

"怎么了？"周芙放下书包，小声问许思甜。

许思甜忙凑到她耳边："昨天她抢你毛绒娃娃的事，不知怎的传开了，几个年级的同学都在嘲笑她，结果她倒好，都怪罪到你头上了。"

"啊？"

许思甜继续道："学校不是要办元旦晚会吗？"

周芙点点头。

"这事是班长和周之晴负责，班长原本想简单弄个女生大合唱，结果周之晴非要给自己加个单独的环节出风头，又是秋千又是和平鸽的，班长已经耐着性子陪她排练几周了。结果今天早上她看见合唱名单里有你，立刻找班长说，有你她就不参加了。"

周芙："……"

"因为节目流程已经报上去了，道具都申请下来了，她以为班长肯定会向着她，哪儿想到班长也是个头铁的，之前排练的几周已经很烦她了，索性直接说，那她不用参加了，把她的环节换给你。"

周芙觉得挺无语的，知道周之晴对自己有意见，已经尽量避免与她接触，没想到还是怎么躲都躲不掉。

班长那边也像是在赌一口气，周芙没法推，只能硬着头皮上。

排练安排在周末。

陈忌送周芙到学校后，就跟陆明舶打球去了。

中间休息时，他懒洋洋地逛回教室，就见周芙正坐在道具秋千上，仰着头认认真真听班长叙述："等最后清唱的时候，合唱的同学会分成两边站，到时候他俩会把你秋千的绳子慢慢放下来，类似威亚①那种东西，你只要抓稳坐好对个口型就成。"

陈忌："……"不知道是谁想出来的浮夸安排。

周芙乖巧地点点头。

---

① 用于保护运动员的装置，使人在空中完成动作。现也用于其他行业。

陈忌走到她边上，蹙着眉，手指捻了捻秋千上的两根麻绳："这结实吗？"

班长："结实，周之晴之前吊过几周，他们俩放绳也都已经熟练了。"

陈忌抬眸扫了眼那俩男生，薄唇抿着，没吭声。

元旦晚会当天晚上，周芙早早去了学校，简单化个妆后，便被许思甜带到卫生间里换上班长借来的纯白色纱裙。

陈忌习惯性站在卫生间门口的走廊上等人。周芙双手提着裙摆，从里头走出来时，少年闲散抬眸，一瞬间，动作下意识地停滞。

…………

八班是最后一个出场的，对这种文娱节目向来没兴趣的陈忌破天荒地在底下坐了一晚上。

等到周芙快上场时，他忽地起身便要走。

陆明舶诧异："阿忌，你上哪儿去？等一晚上了，你同桌的节目不看了？"

陈忌随意"嗯"了声，径直去了后台。

合唱渐渐进入尾声，清唱响起的一瞬间，穿着一身白纱、光着脚的周芙，坐在粘满纸质和平鸽的秋千上，缓缓降了下来。

台下当即一阵骚动："这不是八班那个小美女？快，录视频。"

幕布背后，替周芙拉秋千绳的两个男生正窃窃私语："我有点怕。"

"到时候就说太沉没拽住呗，反正就晃她一下，又不会出大事。"

两人对上眼神松手的一瞬间，麻绳忽地被陈忌从身后直接攥住。

少年绷着咬肌，下颌线锋利。

下坠的失重感闪过一瞬，周芙双手下意识握紧，片刻后，秋千稳稳当当落在脚尖正好搭地的高度。

轻微的晃动带动起飘逸的白纱，明明是浮夸"雷人"的设计，偏偏因为是她，显得格外仙气柔美。

最后一场合唱落幕，整场晚会也到了尾声。

学生们陆续谢幕回到后台时，台阶处已经蹲了不少悄悄跑来的男生，一见到周芙，便个个掏出手机："同学，加个微信呗？"

周芙一愣，还没反应过来，手腕便忽地被陈忌一把攥住。

随后整个人被他拉到跟前，少年垂眸，眼神仔仔细细在她身上每个角落扫过，面色沉沉："有没有哪里伤到？"

周芙茫然地摇摇头，见他表情不对，联想到刚刚那突如其来的晃动，似乎意识到了什么。

陈忌随手将棉服往她身上一裹，像是在努力压抑着什么情绪："回家。"

周芙温软地答了声"好"，乖巧地跟着他离开。

两人安安静静走了一路，这期间，陈忌一言不发。

出了校门，就快到巷子口时，前边一伙人有说有笑，仔细一瞧，那两个替她拉秋千绳的同学也在里头。

几乎是下一秒，身边的少年忽地冲进人群中，动作利落地将对方按倒在地。

周芙吓得愣在原地，张着嘴一时却喊不出声来。

他个子高大，身手也极佳，发起火来确实骇人，哪怕双方人数这样悬殊，他也仍旧占了上风，难怪那么多人都忌惮他。

场面逐渐不受控制，周芙担心他受伤，又担心他没有分寸，吓得眼泪夺眶而出的一瞬间，终于找回嗓音："陈忌，别打了！"

然而少年的火气像是还未彻底发泄，扭了下脖子，正要继续抬手时，身后忽然传来周芙微弱的哭腔："陈忌，我手疼……"

话音落下的一瞬间，陈忌忽地停了手。

地上的一群人忙趁机爬起来四散而逃。

少年几步回到她跟前，沉着脸，音色带着点哑："我看看。"

"很疼？"陈忌握住她手腕的力道极轻，垂下眸，唇紧抿着，借着路灯投下的昏黄光，仔细检查了一遍。

然而并没有发现任何受伤的迹象。

少年端详着她，瞳仁漆黑，深不见底，哑着嗓又问了一遍："哪儿疼？"

周芙眸眶泛着红，强忍着，才没让那泪珠掉下来："不疼了。"

"到底哪儿疼？"陈忌似乎有些急了，追问道，抬眸对上她的眼神时，才忽然反应过来。

半响，他冷冷开口："回家。"

周芙耷拉着脑袋，只应了声："嗯。"

回去的路上，周芙一改往日的磨叽，步伐明显急促。

陈忌薄唇紧抿着，也一声不吭。

路漫且长，四周静得落针可闻，两人间的气氛空前怪异。

到家时，苏奶奶已经睡下。陈忌在后边关门，周芙独自一人先往二楼走，没有等他的意思。

少年跟在后面，看着她离开的背影，眉头略微一挑。

等他到了二楼，就见周芙开门、脱鞋、进门，半点不耽误。

哪怕知道他就在身后，也全程无交流。

少年咬了咬后槽牙，眸光暗淡，冷着张脸回了卧室。

黑色碎发下，还未凝结的血顺着眉骨，缓慢流经少年锋利的下颌线。

陈忌不在意地抬手一擦，也没心思控制力道，举止粗野，像是这伤压根儿不在自己身上似的，根本感觉不到疼痛。

等垂眸瞧见手背上的暗红，才回想起来，方才对方趁着人多混乱，冲他额上来了好几下。

少年面无表情地抽了几张纸，无所谓地擦着血渍，心思却全然不在自己这儿。

也不知道隔壁那个一路上不肯和他说半句话的小白眼狼，方才看了吓着没有。

须臾，敲门声忽地响起。

陈忌懒洋洋抬了抬眼皮子，手上擦血的动作一滞，还没来得及走过去，木门"啪"的一声便从外推开了。

少年眉梢略微一挑，嗤笑一声："你还挺横。"

周芙没吭声。

陈忌垂眸收回眼神，淡淡讽刺她："不愧是我带了小半年的。"

"……"

"找我干吗？"他语气又变回她最熟悉的漫不经心，"刚刚一句话不肯说，现在倒自己送上门——"

然而还没等他把话说完，周芙便已经几步走到他跟前，一改平日里温软的性子，将陈忌逼得直直抵上身后长桌。

少年罕见地怔了一瞬。

周芙个子小，只到他胸口，毛茸茸的脑袋凑到他脖颈处，惹得他下意识微扬起下巴，不自觉屏住呼吸。

下一秒，周芙踮起脚，一下凑到了他面前。

察觉到她冰凉的指尖正顺着自己的眉骨轻轻触碰，少年别扭地偏了下头，故作轻松："你怎么回事？大半夜的，闯我房间也就算了，还上手摸？你这样，是不是有点不太合适？"

周芙抿着唇没吭声，自顾自地垂眸将带过来的药箱打开，拿出棉签和碘伏，板正道："低头。"

这口气，竟莫名和陈忌平时的有些相似。

少年扬眉："熊我呢？"

周芙索性抬眸瞪他。

四目相对几秒后，陈忌不紧不慢俯下身，凑到她够得着的位置。

周芙捏着棉签，下意识吹着气，擦药的动作小心翼翼，力道极轻。

陈忌懒洋洋抻着脖子，半晌，忽地轻笑了声："可以，没白疼。"

周芙手上动作一顿，以为他说的是伤口没白疼，狠下心，故意加重了点力道。

"嗞——"陈忌倒吸一口冷气，"刚夸完没白疼你，故意的是不是？"

"你现在胆子是越来越大了。"少年支起身，轻轻地扯了扯她脸颊，"谁惯的？"

小姑娘抬眸正对上他目光，不带半分怯："你啊。"

这回换陈忌顿了下："不害臊。"

替他把额头伤口处理完之后，周芙的眼神又在他身上来回扫了几遍。

方才场面混乱，肯定不止伤在这一处。

她忽地伸手攥住他衣服下摆，作势要掀开。

陈忌见状脸色一变，没了方才的淡定，微蹙起眉："你差不多得了啊！"

周芙没管，继续往上掀。

"又想趁机占便宜？"少年捉住她放肆的手，仍旧不正经地嗤笑她，"动机别这么明显——"

只是还没等他说完，那薄薄两层布料便被周芙一下推到他劲瘦的腰间。

小腹之上，两道血痕触目惊心。

她双手控制不住握紧，指甲嵌入掌心，眼眶肉眼可见地比方才进门前红了许多。

"不许哭。"陈忌敛起不正经的神色，"这也能掉眼泪？睡一觉就长好了。"

周芙忽然想起上回自己被泼水后，当天晚上他眉骨处就多了道伤，隔天就有人主动来道歉。

这事哪儿有这么巧？如今想来，肯定是他去替自己讨回来了。

"是我害的你。"她一边赶紧替他处理伤口，一边又忍不住要哭。

"和你能有什么关系？"陈忌哪怕哄人也不按常理出牌，"别给自己脸上贴金。"

最后他老老实实站着，任由她在自己腰间缠了一层又一层纱布，总算把眼泪给哄回去了。

周芙仔细地扎了个蝴蝶结将纱布固定，陈忌无奈看着："你这让我怎么见人？"

她闻言抬头看他。

陈忌受不了她这眼神，忙妥协："行行行，你扎。"

元旦三天假期，陈忌结结实实被周芙按在床上养了三天。

明明是再小不过的皮外伤，放到从前，他随便拿水冲冲都不管的，偏偏在她眼里是大事。

陈忌第一回尝到被照顾的滋味。竟然，也还不错。

收假回学校当天，早读课进行到一半时，前门突然跑来个外班的学生："通知你们班陈忌，去趟政教处主任办公室。"

周芙盯着少年不紧不慢离开的背影，莫名有一丝心慌。

她下意识看向晚会当天替自己拉绳的两个男同学的座位，空的。

周芙不自觉拧起眉心，心下隐隐起了某种担忧。

早自习下课铃响完没多久，陆明舶气急败坏回到班上，印证了她的猜想。

"那俩渣滓，我昨天还在台球桌那边碰见他俩活蹦乱跳的，今儿打着石膏、坐着轮椅来上学，脏水一桶接一桶往阿忌身上泼。"

"那陈忌现在人呢？"周芙只关心他怎么没回来。

"停课，走了。"陆明舶气得要命，"阿忌之前名声不大好听，那俩浑蛋又特能装，遇上这种事，学校那边几乎是无条件相信对方，连查都不带查，直接停他课。他这人又是个心气儿高的，向来懒得辩驳，扭头就走了。"

陆明舶咬牙切齿："我咽不下这口气，可我名声也差，说的话学校那边肯定也不信。"

正说着，两个打着石膏的男生，嬉皮笑脸地推着轮椅回了班级。那显然不是陈忌所为。

当晚他被她喊着收手放过他们时，几个人撒腿跑得比谁都快。

只是周芙这会儿暂时没心情管，她只想知道陈忌现在怎么样。

她看向陆明舶："你的手机能借我给他打个电话吗？我的没带。"

陆明舶十分爽快地将手机递出去："不过估计现在他压根儿不会接，要是你的号码，或许还有可能。"

事实证明，陆明舶确实是了解陈忌的，几个电话拨过去，统统无人接听。

当天上午，周芙人生第一次翘了课。

她用自己最快的速度跑回苏奶奶那栋老房子，然而房子上下空空荡荡，哪里都找不到他。

她回到房间拿出手机，给陈忌打了电话，同样还是无人接听。

周芙不死心，给他发了条消息："你在哪儿？我回家了，找不到你。"

片刻后，手机"丁零"一声，终于有了回信："乱跑什么？回去上课。"

周芙忙再发了条："不是你的错，我不想你一个人受委屈。"

那头意料之中地再没回消息。

周芙抱着手机坐在卧室地上，安静想了好一会儿，最终决定登上那个来今塘后便没再用过的微信。

来之前，母亲替她换了新的手机号，通信录里空空如也，旧微信也登录不上。

周芙申诉折腾了好一会儿，终于登了上去。

小半年没上过的号，点开便是满屏的红点消息提示。

她此刻没心思管其他的，马上找到发小儿三人小群，把里头另外俩人喊出来。

申城阳："我的天，姑奶奶你可终于舍得搭理我们俩了。"

凌路雨："我以为你穿越去寻找幸福了。"

周芙："……"

她这会儿没时间开玩笑，直接冲申城阳切入主题："能找人帮我做个监控视频吗？"

申城阳听完她说的要求，回道："这容易，不过只能唬唬普通人，真打官司可没用啊。"

周芙："能唬人就够了。"

申城阳那边很快将做好的视频发了过来，周芙大致浏览了下，觉得没什么问题，立刻回了学校。

到了班里，她径直朝两个拉绳的走过去，开门见山道："去和校方说清楚，这事和陈忌没关系。"

两人一愣，好笑道："你以为你谁啊？别以为陈忌老护着你，你就能上天，现在他连自己都管不了。"

周芙弯了下唇："你们不愿意也没关系，反正我手上有你们在后台试图将我的秋千摔下来的监控视频。"

"吓唬谁呢？那破地儿能有监控？"

"肯定诈我们呢。"

周芙闻言，随手将正在播放视频的手机摆到桌上："看看，熟悉吗？如果你们还是不愿意替陈忌澄清，那也没关系，我这边报个警，我父母就会从北临那边请最好的律师过来。"

两人一听这话，再对上视频，立刻慌了神："别啊妹妹，好说好说，我们也是一时脑子不清醒才胡乱说的……那事还得怪周之晴，要不是她……"

情急之下，两人你一句我一句，把事情原委全抖了个干净，等到说完，忽然察觉出些不对劲儿来。

"不是，那监控视频我怎么越想越别扭？该不是假的吧？"

"你给我等等。"那人一下从轮椅上站起来，"我倒要去那地儿看看，到底有没有监控，别以为我们好唬。"

"不用去了，"周芙笑了下，"确实是唬你们的。"

"我说什么来着！"对方当即松了口气。

哪承想周芙反手拿出了方才录好的视频："不过现在有这个了。"

一个是两人亲口阐述的视频，另一个则是其中一人直接从轮椅上站起来往外走了几步的视频。

"你们觉得以你俩的名声和我的相比,我拿着这些视频,去校方面前哭两声,他们是信你们,还是信我?"

事情解决得似乎比想象中轻松顺利许多。

只是陈忌那边迟迟不肯再接电话,短信也全都如石沉大海。

傍晚放学时,今塘下了一阵久违的暴雨。

雨滴打在伞面上,泛起细细密密如鹅毛般的雾色。

许思甜没带伞,周芙带了。她身体不好,淋不了雨,因而不管晴天、雨天,每天早上出门,陈忌都会往她的书包里放保温杯、放伞。

然而今天她二话不说就把伞塞到许思甜怀里,随后安静地坐回座位上,抱着手机给陈忌又发了条短信:"陈忌,我今天忘带伞了,雨下得好大。同学都走光啦,没有顺路的,我一个人坐在教室里。好冷啊,陈忌。"

须臾,手机终于振了振。周芙将信息点开来,忍不住弯了下唇角。

简单几个字,周芙都能想象到他此刻的表情——"行了,等着。"

陈忌到得比想象中早许多。

看完短信之后,周芙刚写了两道选择题,他就已经出现在座位前了。

她大概能猜到,他这一整天应该都待在那座古宅院里。即便从那边过来,也不可能只花这么几分钟的时间。

周芙仰头看他:"这么快?你是不是本来就已经在路上了?"

陈忌把黑色大伞往墙边一靠,一声不吭地着手替她收拾书包,没回她。但也算是默认。

周芙弯了下唇,乖巧地等在一旁,任由他替自己收拾,没有要一块儿动手的意思。

差不多收完时,陈忌忽然开口问:"伞送谁了?"

"嗯?"周芙愣了下,反应过来时,开始装傻,"什么送谁?没带呀。"

"少来。"少年眼皮子都懒得抬,"早上我亲手给你放进去的。你脑子里想什么,我能不知道?"

周芙:"……"

收拾完东西,陈忌随手脱下自己的黑色冲锋衣,披到周芙身上,捏住拉链一下拉到顶,动作极为熟练。

入冬后的几个月,他没少操这份心。

周芙愣愣抬眸。

"不是说冷?"

她这才想起方才短信的内容。那是她为了让他搭理自己随意扯的。

"我现在不冷了。"说完,她便急着想将外套脱还给他。

还没来得及动手，少年便冷不丁开口吐槽："老实穿着，某些人生病了又是要人伺候又是要人哄的。"

周芙："……"

两人一块儿下了楼。

他来时只带了一把伞，好在够大，容纳得下两人，就是得靠得近些走。

一路上，少年举着的伞不断地往她那边倾斜，时不时伸手将人往身侧揽一揽。

然而周芙步子实在太小，走了会儿，陈忌轻叹口气，停下脚步，将伞柄递给她："先拿会儿。"

"嗯？"

陈忌没说话，面无表情地走到她面前微蹲下："上来。"

这举动着实把周芙弄蒙了："啊？"

"快点，磨磨蹭蹭的。"

陈忌催了句，周芙连想都没来得及多想，便本能地照着他说的，往那宽厚的背上一趴。双手自然而然圈上少年脖颈的下一秒，他重新将她手中的伞柄接过，淡淡开口："自己抱稳了，摔下去可没人管。"

闻言，周芙下意识地将他圈得更紧了些。

淅淅沥沥的雨点不断打在咫尺之隔的伞面上，周芙安安稳稳被他背着走。

周芙一时出了神，等反应过来时，就见陈忌已然往小山包的方向走。

她随口问了句："我们回家吗？"

陈忌："先送你回家。"

周芙立刻听出来他的意思，摇摇头："那我也不回，我要跟你一起。"

少年脚步一滞，很快又恢复如常："你一小姑娘，成天黏着一大老爷们儿算怎么回事？"

周芙才不管他怎么说："我不想你一个人待着。"

陈忌漫不经心道："你怎么知道就我一个人？"

这下换周芙愣了，片刻后，她下意识地将他脖颈圈得更紧些，嘀咕："那我更得去了。"

少年眉梢微挑："你还挺霸道。"

这是周芙第二次跟着陈忌来到这座古宅院。

和上一次来时比没有太大变化，偶然抬眸时，能看见一些原本已经烧成乌黑的装饰构件被换成了新雕刻的。

其余的基本都还是她记忆中的样子。

就是大厅前的内院花池边，多了个秋千架。

晚上吃过饭，周芙轻车熟路地抱着换洗衣物去洗澡。

自她上次来过一回之后，陈忌似乎便有意识地往这宅子里添置她的东西，如今什么都不缺，她和在苏奶奶的那栋老房子里一样自如。

陈忌盛了碗刚刚熬好的中药上楼，默不作声地在她房里等着。

周芙洗完澡，换了身纯白棉质睡裙，推门而入时，直直撞入他视野中。

少年握着药碗的手力道一重，别开眼，随手将药往桌上一放，竟破天荒地没盯着她喝完，只留下句"老实喝了"，便匆匆离开，到了内院花池边。

身后响起周芙趿拉着拖鞋"嗒嗒嗒"下楼的声音。

没一会儿，她便跟到了他身后，捧着一杯他刚刚给她热好的牛奶，自然而然地坐到了那个刚添置没多久的秋千上。

陈忌转过身时，周芙正自顾自地荡着玩。

少年喉咙忍不住一紧，微蹙起眉头，不自在道："回屋里去。"

"为什么？"周芙喝着牛奶，不愿意。

"听话。"

她仍旧当没听见，在秋千上荡得欢。

陈忌这辈子第一次拿人没辙，淡淡嘲讽她："那是给你玩的吗？你就自己坐上去？"

周芙抬眼，喊了他一声："陈忌。"

"嗯。"

"你是不是觉得，那天晚会我在秋千上的时候，还挺漂亮的？"

少年表情忽地一怔，小姑娘得意地冲他弯了下眼。

陈忌没再管她，周芙喝完牛奶，想了想，一股脑儿地把今天白天他离开后她干的事，全给他说了。

"他们三个应该都会被通报批评加处分，你也不用停课了，我们明天一块儿去上学。"周芙自顾自说着，片刻后才注意到少年表情似乎不太好看，"你怎么了？"

陈忌面色沉沉："你胆子还真挺大。"

"嗯？"

"你知不知道那帮人是什么货色？你一个人也敢去招惹？"陈忌气得不轻，"今晚我要是没去接你，你这会儿在哪儿都不知道了。"

周芙张了张嘴，她当时确实没想那么多，此刻被他这么一说，后知后觉地害怕了，耷拉着脑袋："我只是不想看你被污蔑，又不是你的错……"

闻言，少年定定地盯着她，咬着后槽牙，片刻后，忽地扯了下唇角："打从我妈死了，我就再没听过这句话。"

周芙没想到他会忽然提起这个，攥着秋千藤条的手心不自觉加重了几分力道，

073

连呼吸都变得小心翼翼。

少年站在花池边，懒洋洋抬起眼皮子，望向那被烧得漆黑一片的半边古宅："她就死在这儿，烧死的。"

说完，他回头看向周芙，故作轻松地笑了下："害怕？"

周芙忙摇摇头："那是你最惦记的人，没什么好怕的。"

下过雨的深夜，连月光都黯淡。

"我爸就是北临的。"他忽然回头看向周芙，"在北临做生意，好像做得还挺大的。"

少年自嘲地扯了扯唇角："不过他和我妈在我还没出生的时候就离了，那会儿他不知道有我。我从小是跟我妈和后爸长大的，老太太的儿子就是我后爸。"

周芙第一次知道，原来他并不是苏奶奶的亲孙子。

"我后爸对我特好，我妈当年最困难的时候，是他忙前忙后关照着，俩人后来也没再要孩子，把我当亲生的来养。结果那年暑假，我亲爹来看我，说是城里的爷爷想我了，想见见我，要带我去北临玩两天。我这白眼狼觉得无所谓，去就去呗。"

"在北临玩了小半个月，回来那天晚上，后爸说山路不好走，要骑车来接我，来的路上出了意外，摔山下边去了。"陈忌抬眸看向周芙，"就是半年前，你第一回来今塘，跑过来让我载你的那个地儿。"

"就那儿，就差一棵树，但凡那儿多棵树挡着，我后爸都不至于摔死。"他顿了一下，才继续，"那时候整个岛上的人都在说，是我把他克死的。"

"我也觉得是。"他话里带着少有的无力。

周芙忍不住红了眼。

"只有我妈，她跟我说，不是我的错，那些风言风语都不是我该受的委屈。"陈忌深吸一口气，"她和我后爸感情那么好，却从没怪过我。"

"为了不让我自责，她都不舍得在我面前想念我后爸。她只能每天晚上自己一个人，悄悄地抱着我后爸的照片，来这个一花一木都是他俩一块儿设计、亲手搭盖的宅子里，烧烧纸钱、说说话。"

"结果后来有一次，她哭到后半夜，不知怎的就闭了眼，等发现的时候，人和宅子都已经烧了大半。"

"后来克死爹的版本，就变成了克死爹妈。只不过这次，我妈也没法安慰我了。"

不仅是旁人七嘴八舌，就连他自己都忍不住把罪全揽到身上。

明明不是他的错，他的心里才是最苦的。

周芙听得鼻尖泛酸，右手不自觉握拳咬着。

陈忌回过头，懒洋洋走过来，就像方才说的故事和他没有半点关系似的，勾了下唇，伸手捏住她手腕，将手从她嘴里解救出来，淡淡开口："别咬着。"

"什么表情啊，你这是？"少年的神色又变回他惯有的吊儿郎当，伸手掐了掐她脸蛋，"别告诉我你又要哭啊。"

"早知道就不跟你讲什么破故事了。"他无奈地扯了下唇角，"小姑娘，你知不知道你一哭起来，特别不好哄？"

周芙瘪着嘴，抬眸瞪了他一眼，眼眶却湿漉漉的。

知道他这会儿已经准备翻篇不提方才的话题了，周芙没再多问一句。

她放在秋千板上的手机忽然响了起来，是串没有名字的电话号码，陈忌眉梢下意识地扬了扬。

她来今塘这么久，除了许思甜常给她打来煲电话粥，就没见有别的号码找过她。

少年视线不自觉地停留在那泛着光的屏幕上。

就见周芙随手将电话接通，那头似乎传来了个同龄男生的声音，而周芙的反应也相当自然亲近："知道了，我马上就看群消息行了吧？不就一会儿没看？你以为谁都和你俩似的，那么喜欢水群①？我们三次元②生活可丰富多彩了。"

陈忌盯着周芙的眼神半点没挪开，就见她挂掉电话之后，立刻听话地打开了微信。

微信里，三人小群毫不意外地又被凌路雨和申城阳发了无数条消息。

周芙往上翻了翻，就看见申城阳问她："你这段时间和你妈妈联系过吗？"

"要不你过年前回北临一趟？你妈妈那边好像出了什么事。"

周芙不自觉拧了下眉心，还没来得及细想，就听见陈忌忽然开口问她："你刚才和我说，视频找谁做的？"

"嗯？"周芙抬起头，"噢，我发小儿，他干那些事最有路子了。"

陈忌："男的？"

"嗯。"周芙坦然地点点头，自顾自地说了起来，"我们从小一块儿长大，我有什么麻烦事都找他，他就跟亲哥哥似的。"

少年脸色明显不太好看了，声线板正地嗤她："异父异母的'亲哥哥'？"

陈忌："那你怎么不叫我一声'哥哥'？"

周芙："？"

"那你要我叫你'哥哥'吗？"周芙温软地问了句。

少年咬了咬后槽牙，语气冷硬："谁是你哥哥？"

---

① 网络用语，常常在群里聊天的意思。
② 网络用语，针对虚拟世界而言，意为现实世界。

第三章 失而复得

我不知道,
可能……不回来了吧。

陈忌站得离她远了些,整个人陷在漆黑夜色中,眸光微冷,定定地将周芙看得没来由地心虚。

"你给你那异父异母的'亲哥哥'织过毛衣没有?"陈忌冷不丁问了句,提到申城阳时的用词,仍旧带着些阴阳怪气。

没头没脑,不知是怎么将这两件事扯到一起的。

周芙先是一愣,荡着秋千的动作不自觉停下,随后摇摇头:"没有,我第一次……弄这个。"

不知是不是她的错觉,只觉得她说完之后,陈忌那骇人的表情似乎收敛了许多,比先前放松不少。

他没再继续追问申城阳的任何事情,问她:"我那毛衣,你织得怎么样了?"

周芙尴尬地扯了下唇角:"还在努力中……"

太难了,在这之前,她自理能力几乎为零,别说织毛衣,就连洗衣服都不会。

在北临的时候全由家政阿姨和母亲照料,来了今塘,日常生活又都是陈忌一手包办。

周芙挺头疼的,她当初可太瞧得起自己了。

"那你抓紧点时间。"陈忌懒洋洋笑了下,"别到时候都到明年夏天了,再逼我穿高领毛衣。"

"噢。"周芙鼓了下腮,"对了,你生日是什么时候?"

"干吗?"

"你说嘛。"

陈忌:"除夕。"

周芙眸光一亮,像是发现了什么惊喜:"好巧。"

陈忌:"嗯?"

"我是平安夜你是除夕,都是'新年'前一天。"

陈忌挑了下眉梢。

还真是。

"那正好。"周芙弯着眼,"除夕的时候,我一定把毛衣织好,当生日礼物送你。"

少年唇角微微勾了一瞬,语调仍旧不咸不淡地对她说:"你还挺能省,几个节日,一个礼物就敷衍完了。"

"……"

晚上睡觉时,周芙在床上翻来覆去睡不着,脑子里不断重现陈忌同她提起父母时,那种在他身上罕见的情绪。

他说的时候,虽刻意表现出一副轻松的样子,可周芙知道,他压根儿没放下。

他仍旧固执地将两场惨痛的意外怪罪到自己身上。

或许在他看来,要是当初他不去北临,他的爸妈就不会死。

难怪他对北临总有一种强烈的排斥感。

想到北临,周芙下意识地从枕头下摸出手机,点开微信的三人小群,申城阳和凌路雨又在里头发了无数条消息。

她努力往上翻了许久,终于翻回到申城阳问她最近有没有和母亲联系过的地方。

周芙拧着眉,一字一句重新看了遍。

"你这段时间和你妈妈联系过吗?

"要不你过年前回北临一趟?你妈妈那边好像出了什么事。

"我也只是听我妈提到过,具体的就不太清楚了,但是听起来似乎不太对劲儿。

"你最好还是自己问问看,或者抽空回一趟北临吧。不是也快过年了吗?难道你还打算在外地过年不成?"

这下周芙是彻底睡不着了。

在此之前,她确实是很久没想过回北临了。

她对今塘的生活适应得很快。

她喜欢这里的温度,喜欢这里的空气,喜欢每天睁眼下楼就能吃到熟悉的清粥小菜,喜欢穿着宽大的蓝白校服,被陈忌牵着一块儿去上学。

生活不再只是被补课和练琴填满。

他带她见识了一个多姿多彩的世界。

或许最开始她还会不安——母亲为什么突然将她送到今塘而且不闻不问?后来渐渐也没那么想知道了,因为她已经不止一次地暗自庆幸过,还好她来了今塘,还好在今塘遇见了陈忌。

从小到大,她都习惯于听从安排,不喜欢对任何事深究,很快便也忘记去疑惑。

然而今晚,申城阳在群里的一连串问话,让她不得不重新面对这个问题。

周芙握着手机抵在下巴处,拧着眉心纠结了好一会儿,最终还是没忍住,给母亲打了个电话。

打从她记事以来，母亲的私人号码就不曾换过，那串数字她烂熟于心。

没想到，不论怎么打，还是和当初刚来今塘时偷偷打的那回一样，是空号。

冰冷的机械音让她脑子里控制不住地再次浮现出申城阳的那几句话：

"你妈妈那边好像出了什么事。

"你最好还是自己问问看，或者抽空回一趟北临吧……"

某种不可言状的恐惧和不安迅速在周芙心中蔓延开来，她几乎是下意识地便想找陈忌。

可看了眼手机时间，此时已经过了凌晨三点，陈忌不许她熬夜，她也不知道该怎么开口同一个那样抗拒北临的人说想回北临。

黑暗中，手机微亮的光线打在周芙的脸上，她握着机身的指节泛着青白。

她在群里叫了下申城阳。

这个点，对方估计还在熬夜打游戏，因而回得十分迅速。

周芙："帮我看看今塘回北临，要怎么走。"

申城阳："我刚刚搜了下，那地儿一般走水路的多，海上有航线，回来差不多得坐两个小时轮渡。

"今塘那边，临近除夕的小半个月应该就不出海了，再往后就得过了除夕了。

"你如果想在年前回来，差不多也就是这几天的时间了。"

周芙没想到，回北临这件事，竟会突然一下就摆到她面前。

要想回去，就得在除夕之前……

可除夕，是陈忌生日呀！

她明明几个小时前刚刚答应他，要在除夕送他生日礼物的。

这是她来今塘的小半年里，第一回遇到麻烦事没有第一时间找陈忌帮忙解决。她不知道该怎么和他开口。

连着两三天，周芙都心不在焉。向来专心学习的乖乖女，上课开始走神，课后也不再安静地做卷子，而是抱着手机不停地看，然后见缝插针地织那件所谓的高领毛衣。先前也没见她这样勤快。

这些异常，陈忌都看在眼里。似乎都是在她和那个什么异父异母的"亲哥哥"联系了之后才出现的。

少年抿着唇，吃味儿地看她许久。而她竟也没像先前那般被他看得不自在，要他不许再看。

周五最后一节是体育课，上完就放学了。

大多数学生都是背着书包下去的，这样下课铃响了就能直接走。

陈忌和陆明舶他们在打篮球，周芙坐在球场边上织毛衣，时不时被许思甜的尖叫声吸引，抬头看两眼。

到了放学的时候，陆明舶手指转着篮球走在陈忌身边："阿忌，晚上别回家吃了，上外边去吃呗，好久没一块儿聚了。"

两人径直走到场边，陈忌没吭声，不置可否，陆明舶便把主意打到了周芙身上。

他如今看得可清了，现在什么事几乎只有周芙点头，陈忌才会答应。

"周妹妹，晚上一块儿去吃饭呗？反正明天是周末，又不上学，怎么样？"

陈忌举止自然地从周芙的书包里掏出保温杯来喝，不咸不淡道："你少烦她。"

他知道周芙向来不喜欢这种场合，以往每回问她，她都不好意思去。只是没想到今天，她破天荒地应了声"好"。

陈忌眉梢微挑，喝水的动作顿住。

到了吃饭的地儿，毫不意外地，一桌子的人都在盯着周芙上下打量。

陈忌身边从没带过女孩儿。拜陆明舶的嘴所赐，桌上一群人个个都对周芙这个城里来的公主有所耳闻，好奇在所难免。

原以为能降得住陈忌这种人的，怎么也得是比他更张扬、肆意、明艳的狠角色。哪承想带出来一瞧，温软的公主一头披肩发，蓝白校服加身，简直乖得不像样。

漂亮是真的惊为天人地漂亮。可换谁也想不出，这么乖的一姑娘，怎么就能把那离经叛道的浑小子治得服服帖帖。

周芙并不知道自己在这帮人面前，已经被陆明舶树立了怎样的形象。总之，大家似乎都对她十分好奇与佩服。

席间，周围不时有人同她搭上两句话。周芙性格好，不论谁来，她都会礼貌耐心地回上几句。

陈忌坐在身边，不经意间板起了脸，空气中莫名弥漫了股酸溜溜的味道。

下一秒，他开了瓶汽水，插上吸管后，直接递到周芙嘴里。

谈话声戛然而止，少年略带威慑的眼神扫了桌上一群人。占有欲明显得太过分了。

周芙一愣，下意识喝了口汽水，随后惊讶地扭头看向他。

她喜欢喝有味道的水，尤其是甜的汽水饮料。可这些东西对身体不好，在北临时母亲不让喝，到了今塘，又变成被陈忌管着。

往常他才不可能让她碰这些东西。

周芙眨了下眼："你不是说，这些东西都是骗小孩儿的玩意儿吗？"

少年声线冷硬："所以拿来骗你了，喝了就赶紧闭嘴，省得和这个那个聊个不停。"

周芙反应过来，没忍住笑了下。

然而一想到或许很快就要离开今塘回北临的事，她心里就闷得慌。

饭局结束走的时候，时间已经有点晚了，周芙整个人昏昏沉沉，困得傻乎乎的。最后还是被陈忌背回家的。

好在路上被陈忌背着小睡了一会儿，到家时，意识已经逐渐回笼。

陈忌将她送回卧室后，去浴室冲了个澡。

等出来时，见她房间灯仍旧亮着，本想过去叫她赶紧睡觉别成天熬夜，哪承想门都还没有来得及敲响，里头小姑娘对着电话那头略显着急的话音便一下传了出来。

那个电话是申城阳打过来的，他说自己查过了，临近春节，海上航线也吃紧，除夕之前的票都卖得差不多了，她自己抢应该是抢不到的，不过他朋友有门路，能帮忙搞一张，要是她需要的话……

后面的话，周芙甚至都没打算听，便立刻开口拒绝："不用了！不用麻烦你朋友了……等除夕之后吧，等过了除夕，我就回去。"

少年眸光一下便暗了下来，敲门的手停在半空中，半响，他还是将门敲响了。

开门的一瞬间，陈忌面色沉沉，嗓音也带着点哑，没头没脑、直截了当地问她："要去哪儿？"

周芙睫毛颤了下，片刻后，小心翼翼答他："回……北临。"

说完，她垂下头。

少年咬了咬后槽牙，面无表情地继续问："还回来吗？"

周芙这会儿都不敢抬眸看他，眼神盯着脚尖，缓缓摇摇头："我不知道，可能……不回来了吧。"

她不知道她妈妈那边到底什么情况，但似乎挺严重，她这趟回去，一时半会儿应该是回不来的。

"什么时候回？"

"大概……除夕之后吧。"

周芙不记得陈忌沉默了多久。突然，他冷冷讽刺道："你还挺会挑日子。"

今塘的年味比北临浓上不少，大大小小的习俗至今仍旧保留。

到了除夕那天清晨，家家户户贴对联、挂灯笼，鞭炮声四起，喜庆异常。

周芙洗过澡之后，换上了陈忌早早替她备下的过年新衣服。

下楼时，苏奶奶和陈忌一前一后走过来，掐了掐她的新衣服，之后一人给了她个大红包压岁。

这是今塘岛春节"掐新"的习俗。

周芙觉得有意思，屁颠屁颠跑到陈忌跟前，也往他衣服上掐了下。

少年扬眉："你看不出来这不是新衣服？"

周芙抬眸："怎么不穿新衣服？"

陈忌看着她："没准备，我记得今天我应该有件新毛衣。"

周芙弯弯眼："有的。"

一整天下来，两人都默契地绝口不提周芙明天就要回北临的事。

今塘岛到了除夕这晚，年年都有和对岸互敬烟花礼的习俗。

许思甜和周芙说，今塘除夕的烟花礼时许的愿望十分灵验。周芙期待了很久，央求陈忌带她去海滩边上看。

少年嘴上嗤她："到底是你的生日还是我的生日？你怎么这么多要求和愿望？"

然而说归说，他还是将人带到了海滩边。

只不过他多少藏了点私心，带她去的是人较少的礁石岸。

周芙在礁石上走得踉踉跄跄，最后还得他背着走。

陈忌选了块视野极佳的石面将人放下，之后坐到她边上。

两岸烟花在天空炸响之际，周芙兴奋地扯着陈忌手臂，要他一块儿许愿。

少年仍旧踺："许什么愿，又实现不了。"

"你不许怎么知道？快点。"

陈忌无奈地闭上眼，默念了一遍心愿。

一场烟花礼盛大、绚烂，可结束得也十分落寞。

周芙拿出织了许久的黑色高领毛衣，塞到陈忌怀中，有些不好意思："织好了，送你，你别笑啊，这是我能织出来最好程度的了……"

"干吗！很难的好不好？她们都是织围巾，我这可是毛衣！"

"你就知足吧你！"

"陆明舶都没收过毛衣，这足够你显摆几年了。"

周芙一句接着一句替自己挽尊找补。

少年捏着手中只有领子还稍微像点样的毛衣，忍不住低低地笑出声来。

笑声落下之后，两人又默契地陷入沉默中。

须臾，周芙开口了："生日快乐，陈忌。"

少年没吭声，他不知道这生日该怎么快乐。

"陈忌，"周芙伸手扯了扯他衣袖，"我到了北临，能经常给你打电话吗？"

"不能。"少年懒洋洋道，"给我几天清静日子吧，被你烦了小半年，换个人折腾，比如你那异父异母的'亲哥哥'。"

周芙当没听见，继续道："之后我肯定会再来找你的。"

"少来，还嫌麻烦我麻烦得不够？"

周芙气得牙痒痒，开始逼他当场把那毛衣换上。

陈忌被她磨得没办法，硬着头皮穿上了。

其实还好，他脸长得好，身形又过分优越，本就是个现成的衣架子，即便拿个麻袋往上一套，也丑不到哪儿去。

周芙满意地掐了掐他手臂："掐新！这回是新衣服了。"

少年扯了下唇角，不紧不慢地道："掐新要给红包的。"

周芙坦荡荡地耍赖皮："那先欠着吧，以后再还你好了。"反正她也不止欠他这一点。

陈忌脸上的笑意渐渐淡了下来。他们，哪里还有什么以后？

他忽然想起先前，自己不知好歹地催着她赶紧把毛衣给织好，省得到了来年盛夏再逼他穿高领。如今想来，夏天穿毛衣也不是什么难事，他有什么可催的？

隔天一早，陈忌起了个大早，按照往常一样和她一块儿吃过早餐之后，面无表情地放了串鞭炮，随后带着她去了码头。

周芙上了船，扭头对他道："你放心，到了北临，我发小儿他们会来接我的，你不用送我了。"

陈忌面不改色地点点头："我马上就走，你少自作多情。"

说完，他下了船。

两分钟之后，少年捏着刚找人弄到的船票，默不作声地坐进了离她几排远的后座。

两个多小时的海上航程，他就这么看了她两个多小时，最后目送着她，被那异父异母的"亲哥哥"接走。

少年浅淡地扯了下唇角。他有什么不放心的？

她前十几年的人生，他也没参与过，她不一样活得好好的？

回到今塘，陈忌平静地往床上一躺，一直躺到晚上八九点钟，才拧眉坐起身来。

起床看了眼时间后，第一件事便是习惯性地下楼去了厨房，把周芙先前每天要喝的中药拿出来熬上。

中药苦涩的味道很快溢满整栋老房子，片刻后，陈忌盛了一碗出来，轻车熟路地往二楼走廊尽头的房间走。

他到了门前站定，抬手轻敲了两下房门："出来把药喝了。

"听话。"

许久，里头不再响起熟悉的向他奔来的脚步声。

少年垂眸看着那没有一丝光亮的门缝，下一秒，像是才反应过来，抬手将碗砸到了墙角。

之后他无力地在门前坐下。看吧，他说什么来着，许什么愿，一点都不灵。

一个年,陈忌过得冷冷清清。

他原以为今年过年会与往年不同,如今看来,并没有什么不一样。

奶奶苏秀清大年初一便被其他儿孙接走轮流吃住。

陈忌仍旧一个人孤零零地守着一座空宅,对着空气吃吃喝喝,死气沉沉。

只不过地点稍微换了换。

先前的几年,都是在那烧去半边的宅院,而今年,他抱了一箱零食、饮料,在周芙住过小半年的房间里,随意往地上一坐便不分昼夜。

今塘岛的冬天还是一如既往地冷。

即便再冷,陈忌也仍旧是短袖加薄外套。

用周芙的话来说,跟没穿衣服似的。

他像感觉不到冷。或是因为,心里太冷。

那件周芙亲手织了几个月的黑色高领毛衣,他只穿过两回,除夕当晚被她逼着试穿了一回,隔天又穿着它,亲自将她送回北临。

从北临回来后,他便匆忙将那毛衣换下来,仔仔细细套上防尘袋,妥帖地挂进了衣柜最里层。

他怕弄脏了,穿坏了。毕竟手艺这么差的毛衣,他这辈子可能也就只有这么一件了。

他甚至没舍得拿出去跟陆明舶他们显摆。

卧室里安安静静,落针可闻。

不再有周芙的吹风机声,也没再传出他听不懂的钢琴曲。

她来时带的行李不算多,后来的大多数东西,都是陈忌一点一点亲自给她添置的。

她离开时,东西几乎原封不动地留在了今塘。

就连那一米多高的娃娃,都还干干净净地摆在她床头。

她像是没来过,更像是还没走。

也是,回到北临,她想要什么没有?

就连能随时"伺候"她,帮忙处理麻烦事的异父异母"亲哥哥",都这里一个,那里一个,一个地方一个标配。

根本不用愁她会缺什么东西,能吃什么苦头。

陈忌自嘲地扯了下唇角。也挺好,换个人折腾,省得他操心。

就是这小姑娘果然是只小白眼狼,说不让联系,就真一个电话都没打过。等他再打过去时,竟然已经成了空号。

他不死心地试了几回,就连话费都没法替她充进去。

还真是白疼了。

浮沉建设大楼洗手间门口。

周芙握着手机，躲在一人高的盆栽旁，无力地沿着墙蹲下。

这么多年，她曾无数次设想过，和陈忌再次相遇时，会用怎样的表情和语气同他打第一声招呼。独独漏了他已经将自己忘记的可能性。或许也不是漏了，只是她自欺欺人，不愿去做这样一种假设。

眼泪不自觉缓慢地往下落，一滴滴砸在手机屏幕上。

一双杏眼神采不复，迷茫又空洞。

发小儿凌路雨的聊天界面还在不断地往上刷新。

"怎么可能忘记你呢？你们可是朝夕相处了小半年呀。"

"而且那时候都高中了，又不是三岁小孩儿还没记事。"

凌路雨不理解："他当初不是特别照顾你吗？怎么可能说忘就忘得了啊！就连普通人，也不至于没有半点印象吧？"

周芙深吸了一口气，不敢回想方才陈忌对自己说"抱歉"时的那股陌生和疏离："太久没见过了，我和他。"

周芙抬手随意擦了下眼泪："你还能想起你高一时的同桌是谁吗？"

对方沉默了许久，或许是在回想，几分钟后才回消息："……好像是个学习不咋样的男胖子，不过脸长什么样，确实想不起来了……名字也没什么印象。"

凌路雨想了想，又继续道："但这不是因为我对人家没什么感觉吗？要是个帅哥，我肯定连他腹肌上长了几颗痣都记得一清二楚。"

周芙："……"

"但是你不一样啊宝，你这张脸往外一摆，谁能忘？连你几年前在私立高中晚会上弹钢琴，就那么几分钟，到现在学校白墙上还有当年对你一见钟情的人在找你的联系方式呢。"

"更何况，那个陈忌，当初对你那么好……"

周芙咬着唇，半晌才回过神："因为，我妈妈在他妈妈怀着他最困难的那段时间帮过他们家，后来我去他家，他可能就莫名有种责任感，所以才对我好。"

也因此，她妈妈当年才敢在那种情况下，将她孤零零地突然送到今塘。

周芙三言两语，将凌路雨所有安慰的设想全数瓦解。

凌路雨一时半会儿也想不出其他可能性来，只能弱弱地问："怎么会……这么久都没有再互相联系过呢？你们当初分开的时候，他不是还送你上船了吗？"

周芙努力把眼泪忍了回去，吸了吸鼻子："中间……算是发生了一些事情吧，一时半会儿可能说不太清楚，改天再和你说吧，我一会儿还得去我室友那儿看看出租房。"

"噢噢,好的,那你注意安全呀,需要的话就找我陪你一块儿,你别自己一个人哟。"

"嗯。"

良久,周芙从高大的盆栽后边站起身来,由于方才蹲的时间实在太久,起来时,双腿有些发麻不说,连带着眼前都泛起一片眩晕。

她扶着盆边,闭眼缓了好一阵,之后不知是不是因为眩晕产生了幻觉,鼻间莫名闻到了一股熟悉的原木混着烟草的味道。

周芙下意识睁开眼,等能看清眼前事物时,整条走廊空空荡荡,不见半个人影。

果然,刚刚应该是她的错觉。

她重新走进卫生间,到洗手池前,再次用冰凉的水冲了几遍脸。

其间,几个女生从厕所隔间里走了出来,先后到了洗手台前。

周芙下意识往边上让了让位置,继续自己的事。

等用纸巾稍稍擦去眼周的水渍眼后,周芙才认出来,身边的几个女生似乎都是方才和她一块儿参加同一场面试的。

其中几位,周芙在等候的时候有过一面之缘。

几人各自补着妆,话题自然而然便绕到了方才面试时最吸引小姑娘注意力的陈忌身上。

他向来如此,无论是当初在今塘,还是后来到北临,所到之处,总能成为大家热切讨论的焦点。

"哎,刚刚面试的时候,最年轻的那个,是咱们公司老大,你们知道吗?"

"当然,北临建筑圈子里的人,谁还没听过陈忌啊?"女孩儿补完口红,优雅地将盖子扣上,"连我们学校老教授上专业课,都会把他的设计拿出来当教科书分析。在北临上建筑系的,应该没有人没下载过他的图当手绘练习范图吧?"

"别说在北临上建筑系的了,我这个在寒城上建筑系的,老师每周布置的手绘作业,还都有临摹他的手稿呢。"

"别说手稿,我记得我当时刚入学,电脑上刚刚安装上 SU[①],就已经有学长给我们发陈忌做的插件安装包了,跟传家宝似的,一届传一届。听说里头的模型组件全是大佬一个人做的,神,不愧是神!"

几个女生你一句我一句感叹完他的能力,很快便有人忍不住开始将话题往他那张脸上带了。

"建筑这个行业都是越老越吃香,但是他好像才二十多岁,就已经厉害到我们学

[①] 一款绘图软件,全称为 Sketchup,可以快速、方便地创建、观察和修改三维创意。

校教授都心甘情愿来浮沉打工的地步了。"女孩儿"啧"了声,"而且那张脸!你们早上面试的时候仔细看了吗?绝了,放明星堆里都能'乱杀'。"

说到这儿,女孩儿们的唇角已经控制不住地勾了起来。

"讲真,光是那张脸摆到我面前,叫我熬夜通宵给他加班画图,我都心甘情愿。"

有人不太认可,摇摇头:"要做梦,就该梦个大一点的,咱们熬夜通宵陪他,让他替我们画图吧。"

"所以大佬为什么想不开要做这种赔本生意?"

几个人对视了下,忍不住笑出声来。

周芙:"……"

周芙用纸巾稍稍将脸上的水擦了擦,再洗了个手,伸手准备再抽张纸时,正好和身边的女孩儿对上了视线。

对方一愣,似是在打量,片刻后问:"你也是刚刚一块儿面试的吧?"

周芙点了点头:"嗯。"

"我就说对你这张脸有印象,真好看,我要是面试官,肯定得多看你两眼。"

周芙垂了下眸——然而真正的面试官,刚刚连眼皮子都懒得抬,一眼都没看过她。

"一块儿去吃饭吧?"女孩儿似乎挺自来熟。

周芙没反应过来:"啊?"

"我们都是刚才面试在外面等的时候认识的,反正都得吃中饭,一块儿去呗,万一要是面上了,那以后就是同事了。"

周芙不太好意思拒绝,只能硬着头皮同意。

找餐馆的一路上,周芙都不免有些提心吊胆。

浮沉建设的位置在北临市中心,是北临最贵的地段。不论是房价还是物价。在这儿上班的人也普遍高薪,生活质量高,平时随意吃个单人工作简餐,就动辄上百。

她最近才勉强把准备租房的钱凑好,没有多余的钱可供这样的高消费。

原本打算走到半路的时候,让凌路雨给自己打个电话,趁机开溜,哪承想还没走几步,一群人便拉着她进了家面馆落座。

好在几个女孩儿都是刚出校门的学生,同样囊中羞涩,没有那么奢侈,挑的店的价格在这一带算是难得的接地气。

周芙抬眸瞧了眼墙上的菜单。只一眼,便怔住了。

反应过来后,才下意识看向招牌,上头赫然写着"今塘特色小吃"几个字。

难怪菜单和当初她在今塘附中后门的小吃街里吃的那家,那样相似。

几个女孩儿各自点了单,周芙没犹豫,还和当初第一回在今塘点的一样,来了一碗清汤粉。

只不过当初点它是因为没吃过，好奇，如今，纯粹是因为她只负担得起这个。

等餐时，女孩子们的话题仍旧绕不开陈忌。

有人感叹："要是今天这面试能过就好了。这样没准还真有机会，和大神发展一段办公室地下恋情。"

周芙眸光暗了暗，没吭声。

"哎，这你们就想多了吧。"其中一个高马尾的女生，似乎掌握了一些别的新闻，"大神就大我一届，当时我们部门有个学长和他室友关系还可以，听说人家早就有女朋友了，似乎还是青梅竹马。"

女人话音刚落，店家便将几碗面一并送了上来。

周芙面前的那碗清汤粉，毫不意外地漂着一层红彤彤的辣油。

她方才忘了提醒店家别放。只是此刻，她握着汤勺，脑子里不自觉回荡着刚刚那个女生说的那句话："人家早就有女朋友了。"

她不自觉加重了捏着汤勺的力道，片刻后，面无表情地舀了勺漂满辣油的汤，送到嘴里，像是感觉不到火辣辣的刺痛。

女孩儿们分完筷子，又继续聊上了。

"我听我那学长说啊，大神不仅长得帅，还专一，对女朋友特好，就这个年代，居然还把女朋友的照片夹在钱包里随身携带；听我那学长说，好像还是小姑娘初中时候的两寸证件照，妥妥的'纯情'，真叫人羡慕啊。"

初中，她初中的时候还没有认识陈忌，原来比认识她还要早时，他就已经有喜欢的女孩儿了？

周芙低着头，像是失去了味觉般，一口接一口不停地往嘴里喂辣汤。

其实这些年来，她仍旧尝不了辣，然而此刻的手像是根本不受控制。似乎比起心里的难受，嘴里这点辣好像也不算什么了。

周芙一边埋头喝，一边止不住掉眼泪。

良久，同桌的女孩儿们终于察觉了她的异样："你怎么哭了？"

"是，是面试情况不太好吗？"

周芙无神地摇了摇头："没有，汤太辣了。"

只是辣哭了而已，她心里一点都不难受。

"那你别吃了，要不让老板给你换一碗吧？"

"不用了，没事。"她随意抽了几张纸，擦完脸后抱歉地看向周围，"你们吃吧，别管我，我就是有点吃不了辣而已。"

几个女孩儿点了点头，收回注意力后，很快有人开口："哎，我怎么感觉刚刚从店里走出去的那个男的，好像大神啊。"

"谁？陈忌？"

"嗯，个头一样高，一样的发型和衣服，走路姿势懒洋洋的，背影看起来都好帅啊！"女孩儿舔了下唇。

"你是被大佬迷过头了吧，他那么有钱，不会来这种小店的。"

"也是。"

没过一会儿，店家面带笑容地端了一个大托盘过来，上头除了摆了碗不带辣油的牛肉粉，还放了好几样看起来根本不像这家店能做出来的菜品。

老板走到周芙跟前，将牛肉粉端给她："小姑娘，刚刚在收银台那儿看到你被辣得够呛啊，真是不好意思，一时没注意，辣油放多了，难受了吧？"

周芙忙摆摆手："没事，是我自己不太吃辣。"

"看你都辣哭了，真是抱歉，这碗牛肉粉是给你新换的，其他这些菜啊，就当是给你赔个罪，尝尝鲜，不收钱，和朋友们一块儿吃吧。"

老板说完，也没等周芙点头，像是怕她拒绝般，溜得比谁都快。

周芙垂眸，看着面前那碗满是牛肉的汤粉，刚刚忍回去的眼泪似乎又有夺眶而出的架势。

她怔了良久，小心翼翼拿起勺子尝了一口。眼泪瞬间不受控制地砸到勺子里。

下一秒，同桌吃饭的几个女孩儿几乎同一时间收到了一条短信。

大家纷纷点开来，随后有人开始唉声叹气："唉，面试没过。"

"我也没过，问的好几个防火规范我都没答上来，当时就感觉有点凉凉了。"

"我也是，谁知道会考这个？"

周芙喝了口汤，心不在焉地从包里掏出手机，点开短信的一瞬间，"恭喜你"三个字映入眼帘。

在一片唉声叹气中，周芙安安静静抿着唇，将那条录用通知反反复复、逐字逐句确认了好几遍。

浮沉建设的门槛果然如室友所说那般，多少有些高不可攀，录用比例奇低，一桌子六七个女生当中，只有她一个人算是侥幸踩中了考点，得了个实习名额。

明明是件该庆幸的好事，她却忍不住更加紧张起来。

周芙默不作声关掉手机，没有摆出丝毫胜利者可以有的喜悦姿态，尽最大努力降低自己的存在感。

好在效果还算不错，几个女生都默认整张桌上的人全军覆没，气氛很快又融洽起来。

周芙稍稍松了口气。

想了想，她重新掏出手机，点开相机，悄悄对着一桌子还没怎么动过的今塘特色小吃拍了张照片。

这似乎成了她离开今塘之后，经常做的事。但凡遇上和今塘有关的东西，她都觉得弥足珍贵，无比珍惜，忍不住想要将一点一滴全都记录下来。

周芙将照片发到发小儿群里。

"你们就欺负我在大不列颠啃树皮，吃不着美食呗，深夜放毒。"申城阳最先冒泡，强烈谴责了周芙这个不人道的行为。

周芙笑了下："抱歉，忘了英国现在是凌晨。"

凌路雨发了张"流口水"的表情包出来："哇，这么丰盛！这是哪儿的菜？"

周芙："今塘特色小吃。"

周芙这条回复一出来，群内两人短暂且默契地沉默了几秒。

他们或多或少都了解，今塘于周芙而言，承载着怎样特殊的情感，几秒之后才恢复到平常一贯的水群风格。

凌路雨："看起来好好吃的样子！"

申城阳："店在哪儿啊？我先提前记到我的小本本上，等我杀回国，吃它个几百顿！"

周芙笑笑："就在我今天面试的公司楼下附近，味道还不错，老板人也挺好的。噢对了，我今天的实习面试通过了，以后可以用工资请客了，下回等你回国，我们三个一块儿去吃。"

凌路雨立刻举手："我觉得我们俩晚上可以抛下申城阳，先提前撮一顿，就当庆祝你面试通过！"

周芙："好呀。"

申城阳："不是人……我退群了，谁也别想挽回我。"

凌路雨："你爱退退吧，谁搭理你？ @小豆腐 粥粥，我偷图发朋友圈了啊。"

周芙发了个"嗯"，随手点开凌路雨最新的朋友圈。

刚才她拍的那张照片被凌路雨发了出去，搭配的文案是"我家粥粥说要赚大钱请我吃好吃的！"。

周芙笑了笑，顺手给她点了个赞。

中午吃过饭，周芙给室友潇琪打了个电话。

先前她说要租房，潇琪便说自己租的那套房子正好还剩一个单间，还没找到新室友，要是她不介意的话，可以直接租给她，省去双方各自再找中介的钱和麻烦。

周芙原本还有些犹豫，毕竟大学这几年的宿舍生活中，大家和潇琪的关系都一般，平常相处时，算得上处处忍让她，强行凑到一块儿住，到头来头疼的还是自己。

可很多时候又确实不得不向现实低头。

北临近十年房价飞涨得实在太过迅速，四环以内，想要租个简简单单能住人的单间，都得每月四千元以上。

周芙前面十多年的人生从未为生计发过愁，不食人间烟火，生活都较难自理，能胜任的工作极少。这几年半工半读，兼职赚来的工资交完学费后，剩下的也只能勉强维持日常开销，想攒下钱来十分困难。

就连这第一个月的房租，还是她去年参加一个小组规划竞赛，得了第一名之后分到的奖金。

奖金拖了一年多，好在上个月月末终于打到了账上。也不多，就三千块钱。

潇琪似是知道她手头有三千块钱奖金，于是那间空房就正好每月三千块钱。

不过，比起她在各大租房软件上搜到的四五千以上的天文数字，每月三千块钱已经算是便宜的了。

周芙也没有什么资格挑剔，毕竟找别的房子，动辄需要押一付三，再加至少一个月的房租当中介费，她实在无力负担。

和潇琪打完电话，约好下午两点抽空看看房，顺便拿一下钥匙之后，周芙便按照她发到手机上的定位地址，在网上搜索了一下从浮沉建设这边过去的路线。

毕竟今天的面试过了，不出意外，至少之后几个月之内，每天都得在这两地之间往返。

说近也不算近，浮沉大楼在北临最繁华的商业街，二环以内，而潇琪发过来的位置已经是四环再往外一些，需要换乘两次地铁，一趟下来，顺利的话，也得坐四十分钟左右。

对比了一下地铁票价，周芙果断选择了公交车，虽然也需要转乘两次公交车，一趟下来比地铁多坐半小时，但每天来回的车钱至少能省下十块。

如今在她看来，钱是能省则省，其他的，无非是早些起床、晚些到家罢了。

时间对于她这样的穷人来说才是最不值钱的。

她昨夜熬了一个通宵，早上又神经紧绷地参加了面试，中午借着辣汤大哭一场之后，脑子已经有些昏昏沉沉，此刻一连坐了三趟公交车，累得险些在车上昏睡过去。

路上花费了将近两个小时，她终于赶在约定时间之前，到达了潇琪所说的住宅楼下。

房子是二十世纪六十年代旧社区里头的"老破小"。

没有封闭式小区环境，保安亭形同虚设，人人都能轻易通行，不需要任何身份验证。

每幢房子的间距很近，楼与楼之间窄小的过道被电动车和自行车等交通工具塞得满满当当。

道路两旁原本用来绿化的片区，也都被当地居民见缝插针地改成了菜地。

在外头商业街和马路的视角看不见里头的破败，无须做面子工程，年久失修无人维护，因而越往里走，楼房越破旧。

潇琪所说的那栋房子在最靠里的位置。

楼体久经风霜，入户门窄小昏暗，几面墙除了贴满怎么都无法清除干净的城市小广告，不少地方还被素质低下的人用喷漆画了鬼脸涂鸦，尤为触目惊心。

周芙一时没防备，被那骇人的鬼脸吓了一跳，乱糟糟的心跳好半响才勉强平复。

她深吸一口气，小心翼翼地往楼上走。

几十年前的楼房，设计缺陷也尤为明显，楼梯间没有通风采光，气味难闻不说，感应灯只剩下忽明忽暗的微弱光芒，想要看清各家门牌号都困难。

好不容易到了潇琪所在的房子门前，周芙敲了敲门，半响没有人响应。

她翻出手机，给对方打了个微信电话。

在门口等了将近一个小时，电话才终于被接起。

结果是个男人接的，嗓音还带着浓重的困意，含含糊糊问了几遍"是谁"，听清楚找潇琪之后，这才把手机往边上正熟睡的女人耳朵边塞。

"噢，你来了啊，我忘了你上午说要过来了。"潇琪的声音听起来应该也是刚醒，"都到门口了？行吧，我给你开门。"

说着，电话那头传来窸窸窣窣的声音。

片刻后，紧闭的房门终于打开。

然而来开门的是个光着膀子、两只手臂布满文身、五大三粗的男人。

周芙忍不住拧眉。

她以为找错地方了，正打算扭头离开，就听见里头传来潇琪的嗓音："你进来吧，我还在穿衣服，等会儿，或者让我男朋友先带你看看房间。"

果然不出室友所料，潇琪已经理所当然地将男朋友带回合租房来住了。

明明来之前也是说好的，各自都不带异性回家。

然而这才第一次看房，居然连装都不愿意装一下。

男人的视线毫不掩饰地在周芙身上上下打量。

周芙攥紧了手，强忍下那股莫名涌上的恶心，硬着头皮在男人的注视下走进房间。

等到打开那个属于自己的房间的门时，周芙才终于知道潇琪为什么急着把这间屋子出租给她。

里头放了张上下床。床与墙之间的缝隙，只容纳得下她一人侧身而过。别说书桌和衣柜，就连窗户都没有。

大大小小的杂物堆在下床床板上，这里像是从隔壁厨房强行隔出来的小空间。

"下床那些东西，你住进来之后，把它们搬到客厅放着就行。"潇琪穿着件吊带衫打着哈欠走过来，瞧见周芙的表情，"别嫌小啊，你不知道，北临房价就这样，找个房子多难啊，要不是和你室友一场，哪儿有一月一付还不要你押金中介费的？"

"噢，对了，钥匙。"潇琪拍了拍身边男友，"把你那把先给她。"

男友皱眉："我的给她，那我怎么进来？"

"我再给你配一把不就完了？"两人之间理所当然的对话，甚至都没瞒着周芙。

这是拿定周芙已经将三千块钱转给她，不得不在这儿住下了。

把钥匙交给周芙之后，潇琪说："那你自己慢慢整理吧，我们回去继续睡了，困死了。"

饶是再好的脾气，需要替别人收拾这一屋子狼藉，也很难心平气和。

可是周芙确实没别的办法。见时间还早，她索性直接开始将东西往外搬。

其间，凌路雨打来电话，问晚上约在哪里见面。得知周芙正在新的住处打扫卫生时，便嚷着要过来帮忙。

周芙瞧了眼自己此刻的处境，没敢让她过来，找了好多借口才把人劝住。

快到约定的时间时，周芙匆匆洗了把脸，背上背包便往楼下跑。

凌路雨知道她新租的房子离公司不算近，因而将碰头地点约在了四环附近的商业广场。吃饭的店也是凌路雨提前找好的。

她知道周芙自打母亲出事后的这几年，过得应该并不轻松，挑选的地方也十分体谅对方，是个地道的小馆子，物美价廉。

两人寻了个位子坐下，凌路雨拿起菜单瞧了眼，便说："我刚刚在路上没忍住，吃了俩甜筒，现在已经八分饱了，点碗面差不多了，别想逼我吃太多有的没的，我这个月已经胖三斤了。"

周芙一边看菜单，一边握着笔认认真真在上头勾勾画画。凌路雨掏出手机对着她专注点菜的模样拍了张照片，简单调了调滤镜，便发到朋友圈里。

照片中，小姑娘握着笔的手指葱白细长，扎着温软的公主头，头发披散在身后，垂着眸，睫毛卷翘，恬静优雅，乖得要命，跟几年前埋头做卷子的模样如出一辙。

搭配的文字是"吃到啦！"。对应的是她上午发的那条朋友圈。

——"我家粥粥说要赚大钱请我吃好吃的！"

——"吃到啦！"

等她发完动态，周芙也点得差不多了。凌路雨从她手中接过菜单，检查了下，顺手替她画掉几个贵菜之后，直接交回给店员。

等菜的间隙，两人有一搭没一搭地聊着天。

凌路雨随口问："你和那个陈忌，后来真的连电话都没再打过吗？"

周芙眼睛盯着桌上倒扣着用来给上菜倒计时的沙漏，微微出神："当初回北临的时候，我妈不是已经出事了吗？我叔叔婶婶他们似乎已经找我很久了，那天刚一到家，就把我的东西全扣下了。我不知道他们想干什么，整整小半个月，他们只许我待在自己的房间里，不让我添乱，我没办法和任何人联系。"

"手机到最后也没能拿回来，有次好不容易找到个机会打电话，结果打过去是关机。"周芙垂着眸，自嘲地扯了下唇角，笑并不达眼底，"他可能好不容易把我送走，终于能过上几天清静日子了，我在今塘的时候，总是给他惹好多麻烦。"

"后来我联系到当时在今塘附中的那个好朋友，偶尔也会听她提起陈忌他们的近况，但是每次她问我，要不要替我去找陈忌，把电话给他的时候，我又忽然不敢了。"周芙咬了下唇，"我不知道他到底想不想接我电话，不知道莫名其妙再给他打电话，算不算一种打扰，他会不会觉得我有什么毛病，没事找他干吗。时间越久我越不敢。他也说了让我别找他的。"

凌路雨忙揉了揉她脸颊："哎呀，别这么说自己，算了，先不提这个，怪我。"

她收回手，余光瞥见朋友圈多了两条新的消息提示，随手点进去，惊讶得叫出声来。

周芙抬眸："怎么了？"

"大帅哥居然给我点了两个赞！"凌路雨一脸难以置信。

周芙没懂："什么啊？"

凌路雨愣了半晌才回过神来："就是，大概几年前吧，好像是你从今塘回来之后没多久，有次我在私立高中外面等申城阳的时候，正好碰见了个大帅哥。真的贼帅，边上一群女生都在偷偷拍他，结果他忽然走过来问我能不能加个微信！"

凌路雨夸张道："我何德何能啊，粥粥！大帅哥！主动！要加我微信！"

周芙忍不住笑了下。

"我当时以为我桃花要开了呢，结果……人家加完就躺列①了，屁都没放一个，我点开他的朋友圈，也是干干净净的，一条动态都没有。"凌路雨捏着杯子的手都忍不住加重了几分力道，"几年了！我都快忘记我列表里有个帅哥了，结果他居然就在刚刚给我点了两个赞！帅哥居然会点赞欸，他的微信居然也有点赞的功能欸！"

"点的两条好像都和你有关，果然钓帅哥还得靠美女，你说我要不要时不时地发张你的照片在朋友圈，让帅哥和我频繁互动一下？"凌路雨说着，便把手机界面举给周芙看，"就是这个，头像是只黄猫的那个。"

周芙知道她在开玩笑："你不怕申城阳杀回来和你的帅哥打一架？你就钓吧。"

---

① 网络用语，指加了好友却没有什么交流。

说着，她的眼神随意往凌路雨的手机上扫了眼。

在看到那人的头像时，周芙忍不住怔了下。她顺手将手机接过。

如凌路雨所说，头像是一只黄猫，看品种，其实是只和田园猫串过的英短乳白猫。除此之外，画面上便只剩下男人搂着猫咪时露出的半截小臂。手臂被黑色毛衣包裹，难掩结实有力的线条，手指修长，骨节分明，看起来确实是个干干净净的帅哥的手。

周芙不自觉地看着那只乳白的猫出了神。

从前她在今塘的时候，也捡过一只和这只长得差不多的。

她记得应该是第一次被陈忌带到那座古宅院的那天。

她看见少年脸上挂了彩，想找点药来给他涂上，陈忌不当回事。

周芙不服气地哼哼两声，也不管他愿不愿意，自己去外边翻找起来，只是药还没找到，就被不知从什么地方传来的猫叫声所吸引。

小家伙气息很弱，音量极小。

周芙仔细寻找半天，最终在内院花池角落的石板路上，发现了一只奄奄一息的乳白的猫崽子，看起来还不足两月大，瘦得她一个掌心就能托起来。

陈忌出来喊人吃饭时，就看见周芙一个人蹲在花池边，小小一团。

"你干吗？"他走过去。

周芙托着小猫咪仰头看他："你看。"

少年眉梢一挑，没吭声。

"它好可怜，这么小一只。"周芙的眼神都没舍得从猫咪身上挪开。

陈忌淡淡道："我看你也不大。"

周芙："……陈忌，我能养它吗？"

少年冷冷嗤她："你自己都养不清楚，还养它？"

周芙噘了下嘴："你没有爱心。"

陈忌就差被她气笑了："周芙，你有点良心，谁把你喂饱的？"

小姑娘忽地没了声，陈忌说完，也察觉出了话中的歧义，清了清嗓，声线冷硬又别扭："这玩意儿怎么养？"

周芙立刻听出了他的让步。她想到家里正好有他买回来的无乳糖牛奶，忽地将他大手握住。

少年脊背一僵，就见周芙软乎乎的小手将他手掌翻过来，之后将那毛绒玩意儿小心翼翼地放到上头："你先托着它。"

她小跑去厅堂将牛奶拿过来："能喝这个，你喂喂看。"

陈忌这会儿手背上还残留着她方才握过的余温，还没回神，她说什么便是什么，随手将牛奶接过，竟真的喂了起来。

他过得一向糙，这辈子没干过这种事。

小家伙咂着嘴喝得十分卖劲儿，没一会儿便"咕噜"了起来。

片刻的温馨被少年冷冷的嗓音打破："这玩意儿怎么这样？是不是支气管有问题？"

周芙差点被他这一本正经的问话给逗笑："是喜欢你。"

小猫咪表达喜欢时就会"咕噜"。

陈忌忽地没了声，半晌后，懒洋洋的语调带了点痞，尾音拖得很长："噢——喜欢我？"

"嗯。"周芙软软回应，下一秒才觉得不对劲儿，脸颊微烧，抬起眸。

少年唇角微微勾了下。

周芙怔了许久，当年那只小家伙只有巴掌大，她离开今塘时，也刚把路走稳，算起来到今天，应该也和这头像上的猫咪差不多大吧。

周芙深吸了一口气，勉强将眼底的酸涩压了下去。

浮沉建设大楼办公室。

陈忌拧着眉心，若有所思地躺进老板椅中。桌上手机屏幕亮着光，朋友圈的界面还未退出。

偌大的办公室内，几段录音不断地在自动重播。

"喂，许思甜在吗？我是周芙呀，今塘那边……都还好吗？

"你怎么样啊？陆明舶还在追周之晴吗？

"你们又换座位了吗？那……陆明舶和谁坐啊？还和周之晴吗？

"和陈忌？他又没来考试吗？

"我这边……都挺好的，你不用担心。

"我也不知道什么时候能回去一趟，好想你们。

"啊？陈忌吗？不，不用了吧，我就和你聊聊天就好……"

借着屏幕发出的微弱光芒，男人看着手头那张两寸证件照。

半晌，他找到公司人事部组长的微信，问："设计部最新一批实习生什么时间入职？"

人事组长很快回复："通知报到的时间是下周一。"

陈忌："你再通知一下，加半个月工资，提前到明天直接报到。"

晚饭吃到一半时，周芙收到了人事部发来的入职通知。

她心跳控制不住地加快了许多。

凌路雨剥了只虾塞进自己嘴里，又给周芙剥了一只，见她盯着手机迟迟没抬头，拿虾的手在她面前晃了晃:"嗯嗯?怎么回事?吃饭开小差。"

周芙闻言抬眸看向她,有期待也有紧张:"刚刚收到通知,我的入职时间提前到明天。"

这就意味着,或许她能早一点再次见到陈忌。

即便没有那么容易见到也没关系,至少也算是又在同一片屋檐下了。

凌路雨知道她心中所想,但不想煽情,也不想惹她哭。

从前周芙家里还没出事时,短暂人生过得顺风顺水,稍有小小挫折就喜欢用哭来解决,因为有人护着,好使。

后来她母亲出了事,肆意的人生出现了重大转折点之后,人反倒比从前坚强了许多,轻易不再哭,更多的时候咬牙挺一挺,总能熬过去。

不过,一切的坚忍与反常总有例外。

而那个几年前与她有过小半年缘分的今塘岛少年,便是那个例外。

凌路雨很早便发现,但凡提到与陈忌相关的人或事,周芙便又会立刻回到小姑娘时期喜欢用眼泪来解决问题的状态。

不能多提,一提就眼红。

想了想,她开起了玩笑:"原本是下周一入职吧?现在直接提前到明天,资本家果然该被打倒,能多剥削一天是一天!"

周芙跟着笑了下,潜意识里开始替陈忌说好话:"但是资本家给多加了半个月工资。"

凌路雨睁大双眼:"这么有钱的吗?那也不是不能暂且原谅一下。既然提前发财了,我多吃你一根烤肠不过分吧!"

周芙笑着点点头。

简单的聚餐结束后,两人一块儿走到公交车站牌前等车。

凌路雨这趟压根儿不是为了蹭周芙一顿饭来的,临上公交前,她动作利落地将拎了一路的大袋子递给周芙:"都是我买的零食,带回去慢慢吃,别成天吃泡面。"

说完,像是怕周芙客气似的,转身迅速上了公交车。

回出租房的路上,周芙全程打着手机里的电筒,战战兢兢。

楼道里的感应灯十层有八层是坏的,这样的环境下,手电筒的光束更显恐怖诡异,最后她几乎是一路闭着眼,摸黑冲上去的。

二十世纪五六十年代的老房子没有电梯,因为恐惧,她一口气爬了九楼。

等到了房门前时,她的嗓子干得都快冒烟了。

终于回到那逼仄的小卧室,周芙没来得及多想,直接往下床硬质木板上一躺,良久才喘上气来。

休息了一会儿，她找到先前从宿舍寄过来的行李箱，准备拿套换洗睡衣。

由于房间实在太小，行李箱甚至没法平着打开，她只能从缝里伸进一只手，凭空掏。

好在手臂够细，掏了半天，终于掏出来了。

就是她皮肤薄，手臂也连着好几处被拉链划出了几道红印子。

换作从前，碰上这种事她没准就要哭了，如今只瞧了眼，满不在乎地起身去了浴室。

浴室是公用的。整套房子里不仅住着她和潇琪，还有几个隔间也分别住着几个女生。

这个点，洗澡不出意外都需要排队。

周芙等了快两个小时，快昏睡过去之时，终于等来洗漱的机会。

她忙一头钻进去。

没承想刚冲了遍身子，浴室门把手便被外头的人拧了一下。

周芙吓了一跳，忙两步跑过去，用力将门抵住，尴尬道："有人……"

门外响起潇琪中午那个男友嬉皮笑脸的声音："噢，抱歉啊，我还以为没人呢。"

语气十分轻佻，并不是真想道歉的意思。

周芙不自觉拧了下眉，提心吊胆匆匆洗完，套上提前准备好的厚外套，这才安心出门。

没想到那个男人竟然还在浴室门外没走，见她出来，眼神毫不客气地上下将她打量一番："哟，这个天儿，包这么紧不嫌热啊？"

话语流里流气，十分轻浮，周芙只觉得一股恶心控制不住地涌了上来，没打算和他多说什么话，只轻点了下头，抱着换下来的衣服就要回自己的隔间。

身后潇琪忽然开口将人叫住："周芙，你什么时候上班？"

"明天。"

"那正好。"潇琪突然跑回卧室，随后从里头拎出来个宠物航空箱，里头关着只猫，"这猫明天得打疫苗，那家宠物医院正好在你公司附近。我和我男友每次下班，那医院也下班了，时间总对不上，你明天上班的时候能帮我把它先带医院去吗？"

周芙抿着唇没吭声。

"打完就先寄养在医院，你不用带回公司。中午饭点的时候，我让人去找你取，你到时候帮我把它从宠物医院里接出来就好，行吗？"

周芙原本是不想答应的，她要坐三趟公交，带个这么大的航空箱，真的不太方便，体力也吃不消。

又想到未来得在一块儿同住那么久，不想这么早因为这种事情产生矛盾，最后她还是硬着头皮答应下来了。

报到时间是上午九点半。

周芙提早了三个半小时起床，匆匆洗漱后，带上猫出了门。

将猫送到宠物医院，她又一路狂奔到公司，好在最后比规定的时间早了半小时。

她走到前台小姐那儿做完简单的登记后，按照记忆中的路线，去了建筑设计部所在楼层。

令她没想到的是，整个设计部空空荡荡，看不见半个员工。

路过的保洁阿姨见状，走过来问了句："你是新来的？"

"嗯。"

"难怪。"阿姨随手放下水桶，"你不知道，设计部这帮年轻人，经常是熬夜画图，直接通宵，等天快亮了，又各回各家补觉去了，早上十点前，能来的都比较少。你来早了姑娘，不过可以先进去熟悉熟悉环境。"

阿姨随手替她开了感应门后，便离开了。

周芙背着包，轻手轻脚地往里走。

即便此刻四下都无人，她的每一步仍旧习惯性地小心翼翼。

建筑工作室大多以小组合作设计为主，成员之间需要随时对设计进行沟通交流，因而办公室里很少见格子间座位，大多是没有隔挡、连成一片的长桌。

私密性较差，互动性极强。

每个人的工位基本都摆放着两台显示屏，桌上拷贝纸、硫酸纸成沓堆叠。

周芙随意往里再走了些，待眼睛往落地窗边上的走廊尽头望去时，脚步不自觉顿住。

那边应该是整个大通间里少有的私人办公区域。

磨砂玻璃门半敞着，只见陈忌眉头微蹙，懒洋洋倚靠在宽大的老板椅上闭目养神，侧脸线条流畅锋利。

周芙一下怔在原地，恍惚中，竟觉得像是忽然回到了那个她只待过小半年的今塘附中。

那时候的陈忌也如今天这般，不是趴在她身边补觉，就是仰靠着墙闭目养神。

周芙不知道自己到底在原地怔怔看了多久，一直到男人皱着眉微睁开眼，闲散地抬手拧了拧后颈，之后抬眸，四目相对。

周芙几乎是一瞬间便忘记了该怎样呼吸。

然而男人只是微眯着眼瞧了两秒，似是仍旧没认出她是谁，片刻后面无表情地挪开眼神，从老板椅上起身，进了里头休息室。

再出来时，他已将方才睡到微起褶子的白衬衣换掉，这会儿穿着宽大的黑色T

恤，添了几分从前的少年气。

周芙定定地站在原地，就见陈忌从私人办公室的咖啡机上方的橱柜中随手取下个白净的杯子，之后懒洋洋走了出来，从长廊走到她跟前，再从她右手边擦身而过，最后在几步之外的公共咖啡机前站定，微垂着头，接了满满一杯咖啡。

咖啡香即刻四溢，陈忌就这样站在她面前，面不改色几口喝完，喉结上下滑动。

那表情和姿态，和几年前理所当然抢了她的保温杯，之后在她面前仰头一口一口喝水时，如出一辙。

片刻后，他像是才发现她的存在，转过身，闲散地倚靠在长桌边沿，看向她，嗓音带着些初醒的哑："早。"

周芙不自觉屏住呼吸："早。"

男人沉默了两秒钟，之后发问："新来的？"

猛然间，周芙像是被当头浇了盆凉水般，一下子清醒过来。他果然早就把自己忘了。

周芙抿着唇，点点头，比方才冷静许多："嗯，实习，通知今天来报到。"

闻言，陈忌礼貌性地点了个头："行，坐那儿吧。"

男人随手往她身后的位子一指。

周芙顺着他指的方向望去，那位子正巧正对着陈忌私人办公室的磨砂玻璃门。

周芙没再多说，答了个"好"之后，径直往自己的位子走。

坐下之后没多久，陈忌又不紧不慢地从身后办公室里拿了两本东西出来，随手丢到周芙桌上。

——防火规范白皮书。

"设计部的都来得晚，晚一点带你们的人来了，会安排工作，先看着吧。"

周芙安安静静坐在座位上看了会儿规范。

过了半个多小时，陆续有人走进来。

几乎每个人都习惯性地先拿着杯子走到咖啡机前猛灌几口。

一整个上午过去，周芙也没等到所谓的安排工作的人。

她百无聊赖地放下规范，小幅度伸了个懒腰，对面的女同事瞧过来，笑了下："很无聊吧？"周芙不好意思地冲她笑笑。

女同事叫方欣，进浮沉一年左右，方才两人已经互相自我介绍过一轮了。

"很正常，刚来的都没什么事干。"她说着，又给自己倒了杯咖啡，"我去年刚来的时候也是，先发两本防火规范看看，然后偷偷玩了好几天手机，最后终于有人给我安排工作了。大家手头都有自己的项目要赶，这两天马上要交图了，比较忙，等这个项目结束，才会稍微闲下来几天。"

周芙点点头:"谢谢。"

"这有什么可谢的?"方欣瞧了眼她桌上的两本白皮书,吐槽道,"规范很枯燥吧?"

周芙温软答:"还好。"

"我就特烦这个,但是咱们老大对防火这块的规范抓得相当严。"方欣口中的"老大",是设计部里的人对陈忌的统一称呼。

周芙想起了今塘那座烧掉半边的古宅院,能理解陈忌对防火这块的重视和执念。

简单聊了几句,时间就过得快多了。

很快便到了中午饭点。

方欣为人比较外向,自来熟,见周芙温温瞰瞰的,担心她怕生,不敢融入大家,便主动邀她一块儿出去吃中饭。

周芙本想答应,一想到中午还得替潇琪去宠物医院把猫接出来,只能抱歉道:"早上替朋友带了猫咪过来打针,她中午过来接,我得替她先把猫咪带回来。"

方欣很能抓重点:"你带着来的?你们住一块儿啊?"

周芙点点头。

两人正聊着,陈忌不知什么时候拿着杯子从面前经过,又到了不远处的咖啡机前。

周芙垂了下眸,而方欣以为她在害臊,暧昧地冲她眨眨眼:"男朋友的猫?你们同居了?"

周芙一下没反应过来:"啊?"

下一秒,陈忌拿着杯子,懒洋洋从两人桌前再次经过,回到了自己办公室。

周芙收回眼神:"不是。"

"哎呀,害什么臊嘛,成年人很正常的。"

"真不是,我大学室友,女生。"

"好吧。"一听是女生,方欣便兴致缺缺,"那我走啦,饿死了。"

周芙点点头,也一并起身下楼。

她小跑到宠物医院将猫带出来,结果在路边等了将近半小时,才等来接猫的人。

来人是潇琪的男友。

周芙对他有种与生俱来的抗拒,见他从车窗探出头来,微皱起眉,迅速将猫包递过去后,招呼也没打便匆匆往回走。

瞧了眼时间,正是下班族用餐的高峰期。

周芙口袋里没多少钱,索性绕到后边小巷,买了个馒头,步伐匆匆回了公司。

不知是被潇琪男朋友给恶心的,还是今天起太早,又因为送猫、接猫在路上来回跑了好几趟,坐回位子上时,周芙只觉得头疼眼昏,胃里也绞了起来。浑身上下哪儿都不太舒服。

102

她强忍了会儿，以为只是因为早餐没吃饿太久，胃里空才难受，忙拆开包着馒头的塑料袋，拧眉咬了两口，垫垫肚子。

然而似乎没有半点作用，而且疼得越发厉害。

她先前虽是个病秧子，但是三餐这方面被照顾得极好，胃是没什么毛病的，也就是后来的几年，吃了上顿没下顿，饮食极其不规律，才渐渐有了胃疼的毛病。

周芙忍了会儿，最终还是敌不过疼痛，老实地从背包里拿出个药瓶子来，熟练地拧开盖子，往手心倒了几颗白色药丸塞到嘴里。

拿起杯子仰头灌水的一瞬间，才察觉到陈忌不知什么时候到了她桌前。

男人居高临下，瞳仁漆黑，眉头紧蹙着，看起来心情似乎不大好。

周芙喝水的动作一顿，就见他黑着脸，忽地弯起指节，在她桌上敲了两下，嗓音沉沉："来我办公室一趟。"

"嗯？"周芙有些蒙，甚至忘了吞咽，等嘴里药丸化开，开始发苦发涩时，她才皱着眉头反应过来，又猛地灌了几口水，才勉强将那股恶心的苦味压下去。

她从前也怕苦，那会儿娇气任性，怕苦便不肯吃了，要人哄。

如今还是怕苦，只不过早就没人管了，已经学会了有苦就硬着头皮往下咽，苦和疼总要选一个。

陈忌收回手，眼眸微垂，没有要说第二遍的意思，只冷冰冰地补充了句："药罐子带上。"

说完，男人面无表情地先回了办公室。

不得不说，几年不见的陈忌，身上的威慑力比从前还要强上几分。

他早已不再是从前那个被她磨得没了脾气、处处惯她的少年了，此刻于他而言，她只是个八竿子打不着、再普通不过的陌生人。

这种疏离和冷淡，让周芙多少有些怕他。

周芙紧咬着唇，难免有些慌，也不知道自己哪里做得不对，招惹到他了。

她攥了攥手中的药瓶，无措地看向周围的同事，紧张地问了句："公司里不能吃药吗？"

几个同事茫然地摇摇头，似乎也在回忆："好像没这个规定吧。"

"至少我们设计部这边氛围一直挺轻松的，吃饭、吃零食都没事，没听说不能吃药吧。"

周芙耷拉着脑袋不断回忆，到底是哪儿出了问题，半天没想出个所以然来。

倒是坐在对面的方欣看得有些着急，小声催她："你别想了，进去就知道了，应该没什么大事的，老大不会随便乱发火。不过他好像有个毛病，特别不喜欢等人，之前有个甲方迟到了几分钟，都被他甩脸子直接走人要求改期，你还是赶快进去吧，别让老大等……"

周芙闻言，忙点头说了"谢谢"，随后捏着药瓶子起身，忐忑地加快了步伐。

到了办公室门前，周芙停下脚步，不自觉深吸一口气后，才小心翼翼将门敲响。

"进。"男人嗓音微哑，带着点他惯有的懒劲儿。

周芙心脏"怦怦"直跳，举止轻缓地推门而入。

整个办公室的装修风格和外边没有什么太大不同，只是物品陈设等像极了当初那座古宅院的厅堂。

同样有几排木架子，木架子上同样摆放着各种各样的斗拱木件。

办公室中央不似寻常那般摆放待客的茶几、沙发，而是几张宽大的长桌；桌前吊着四盏冷光灯，均开着，寒凉的光线投射在桌上厚厚的蓝图上。

从周芙的角度看过去，能看见图纸上画满了密密麻麻的修改记号。

"要给你点时间参观一下？"懒洋洋坐进老板椅的男人，忽地开口冷冷讽道。

周芙一下收回眼神，尴尬得不知所措，忙摇摇头："抱歉，陈……陈总。"

陈忌："……"

周芙的话音一顿，她知道大家都喊他"老大"，可不知怎的，她无论如何也喊不出口，只能艰难地找了个拗口的称呼。

男人抬起眼皮子，看着她，没吭声。

周芙只觉得这气氛诡异得浑身不自在，只能主动硬着头皮打破尴尬："陈总，您找我有什么事吗？"

这称呼够傻的，陈忌眉梢一挑，扯唇冷笑了下。

这小白眼儿狼还挺有意思，小时候开他房门都是用脚踹的，现在学会了敲门，还一口一个"陈总""您"。

陈忌摸出手机，动作莫名多了些随性，与她再见他之后的那股沉稳气质稍稍有些不符。

男人瞧了眼手机上的时间，冷不丁来了句："九分二十七秒。"

周芙没懂："嗯？"

"你还怪喜欢让人等的。"陈忌冷冷讥讽了句。

周芙张了张嘴，心想"方欣说得果然没错，陈忌是真不喜欢等人"。

"抱歉。"

男人收回眼神，片刻后忽地朝她伸出手："拿来。"

"嗯？"周芙一愣。

"药瓶。"

"噢。"周芙忙从口袋里将药瓶掏出来，双手递到他掌心，之后紧张地垂下头，也不知道他到底要做什么。

男人接过瓶子，漫不经心地转着。

只是那药瓶估计已经用很久了，瓶身上的文字磨损得看不出半点原来的样子，他沉声问："什么毛病？"

"啊？"

陈忌语气淡淡："这药是治什么的？"

周芙诚实地答他："就是普通的止疼药，头疼、胃疼之类的都可以。"

男人下意识蹙了下眉头："什么时候的事？"

"什么？"

"我说你什么时候开始吃这药的。"

"噢，就……几年前吧。"

"已经连续吃了几年？"

不知怎的，周芙总觉得他最后这一句，语气似乎加重了不少，让人听起来莫名心慌。

"嗯。"她点点头。

其实这药副作用挺大的，她也知道对身体不好，但是架不住便宜又见效，几块钱能买好多，她平时受不了疼的时候，就会吃上几颗。

有时候她甚至觉得，比起花钱去吃一顿正经的饭菜，吃几颗止疼药划算多了。

陈忌的脸色已经很不好看了："做过检查没有？"

"嗯？"周芙总觉得这谈话的方向，好像在一步步走偏，这似乎不是他一个上司该管的事，"没有。"

男人面色又肉眼可见地沉了些许："你进公司不用体检吗？"

周芙微皱皱眉，小心翼翼道："我只是实习生……"实习生应该不用体检吧，也没人通知她呀。

想到这里，她忽然明白了陈忌的意思，忙开口道："噢，您放心，我就是小毛病比较多，但是没有会传染的那种。"

也不知是不是她的错觉，她总觉得陈忌此刻的表情有些怪怪的，不像个上司，倒和当初她在洗手间里被人泼了水后走出来，见到他时的那种表情有些类似，生气中似乎还带着些别的情绪。

然而也只是闪过一瞬，随后他又变回高高在上的领导姿态。

"你说不会传染就不会传染？"男人往老板椅上懒懒一靠，微抬着下巴，看着她，"且不说传不传染，小毛病不检查，万一变成大毛病，你人在我公司，出了问题，你要我怎么办？要我对你负责吗？"

周芙是真没想过，吃个止疼药怎么就能扯到负责的问题上了，她张了张嘴，说不出话来。

"通知你入职的人事，没和你说进公司要体检吗？"他又问了句。

周芙刚想说"没有"，就听见男人随口提了句："那这人事的工作看来做得不太到位——"

"通知了。"周芙几乎是下意识地将话接过，她不想自己才来浮沉第一天，就因为这点小事，让那个对她还不错的人事姐姐背锅，"是我自己忘记了……"

"噢——"陈忌看着她，意味深长地点了点头，不咸不淡地对她说，"那你可得记住了，不是什么事都能随便忘记的。"

周芙微皱了下眉，总觉得他这话里有话，不过还是乖巧地应了声："好。"

陈忌："周末让人事带你去医院做体检，费用这块，员工的体检都是公司统一报销，下周一，我办公桌上要看到你的体检单。"

周芙忙点点头："好。"

从陈忌办公室出来，周芙不自觉松了口气。随后便立刻闻到外边似乎有饭菜香飘了过来。

大概是同事点的外卖到了吧，周芙一边想，一边慢慢腾腾从长廊走出去，就见一群人围在中间的长桌旁。

方欣在人群中冲她招了招手："粥粥，快来。"

周芙见状，忙几步小跑到她身边："怎么了？"

"没事吧，老大那边？"方欣关切地问了句。

周芙摇摇头，笑了下："没什么事了。"

方欣点点头："那快来吃好吃的。"

"这是？"

"可能是公司又中了什么大项目吧，反正老大今天心情好像很不错，请客犒劳大家。"方欣伸手替周芙要了个干净的餐盘递给她，凑到她耳畔小声道，"老大出手贼阔绰，这些菜全是茶礼山庄那边专门做了送过来的。那地儿听说普通人连进都进不去，更别说让他们送上门了，反正平时我们自己肯定吃不着。快快快，多吃点，别浪费了，我已经后悔刚刚多吃了几口自己点的破饭。"

周芙正好肚子还在"咕噜"叫，便也没犹豫，忙点了点头。

只是吃着吃着，总觉得，这菜式莫名有些熟悉，像是不久前刚刚尝过的。

吃过饭后，周芙的胃立刻舒服了许多，不再疼痛难忍，连带着头也没那么不舒服了。

挺好，能省下两颗药了，继续无聊地看了半小时规范手册之后，周芙终于迎来了入职之后的第一项工作。

和已经实习过的室友所说的一样，新人刚进公司头几天，基本上不会被安排什么专业性强或者比较重要的工作。因为学校里学的东西和设计院里需要用的，其实还是有很大不同的。随意加入反而容易给同事添乱，拖项目进度。

早上方欣加了周芙微信，这会儿给她发来一条链接，打开一看是建筑工作经常需要用到的网站的网址。

方欣："你要是无聊的话，可以先去网站上搜索一些城市小型公共建筑的设计案例，把区域背景和设计师背景理念，还有各个平面图、立面图的流线分析，统统整理成 Word 文件，有条理一些。我当初刚来的时候，也做过这些。"

周芙忙回了个"好的"。

手上有事情做了，一下午的时间便很快过去了。

晚上下班时，同事们约着一块儿吃完便饭再回家。周芙考虑到口袋里确实没剩太多钱，自己刚上班一天，也领不了工资，就不好意思地拒绝了："我回家吃。"

有人开玩笑："小姑娘肯定回家和男朋友一块儿吃啊，和我们这群设计狗吃有什么意思？"同事们闻言笑了起来。

大家对她的态度都挺友好，周芙笑着摆摆手："不是不是。"

一行人前后脚进了电梯，周芙原本最后进来，哪承想站稳抬眸时，就见陈忌不紧不慢地跟着一块儿进了电梯。

周芙下意识要往后退两步，只是电梯里满满都是人，她退无可退，光洁的额头莫名其妙抵上陈忌宽厚的脊背。

这突如其来的靠近，让周芙的心控制不住剧烈地跳动起来，鼻间萦绕着的，是陈忌身上独有的木质淡香。

电梯里一伙人全是设计部的，见陈忌进来，纷纷打招呼。

"老大好。"

"老大下班快乐！"

陈忌懒懒地扯扯唇角，点了点头，算作回应。还是同从前一样，傲慢清冷。

"老大今天怎么和我们一块儿挤电梯？"

浮沉整栋楼都是陈忌的，平常他直接从办公室那边的私人电梯走。

有人开玩笑道："神仙也得下凡体验一下人间疾苦啊！"

一伙人哄笑起来。看得出来，设计部氛围确实不错。

随后，陈忌抬手按了负一楼的键。

"老大，你家不就在公司附近吗？我听说走路五分钟，这么近还开车？"

陈忌淡淡道："出门兜兜风，随便逛逛。"

周芙咬着唇，一声没吭，只安安静静听着大家和他有一句没一句地聊着。

恍惚中，像是回到了当初在今塘上学时的感觉。

出了公司，周芙礼貌地和同事们打招呼告别，随后慢悠悠地往公交车站走。

坐上公交车之后，她垂眸盯着手机，开始搜索等会儿下车后应该换乘的线路，身子随着车身晃晃悠悠。

一连换了两趟车后，她松了口气，终于可以安安稳稳坐到家门口了。

坐在她前边的一对小情侣，似乎和她是相同路线，两次换乘，都看见他们两个在自己跟前。

不知坐了多久，久到周芙都差点要睡着时，前排小情侣中的女孩儿忽然急促地拍了拍男友的肩头，让他往车窗外边看："你快看，公交车后边跟了辆豪车，是不是上次你和我说的那个，咱们得从唐朝开始打工，一直打到现在才能买得起的那车？"

男友闻言凑过去瞧了眼："还真是，太酷了，不愧是北临，这车都能见着。"

小姑娘激动道："真是啊？我都看一路了，这车和咱们同一条线路，咱们换了两次公交车，每回我都能看见它跟在咱们公交车边上。"

前排女生说完后，男孩便抻长脖子，又瞧了那豪车几眼。

不只他，公交车上不少人闻言，也纷纷向车窗外投去眼神。

周芙握着手机昏昏欲睡，见一车的人都往后看，茫然地跟着大家一块儿转了头。

就见那银灰色跑车造型确实别具一格，安安静静跟在公交车旁一米远的位置。

公交车减速它减速，公交车右转它也右转，当真是一路跟随。

前排小情侣还在嘀嘀咕咕聊个不停。

女孩儿盯着，眼神都舍不得挪开，疑惑地问："开这种车的大佬，居然也会来郊区吗？我以为他们都在市中心纸醉金迷。"

边上男友笑说："也许人家郊区有别墅。"

"……打扰了。"

男生搂着女友，又说："没准人家女朋友在郊区呢。就跟我来北临找你似的，要不是因为你要在北临生活，我吃饱了撑的，老家那边悠闲养老的日子不过，跑来北临'996'内卷。"

女生闻言，弯唇笑了下。

周芙坐在后座，两人的对话清晰可闻，不由得一怔。

神色不经意地，尽是羡慕与落寞。

公交车开开停停、晃晃悠悠，二十多分钟后，终于在周芙租住的旧社区附近站点停下。

下了车，她背着包，习惯性地往社区后门的小巷里走。

巷子拐角处，有个老大爷摆的鸡蛋灌饼摊子。

搬过来后，周芙的早餐是在这家小摊子上解决的。

她只要一个饼子，连鸡蛋都不舍得加，好在她食量小，便宜也管饱。

这地方偏，客人也少，所以老大爷记得她，见她小跑到摊子前，熟络地打着招呼："小姑娘来啦？这次也是一个饼子什么都不加？"

"两个。"周芙笑笑，"吃一个，另一个明天早上吃。"

见大爷已经主动开始摊饼，她忙低头翻包，从零钱袋里数出四个钢镚儿，放进摊子边上收银的塑料盆里。

"年轻人别老想着减肥，没营养，对身体不好，以后像我这么大岁数了，就知道了。"老大爷家中也有儿女孙辈，习惯性随口唠叨两句。

周芙笑笑，应了声"好"，笑里却藏了些酸楚。已经很久没有长辈对她说这些叮咛嘱咐的话了。

她也知道对身体不好，但是没办法，她现在暂时没资格想这些，只能尽自己所能，先活下去。

老大爷把饼打包后递给她，周芙十分捧场地当面咬了口，夸完"好吃"后，笑着往不远处出租屋走。

须臾，陈忌不紧不慢走到摊子前站定。

他个子高大，老人家下意识抬眸瞧他，只觉得眼前的男人周身透着股与这破旧巷子格格不入的矜贵，半点不像是来光顾他这小本生意的。

"年轻人？"老大爷顺着他的视线，转身往后望去，那处只有一个刚刚从他这儿买完饼子回家的姑娘。

陈忌淡淡"嗯"了声，收回眼神，随口说："刚刚那姑娘要的，我也来一份。"

"好嘞，稍等。"大爷闻言，熟练地从盆里舀了勺面浆，"我看你这体格，怕是吃不饱哟。现在的小丫头啊，估计都喜欢苗条，吃得还没小鸟多，一顿就一个面饼，什么都不加。家里父母知道了估计得心疼，身体折腾坏了可就不好了。"

陈忌眉头微蹙："她在您这儿都这么吃吗？"

"可不是嘛！"

"一个面饼多少钱？"

"两块。喏，那几个钢镚儿就是她刚刚丢进来的。"老人家边说边刷着酱，"外边怎么也得五块，我也就是卖个乐呵，在家闲不住。"

男人心不在焉地目视前方，就见周芙一边慢慢腾腾往里走，一边低头小口地吃着，无形中透着股舍不得太快吃完的样子。

片刻后，巷子另一头忽然拐进来个人，手上似乎拎着个宠物箱包，走起路来大摇大摆的，像是没长眼。

周芙垂着眸，没注意，被撞得踉跄一下，手上吃到一半的饼没拿稳，瞬间掉到地上。她几乎想都没想便立刻弯腰去捡。

陈忌握着的手一紧，正要上前，下一秒，那没长眼的人停下脚步，随口叫出了周芙的名字。

是认识的。

陈忌微眯起眼，定睛瞧了会儿，这才想起来，他是中午在公司楼下附近来找她接猫的人。

陈忌自嘲地扯了扯唇角，表情冷了不少。

"给，好了。"老板的话稍稍将陈忌的注意力拉了回来。

他面无表情地伸手接过，正打算扫码，掏手机的动作一顿，转念从裤兜里掏出钱夹，随手抽了一沓百元的，全数丢到那塑料盆里。

这动作把大爷都给弄蒙了："哟，这我可找不开啊，您这给得也太多了。"

男人没吭声，伸手从塑料盆里将周芙的那几个钢镚儿取出来，收进钱包里，随后淡声道："剩下的找不开就别找了，往后她要是再来，您帮个忙，给她弄点好的，就说是剩下的，卖不掉也浪费，让她帮帮忙带走。"

说完，他收回眼神，正准备转身离开，余光瞥见摊车轮胎下一个木头疙瘩安安静静躺在地上。

眼熟，却又没那么眼熟。

曾经他亲手削了好几个日日夜夜的东西，到如今，也有好几年再没见过了。

——自打周芙离开今塘之后。

几年过去，木块不似从前那样崭新，带着岁月的痕迹。

陈忌怔了一瞬，不自觉俯身去捡。

起身时，听见不远处的小巷子传来动静。

他控制不住望过去，就见周芙从楼梯间里冲了出来，没了平日的温暾，少见的着急慌乱。

见她视线往自己这边扫过来，陈忌下意识从摊子前离开，几步走到旧楼的拐角处。

从这个角度，他能看见她似乎在寻找什么。

周芙弯着身，丝毫不嫌脏乱地四处翻找，花草矮灌、零砖碎瓦，每一处可能的缝隙，她都一一伸手去探。

陈忌不知道到底丢了什么能让她这样在意，不自觉收紧手中的力道，下一秒，他看向被自己捏在掌心的木头疙瘩。

男人薄唇微抿，随手将那木块放到显眼的路中央，几步进了身后的楼梯间。

几分钟之后,周芙急促的脚步声越发靠近,最终停在不远处。

大抵是找到了。

仅一墙之隔,陈忌久违地听到了周芙失而复得后抑制不住的哭声。

男人眉心紧拧着,她怎么还和从前一样?这点破事,有什么可哭的?丢了就丢了呗,大不了再给她削一个不就完了?

隔天一早,周芙仍旧准时按照上班时间到达公司。

她刚实习,又不像其他人那样加班通宵,能早点来便早点来。

没想到陈忌竟然还是一如既往地,比她早那么一点,懒懒地靠在老板椅里闭目养神,之后不紧不慢地拿着杯子从她眼前走过,接咖啡,喝咖啡,再冷不丁冒出一句"早"。

不过今早比昨天多了一句礼貌性的问候,男人嗓音带着点哑:"吃早餐了吗?"

"还没。"周芙如实答,"正打算吃。"

陈忌满不在乎地点了下头,又问:"吃的什么?"

周芙愣了下,没想到他会有兴趣和自己多聊,从包里拿出昨晚从老大爷那儿买来的面饼:"这个。"

"好吃吗?"

"还……行吧。"划算,周芙心想。

"和我换换?"陈忌懒洋洋地走回办公室,随后拿了一堆甜点小吃出来,"成天吃这些玩意儿太腻了,想换换口味。"

周芙张了张嘴,没吭声,她这饼子满打满算才两块钱……这要真换,他也太亏了。

"舍不得换?"

"不是——"

"那给我。"

因那一顿久违的丰盛的早餐,周芙整个早上都是蒙的。

这么好吃的东西,他居然嫌腻。

不过,他从前好像就不喜欢吃甜食。

但是不喜欢吃甜食,怎么还愿意成天吃,吃到腻……

周芙想了半天没想明白,索性不想了。

整个上午,她还是按照方欣昨天吩咐的,在网站里收集整理小型公共建筑设计的经典案例。

这任务看似不费脑子,如果有心想要学点东西,仔细整理流线分析的时候,还是需要动不少心思的。

午休过后,周芙又挑了张市图书馆的总平面图进行流线分析,眼睛盯着屏幕,整个人看起来十分专注。

陈忌来来回回在她面前经过了几次，她都没有丝毫察觉。

最后还是边上画施工图的老余发现了，随口调侃了句："老大，您办公室的咖啡机坏了？"

"没有。"陈忌懒懒道，"外边的香。"

老余睁大眼："您办公室里头的咖啡豆那可都是陆哥花大价钱淘回来的。"

陈忌扯了扯唇角，淡笑了下，没应声。

一下午的时间很快过去，周芙除了整理案例，就没再接到其他任务。

她悄悄瞧了眼周围其他几个实习生，都和她的情况差不多，要么偷偷摸鱼①玩手机，要么看看规范手册，稍微勤快点的，会拿张纸出来练练手绘快题。

临近下班的时间点，几个实习生已经麻溜地收拾好东西，盯着手机上的时间准备下班开溜。

周芙将整理好的案例保存后发给方欣，也准备关掉电脑收拾东西时，陈忌忽然拿了张硫酸纸走到她办公桌旁，随手放到她桌上。

"这是刘工画的农村老年活动中心各层平面图一草（第一版草图），你稍微看看，把电子版画出来。"陈忌居高临下，语调没来由地带着点只有周芙能听得出来的欠欠感，"不好意思，可能要加一下班，不能那么早回家了。天正②会用吧？"

周芙点点头。

"按照施工图标准画。"他说完，闲散地转身回了办公室。

周围其他几个实习生纷纷向周芙投来同情的目光。

周芙倒觉得没什么，比起早早回去那个压抑的出租屋，她更愿意待在公司加班。

隔天不是交图的最后期限，到了下班的点，人都走得差不多了。

只剩下画施工图的老余还坚守在岗位疯狂点鼠标、敲键盘，看起来是做好了加班的打算。

早上陈忌给的一大袋甜品小吃还剩下不少，周芙原本打算随便吃点填饱肚子就继续画图，结果还没来得及，就见陈忌拿着手机从办公室走出来。之后将手机随手丢到她桌上，亮着的屏幕上显示的是外卖界面。

"我点完了，你们自己点。"他站在周芙桌边，看向老余，"老余，过来一块儿把餐点了。"

老余："好嘞。"

---

① 网络用语，意为工作时间开小差，偷闲。
② 一款用于建筑行业的绘图软件。

周芙一时有些蒙。

见状，老余解释道："没事，你点吧，咱们公司晚上加班都管饭的，多点些，老大有的是钱，他不计较这些，想吃什么就放心大胆地点。"

说完，老余熟练地噼里啪啦点了一大堆。

轮到周芙时，她不自觉咬着唇，每一个动作都透着股对外卖软件的陌生。

从前她家境优渥时，压根儿轮不到吃外卖，后来没钱了，也点不起外卖。

她小心翼翼地挨个儿看价格，最后只简单点了份炒饭。

二十分钟之后，外卖送了满满一大桌。

老余点了不少，陈忌后来再添的就更多。

三个人围坐到一块儿，还没来得及开动，老余的手机便振了振。他瞧了眼来电显示，忙屁颠屁颠接起来，接完之后，嬉皮笑脸看向陈忌："老大，我要先走一步了，女朋友非要找我一块儿吃饭，不好意思啊，那你们俩吃吧，我就先撤了啊！"

说完，也没等陈忌吭声，他就猴急猴急地收拾好背包背上就跑。

一时间，整个办公室里就只剩下陈忌和周芙两个人。

周芙端着份炒饭，尴尬得想回自己座位上吃，然而刚刚有了点起身的苗头，便被陈忌伸手按回座位上："上哪儿去？"

"我……回那边吃。"

"坐下吃完，一桌子菜，点了想浪费？没吃完扣工资。"男人垂着眸。

周芙张了张嘴："可是老余不也走——"

陈忌没等她说完，便将话接过："老余是正式工，你一个实习生，还想要正式工的待遇？"

"噢——"似乎也有那么点道理。

两人面对面坐着，空气突然安静下来。

好在没过多久，陈忌的手机铃声打破了尴尬。

男人随手接起来，一手握着手机，另一手拿着筷子，默不作声地将老余点的那些菜里的辣椒全数挑到一旁，对着电话那头的语气，让周芙觉得莫名有些熟悉："有事说事。"

周芙安安静静，没敢出声。

"什么？"陈忌满不在乎地皱了下眉，"许思甜和你分手了？"

听到熟悉的名字，周芙下意识抬眼，正撞上男人漆黑的眸时，又不自在地移开来。

电话那头的陆明舶一脸蒙："她舍得和我分手？不是，谁说她和我分手的？谣言，纯属谣言。"

"噢，让你别再找她了啊，那你跟我说什么。"

113

陆明舶："……"

下一秒，男人忽地伸手在周芙桌前轻敲两下，淡淡问："陆明舶让我替他问你一下，他说许思甜和他分手了，让他以后别再找她，结果又随身带着他送的生日礼物，丢了还到处找，找到了还哭。你以前和许思甜熟，问你许思甜到底什么意思啊？"

第四章　还好你在

该不会是，
你对我有什么想法吧？

周芙几乎是一瞬间绷直脊背，神色愣怔，筷子咬在嘴里，久久没回过神来。

陈忌也不管陆明舶在电话那头疯狂追问"到底是哪个王八蛋传的谣言"，只定定看着周芙，目光没挪开半分，半晌，见她仍旧没吭声："问你话呢。"

"啊？"周芙下意识抬眸，对上他探究的眼神时，心脏不受控制地"扑通"直跳，一下一下颇为有力。

她以为他根本不记得她了。

至少在面试那天，他只当自己是陌生人般，疏离地说着"抱歉"。

第一天报到时，他也只同她说了句"早"，之后随口问她："新来的？"

自始至终，周芙只当他已经忘记自己是谁，忘记学生时代的某个小半年，他身边曾多了个非常麻烦、需要人费心思照顾的拖油瓶。

只是小半年而已，他不记得很正常，毕竟她也不是什么特别的、重要的人。

因而这两天下来，她也只当自己是这浮沉建设全公司上下最普通、最不起眼的寻常实习生。

她和其他实习生没有什么不同，除了那句喊不出口的"老大"，她同陈忌的接触过程中，从来不敢有任何逾矩或试图叙旧的念头。

周芙从没想到有一天，竟然能再次从陈忌口中，听到曾经在今塘时那些熟悉的名字。而他说出来的时候，还是那样自然。

"你说不说？不说我就给他挂了啊。"男人又催了句。

周芙这才回过神来，脑内迅速回忆了下他方才问的话，不太确定道："可能……那个生日礼物对她来说很重要吧……"

陈忌眉梢微挑："一个东西而已，能多重要？丢了再买不就完了？至于……哭吗？"

"那不一样啊，那是陆明舶送她的。"周芙下意识反驳道。

虽然她直到现在才知道，原来许思甜居然已经和陆明舶在一起了。

不过她还记得，从前还在高中时，许思甜就已经很喜欢陆明舶了。

哪怕那会儿他一心一意只想追周之晴，她还是会一边吐槽，一边又忍不住对他好。

每年织的围巾都只给他，就连当时被她送过水后，反过来追她的那个隔壁校最高的篮球队员，她都毫不留情地直接拒绝。

即便当时陆明舶眼里只有周之晴。

陈忌语气不咸不淡的："都分手了，有什么不一样的？"

周芙摇摇头："就因为分手了，所以往后哪怕再有一样的东西，那也不会是他送的那个。"

她说着，不自觉垂下眸："她其实应该……不想分手。"

人一辈子，能和自己年少时便喜欢的人在一起，是件多么不容易的事啊！

真叫人羡慕。

话毕，两人默契地再次陷入沉默。

电话那头，陆明舶巴巴儿地说个不停，陈忌半个字都没听进去。

片刻后，男人对着电话那头道："听见没，傻子，有打电话的工夫，主动点，人就追回来了，你主动，你俩才会有故事。挂了。"

陆明舶十分无语，他这个电话原本只是单纯地想和陈忌说，有个甲方托他问陈忌，这周末能不能赏个脸，去趟自家千金的生日宴，谁知道电话刚一接通，陈忌就咒他分手，造他谣，是不是独居多年的单身男人都这么有病？

陆明舶气急败坏："我主动什么，我还不主动？别说故事，我俩孩子都要有了！"

陈忌懒得搭理，半点面子都不给，直接按了"挂断"。

空荡荡的办公室一下恢复了宁静。

周芙不自在地咬着筷子，半天一口饭菜没吃。

陈忌顶看不惯她这个样子，正想开口催，就听见她忽然问了句："许思甜……他们俩还好吗？"

"吃你的饭。"陈忌随手将几道她从前喜欢吃的菜往她面前推了推，"用得着你来操心？"

周芙："……"

明明刚刚非问她不可的也是他。

"好着呢，都要有孩子了。"男人手上挑辣椒的动作没有停顿，瞥了眼周芙那瘦得跟鸟腿似的手臂，淡淡嗤她，"你再少吃两口饭，他俩孩子生出来都能比你高、比你沉。"

周芙："……"

"我还是长高了一点的……"周芙吃了口菜，努力为自己挽尊，"我以前都够不到你肩膀。"

陈忌一点面子都没给："你现在也够不到。"

……好像确实是。

他比从前还要高上许多。

高不可攀。

周芙低下头，纠结良久，还是忍不住小声道："我以为你……早就不记得我了。"

她忽然想起昨天中午被他叫到办公室问体检的事时，男人淡淡讽刺她，"不是什么事都能随便忘记的"。

陈忌面无表情，语调里还是从前熟悉的那股傲慢："一个智力正常的成年人，但凡脑部没有受过重创，想要记得高中时期就认识的人，应该不是什么难事。"

周芙："……"

她在内心默默为亲爱的发小儿凌路雨呐喊反驳了一下。

"少啰唆，赶紧吃，吃不完，该扣的工资一样扣。"他顿了下，淡淡道，"你该不会以为，我记得你，你就能套近乎，赖账吧？"

一想到扣工资，周芙立刻摇摇头，埋头猛吃起来。

一桌子菜到最后也没吃完，陈忌熟练地收拾桌面，周芙只能尽量降低自己的存在感，让他别想起来扣工资这事。

她跑回自己办公桌前拉出椅子坐定，准备静悄悄地继续画刚刚没画完的平面图。

没承想陈忌那边处理完外卖残余，洗了个手回来之后，懒洋洋走到她办公桌边："关电脑，下班。"

"啊？"周芙抬头看他，"我还没画完……"

"明天画。"说着，他已经握着遥控器，一盏接一盏地将办公室内的灯全数关闭。

周芙："……"

这催下班的速度，快到让她以为他根本不是这家公司的老板，而是竞争对手派过来的。

原以为的加班奋战，到头来，就是免费蹭了公司一顿加班餐，其余什么也没干。

两人一前一后进了电梯，整个封闭空间内，安静得仅剩下两人的呼吸声。

周芙忽然想起昨天下楼时，同事调侃陈忌私人电梯不坐，下凡体验人间疾苦。

那他这下凡的频率，也太高了点。

很快便到了一楼，周芙以为陈忌还要去负一层，便自行走了出去，没注意到他下意识替她挡在电梯门上的手臂。

出了电梯，她头也不回地奔向公交站。

男人在身后脚步一顿，面无表情地扯了扯唇角。

晚上回到出租屋，周芙排队洗完澡，放松地往硬木板床上一躺，抱着手机和凌路雨煲起电话粥来。

"什么？"凌路雨嗓音抬高八个度，"你说陈忌还记得你？"

"嗯。"周芙翻了个身，"他说但凡脑部没受过重创、智力正常的成年人，想要记得高中认识的人并不难。"

"……"凌路雨感觉自己被侮辱到，"我奉劝你们最好不要影射我！"

周芙笑了下。

"所以你今晚第一回加班，就……加班吃了顿很贵的饭？"凌路雨"啧啧"两声，"这种好事怎么不让我摊上？我们领导别说自掏腰包请吃饭，不让我倒贴替他点外卖，就已经算仁至义尽了。"

凌路雨想了想，问："粥粥，你确定，那个陈忌对你真的没点意思吗？"

"嗯。"周芙毫不犹豫地点了下头，"又不是特殊照顾我，当时还有一个画施工图的同事也在，原本是我们三个一块儿吃，就是快开吃的时候，那人有事先走了。而且陈忌还专门叮嘱我，叫我不要套近乎。"

凌路雨总觉得哪里怪怪的，正想再说两句，就听见周芙那边响起了敲门声："怎么了？"

"没什么。"周芙语气听起来不太对劲儿。

还没等凌路雨继续开口，她便匆匆将电话先行挂断。

小小的隔断房内，敲门声还在继续，周芙本想装作不在房里的样子，哪承想几声敲门声过后，外头的人竟试图开始转动门把手。

她屏住呼吸，下意识将放在床板上的水果刀握在手心，深吸一口气后，硬着头皮开口："谁啊？"

"我啊。"听声音是潇琪的男友。

周芙眉心当即紧拧，发自内心的厌恶都藏不住："什么事？"

"朋友生日，打包了点吃的，潇琪今晚上夜班不回来，放着怕坏了，你出来一块儿吃点？"

"不用了，谢谢。"周芙想都没想便拒绝。

对方不依不饶，继续转动着门把手，语气透着股下流："别啊，一块儿吃个东西而已，你还以为能干吗啊？"

"我说了不用。"周芙态度坚决。

好在门锁是她昨天狠下心来花钱自己换的，上头还安了两道插销，比想象中结实不少。外头的男人没扭开，不知骂了句什么脏话，便走开了。

周芙松了口气，闭上眼往床上一靠时才发现，手脚都在抖。

似乎是为了不再和潇琪男友碰上面，隔天周芙起得比往常还要早上一个多小时。

她这几年夜里睡眠质量极差，经常失眠，许多时候得需要药物帮助入睡。然而

119

这几天因为担心夜里睡得太沉，她连药都没敢吃。

好不容易熬到早上五点出头，天蒙蒙亮。

周芙利落地换了身衣服，背上包便匆匆赶往公司。

她总觉得只要一回到公司，瞬间便能被没来由的安全感紧紧围绕。

这个点还不是上班高峰期，路上不算堵，三趟公交坐下来，到公司时，才七点出头。

令周芙没想到的是，陈忌居然还是早她一步出现在公司。

周芙惊讶地愣在原地，对于他慢悠悠走出来喝咖啡的举动，她都已经快要习惯了。

她甚至怀疑，他该不会是在公司住下了吧。

"早。"

"早……"

"带饼了吗？我想吃。"他倒是理直气壮。

周芙点点头，将饼从包里拿出来，随后就见他从办公室里端出来一份热气腾腾的面，香味扑鼻，看起来就好吃得不得了。

"换换。"这语气不像是在询问，而像是在通知。

周芙舔了下唇，不争气地点点头。

而陈忌拿了饼也没走，就这么在她对面坐下。

两人诡异又和谐地面对面吃完了一顿早餐。

这种感觉似曾相识，就像从前在今塘时的每一个清晨。

等办公室里的人陆续多起来的时候，周芙已经吃完早餐，对着电脑画了两个多小时的图了。

方欣来到办公桌前时，只见周芙左手边上摆着一沓画着一草的硫酸纸，键盘下的白纸已经被她用红笔、黑笔打满草稿，双手不停地在鼠标和键盘之间来回切换，看起来已经进入工作状态很久了。

反观其他几个实习生，仍旧闲散摸鱼、无所事事的样子。

方欣放下包："早啊，粥粥。"

"早呀，欣欣姐。"周芙抬眸冲她笑笑，视线很快回到电脑屏幕上。

方欣扬了下眉："什么图啊，这么着急？"

"也不是。"周芙索性放下鼠标，活动活动手腕，还没来得及继续开口，旁边几个同期实习生便幸灾乐祸地将话接了过去。

"老大刚刚让她午饭之前把图交给他。"

方欣闻言，惊讶地往陈忌办公室门口扫了眼，嘀咕道："老大这么早就来了？"

周芙点点头，随口说："他好早，我本来以为我来得还挺早的，结果每天到公司的时候,他都已经到了。"

这下就连边上画施工图的老余都觉得不可思议了:"老大以前上午从来不来公司的。"

"对啊,之前从没见他上午来过,但是这几天好像确实每天早上都来。"方欣坐到位子上,伸手将电脑打开,等待的空当,又瞧了眼另外几个嬉皮笑脸的实习生,"你们几个怎么这么闲?"

"带我的棠姐还没来,没事干。"

"我也是,樊哥带我,但是他这几天手头的项目马上到交图时间了,暂时没工夫管我。"

"我们没周芙那么惨,被老大盯着画图。"

方欣不可思议地张了张嘴,在她的印象中,老大从来没有亲自带过新人。

又过了将近一个小时,周芙终于把几层的平面图全数画完。

她对着桌上的草图,仔仔细细将电脑上的施工图重新检查一遍,保存完后轻声问对面的方欣:"欣欣姐,我画好了,要怎么给陈……怎么交图?"

方欣这会儿手头也在忙,没顾得上抬头:"你加老大微信了吗?"

周芙一愣:"还,还没有。"

"那你发给我,我替你转发给他。"

"好,谢谢欣欣姐。"

"没事。"

方欣替她转完文件,这才忽然想起问:"你们几个是不是都还没进设计部的群?"

几人闻言,纷纷点头。

"哎呀,我给忙忘了,现在拉你们进去啊,设计部的都在里头,以后要传文件、发通知什么的,都更方便些。"说着,方欣动作利落地将新一批实习生全拉了进去。

几个实习生闲着无聊,开始在群里活跃地打招呼、自我介绍。

设计部的氛围一向不错,前辈们也没有架子,纷纷甩表情包回应。

周芙交完图,这会儿手头上也没什么事可做,盯着不断刷新的聊天界面瞧了会儿,片刻后,她鬼使神差地点到群成员列表,手指开始不受控制地往下滑,像是在寻找什么。

她想起方才方欣问她的话:

"你加老大微信了吗?"

没有过。

从高一到现在,她都没加过陈忌的微信。

群里没有将昵称改成姓名的硬性要求,各式各样的网名绰号穿插其中,周芙并不知道哪个是他，只能一个一个慢慢排除。

一连找了几分钟，她仍旧没有找到，正准备问方欣时，却发现群里有人提到了自己。

周芙忙将注意力转回群聊界面，是一个顶着个乳白猫咪头像的人。

方才一大堆人在水群时，没见他说过一句话。

打从他冒泡之后，大家便默契地闭了嘴，似乎是担心将他说的话给刷上去。

周芙盯着那头像仔细瞧了瞧，上头不仅有一只英短乳白"串串猫"，还露出了一截穿着黑色毛衣的手臂，骨节分明的大手搂着猫咪。

周芙莫名觉得，这头像好像在哪儿见过，看起来有些眼熟。

还没等她回想起来，就见这个刚刚提到过她的人，又发了条消息："@小豆腐把画好的图纸打印出来自己交过来，打成A2大小的。"

这是……陈忌吗？

周芙还没反应过来，对面的方欣已经出声提醒她了："快快快，老大不喜欢等人。"

周芙忙点点头，动作利落地起身走到打印机旁。

几秒钟后，她茫然地愣在原地。

她先前只在学校的打印店打过图纸，都是店家操作，自己根本没有用过这种大型打印机，此刻陡然上手，连该按什么按钮都搞不清楚。

她悄悄看了眼周围，大家似乎都在忙自己的事，周芙没敢打扰。

正垂眸皱眉研究时，头顶上忽然传来陈忌的声音，带着股她曾经最熟悉的讥讽："不会不知道问？"

周芙下意识抬眸，就见男人居高临下，懒懒扫她一眼，淡淡开口："看着。"

"看机子，不是看我脸，你注意点影响。"

"……"这个人怎么还是和几年前一样不要脸啊？

随后，他面无表情地给周芙示范了一遍。

周芙学得也快，很快便能自己操作了。

几张图纸全数打完后，陈忌伸手从她手心将图纸抽走："到我办公室来。"

周芙点点头，听话地跟上脚步。

不过今天办公室里头不仅有他们两人，沙发上还坐着个看起来五十来岁的中年男人。

周芙认得他，是北临建筑系的老教授，听闻陈忌从前的恩师就是他。

周芙乖巧地打了声招呼，老教授和蔼地笑着冲她点了点头："你们改图，别管我，我就是来喝喝茶的。"

那边，陈忌也没客气，随手将周芙画的几张图放到办公桌上摊开，连坐都懒得坐下，直接拿起红笔开始圈圈点点，之后声线冷硬地问她："楼梯你画的？"

"嗯。"周芙莫名开始紧张起来。

"自己算过后画的？"

"嗯？"

"台阶层数，踏步宽度、高度，怎么得出来的？"

周芙攥紧了手："就，把层高输进去，然后按照轨迹……"

陈忌眉梢扬了扬："那就是自动生成的。"

说完，他转身从身后书架上随手抽了本规范手册出来丢到她面前："之前让你看规范看哪儿去了？小型公共建筑室内楼梯踏步宽度、高度这些都是有专门规范要求的，不是随便定个数字就可以，尺寸不对是要出事故的。"

周芙耷拉着脑袋，不敢吭声。

她在学校时虽也画过施工图，但是学生作业的要求显然和工作要求不在一条水平线上。

男人眼神定定看着她，半晌，无奈地替她将图纸全数收齐叠好，连带着那本规范一并交还她，语气隐约比方才放缓许多："去把我红笔圈起来的地方，该找的规范找出来看，看完了自己再想想要不要重新计算。"

"改完之后再打一份来找我。"

"好。"周芙点点头，瘪着嘴出了办公室。

沙发上，老教授一边泡着茶，一边笑道："你小子，毕业几年，脾气、耐心倒是好了不少。"

陈忌闻言，懒懒扯了下嘴角："好不了。"

"怎么没好？"老教授看在眼里，"你从前对你那些个师弟，可没这好脾气、好耐心。"

"连打印机都不会用，都得你陈忌亲自上手教啊！"老教授表情含笑。

陈忌不自在道："刚来的，年纪小，没用过这玩意儿。"

"你师弟从前比她还小呢，打不出图纸来让你等了会儿，差点被你赶出去，给他吓得。"

陈忌："……"

"就刚刚楼梯那错处，要换作你师弟从前，你还能那么好声好气？那不得几张图纸全撕了，直接砸他脑门儿上？"

陈忌痞里痞气扯了下唇角："得，替您的得意门生打抱不平来了。"

老教授跟着笑了下，摆摆手："我打抱不平什么？你师弟忍你那狗脾气都忍习惯了，倒是刚刚那小丫头，委屈咯，不好哄咯。"

陈忌："……我哄什么。"

说完，他也没管老教授还在沙发上坐着喝茶，起身就要往外走。

"上哪儿去？"

"听老师的话，哄人去。"

老教授笑着摇摇头："哟，也不知道托谁的福，我还能听你陈忌喊我一声'老师'。"

办公室外，周芙拿着图纸蔫蔫地回到自己的座位上。

她心情确实有些糟糕。

其实这几年，她遇到的难事远不止这些。

她不记得自己做过多少份兼职，被训过多少回，明明比起那些人的恶言相向，陈忌方才的话甚至称得上温声细语。

偏偏因为是陈忌，她便没来由地委屈。

明明他是公事公办，而她作为一个毫无瓜葛的普通员工，做错了挨训无可厚非，没资格，也没理由委屈。

可她似乎……就是控制不住。

到了中午饭点，后勤组不知又找了个什么由头，一边分发丰盛的套餐，一边挨桌送甜点、奶茶、小零食。

周芙兴致缺缺，加之前一晚熬了一个通宵没敢闭眼睡觉，这会儿昏昏欲睡，索性往办公桌上一趴，安安静静闭目养神。

陈忌经过时扫了一眼，薄唇抿成一条线，最后干脆回了趟家。

一进家门，那只周芙几年前眼巴巴求着他收养下来的乳白猫，大摇大摆地走到他脚边，歪着脑袋蹭了蹭他裤腿。

陈忌到卫生间洗完手，替它开了个喜欢吃的罐头。

小家伙一边吃一边"咕噜"，男人蹲在边上，面无表情地顺着毛，淡淡道："一会儿带你去见见你妈，不知道你还记不记得她，也不知道她到底还记不记得你，你稍微表现得好一点，行吧？"

周芙最后是被小家伙给拱醒的。

她趴在办公桌上睡了好一会儿，迷迷糊糊中，察觉到腿上跳上来个毛茸茸、软绵绵的东西，她下意识伸手一摸，那久违又熟悉的触感，让她一瞬间酸了眼。

仅一眼，她便认了出来，是几年前她在今塘那座古宅院里，求着陈忌收养下来的那只小猫崽。

就连小家伙脖颈上戴着的围兜，都是那年她给陈忌准备毛衣时，顺手学着织的那个。

当初她走得匆忙，也没想过后来竟再也没有回去。

这几年，她在夜里辗转反侧睡不着时，时常会想到它。

当时陈忌也不过是怕她哭，才顺了她的意思将猫收养了。她知道他对宠物没有多少热爱，不知道她离开之后，他还会不会待见它。

周芙没有想到，他不仅照顾得十分周全，甚至将它从今塘带来了北临，时时刻刻养在身边。

看着比从前胖了不少的小猫崽子在自己怀中悠闲自在打着滚，周芙愣怔半响，没舍得动弹半分，生怕惊扰了它。

一旁的方欣惊讶道："天哪，我第一次见它这个狗腿子样。"

周芙这会儿眼睛还泛着酸涩，还没全然回过神来："嗯？"

老余忙解释道："这是老大家里养的猫，据说以前是小流浪猫，在老家也是散养着的，不怕生人，特喜欢出来玩，所以，老大偶尔会把它带到公司来放放风。这小家伙大抵是和老大待久了，脾气秉性也一个德行，高冷得要命，和公司里的谁都不亲近，这么长时间下来，就没见谁能摸它一下，这还是第一次见它这么黏人。"

方欣好奇道："为什么会这样？我听说猫咪一般都是靠气味认人的。"

她看向周芙："是不是老大给你改图改久了，味道蹭你身上了？"

周芙："嗯？"

方欣眨了眨眼，求知欲很强烈："粥粥，老大给你讲图的时候，你们俩一般都是什么姿势啊？怎么就能把味给蹭上了呢？"

周芙："……"

周芙自动忽略了方欣这奇特的问题。

整个下午，猫崽子都死赖在她怀中不舍得挪窝。

就连陈忌来抱，都不愿意跟他走。

周芙不自觉弯着唇，连带着上午那没来由的不开心都莫名其妙消散了不少。

隔天是周末。

按照陈忌先前的要求，她需要进行一些简单的体检。

人事小姐姐早早替她安排好医院，头天晚上还和她敲定了时间，说会陪着她一块儿去。

翌日清晨，周芙起了个大早，洗漱好之后正准备出发，便收到人事小姐姐打来的电话。说是突然有点事，可能没办法陪她一块儿去了。

周芙本就觉得因为自己这点小事麻烦人家周末还加班，十分不好意思，闻言当即表示可以独自搞定。

人事小姐姐很快将约好的医院地址发到周芙手机上。

125

她点开来一瞧，是家私人医院，地点居然就在离她住的地方不远处，连公交车都省了。

走了十来分钟，周芙到达医院门口。

她这几年虽然病痛不断，但还没奢侈到能去得起医院，此刻正茫然地站在大厅里左顾右盼。她原本打算用手机查查体检流程，垂眸时，余光瞥见不远处站了个男人。身形高大，宽肩窄腰，单手懒洋洋插在裤兜里，像是在等人，模样看起来十分眼熟。

周芙定睛看了一阵，不可思议地张了张嘴，不自觉几步走到他跟前："陈忌？"

男人闻声回过头来，眉梢扬了扬："还挺巧。"

"……"周芙抬眸，"你怎么在这儿啊？"

陈忌漫不经心瞧了眼四周，面不改色淡淡道："哦，路过，就顺便进来逛逛。"

住一环的人，正巧路过四环的医院，还……顺便进来逛逛？

这回答，有种似曾相识的感觉。

冷不丁地，周芙的脑海里浮现出几年前，她初到今塘时，两人的对话。

——"你是来接我的吗？"

——"那你可真是想多了，纯属路过。"

周芙仰着头，睫毛微扇了下："那你这喜好还挺别致的。"

陈忌："……"

至少，他没有说"老子、热爱、看病"。

"那我就不打扰你逛了。"说完，周芙瞧了眼时间，收回注意力，低下头掏出手机打开浏览器，准备搜搜医院体检流程攻略。

还没来得及输入文字，就听见头顶上传来陈忌的嗓音："你干吗？"

周芙总觉得他明知故问，明明是他要求她周末来体检的。

不过想了想，他是那么大一个公司的老板，手底下员工无数，一个实习生体检这种小事，确实没到能让他记住的程度。

周芙老实回答他："体检。"

陈忌有些无语："我当然知道你体检，我问你现在在干吗？"

"啊？"周芙视线仍旧停留在手机上，正不自觉拧着眉，研究那刚刚搜出来，看起来十分繁杂的体检流程，"噢，我没弄过，搜一下看看要从哪儿开始检查起。"

男人居高临下斜视她，微扬起眉梢："我就站在你面前，你还问手机？"

"什么？"周芙没反应过来。

陈忌："身份证带了？"

周芙忙点点头，随即开始翻包。找出来的一瞬间，男人伸手从她指尖抽走：

"跟上。"

说完，他拿着她的身份证，径直走到建档窗口。

周芙愣了一下，之后立刻小跑着追过去。

等到他身边时，临时的体检小册子已经从窗口处递了出来。

陈忌没给她伸手的机会，接过后翻了下，头也没抬，淡淡道："先到二楼测一下身高、体重。"

周芙乖巧地答了声"好"，随后试图伸手去接。

然而陈忌似乎并没有要把东西还她的意思，仍旧理所当然地拿在手里。

周芙抬眸瞧他，想了想，不熟练地开始客套："谢谢你啊，那你继续逛吧，我可以自己去了。"

陈忌微低下头，定定地盯着她的脸。

男人许久没说话，半晌才不紧不慢开口："噢，一楼我逛得差不多了。"

"二楼倒是还没来得及逛。"他举了举手中的体检册子，脸不红心不跳地讥讽她，"那巧了，你检查你的，我逛我的，正好还能顺便看看某些人，到底是长高了多少，那么骄傲。"

周芙："……"

倒也不必这么巧。

她忽然想起加班的那天晚上，两人一块儿吃饭时，她急着和许思甜、陆明舶两人未出生的孩子比身高，说自己这几年也长高了，之前还够不到他肩膀的话。

现在想起来，多少有些心虚。

走神的工夫，陈忌已经开始"逛"了。

周芙的身份证和体检册都在他手里，只能老老实实跟在他身后。

有他带着，倒是省事不少，至少不用全程拿着手机研究攻略。

陈忌走得轻车熟路，像是对整个医院了如指掌。

两人很快来到测量身高、体重的地方。

陈忌停下脚步回过头："脱鞋。"

"噢。"

她下意识听话照做，弯下腰去，一边脱，一边摇摇晃晃站不稳。

陈忌垂眸看着，轻叹了口气，随后走到她身侧站定，伸手替她将包拿过，任由她拽住自己衣服下摆，给她支撑。

有一瞬间，周芙有种错觉，时光像是忽然倒流回还在今塘的那小半年。

整场体检做下来，陈忌也顺便很巧地逛完了整个医院。

反正最后体检单也是要给他看的，医生拿着单子分析情况的时候，她也没什么顾忌，毫无保留地让陈忌全程在一旁旁听。

只是不知道怎么回事，身旁男人的面色越发阴沉。

结束的时候，周芙安安静静跟在他身后。

两人一路无言，周芙百思不得其解，纠结许久后，小心翼翼开口："你看吧，我说我没有传染病的。你还不信。"

原以为会等来他一句角度刁钻的嘲讽，然而安安静静等了许久，也没等到他开口。

他全程，一声不吭。

到了医院门口，周芙抬头看向他，想了想，还是礼貌地冲他开口："早上谢谢你了。"

哪怕他只是因为想逛逛医院，顺道捎上自己，怎么说她还是给他添了不少麻烦，其间，他跑上跑下好多趟，自己倒落得个清闲。

陈忌淡淡"嗯"了声。

"那……我先回家了。"

周芙本以为这样便结束了，正打算拿回自己的包告别，却听他不紧不慢道："口头感谢没什么诚意啊。"

……这该不会是要收费的意思吧？

周芙回忆了下钱包里还剩下多少钱，想了想，硬着头皮问："你吃早餐了吗？"

陈忌："没有。"

"那要不，我请你吃顿早餐吧，就当是谢谢你。"

男人薄唇动了动："行吧。"

周芙刚搬来没多久，这附近也不太熟，闻言，掏出手机来准备搜搜附近的早餐店："你想吃什么？我看看这附近有什么吃的。"

然而还没等她搜到，就听陈忌不咸不淡道："要不就吃你的那个饼吧。"

"啊？"周芙抬眸，"那个在我住的附近，离这里还有段距离呢，我刚刚走过来的时候，花了十来分钟，要不看看这附近——"

"就那个吧。"陈忌没等她说完，便随口把话接过，"走吧。"

周芙搞不明白，那个饼到底是什么地方让他这样上瘾。

平时在公司的时候他就总用各式各样的早餐和她换，这会儿居然还要走十来分钟的路，专门过去吃。

只不过走着走着，周芙便觉得还挺奇妙的。

她怎么也想不到，多年后在北临，回家的路上，身边竟然还有他陪着一起走。

陈忌回到家时，已经过了午饭时间。

周芙收养的猫和她从前一个性子，娇气得不行，见他开门回来，迈着六亲不认的步伐朝他走来，骂骂咧咧地"喵"个不停。一直到他替它开完罐头，才肯罢休。

男人毫不讲究地随意往地上一坐，伸手顺了两下它的毛，不咸不淡道："你冲我发什么脾气，真有本事，就让你妈回家伺候你。"

片刻后，他懒洋洋起身，慢悠悠地走到主卧门前站定，指节搭在门把手上，半响，将门锁转开。映入眼帘的，是一屋子少女风格的浅粉色东西。

崭新的主卧至今还未曾有人住过，就连他自己也只是住在旁边的次卧里。

打从最开始将这里买下，他潜意识里便留了个空间出来。

主卧装修风格与整个大平层的其他地方格格不入。

陈忌不自觉走到床边，将床头那个一米多高的娃娃摆到旁边小沙发上暂放着，之后熟练地将浅粉色的床单、被罩拆下，拿到洗衣间。

随后他又从柜子里拿出一套新的，洗净、晾晒好的，动作利落地重新换上。

明明几年下来，从未有人住过，可这样白费工夫的事情，他几乎每周都会做上一回。

全数打扫完一遍之后，陈忌默不作声拿了罐酒，安安静静地坐在房间地毯上。

眼前虽是宽敞漂亮的主卧，脑子里却不由自主地想到周芙独自一人往那窄小昏暗的小破楼里走的样子。

须臾，他掏出手机给陆明舶发了条消息："帮我找找启山区日出社区九号楼附近，还有没有能尽快买到的空房。"

陆明舶那边很快回了条消息过来："等会儿，我搜搜啊。"

"启山区？这都偏到四环外了，你买那儿的破房子做什么？"

陈忌："你找就是了，钱不是问题，最好是能直接搬进去的那种，越快越好。"

周一午饭之前，设计部几个小组全数交完图纸，忙碌了小两个月的大项目终于告一段落。

前些天只顾着埋头赶图的一群人，好不容易得了空，一个个兴奋地开始在手机上下单请客，零食、饮料、小吃等外卖一拨接一拨往浮沉设计部里送。

陈忌带领团队的风格一向如此，设计出图上严谨苛刻、不容出错，除此之外，一切放任自由，没有太多条条框框限制，而且待遇优越，薪资福利比起业内其他公司高出不少，除了赶图稍稍辛苦些，大家在物质上并没有太多烦恼，因而团队之间的氛围总是十分融洽。

闲下来之后，大家便又开始在群内活跃起来。

水了会儿群，众人的关注点终于来到了新一批实习生身上。

等到周芙将上周被陈忌批过的图纸，全数按照规范重新计算、重新修改过一遍之后，群里的同事们已经把部门迎新聚会的事提上了日程。

时间就定在周五傍晚下班之后。

到了周五下午，周芙拿着修改后的图纸从陈忌办公室出来时，就见方欣不停地冲她指手机："粥粥，看群看群，他们都在点菜了。"

"啊？"

"部门聚餐，之前太忙，都没来得及给你们几个实习生迎新。现在大家正好闲下来了，准备给你们补上。"

周芙"噢"了声，回到位子上拿出手机，点到群消息往上翻了几页，随口问了方欣一句："大家都去吗？"

方欣点点头："差不多吧，没有特别的事，大家都会去。咱们部门的人都玩得挺好的，喜欢一块儿玩。噢，不过老大应该不去。"

周芙手上动作微微一顿。

"老大好像每年迎新这类活动都不会参加，可能是担心他去了，底下人玩得不自在，放不开吧。"方欣抬头冲周芙眨眨眼，笑说，"其实我觉得老大完全是多虑了，他都不知道，公司里有多少小姑娘盼着他去，那张脸啊，在咱们整个北临建筑业内都是出了名的。"

"不过听陆哥说……噢，你应该还没见过陆哥，陆哥应酬多，一般都和甲方那边交涉，不常来公司，是老大的发小儿。"方欣口中的陆哥，大概就是陆明舶，"之前听陆哥说啊，老大似乎是不愿意去有女孩儿的局，我估计，是家里小女友管得严。"

周芙不自觉攥紧了手。

方欣"啧啧"两声，还在感叹："这年头，长着一张这么逆天的渣男脸，又有钱又年轻，还能这么坚守'男德'的男的，真是不多见了。"

周芙："……"

周芙犹豫半晌，最后还是忍不住问出口："你……见过他的女朋友？"

方欣摇摇头："没见过，藏得跟宝贝似的，反正从没带出来过，不过听说应该是青梅竹马吧，钱包里放人家初中证件照的那种。啧，看不出来吧。"

周芙垂下眸，手中的硫酸纸不经意间被攥得皱皱巴巴。

傍晚下班后，大家三五成群往订好的酒吧走。是个清吧，不算吵闹，来这里的大多是附近写字楼单位里的白领。

今晚几个新来的实习生算是主角，周芙挨着方欣刚一坐下，就有同事说："哎，咱们是不是还没加微信呢？"

周芙："没有。"

"都忙忘了，你在群里也很少说话，没见着就没想起来，我看看哪个是你？"

周芙老实巴交道："就，头像是一块豆腐的那个。"

说到这儿，方欣随口问道："我之前就想问你呢，怎么用豆腐做头像？很少有用豆腐做头像的吧。你的微信名好像也是叫什么，小豆腐？为什么啊？你很喜欢吃豆腐吗？"

周芙笑笑摇摇头，有些不好意思道："不是，就是小的时候有一阵子换牙漏风，当时年纪也小，说话不清不楚的。有同学问我叫什么名字，我说叫周芙，结果因为漏风，她们都听成了小豆腐，就一直那么叫着了，所以后来索性就直接用这个做昵称、做头像了。"

"难怪。"方欣读了遍她的名字，"还真是，我还以为你喜欢吃豆腐呢。"

一群人聊得正欢，方欣拿了根串儿，正想啃的时候，手上动作忽地顿住。

众人察觉到她的异样，顺着她的视线看过去。

"老大居然赏脸来了？"

几乎是一瞬间，周芙僵直了脊背。

下一秒，陈忌懒洋洋地走到她身侧站定，淡声道："腾个位子，往里点。"

周芙还没反应过来，方欣倒是迅速抱住她手臂，一把将人往自己身边扯了扯。

陈忌面不改色地靠着周芙坐了下来："你们继续，别管我。"

很快，大家重新回到状态里，几个实习生敬酒的敬酒、玩骰子的玩骰子。

昏暗中，唯有周芙发现，自己面前的那杯酒不知什么时候被人撤了，换成了一杯酸酸甜甜的牛奶。而身旁的男人，似乎也整个晚上滴酒不沾。

酒过三巡，大家胆子也都大了起来，到了真心话大冒险这种聚会必备的环节时，就连陈忌也没放过，直接拉入战局。

后者似乎也没有拒绝的意思，由着大家闹腾。

几轮过后，酒瓶口终于在转到陈忌面前时停了下来。

一伙人兴奋地喊着："真心话！真心话！"

本以为大家会问出什么劲爆的猛料，哪承想不知哪个傻子喝过了头，抢先脱口而出："老大，你微信头像是自己拍的图吧？有什么含义吗？"

这问题一出，当即迎来一阵骂声，问问题的傻蛋被几个人按着拍了半天："问的什么破问题！好不容易能逮住老大问点私密的，你这个不争气的东西！"

陈忌淡声道："全家福。"

那人扯着嗓子为自己辩解道："我就是单纯好奇！为什么老大微信头像上也有了块豆腐！"

"啊？有吗？我看看，我都没发现，还真有，咱浮沉这是捅了豆腐窝吧。"

周芙："……"

有人不解，问："老大，你家猫居然还喜欢吃豆腐啊？"

陈忌勾了勾唇，深不见底的眸隐在昏暗中，缓缓道："我喜欢，吃豆腐。"

就一瞬间，周芙的心跳不争气地漏了一拍。

侃天侃地的时间过得飞快，等到散场时，一屋子的人醉得七荤八素。

大部分男的还能被撑着走，其他几个女生也都有家属或者男朋友来接。

周芙握着手机微皱着眉，努力思考等会儿到底该怎么回去。

这个点，公交、地铁全都没了，打车……一环到四环，她压根儿打不起。

老余隔天还有套施工图要赶，没喝太醉，见周芙仍坐在原地，忙扯着嗓子问："等会儿等会儿，谁没喝酒，送送小周啊，不能让人家姑娘一个人大半夜的自己回家啊！"

周芙不好意思道："没事，我自己想办法，你们先回去吧。"

老余忽然扯着嗓门道："等会儿，老大好像没喝酒！要不老大，你送送小周吧！"

周芙尴尬地看向陈忌："不用了，我可以自己回去——"

后者脸色微沉地盯着她，冷冷讥讽道："给你能的，你告诉我，自己准备怎么回去？"

周芙："……"

陆续将人全数送走之后，陈忌顺手去柜台把单给结了。

周芙老老实实坐在座位上，片刻后，男人走回她身侧："走，回家。"

她动作利落地站起来，跟在陈忌身后，出了清吧。

等到在车旁站定时，周芙看着那车身，总觉得这银灰色别具一格的造型，似乎在什么地方见到过，十分眼熟。

"上车。"他淡声道。

"噢。"周芙乖巧地应了声，等手搭上副驾驶座车门把手时，她动作一顿，忽然想到方欣提到的那个青梅竹马的小女友。

周芙一下将手收回，往后退了两步，来到后座门边，打开正要坐进去时，驾驶座上的男人忽地回过头，对上她的眼，模样带着些痞气："什么意思？把我当司机？"

"啊？"

"坐前面来。"

车子一路驶向四环外，封闭的小空间内，谁都没开口说话。

陈忌眼睛注视着前方，大手搭在方向盘上，熟练地打着圈。

周芙忍不住悄悄侧头看过去，这是长大后，她第一次坐他的车。

这些年里，她曾无数次设想过，成年后的他会做些怎样的事。

她也曾想象过自己坐在他的副驾驶座上时，他会是什么样的姿态，不自觉便看久了些。

车子最后在日出社区外十来米的位置停下。

旧社区的道儿本就窄，周围又停放了不少自行车、电动车，轿车开不进去。

周芙下了车，同他道了声谢，见他也开了门想随她一同下车，忙道："你不用送我了，我自己进去就行，你快回家吧。"

然而陈忌像是压根儿没听见般，仍旧从车上走下来，偏头瞥她一眼："少废话。"

周芙："……"

社区里的小路七弯八绕，周芙住了这么些天，偶尔还会走错，倒是陈忌轻车熟路，她甚至没说住在哪栋，他都能领着她顺利到达楼下。

"今晚麻烦你了。"周芙道了声谢。

男人面无表情，换作从前的他，定是会嗤她一句——你麻烦我的还少？何止今晚。

然而意料之外地，陈忌什么都没多说，只淡声道："上楼小心点，早点休息。"

周芙点点头："你也快回家吧。"

男人"嗯"了声，仍旧站在原地没动静，没有半点要走的意思。

楼内感应灯早就坏得差不多了，周芙打开手机上的手电筒，小心翼翼往楼上走了几层。

陈忌微抬着头，看着那抹浅淡的光缓慢往上移动，最终还是没忍住，抬脚慢慢跟在身后，安安静静和她拉开一层楼的距离，默不作声送她上楼。

一连上了八层楼的台阶，他停下脚步，懒懒靠墙站着，面无表情地听着一楼之隔的地方，传来关门的声音。

他安安静静站了会儿，确认她已经安全到家之后，正打算往回走，哪承想还没来得及转身，就听见楼上忽地传来一阵急促的开门声。

木质门板一下砸到墙上，破旧的老楼都微微一震。

男人眉头蹙起的瞬间，窄小的楼道内忽地响起跌跌撞撞下楼的声音。

他几乎是毫不犹豫地回身往楼上冲，三步并作两步，一下上了半层，下一秒，那个刚刚还在他车上昏昏欲睡的姑娘，慌不择路地从几层台阶之上失足跌下，正正砸到他的怀中。

"救命！"周芙几乎是脱口而出，然而似乎因为惊吓过度，嗓子已经哑得只剩下点气音。

陈忌双手一瞬间收紧，稳稳当当将她揽在怀中。

周芙似乎察觉出了这个熟悉的力道，不敢相信地道："陈忌？"

她几乎是一下便回过神来，双手推着他，语气莫名比方才的恐惧更添了几分着急和慌乱："陈忌，你快走，快点走啊，你别管，别上去。"

然而男人压根儿当作没听见般，大手下意识在她头上安抚般轻拍了两下："你先在这儿别动。"

下一秒，他毫无顾忌地往楼上冲了上去。

顷刻间，潇琪男友的哀号声回荡在整幢破旧的老楼中。

周芙闻声想都没想，重新往上跑，见到陈忌毫发无伤、居高临下地踩着地上那渣滓的手背时，才终于长松一口气，眼泪止不住地往下掉。

男人回过头，见状，头疼起来。

明明方才打那两百斤的大块头时，都不费吹灰之力，这会儿被周芙哭得没辙了，他声线冷硬道："哭什么？"

周芙瘪了嘴，努力将眼泪憋回去。

陈忌看了会儿，忍不住扯了下唇角，话音放缓了许多："算了，哭吧哭吧，哭一会儿得了，憋着可太丑了。"

反正，他也好多年没机会见她在自己跟前哭了。

周芙："……"

片刻后，他又道："哭完就进去把行李收拾了。"

周芙愣愣的，还在状态之外："啊？"

陈忌淡淡道："你还想在这破地方住多久？"

一瞬间，周芙像是忽然回到了现实，抿唇木木地站在原地，迟迟没有动静。

她也不想在这种地方住，可是她确实没得选。

她现在浑身上下所有的钱加起来都不够去外面住一晚酒店，收拾了行李也不知道能去哪儿。

陈忌说完，脚下踩那混混儿的力道加重了几分。

随后他不紧不慢俯下身，双手忽地将地上那人肥硕的胳膊反向一抻。周芙隐约听见了"咔嗒"两下骨节碰撞的声响，眼睁睁看到潇琪男友那原本还在试图反抗的双臂顷刻间被卸了力气，只剩下有气无力的哀号。

周芙张了张嘴，不解地看向陈忌："这是……怎么了？"

后者支起身，皱着眉，正嫌弃自己刚刚碰过垃圾的手："顺手先把他俩胳膊卸了。"

陈忌表情云淡风轻："放心，出不了什么大事，一会儿走的时候还能给他安回去，先让他疼着吧，省得趁我们还没走，他再起来作妖。"

周芙："……"

不愧是陈忌，这种事干起来，总是显得那么专业……

她刚刚都差点忘了，他过去在今塘的时候，可是一个人对上对面十来个，都能轻轻松松占上风。

潇琪男朋友那种只知道挑女孩儿来欺负的，在陈忌面前，压根儿就是个绣花枕头，一个手指头都能把他撂倒。

处理完地上那个垃圾，陈忌收回眼神看向周芙，定定盯了两秒钟，眉峰往上一挑："还愣着干什么？"

　　周芙眨了下眼："嗯？"

　　"收拾东西啊！"他随意抬头往墙上的挂钟扫了眼，"几点了？今晚还想不想睡觉？"

　　周芙犹犹豫豫站在原地，指尖抠衣角，语气难掩尴尬："我……我还是……还是先再住一晚吧，明天我再想想办法。"

　　她也不知是在说服他，还是在说服自己："我房间门安了两道插销，我进去之后就锁上，不会出什么事的。"

　　话音刚落，陈忌脸色当即便沉了下来，抬脚随意往地上那个渣滓的腰间泄愤般踹了一脚，声线冷硬："你管这叫不会出什么事？"

　　周芙实在想不出话来反驳，不自觉垂下头，纠结许久，吞吞吐吐的，音量极弱："我……实在没有地方可以去……"

　　她小心翼翼地抬睫看他一眼，又迅速将视线避开，尴尬道："北临的酒店太贵了……先这样吧，反正我室友的夜班也快结束了，应该很快就会回来的，我——"

　　"周芙，"陈忌出声打断，像是在隐忍着某种不可言状的情绪，片刻后，他终于将气沉了下来，喉结上下滑动，"浮沉是分配员工宿舍的。"

　　周芙茫然地抬起头："啊？"

　　男人表情重新回到往常惯有的漫不经心，淡淡问："怎么，人事没和你说吗？"

　　周芙还没来得及反应，又听见陈忌不紧不慢道："那人事这工作做得实在有些不到位啊！"

　　"啊？"怎么又怪到人事小姐姐头上？周芙愣了两秒钟，忙和上回一样，将话接过，"好……好像是说了……可能我当时走神了，没注意听……"

　　陈忌唇角微微扯了扯，眉梢扬着，一本正经继续道："公司有地儿给你免费住，你不愿意，还跑来这荒郊野岭的花钱住这么个破地儿，你说你是不是有点毛病？"

　　"……"周芙点点头，"你说得对……"

　　陈忌瞥了她一眼："钱多得烧得慌？"

　　周芙："……"

　　"行了，你去把行李收拾了。"男人说完，掏出手机，"我打个电话问问陆明舶，看看哪套员工宿舍还剩房间，公司后勤这块儿也是他在管。"

　　周芙乖巧地应了声"好"，忙转身往自己那小隔间走。

　　她将行李箱从床底抽出来，半摊在地上，房门敞着。

　　没一会儿，陈忌的声音清晰地从不远处的客厅传来，应该是在和电话那头的陆明舶说话，嗓音沉沉的，带着股懒劲儿。

"什么？给实习生安排的房子正好住满了？"

周芙闻言，收拾行李的动作一顿，不知道该不该继续。

"那正式员工的呢？不是有好几栋？"

"也正好住满了？"

"你干的什么破事……"

周芙："……"

那没办法了，她随手将刚刚收到行李箱里的衣服重新拿出来。今晚估计还是得在这儿继续住。

过了会儿，陈忌慢悠悠走到她隔间门口，垂眸看了眼正蹲在床板与墙壁之间狭小缝隙里的周芙，眉心忍不住拧了拧，之后又松开："是这样，陆明舶说呢，几栋员工宿舍都正好住满了。"

周芙点点头，表示理解："没事，这儿我也能住。"反正这几年，她对这样的环境早就习惯了。

"能住个屁。"陈忌扫了眼这还没他家厕所大的卧室，毫不客气地爆了句粗口。

周芙："……"

陈忌懒懒抬手捏了捏后颈，表情莫名有些不自在，继续道："正好还有一处，有多余的房间，就是……"

"怎么了？"周芙仰眸看他，目光十分单纯，半点没察觉出眼前男人的异样，"没事，我什么条件都能住的。"

不用露宿街头，有地方住就已经很不错了，她哪儿有什么资格挑剔？

"什么条件都能住？"男人扬了扬眉。

周芙乖巧地点点头："嗯嗯。"

"和别人一起住也行？"

"肯定没问题啊，现在这套房里，也住了六七个人呢。"周芙理所当然道。

在北临，没钱还想独居，她做梦都不敢梦那么大的。

"主要是，一起住的是个男员工。"陈忌扯了下唇，"不过你可以放心，这男员工的人品肯定是没有任何问题的，这个我可以给你打包票。"

周芙点点头："好。"

就连周芙自己都没有发现，她潜意识里似乎对陈忌有着百分百的信任。

连他都能这样笃定，那她便没有任何担心的理由和必要。

"行吧，那你赶紧收拾吧。"他说完，也没走，就这样居高临下地站在那小破隔间门口，默不作声地打量起这个狭小逼仄的空间。

时间越久，眉心不自觉拧得越深。

他压根儿没法想象，周芙这几年到底过的是怎样的生活。

一个娇气得连药都要人一口一口喂的公主，居然能忍受在这种破地方住。

要不是他今晚亲眼见到这屋子里的场景，根本就不敢相信。

不到四平方米的隔间，塞了张上下床。

床与墙之间只能容下半个人侧身而过。

也就是周芙个子小，身上没有二两肉，在这里头还能待着，他这个体格，想走进去都有些困难。

摆在门前的行李箱没法完全摊开，周芙小小一人蹲在地上，整个人瘦得甚至没箱子大。

陈忌面色沉着，心头莫名发紧。

周芙收拾着行李，性子没多大变化，手脚倒是比从前利落了许多。

以往别说是叠衣服，她连自己穿个衣服都慢吞吞不太利索，娇里娇气的，就没干过什么活、操过什么心。

如今倒是都会了。

可这看在陈忌眼里，并不觉得是什么好事。

在他的潜意识里，周芙这样的人，就该一辈子什么都不会，理所当然地等着别人来照顾就是了。

蹙眉出神间，周芙已经将矮处的东西收拾得差不多了。

她本就没有多少东西，加之搬进来的日子也不长，收拾起来其实费不了多少时间。

就是当初房间实在小，为了方便，她睡在下铺，一些不常用的东西被她全数放到上铺。

等陈忌回过神来时，就见周芙整个人半挂在那摇摇晃晃的上下床直梯上，一手攥住床边栏杆，另一手伸长去够远处的纸箱。

向来不会对任何事情感到恐惧的男人的心忽然悬了一瞬，几乎是下意识地跨过她摆在地上的行李箱，三步并作两步走到梯子边，单手一把揽上她细弱的腰，连半点劲儿都不用使，随手便将人从摇摇晃晃的梯子上抱下来："你爬那么高做什么？"

"啊？"周芙茫然抬眸，"上面有东西要拿……"

"够不着不知道叫我帮忙？以前不是挺能使唤人的？"

她从前事事喜欢依赖他，此刻陈忌心头有股说不出来的闷。

话音刚落，男人不由分说地直接将人拦腰抱到下床："老实坐着等。"

而后就见他伸手把纸箱拿下来，随后蹲下，有条不紊地将她丢进行李箱里乱糟糟的衣服一件件拿出来，动作熟练流畅地重新叠整齐，再一件一件放进去。

周芙环抱着双腿乖巧地坐在床板上，眼神寸步不离地跟随着他的一举一动，安安静静地等待着。

比起周芙的温暾，陈忌显然更加利落，三两下替她将东西收好，随手将行李箱拉链拉上，抬起来靠到墙边，淡淡开口："行了，走吧。"

周芙见状，忙点点头，正准备离开时，忽然想起什么，回身蹲下，伸手往床底不停地够。

陈忌不解："你干吗？"

"等我一会儿。"她语气断断续续的，"还，还有个东西忘了带。"

男人单手一把将人从地上拎起来，放到门边，随后俯下身替她将东西从里头抽出来，等看清楚箱子上的广告时，忍不住皱眉："这是什么？"

"泡面……"

附近超市里的泡面着实有些贵，这是她前些天在网上搜到的，不是什么牌子货，胜在便宜，昨天刚刚收到，还没来得及拆。

陈忌沉着脸："别带了。"

周芙张了张嘴，实在舍不得："这都还没拆封，里头有好多呢……"

她身上的全数家当都拿去付了第一个月的房租，这箱泡面不带走，怕是得饿死。

半晌，陈忌叹了口气，一手拖着她的行李箱，另一手将那箱泡面拎起来，无奈道："行行行，全给你带上。"

两人大包小包回到车上时，已经将近凌晨三点。

周芙安安静静坐在副驾驶座上，睁着眼，看起来还挺精神。

陈忌偏头看她一眼："想睡就睡，一会儿叫你。"

周芙点点头，没吭声，其实这几年，她失眠的毛病非常严重，几乎是整夜整夜睡不着。

陈忌薄唇抿着，眼尾微垂，片刻后，不动声色地伸手将歌点开。

舒缓的钢琴曲慢悠悠地回荡在车内。

周芙睫毛颤了下，是她曾经最熟悉的那首曲子。

只是这几年，她已经很久没那个闲情逸致听歌了。

奇妙地，在这个她许久没踏实睡过的时间点，困意莫名袭来。

等她再醒来时，车已经安安稳稳停一会儿了。

身上多了条毯子，她侧头看向驾驶座，就见陈忌双手交叠搭在胸前，神色放松地闭着眼。

几秒钟后，似是听见了她的动静，男人慢悠悠偏过头："醒了？"

"嗯。"

"那走吧。"他的嗓音也带着些许的哑。

"好。"

陈忌拖着她的行李箱懒洋洋走在她前头。

周芙安安静静跟在身后,一路上,心中的疑惑与震撼无限增加。

这员工宿舍也太奢侈了,位置似乎就在距离浮沉大楼不远处不说,甚至连电梯都是一户一部,刷指纹进的。

周芙看着陈忌熟练地按下指纹,领着她走到门口,随后,再次伸手,刷开了那所谓的"员工宿舍"的入户门。

周芙:"?"

想想也正常,整个公司都是他的,他的指纹能开也正常……

然而下一秒,屋里传来猫咪骂骂咧咧的叫声。

小家伙循着声,大摇大摆走出来,见到门口站着的周芙时,骂声忽然停了,随即变得软绵绵,撒开腿便冲到她脚边不停地蹭。

"它怎么在这儿啊?"周芙还没反应过来,仰头问陈忌。

男人懒懒垂眸:"我在这儿,它当然在这儿。"

周芙:"?"

终于,她想到了什么:"你不是说,这是员工宿舍?"

"嗯。"陈忌理直气壮应了声,唇角扯了扯,"员工宿舍我不能住?"

"你是说,那个人品没有任何问题的男员工,就是你啊?"

男人扬眉:"有什么问题吗?"

周芙张了张嘴,还没来得及继续开口,就见陈忌眸光意味深长地扫过来,淡淡道:"还是说,你男朋友那边,介意?"

男朋友?

他这突如其来的问话,让周芙一时间没想出来该怎么回答。

陈忌脱口而出之后也有些后悔,方才那一瞬间,他潜意识里,确实有想要打探她情感现状的念头。

可也仅是一瞬过后,忽然又不想了解了。

至少此刻,他并不想从她嘴里听到任何关于另外一个男人的事情。

"先将就着吧。"周芙沉默间,陈忌索性直接略过自己方才的问题,并不打算给她开口的机会,"等明天一早天亮之后,我再让陆明舶查查,看哪儿还有空的,估计他半夜被弄醒,没仔细想——"

"我没男朋友。"周芙低着头,眼神放在地上那来回蹭着自己的小家伙身上。

她的话音极轻,可在这凌晨三四点的夜里显得尤为清晰。

陈忌精准地捕捉到了每一个字眼。

就连他自己都没发现，周芙话音落下的一瞬间，他微微松了口气，表情一瞬间回归到最为平常的漫不经心，扯了下唇角："又把人给甩了？"

周芙："……"

她自动忽略了陈忌口中的那个"又"字。

见她没吭声，男人又自言自语道："也是，你这种难伺候的，也没几个人能伺候得好。"

她不知道该怎么同他说这个话题，索性当作没听见，蹲下身去，将地上的小家伙抱到自己怀中，问他："咕噜……它现在还是叫这个名字吗？"

陈忌点点头："大名还是这个。"

周芙抬睫："还有小名？"

"脾气大，随你，一样难伺候，被陆明舶他们尊称为噜哥。"陈忌一本正经说道。

"……"周芙本想忍住，结果实在忍不住，笑了声。

陈忌瞥她一眼，心情莫名很不错，表情倒是藏得很好，仍旧板着脸地嗤她一句："还笑得出来。

"这么难伺候的，甩手就丢给我，一丢就八年，到头来，你还替别人养上猫了。"

不知怎的，周芙总觉得空气中忽然泛着股酸溜溜的味道。

"替别人养上猫？"她疑惑地重复了句，之后才回想起那天，潇琪让她帮忙把猫咪送去打疫苗的事。

那天中午，是潇琪男朋友来接的。

陈忌是怎么知道的？

"那天中午，你也在那宠物医院附近吗？"周芙随口问了句。

陈忌表情忽地有些不自在，冷冷道："纯属路过。"

正说着，咕噜熟练地趴在她胸前，毛茸茸的脑袋一个劲儿往周芙白皙纤长的脖颈处顶，一边顶，一边娇里娇气地蹭个不停。

这待遇，陈忌仔仔细细养了它八年，都没见它给过。

而在周芙那儿，他也没有猫崽子这待遇……

养了俩白眼狼，他气死得了。

陈忌盯着面前这一人一猫的亲密样瞧了会儿，看不惯地"啧"了声，莫名其妙地伸出手去，一把将那献殷勤的东西提溜到自己臂弯中，话中有话般道："蹭什么，也没见和我这么亲，白疼了。"

周芙："……"

"过来。"他随手将咕噜放到玄关地上，让它自己先行回屋，转头冲周芙招呼了声，之后视线重新回到入户门把手上，指尖不紧不慢地在电子锁上点了几下，"把手给我。"

周芙闻言，听话照做。

下一秒，男人大手覆盖上她手背，一把握住。

周芙不自觉攥紧了手，心跳不争气地加快了几分。

陈忌："攥这么紧做什么？手指头伸出来。"

周芙"噢"了声，被他握着，在把手上连着输了好几遍指纹。

明明……她自己也可以输。

进门的一瞬间，灯火通明。

整个屋子的大小和陈设都难掩矜贵，看得出来，离开今塘之后的陈忌，也同样意气风发。

哪怕已经过去八年之久，哪怕是来到了北临这样卧虎藏龙的地方，他似乎仍旧和记忆中一样，无所不能。

周芙垂下眸，努力控制住自己，暂时不去想如今两人之间如鸿沟般的差距。

哪怕已然是云泥之别，就让她先短暂地，做一夜想了八年的梦吧。

咕噜像是知晓这是周芙第一次到家里，殷勤地在她脚边打着旋儿，有意识地咬咬她裤腿、裤脚，扯着将人往里带。

周芙回头看了陈忌一眼，见他没吭声，似是任由咕噜折腾，索性也大方地跟在小家伙身后，一人一猫一前一后往里走。

小家伙最后在一扇乳白色的房门前站定，翘着尾巴，仰头看向周芙。

周芙回身抬眸看陈忌。

后者拎着她的行李箱，不紧不慢朝她的方向走来，末了还真伸手打开了她眼前那扇门："这家伙还真行，什么都知道。"

周芙茫然地眨眨眼，跟在他身后一起进了房间。

等看清卧室内的一片淡粉时，她不由得愣怔了一瞬。

这屋子显然是以陈忌那直男审美，给女生准备的。

周芙眸光暗下几分。

陈忌随手把一双拖鞋丢到她脚边，应该是从玄关处带过来的，她方才进门脱了鞋后，只顾追着咕噜跑，没想太多。

"穿上。"他不咸不淡道，"几岁了，还喜欢光脚跑？"

整个房子，无一不透露着有过女主人的痕迹。

周芙盯着那同样带着点粉的拖鞋，闷闷地答了声"噢"。

陈忌随手将她的行李箱拎到墙边放好："床单、被罩之类的都是新洗晒过，干净的，大晚上的，你就别折腾去换了，洗个澡马上睡觉，有什么其他的事，过了今晚

141

再说。"

周芙点点头。

他懒洋洋往外走："自己记得把门锁好。"

"好。"

"我人品可以，但这只猫素质一般，不保证它不会自己开门进来。"

周芙不自觉弯了下唇："知道了。"

因他离开前那句不咸不淡的话，周芙的心情好了些许。

卧室内带了浴室，她从行李箱里掏出睡衣后，动作利落地进去冲了个澡。

浴室里该有的东西一应俱全，除了最常用到的洗漱用品，柜子里还摆了套还未拆封的她完全买不起的护肤品，另一边甚至整整齐齐摆放着化妆棉和女生用的卫生巾。

周芙定定瞧了眼，除了洗发液和沐浴液，其他的一切都没敢乱碰。

吹完头发后，周芙软绵绵地躺到床上。

屋内开着中央空调，她整个人缩在被窝里，崭新的被褥抵在她鼻间，隐约还能闻见阳光暴晒后的清香。

她已经想不起来有多久没有睡过这样的床，闻过这样舒服踏实的味道了。

片刻后，被褥的清香被刚刚洗过澡后淡淡的沐浴液香味渐渐盖过。

周芙闭着眼，深吸一口气，这味道和陈忌身上的味道如出一辙。

她忽然想到方才在浴室时看到的，那满满一柜子女孩儿才需要用到的卫生巾。思绪便忍不住回到那年在今塘，她在学校意外来了例假，陈忌臭着张脸，硬着头皮替她去学校小卖部买卫生巾时的样子。

那时少年在电话里的语气嫌弃又无奈，光是听着声儿，她就能想象得到他站在货架前的动作和神情。

周芙不自觉弯起唇，片刻后又抿成平直一线。

八年过去了，他似乎还是会做这样体贴入微的事，只是她已经不知道，这会是为了谁。

脑中思绪不断发散，最后乱成一团，引得人头疼。

周芙抱着被子辗转反侧，再次如这八年间的很多个夜晚一样，不论怎么努力都难以再次入眠。

她望着天花板，不知躺了多久，恍惚中，似乎听到门外传来声响。

从前她会害怕，这几年，不管什么样的环境她都住过，倒是对黑夜里的恐惧麻木了不少。

她百无聊赖地竖着耳朵听了会儿，大致知晓，是咕噜在挠门。

这小家伙似乎还真如陈忌嘴里说的那样，猫品素质很是一般，先是挠门，进而便是纵身往门把手上跃。

咕噜的身手不错，开门也相当熟练，周芙对陈忌很放心，洗完澡后也没想起来反锁这事，没一会儿，门就被它开了条缝。

隔音一下弱了不少，陈忌沉沉的嗓音闷闷地从外头传进来，似是在教育那"逆子"："能不能让你妈好好睡个觉？

"女孩儿的门也是你能乱开的？

"你这素质真的是低得离谱。

"我都没敢动。"

周芙下意识屏住呼吸，攥住被子的手添了几分力道。

话音落下之后，咕噜似是被陈忌一把逮走，临走前，还替她将门给重新关上。

黑暗中，周芙睁着眼，心脏跳得飞快，睡意全无。

躺了许久，想到隔天一早还得上班，她挣扎着从床上爬起来，按开床头灯，跑到行李箱边伸手摸了半天，终于掏出个小药瓶来。

前段时间，她因为夜里要时刻防备着潇琪男友，没敢吃药。

今晚实在发生了太多事情，她对陈忌的为人又十分放心，因此没多想便往手心倒了两颗。

药丸颗粒大，干咽吞不下，她开门出去，打算到厨房找点水来搭配。

没承想一开门，屋外连廊暖黄的灯竟亮着。

沙发上的男人似是听到了声响，懒洋洋回过头往她这边瞧："你干吗？"

陈忌嗓音带着深夜里的沙哑。

周芙被他瞧着，多少有些心虚："我想倒杯水喝……"

"大晚上不睡觉，起来喝水？"他眉峰一扬，问，"睡不着？"

周芙自动略过他的问题，反问道："你怎么也没睡？"

陈忌顺了把怀中咕噜的毛，漫不经心道："教育你儿子。"

周芙："……"

说完，他随手将咕噜往边上沙发一放，懒洋洋起身，先她一步走到厨房，将灯打开。

周芙下意识跟过去，就见他不紧不慢从冰箱里拿出一桶牛奶来，似乎是新的，盖子都没开过，随后抬手从头顶柜子里拿出两只马克杯，往里倒满牛奶后，放到微波炉里热了半分钟。

周芙定定地站在餐桌边，看着他将粉色那杯放到她面前，随后自己拿着浅蓝的喝了起来。

几口之后，陈忌冲她伸手。

周芙一愣："嗯？"

男人掌心弯了弯，眉头微蹙："药，给我，把牛奶喝了，这种药少吃，没什么好处。"

周芙没吭声，陈忌也没在这个话题上多做停留，一边喝牛奶，一边垂眸看向姗姗来迟、刚刚还偷开周芙房门的咕噜，随口嘱咐了句："睡觉记得锁门，要不明天再买俩锁替你安上？"

周芙看着手中那粉色马克杯，心头闷闷的："不用了。"

陈忌眉峰挑了挑："对我这么放心？"

男人"啧"了声："该不会是，你对我有什么想法吧？"

周芙："……"

陈忌满不正经地扯了下唇角："我现在是不是该考虑，得把那俩锁安我房门里头？"

周芙："……"

周芙默不作声地喝了口牛奶，脑子里闪过那些属于女生的粉色水杯、粉色拖鞋，一面墙的女性用品，还有……同事们口中，陈忌钱包里青梅竹马的小女友证件照。她实在抵不过心头道德底线的煎熬，没忍住，抬睫看向陈忌，认真询问道："陈忌……你现在是单身吗？

"我是说，你现在到底有没有女朋友？"

彼时陈忌正背对着她，站在料理台前，微垂着头，闲散地将刚刚装完牛奶的杯子伸到水龙头下冲洗。

闻言，他手上动作一顿，半晌才转过头来，看向周芙，没吭声。

周芙被盯得心头有些发毛，不自觉屏住呼吸，等待便显得越发漫长。

片刻后，他扯了下唇角，气定神闲，语气带着点懒："你还挺有意思，刚住进来，就连感情生活都要管上了？"

顿了顿，他轻笑了声，满不正经道："你要是想追我呢，也不是不行，毕竟是你的个人行为，你追你的，我也无权干涉你。"

"……"周芙张了张嘴，觉得他可能是会错意了，忙解释道，"我的意思是，现在这个房子里暂时只有我们两个人，如果你有女朋友，她应该不会开心。"

不得不说，这么多年下来，陈忌脑子里就没有"女朋友"这个概念。

活到如今，在他记忆中留下过痕迹的女人，大抵不超过三个，从前只有母亲和奶奶苏秀清，后来多了个周芙。"女朋友"这三个字，对他来说，多少显得有些陌生，他下意识便回她："有什么不开心的？"

周芙没想到他那样聪明的人，在这种事上，居然也有这样迟钝的时候。

她努力思考应该怎样回答，才能把想法解释清楚，又不会对那个女孩子造成不好的影响。

安静了几秒钟，周芙温声道："任何一个女生，肯定都会介意自己男朋友单独和其他异性同住一个屋檐下。"

陈忌盯了她半晌，不咸不淡，笃定道："她肯定不会介意。"

周芙不自觉拧了下眉："女孩子脸皮薄好面子，一般被问到的时候，都会大度地说'不介意'，但这不是对方被道德绑架的理由，因为爱才会介意，这是一件很正常的事情。"

"行了，一套一套，还挺能说。"陈忌"啧"了声，懒洋洋地往客厅走，随后闲散地坐进宽大柔软的沙发里，抬着下巴瞧着慢慢腾腾跟过来的周芙，不紧不慢道，"托你的福，没有。"

周芙："……"

她这会儿不打算去深究他那奇奇怪怪的话术，想了想，又问："那有男朋友吗？"

陈忌："？"

陈忌差点被气笑了："周芙，你是不是有点什么毛病？"

周芙："……"

毕竟，就像方欣说的，陈忌这样的长相加背景，没活成个渣男确实有些不可思议。

周芙自动忽略了他最后那句问话，只说："你之后要是有了，就和我说一声。"

不论他未来的女友介意与否，真到了那时候，她说什么都不适合再住在这里。

陈忌眉梢一挑，定定看了她两秒后："行吧，等我准备谈的时候，肯定第一个通知你。"

周芙点点头："到时候我应该有工资了，也能尽快搬走，再不济等开了学，我们学校宿舍就可以住了。"

陈忌伸手拿投屏遥控器的动作一顿，低声："搬个屁。"

他没抬头，目光停留在投影画布上，看起来正在专注地挑选电影："你放心吧，我女朋友肯定不会介意。"

毕竟，在他这里，女朋友的位置早就有了唯一人选。

周芙抿了下唇，不想再继续争辩。

几秒钟之后，陈忌选好电影，随手将遥控器往边上沙发一丢，侧了个身，懒洋洋往后倚靠。

电影片头经典的音乐开始缓缓播放，陈忌没回头，淡声冲她说："牛奶两口喝完去睡觉。"

周芙握着那只粉色马克杯，安安静静地站在沙发边上，没有要走的意思。

"真不困？"须臾，男人终于偏过头，抬眸看向站在离自己不远处的小姑娘。

先前他看过她的体检报告，那医生也是他的熟人，私底下和他沟通过几句。

除了严重营养不良、胃病、鼻炎、抵抗力差等这些老旧毛病，还发现她的精神状态似乎也不太好，对某些安眠类药物有着比较严重的依赖。

方才见她来厨房找水喝，他就估计她八成是睡不着，准备出来吃药。

于是，没说上两句话，他就把药没收了。

这会儿非要让她马上去睡觉不可，确实有些难为人。

周芙也没瞒着，点点头。

陈忌薄唇抿成一线，一声没吭，懒懒抬了抬下巴，大手在离自己不远处的沙发上轻拍两下，示意她坐过来。

周芙见状，也没拒绝，随手将杯子往茶几上一放，乖巧地坐进沙发里。

投屏上正在播放的是十几年前火过的老港片，讲爱情的，文艺气息很浓。

每一帧都和陈忌的气质格格不入。

黑暗中，投屏微弱的荧光反射在两人脸上，周芙悄悄偏头看他，总觉得他不像是喜欢看这种片子的人，还大半夜的特地不睡觉在这儿看。

事实上，陈忌确实对这玩意儿兴致缺缺，甚至连投影仪都是当初买房装修完，准备搬新家时陆明舶送来的乔迁礼。

打从他住进来，就没开过它，更别提大晚上在这儿熬夜看这莫名其妙青春伤痛的东西。

可方才也不知怎的，见她没回房间，他便也不想回。

选片子的时候，周芙正在给他灌输大道理，他明面上的注意力在屏幕上，实则耳朵、脑子全在她那些莫名其妙的话上，也没注意，随便点开一个便由着它播放。

此刻他看着屏幕里哭哭啼啼的女主角，微拧起眉，有些嫌弃，这哭得还没周芙好看。

只不过电影虽索然无味，但他还是愿意在这儿待着，没有半点要走的意思。

两人安安静静坐在沙发上看了许久，周芙似乎对剧情还挺感兴趣，越看越放松，不自觉脱掉拖鞋，收起双腿环抱着，悠闲地缩成一团，窝进沙发里。

而沙发那头的陈忌也侧着身，一边腿屈着，另一边腿漫不经心地搭在茶几上，整个人半躺着，单手撑在沙发宽大的扶手上，托着侧边脸颊。

后半场，他视线不自觉地，从投屏转向不远处小小的周芙身上，眼眸微合，整个人懒散闲适。

时间在这和谐的静谧中一分一秒地流逝。

陈忌眯了会儿，察觉周身渐渐起了凉意。

抬眸往周芙那儿再瞧了眼，就见小姑娘那表情应该是已然起了困意，就是被剧情勾着，仍旧强撑着眼皮子。

他漫不经心地偏头往投屏上瞧了眼，下一秒，呼吸顿住。

早期的片子比起如今，审核没那么严苛，尺度更加开放。

此刻大抵是演到了后期重逢的片段，男女主角两人泪流满面，面对面哭了会儿，不知怎的就开始"擦枪走火"，莫名其妙抱着亲上了，亲得还挺投入。男主角的手甚至已经不自觉抚上女主角的腰间，隐隐有要从衣服下摆探进去的趋势。

陈忌只看了一眼，便下意识将视线别开，视线当即转回周芙身上，就见她眼睛睁得明显比方才精神了许多，正看得津津有味。

陈忌："……"

须臾，他忽地从沙发上起身，几步往卧室的方向去。

周芙见状，不经意地抬眸看向他："你要去睡了吗？"

男人嗓音带着些难以言状的哑意："上个洗手间。"

"噢，好。"

周芙并没有觉得有任何问题。

许久后，陈忌懒洋洋走回来，手上还拿了条薄薄的毯子，经过周芙面前时，随手劈头盖脸往她那儿一丢，淡淡道："少儿不宜。"

这破电影还真行，俩人居然能抱着亲这么长时间。

周芙方才躺久了，正好觉得有些冷，这会儿添了条毯子，倒是舒服多了，随后才回想起他方才的话，开口道："我都快大五了，早成年了。"

陈忌眸光不明，瞥她一眼，重新躺回沙发上，下巴朝电影的方向抬了抬，不咸不淡道："早成年了……所以很有经验？"

周芙瞧了眼此刻仍旧亲得难舍难分的男女主角，尴尬道："那倒是还没有……"

陈忌唇角微微扯了下，心情颇好地讽她："那你牛气个什么劲儿？小屁孩。"

周芙："……"

电影还没放完，音效萦绕在两人耳畔。

陈忌见她没有要睡的意思，索性开口问起今晚的事情："晚上那浑蛋是你什么人？"

"嗯？"周芙一时没反应过来，随后"哦"了声，"是我大学室友的男朋友。"

"那房子是我室友提前租好的，后来我面上了实习，学校宿舍在六环外的大郊区，离浮沉实在有点远，我就准备租房。"她乖巧地缩在毯子里，平静地同他说，"那室友知道了，和我说正好还剩下一间空房。"

陈忌冷冷嗤了一句："那破隔间也能叫房？"

"……"周芙舔了下唇，"我当时也不知道嘛，而且北临房价确实很贵，我手头就三千块钱，其实也租不到更好的，因为大多数地方都得押一付三，还要多加一个月的中介费。"

陈忌知道这事怪不到她，只说："有男人的屋子你也敢住？"

周芙忽地转头看向他，适时提醒："现在这屋子也有男人……"

"……"陈忌就差被她气死，"我和他能一样？"

周芙鼓了下腮，又继续将话题扯回去："我当时也不知道她直接带男朋友一块儿住进来了，知道的时候钱已经转给她了，也没办法了，只能硬着头皮住。"

"之后那男的就莫名其妙地老找我，有时候还会动手开浴室的门。"她顿了顿，"好在我有防备，也没出什么事。"

"本来以为他应该也没胆子做更出格的事情，结果没想到今晚我室友上夜班没回来，我那个点回去，正好被他撞上了。"周芙垂着头，"然后他就忽然朝我冲过来。不过还好，我跑得快。也还好你在。"

她语气平淡地陈述着这段时间的遭遇，听起来似乎和自己没有多大关系，不似从前，遇到屁大点事就开始哭鼻子。

只是寥寥几句，陈忌的脸色便迅速黑了下来。

他脑子里不断回忆着她在黑暗中，从楼梯上跌到自己怀里时的场景，之后莫名想起，最开始她嘴里喊的是"救命"，后来发现是他之后，又忽然话锋一转，推着他，让他赶紧走，别上楼。

男人眉心拧了拧："为什么发现是我之后，不让我上楼，非要让我走？"

周芙攥紧了手。

她其实也是自私的，希望被救，可知道是他之后，又不希望他再一次因为自己出什么意外。

她不想矫情，也不想莫名其妙煽情，半晌后，语气弱下来，淡淡道："我怕你打不过他，那人应该有两百多斤。"

"没被人打，倒是要被你气死。"陈忌眸光冷冷地扫她一眼。

周芙低笑了声："今晚真的很谢谢你。"

陈忌压根儿不想听她和自己说什么"谢谢"，不爽道："老子今晚打他打轻了。"

周芙窝在沙发中，想了想，说："其实也不算轻。"

陈忌没吭声。

周芙继续道："我收拾行李那会儿，你把他俩胳膊卸下来，说走的时候会给他安回去，但是好像忘记安了……他估计得躺地上疼一晚上。"

陈忌伸手不紧不慢地捏了捏脖颈，漫不经心道："是吗？"

周芙点点头:"确实忘了。"

陈忌:"……那正好。"

电影不知不觉播放到尾声,纯音乐的片尾曲悠扬响起。

投屏上,久别重逢的男女安静地坐在轿车后座上,女人亲昵地倚靠着男人肩头。

车窗外,暗夜霓虹不断地往后倒退,如流光般转瞬即逝;之后窗中画面转回多年前。

那是电影的开头。摞满教材的书堆之后,身着校服的少女轻扯同桌男生衣角,后者懒懒偏过头,相视一笑。

干净、纯粹。

画面定格于此,片尾曲仍在继续,演员表缓慢地由下而上滚动。

周芙盖着毯子,安安静静地缩在沙发一角,昏昏欲睡。

陈忌懒懒地躺在另一头,同样默不作声,轻合上眼。

似乎谁也没有要起身回房的意思。

后半夜,周芙意外地入睡极快,甚至整晚都睡得十分踏实。

这几年下来,这是她第一次在没有药物的作用下,获得这样舒适的睡眠体验。

隔天一觉睡到自然醒,还未睁眼时,她隐约察觉到毛毯之下的怀中,似乎有个毛茸茸的小东西偶尔动弹。

她迷迷糊糊看着还不太熟悉的天花板,意识逐渐回笼之际,才想起,怀里大抵是半夜趁她睡着时钻进来的咕噜。

周芙不自觉弯起唇,一下一下轻抚它,软绵绵地躺着,没舍得起身,久违地赖了会儿床。

等到脑海中渐渐浮现起睡着之前的一幕幕时,她才意识到,好像没有昨晚回房的记忆。自己似乎是在沙发上睡了一夜。

周芙下意识抬起头,蒙眬的目光往陈忌躺着的方向扫了眼。

一瞬间,撞上他平静的睡颜,同睡着前的记忆无二。他仍旧躺在昨晚印象中的那个位置,右手臂弯着,闲散地枕在脑后,左手随意搭在小腹之上,长腿一边伸直,另一边微屈着。

周芙没出声,定定瞧着。

许久后,沙发上的男人动了动,大手随意捏了几下后颈,轻蹙眉头,微睁开眼,似是有要起身的迹象。

不知怎的,周芙只觉得心跳莫名不争气地加快许多,她下意识赶在陈忌完全转醒之前,重新将眼闭上。

片刻后,那头窸窸窣窣有了动静。

男人支起身，懒洋洋地在沙发上坐定。

周芙一边手搂着咕噜，另一边手不自觉地将毛毯攥紧。

只是陈忌坐起来之后，似乎就没了动静。

周芙紧张地任由时间一分一秒悄然流逝，大脑莫名一片空白。

良久，她终于察觉到他从沙发上起来，不紧不慢地朝她的方向走来。

她虽闭着眼，但是仍旧能清晰地感觉到，在经过自己身边时，他停下了脚步。

周芙不确定他是不是在看着自己，下意识屏住呼吸。

也不知过了多久，毯子下的咕噜似乎憋久了，挪着身子开始试图往外探头。

陈忌见状，伸手将它拎了出去。

男人嗓音沉沉的，带着点初醒时的哑意，应该是在对咕噜说话："你倒挺懂得找地方睡。人家都不要你了，你还一个劲儿往前凑，怎么就不知道记仇？也不知道随了谁……"

说完，他随手将咕噜放回地毯上。

周芙双眼仍旧紧闭，良久，察觉到他微俯下身，轻手轻脚将她盖在身上的毛毯重新拉好。

装睡还能重新把自己给真弄睡过去，这是周芙没想到的。

再次醒来，是被扑鼻的香味给馋醒的。

她蒙蒙地抱着毛毯坐起来，对面沙发上，已经没有了陈忌的身影。

倒是厨房那边传来不大不小的声响。

周芙趿拉着拖鞋循着声音和香味的方向走过去，就见陈忌正背对着自己，站在料理台前，动作熟练地翻炒着青菜。

餐桌上已经摆了三盘刚刚出锅的菜，这会儿还冒着热气。

小菜面前，只搁了一碗清粥。

周芙定定地瞧了会儿他闲散的背影，正准备不动声色地离开时，就听见陈忌淡淡开口："早上忽然想吃泡面，家里也没存货，正好看见你的那箱，就随手拿两包煮了，不介意吧？"

周芙一时没反应过来："嗯？"

陈忌继续不咸不淡道："介意也没用，反正我已经煮了。"

周芙想了想："可是——"

陈忌闻声终于半转过来，语气仍旧是漫不经心："别这么小气，不就吃你两包泡面？大不了，就当你和我换换，这桌早餐赔给你呗。"

周芙有些难以启齿，想了想，还是准备解释一下："我不是这个意思，主要是……这泡面不太好，我图便宜，随便买的……"

"不好你还吃？"陈忌忽地扬了扬眉梢，语气带着他惯有的傲慢，有些跩，"好不好要你替我说？我喜欢的就是最好的。"

周芙木木地眨了下眼，转身回房间洗漱。

等她回到餐厅时，陈忌已经坐下开始吃起她的泡面。

周芙坐到他对面，双手捧起清粥，温度正正好。

她悄悄抬头看了他一会儿。

那吃相还和从前没有多少差别，看起来仍旧让人觉得很有食欲。

周芙瞧着一桌子和当初在今塘时没有太大差别的菜式，小心翼翼尝了一口，熟悉的味道让她眼底忍不住泛起酸涩。

记忆中，她好像已经很久没有好好吃过一顿这样的早餐了。

不过回想起来，打从来到浮沉实习之后，她的早餐似乎就越变越好，没再重样过。

陈忌好像对她带来的东西总是很感兴趣，每天都变着花样，用不同的东西和她换。

两人安安静静地吃了会儿，陈忌忽然开口问："以后想继续在浮沉上班吗？"

周芙勺子一顿，抬睫，这还是他第一次，在私底下，和她提起公司工作相关的事情。

她当然是想的。浮沉的能人大牛数不胜数，她在里头真的能学到不少东西。

更别提公司的氛围是她完全没有想象到的好，周围同事们都对她包容又照顾，经验技巧倾囊相授也毫不吝啬，短短几天的相处时光，她甚至意外地感受到了许多年都没有过的家的感觉，要是能留下，自然是很好的。

况且……留在浮沉，她就能每天光明正大地看见他。

周芙毫不犹豫回他："想啊。"

"行。"陈忌微微扯了下唇角，"不过我是不会给你走半点后门的。"

周芙忙点点头。

她就没想过要他给自己走后门，毕竟两人之间除了曾经相识，她好像也没有什么别的特殊的地方能让他为自己做走后门这种事。

陈忌面不改色卖起关子："不过呢，室友一场，我这个人也挺大方，透露你点转正的潜规则，也不是不可以。"

周芙喝粥的动作一顿："……什么？"

"你知道的，建筑这行很苦的。"

"嗯嗯。"

"临近交图期，多多少少都得熬个夜、通个宵赶图，老余他们没少加班，你应该也是知道的。"

"我知道。"

这几乎是建筑整个行业内默认的潜规则。不过浮沉加班福利给得实在太多，大家干起来也都十分起劲儿。

陈忌继续道："这种苦一般人很难吃得消，所以呢……"

他话音顿了顿，眼神在她身上上下打量了一番："身体太差的，我们是不敢要的。"

周芙张了张嘴，秀气的眉心不自觉拧了起来，感觉自己中了一箭。

"尤其是那种瘦得要命，看起来风吹就能倒的，这种的你自己说，我们怎么敢用？"他一本正经道，"图都不敢安排她多画两张，你说是不是？"

周芙抿着唇，觉得又中一箭，硬着头皮附和："你说的……也有道理……"

周芙想了想，试探性问他："那你们……对这方面，有没有什么具体点的要求可以透露？比如说，一般……得多少斤比较合适？"

陈忌懒洋洋抬了抬下巴，像是在思考，之后随口道："一般两百多斤吧，老余那样的就非常合适。"

这要求也太高了吧？！她当场吞一个自己下去也没法达标！

周芙回忆了一下："可是，我看方欣姐就挺瘦的呀，肯定没有两百多斤吧……她多重啊？"

陈忌想都没想便脱口而出："她多重关我啥事。"

周芙："？"

男人移开眼神，咳了两声清了清嗓："当然了，老余那种就属于过分优秀的选手，一般情况我们也不会有那么苛刻的要求。算了，室友一场，给你透个底儿吧。"

周芙眸光亮了亮，忙点点头。

"你这种身高，及格线至少得在九十斤，上不设限。"陈忌看着她摇摇头，筷子轻敲了敲她的碗边，"你现在这个数据很危险，自己想想看吧，想不想转正留在浮沉。"

周芙抿着唇没吭声。

陈忌懒懒地抬了抬眼皮子："你要是努努力多吃点，机会还是有的，就看你自己想不想了。"

周芙面露难色："我肯定是想的，只是这个事也不是那么好控制的……"

毕竟她之前的日子吃了上顿不一定有下顿，胃里毛病还不少，她哪里不知道这样下去不行，但是确实没办法。

陈忌继续一本正经道："首先你自己态度要端正。"

周芙乖巧道："我肯定是端正的……"

陈忌："既然这样呢，毕竟我俩现在也正好住在一块儿，基于人道主义，加上我又是你上司，再顺便加上一点我们俩多年前，非常浅薄、几乎可以忽略不计的交情，这块儿我倒是能稍微帮帮你。"

周芙没懂："什么意思啊？"

陈忌简明扼要道："意思就是，你的三餐我可以顺便负责一下。"

"对了，浮沉这块还有个福利，不知道人事和你说过没有？"他没等周芙开口，便继续把话接下去，压根儿没有给她反应和拒绝的机会。

周芙迟疑道："……什么？可能我又没仔细听……"

陈忌张口就来："体重每涨一斤，都是有奖金的。"

"啊？"周芙总觉得这些潜规则听起来，似乎越来越离谱，浮沉到底是什么冤大头，"真的假的啊？"

陈忌："我记得好像是一斤五千。"

周芙："？"

她怎么有种在养猪场的感觉。

"不信？不然你以为老余那两百多斤是怎么来的？"男人抬了抬眉峰，随手掏出自己的手机解了锁，丢到她面前，"不信你打个电话问问，打给陆明舶，奖金这块儿也是他在管，你自己问问就知道了。"

周芙讪讪摇头："不用了，我信……"

"那正好，我早上出门锻炼的时候，路边看到有卖体重秤的，就顺手买了个体重秤，在咕噜的饭盆边上。"陈忌一脸坦荡，"你记得以后每天三餐准时回家吃，转正其实也就没那么难了。"

周芙点点头，态度相当端正："好的。"

话毕，陈忌的泡面吃得差不多了，回屋换掉睡衣再出来时，周芙那小半碗清粥也见了底。

他满意地扯了扯唇角。

周芙闻声看过来，见他破天荒地换一身西装，有些诧异："你怎么穿这个？"

她也就只有当初面试那天，才见他穿过这么正式的。这些天在公司，他向来是毫不讲究随意套件 T 恤了事，反正体格身量摆在那儿，衣架子似的，穿什么都显眼出众。

陈忌没抬头，眼神转向自己方才打好的领带："今天要去趟规划局。"

"噢。"周芙收回眼神。

下一秒，他骨节分明的手指捏住领带，随意往边上扯了扯。

等周芙回屋背好包出来时，就见他那原本还板板正正的领带，这会儿莫名有了松散的迹象，而他似乎没有发现。

周芙犹豫半天，冲他开口："那个……"

男人懒洋洋回过头："有事？"

"你的领带，好像歪了……"

陈忌闻言，垂眸看了眼，之后微抬起下巴，脸不红心不跳地说："我看不见。"

周芙木木地眨了下眼。

陈忌理所当然道："室友一场，你看见了，不能帮我弄一弄？"

第五章　喜欢

这个时间点，
开车去民政局，
还能赶得上趟儿。

周芙一度怀疑几秒钟之前,是自己出现了幻听。

她定定盯着陈忌脖颈间那松散开的领带,不自觉地握了握手。心跳控制不住地加快,呼吸也在一瞬间乱了节奏。

或许这在他眼里,只不过是极为平常的一件小事,可以随口要她帮忙,也可以是其他人。

可周芙还是忍不住开始紧张。她没替别人做过这种看起来挺亲近的事,更别说面前站着的人是陈忌。

这是她从前想都不敢想的画面。

周芙安安静静愣在原地,陈忌侧身垂眸看着她。

其实有这个等待的时间,他完全可以自行回衣帽间对着镜子解决。

他偏偏一步都不愿意挪,就这样默不作声地,等着她这个下属帮忙。

周芙回过神来,犹犹豫豫往他跟前挪了两步,抬眸对上他的视线后,又立刻别开,眼神中带着点躲闪。

陈忌这会儿出奇地耐心十足,任由她动作慢吞吞的,也没有要催促的意思。

周芙心脏跳得厉害,连伸手的动作都显得不那么流畅。

饶是她如今也有一米六五,陈忌还是比她高出不少。周芙走到他跟前站定,努力仰头看他,不好意思道:"我……可能不太会弄这个……"

男人唇角微微扯了扯,眉梢扬了半分,带着点试探:"没给别人整理过?"

周芙摇摇头:"要不……你还是自己来?"

"你伸手。"陈忌自动忽略她最后一句建议,语气不太正经,"我勉为其难教教你。"

周芙眨了下眼,"噢"了声,竟也下意识听话照做。

她犹豫着踮起脚,伸出双手,小心翼翼搭上领带。

陈忌见状,不紧不慢地将上半身往下压低了些,随后,因常年制作模型而略显粗糙的双手,忽然覆上她小巧的手背。

周芙睫毛微颤,紧张到不知所措。

她甚至觉得，这样的距离，陈忌也许都能听见她此刻如雷般不争气的心跳声。

"看着点，别走神。"男人忽然开口。

周芙不自在地点点头："好……"

随后在他的带领下，周芙磕磕绊绊地替他将那莫名松散开的领带重新打好。

她仍旧保持踮着脚的姿势，双手还没来得及从他领带上收回，半个身子的重量不自觉都让他担着，安静了两秒钟，忽然反应过来开口："你这不是……看得见吗？"

陈忌："……"

他没吭声，正打算找点什么别的话题将她注意力扯开之时，周芙那雪纺材质的长袖，因为长时间抬举着双臂的姿势，顿时滑落至微弯的手肘处。

向来温温暾暾、情绪上没有什么太大起伏的小姑娘，眉眼间忽然闪过一丝莫名的慌乱，她几乎是条件反射般将双手收回，之后垂下头，动作利落地攥住袖子重新拉回手腕处。整个人都显得十分不自然。

陈忌鲜少见她这副样子，眉头不自觉拧了拧，上一次见她做这样的反应，似乎还是在她第一次来浮沉面试那天，站在前台填写面试表单的时候。

那会儿，他恰好从她身后路过。

而那天，她穿的上衣正巧和今天是同一件。

陈忌忽然回想起，重新遇上她的这段时间，似乎就没见她穿过短袖。

这姑娘明明怕热得要命。

那年她初来今塘的那段时间，正值盛夏。

八年前，小岛上的风气还普遍保守的时候，她的穿着打扮，在他看来，就已经属于那种非常节省布料的类型，连睡衣都喜欢穿无袖的小短裙。

今塘附中教室没有空调，午间饭后休息时间趴着睡觉的时候，她常常热得睡不安稳，陈忌还得在边上用课本时不时替她扇扇风。

如今，他的眼神不自觉地将人从上至下打量了两遍，长袖长裤遮得严丝合缝。

陈忌冷不丁开口问了句："大夏天的，家里有空调，外边热着呢，穿这么多？"

闻言，周芙表情明显不太自在了："我不热。"

"走吧，上班要迟到了……"她说完，没敢再看他，弯腰穿鞋，开门往外走，甚至没停下等他一起。

周芙最后是自己去的公司。

陈忌那套房就在浮沉大厦不远处，确实如先前同事们说的那般，走路只需要五分钟左右。

到公司的时候，设计部的人竟然已经来了大半，周芙有些惊讶。

这还是她到浮沉之后，第一次比除了陈忌的其他人来得要晚。

虽然设计部从来没有迟到这一说，但她毕竟初来乍到，还是个没转正的实习生，自然和那些前辈大佬无法相提并论。她多少有些心虚，忙几步小跑到自己的座位前。

这会儿方欣也已经来了一会儿，正坐在电脑前喝咖啡。

"方姐早。"周芙笑着打了声招呼。

待她放好包坐下，方欣放下手里的咖啡，歪着头伸了个懒腰后，冲周芙眨眨眼："粥粥，我感觉你今天气色格外好。"

周芙愣了下："是吗？"

"看着特别有精神，之前总感觉你蒙蒙的，情绪一直很平淡，紧张的时候平淡，笑的时候也平淡，好像总是有心事一样，表情都是木的，对什么事都没有太大的兴趣，也很少有什么事能引起你注意。"方欣点点头，"但是今天就很不一样。我说不上来，就是感觉。"

一旁刚刚交完图、正在摸鱼打蜘蛛纸牌的老余也闻声看过来："确实是，我也觉得。"

周芙舔了下下唇："可能……昨晚睡得比较好吧。"

这也是事实，她昨晚确实睡得比过去几年的每一晚都要好许多。

哪怕睡得晚，哪怕发生了好多乱七八糟的事情，但是一整夜，出奇地心安。

同一张长桌的另一头，几个同样在摸鱼的实习生听到这边在聊天，也立刻加入凑起热闹。

其中一个黑长发女生笑着调侃了句："要是让我体验一回坐豪车的感觉，我肯定也容光焕发！"

方欣闻言有些蒙，好奇地问："什么意思啊？"

老余打完一局牌，大剌剌往椅子后头靠，满不在乎地提了句："哎，也没什么，小周昨晚是老大开车送回去的。"

方欣睁大双眼："我怎么不知道？"

"你知道什么。"老余笑了下，"你喝得烂醉，一边喝一边哭，就差吐人家小周身上，后来被你家那位提前接走了，你一点印象都没有？"

方欣摇摇头，并不想承认这么丢脸的事，随后转头看向周芙，满脸写着羡慕："早知道我就不喝那么多，也不让我家那位来接了，我也想体验一把被豪车送回家的感觉！别说容光焕发，我肯定激动得一晚上睡不着觉！"

"粥粥，快告诉我，是什么感觉？让我也见见世面。"

周芙张了张嘴，不知道该怎么说，她甚至不知道陈忌那辆车居然那么贵，她昨晚压根儿没心思看什么车……

周芙还没想好怎么开口，倒是老余随口把话接了过去："我也坐过啊，你采访我呗。我那天加班的时候正好老大也加班，结束后一块儿走，正想打车，老大说他送我得了，我跟着他到停车场，看到的时候吓一跳，好家伙，这辈子只在新闻上看过的车，居然还能走狗屎运让我坐上一回。"

周芙莫名觉得这形容似乎有些耳熟，连带着回想起，陈忌昨晚那辆银灰色跑车，她似乎也觉得没来由地眼熟。

"不过我这体格，两百多斤，塞在超跑后座还是有点委屈。"老余自己说完都忍不住笑了，"车速是真的牛，那时候应该凌晨两三点了，路上没人没车，老大直接带我飙了一路，一个字，爽。"

方欣听得津津有味，问："那你干吗不坐副驾驶座？副驾驶座宽敞点吧？"

"我倒是想啊。"老余"啧啧"两声，"老大不让啊！"

听到这里，周芙忍不住抬眸看过去。

"最开始要上车的时候，我就是先开的副驾驶座的门，结果老大直接说，坐后边去。"老余一边说，一边试图学了学陈忌那惯有的傲慢语气，"我说那多不好啊，坐后边，岂不是把他当司机了。"

"结果你们猜老大说什么来着？"老余那表情明显暧昧起来，"老大一点不害臊地说，副驾驶座是留给女朋友的，其他人坐，不行。"

方欣："不敢想象这话居然是老大那种人会说出口的。"

老余摇摇头，感同身受道："这你就不懂我们的苦了吧？家教严，没办法。"

周芙："……"

她现在都开始有些怀疑，昨晚是不是自己喝了两杯酒，产生了幻觉。

她怎么记得好像，自己坐的就是副驾驶座……还是陈忌开口要她到前面坐的……

上午十一点过后，老余往陈忌办公室那头扫了眼，随口嘀咕了句："咦，老大今天怎么还不来？"

"怎么，你找他有事？"方欣头也没抬，随口问。

"又接了两套图要画，有些地方还没搞明白，想找他请教请教。"老余活动着筋骨。

方欣："那下午看看呗，老大以前早上从来都不来的，你忘了？"

老余："也是，这几天他天天都在，今天冷不丁不在，还真有些不习惯。"

周芙闻言没多想，顺口说："他早上去规划局了。"

老余："噢，这样啊！"

倒是方欣随口问了句："你怎么知道的呀？"

"早上他——"周芙还没说完，忽地噤了声，反应过来后心跳飞快，紧张地握着鼠标刷新了好几次桌面，不太熟练地扯起谎来，"昨……昨晚回去的时候，正好听他提了句。"

好在没人发现她的异样，她悄悄松了口气。

临近中午饭点的时候，周芙的微信忽然弹出个好友申请。

验证信息只有个简简单单的句号。

一看到头像上那只昨晚钻到她怀中睡了一夜的咕噜，就知道对方是谁。

周芙忙点了"通过"。

很快，陈忌发了条消息过来，连说一句自己是谁都懒得，直接切入主题："下楼，回家吃午饭。"

周芙下意识看了眼时间，几乎是准时踩着下班的时间点。

这年头，催着员工下班吃饭的老板，陈忌估计是头一个。

她习惯性将方才画的图保存了一下，之后关掉电脑，给方欣还有老余打了声招呼后，便背着包匆匆下楼。

只是让她没有想到的是，她才走出浮沉大楼没多久，身后便有人开口叫出了她的名字。

"周芙？"那人的话音带着些迟疑。

周芙下意识回头，视线对上周嘉晟那张脸的一瞬间，条件反射地皱起眉头。

她没吭声，然而对方已经几步走到她跟前。

"居然真是你。"周嘉晟表情带着些高高在上，看起来十分讨人厌，"我说，你怎么回事？我爸妈给你打过多少电话、发了多少短信，你一个都不接、一条都不回！"

周芙板着张脸，并没有要和他叙旧的意思："你有什么事吗？"

"你跟谁说话呢？什么态度！"周嘉晟不爽地"啧"了声，回头打量起浮沉大楼，"合着你暑假不肯回家，就是在这地方给人打工呢？"

"我只是路过。"周芙并不想让他知道太多。

"你骗谁呢？"周嘉晟嗤笑了声，"总算是逮着你了，我可警告你啊，我爸妈这回给你找的相亲对象特靠谱，你别跟白眼狼似的，给脸不要脸。"

周芙不想搭理，扭头便想走，周嘉晟原本还打算再多说两句，只是不巧手机正好响了。

他掏出来瞧了眼来电显示，忙殷勤地接起来，一时便也没顾得上周芙。

周芙步伐匆匆走了没两步，察觉到手腕忽然被人一把握住。

她下意识以为是周嘉晟追了上来，拧起眉心正想喊人，抬眸的一瞬间，正撞上陈忌深不见底的眸。

周芙肉眼可见松了口气："你怎么在这儿？"

"出来买点东西。"他淡淡道。

周芙低头瞧了眼，就见男人手上拎着不少水果、蔬菜。

陈忌侧过头，往她身后瞧了眼，语气冷冷地问："那个男的是什么人？"

"啊？"周芙抬睫，之后脑袋又耷拉下去，声音有些小，"是我哥哥……"

虽然她并不愿意承认。

闻言，男人面色一下黑了不少，说起话来都带着些不爽的味道："周芙，你有点良心。"

"嗯？"

"我赶着时间从规划局回家给你做饭，你倒好，"他顿了顿，眸光意味不明，"又给我搞出一个哥哥来！你怎么这么多哥哥？"

周芙记得，从前她在陈忌面前提起申城阳时，他就是今天这样阴阳怪气的态度。

周芙下意识想解释。

明明两人如今也不过只是室友一场，她偏偏就是不想让他误会。

"这个是有血缘关系的。"虽然这个血缘关系，她想起来就觉得恶心，但又确实是事实，她解释道，"他爸爸是我父亲的亲弟弟，我喊他爸妈是喊'叔叔''婶婶'的。"

提到叔叔婶婶，周芙的面色明显不佳。

陈忌自始至终看着她，她脸上的小表情，一丝一毫都难逃他的眼睛："你不喜欢这个哥哥？"

周芙点点头，垂着头，眼神瞧着鞋尖："很讨厌。"

不是不喜欢，而是很讨厌。

陈忌不自觉蹙起眉，周芙向来温驯，几乎是他见过的脾气最好的人，他甚至从未见她有过这样强烈的情绪，从没从她嘴里听过这么重的词。

哪怕是谈到潇琪那浑蛋男友，她也没有流露过这种情绪。

"为什么？"他觉得不太对劲儿。

解释完关系，周芙似乎便没有再细说的欲望，她沉默了半响，再次抬起头来时，面上带起了笑容，只是这笑容多少显得有些刻意："因为他长得太丑了，你不觉得吗？这么丑的长相，怎么讨人喜欢？"

陈忌太了解她的性子，知道这不是她的真心话，连听都不用听，便知道是在扯谎，但是看得出来，她不想说。

陈忌并不想逼她，紧皱的眉心虽还未松开，却还是轻扯了下唇角，顺着她的话，冷冷地附和一句："那倒是，你这审美，还是有救的。"

周芙显而易见地松了口气。

陈忌的情绪显然切换得比她熟练，语气很快回到往常惯有的傲慢："毕竟天天对着你室友我，确实很难再接受那种乱七八糟的长相。"

周芙："……"

"抱歉啊！"陈忌冷不丁来了句道歉。

周芙一时有些蒙，此刻已全然将方才遇到周嘉晟的不愉快忘到了脑后，不解地抬眸看向他："嗯？"

"把你的审美养刁了，是我的错。"他一本正经地说出了最不要脸的话。

周芙这回是真没忍住，眉眼弯起，低低地笑出声来。

这笑容，比起方才的刻意，才最是真实。

这是发自内心的笑。

陈忌满意地扯了扯唇角，语气仍旧淡："走了，回家吃饭。"

周芙抿着唇安安静静地没吭声，笑意却直达眼底。

她忽然发现，除了那晚带她搬过来时，他随口扯上几个"员工宿舍"这样的词汇，之后似乎就没再听他提过类似的。

陈忌好像尤其喜欢用"回家"这个词。

而她好像也尤其喜欢听。

周芙乖巧地点点头，跟在他身边一同走："要我帮你提点东西吗？你手上提了好多。"

"行了吧你。"男人漫不经心的话语从头顶上飘下来，"这种客套性的流程，以后在我跟前就别再走了，你能提什么。"

周芙："……"

小区的绿化做得相当到位，覆盖面也广，正值烈日高悬之际，耀眼的灿黄被头顶繁枝细梢打碎，在两人身上洒下忽明忽暗的光点。

周芙空着手，看着眼前人宽阔的脊背，总觉得这条回家的路，与当初在今塘放学回家时那条必经的山包小路无二，与她这八年间无数次梦见的场景也如出一辙。

身边有他。

只要安安心心跟着他走完这条路，就能如愿到家。

进门时，周芙闻到了一阵扑鼻的饭菜香。

想来陈忌应该是已经回家过一次，甚至连饭菜都已经做好了，也不知为什么中间居然又出门一趟。

咕噜见两人一块儿回来，兴奋地冲过来绕着周芙转。

"这小王八蛋还挺能献殷勤。"将一切尽收眼底的陈忌冷冷哂了一句，"以前我回来的时候，就没见它这么黏人，只知道骂骂咧咧讨猫粮吃。"

周芙仰头得意地冲他一笑，之后索性直接往地上一坐，搂着咕噜凑上去"吸"了半天。

陈忌站在她身后，居高临下看了半晌，最后实在看不惯这一人一猫的腻歪样，俯下身，无情地伸出手，将咕噜从她怀里抢走丢到一旁，然后冲她板正道："起来，别坐地上，什么习惯？再过两天你是不是该来例假了？到时候别跟我哭疼。"

周芙脊背当即僵了一瞬，表情微怔，他怎么……连这种日子都记得这么清楚！

片刻后，周芙不自在地抬头看他，不知怎的，和他说起这种女孩子的私密事，竟然也没觉得有什么不对的地方："我现在……时间已经不像以前那样那么准了，不太规律。"

八年呀，八年都过去了，她自己都不太记得从前该是什么时间，他居然全记得。

"起来洗手吃饭，我再炒个青菜。"陈忌没再多说，提着东西进了厨房。

周芙洗完手过来，就见他站在料理台前，动作利落地把方才买回来的青菜洗净。

她靠在门边安静看了会儿，之后不自觉地走到他身边。

"有什么我可以帮你一起做的吗？"她问。

"没有。"陈忌毫不犹豫，一口回绝，"不是才和你说别跟我来这套吗？"

周芙忙解释道："我不是客套，我现在很多事情都会做的。"

"真的。"似是因为他的沉默，怕他不信，她继续补充道，"我真的会，不会给你添乱的。"

陈忌颠勺的动作一顿，仍旧不吭声，抬手从上方柜子中拿了个盘子出来，将刚刚炒好的青菜盛出来，随后才微低着头淡淡道："不用你会，出去吃饭。"

到最后，周芙仍旧和从前一样，只分到了个拿碗筷的"重担"。

她将碗、筷、汤勺从消毒柜里拿出来，整整齐齐在餐桌上摆放好后，只需要老老实实坐着等他就有饭吃了。

没一会儿，陈忌端着最后一盘菜走出来，没急着坐下，站在桌边，拿过她的饭碗，默不作声替她堆了一座小山进去。

周芙见状，忍不住说："好像有点……多了吧？"

"多吗？"他眼皮子都没抬。

周芙点点头。

"一斤五千，忘记了？"陈忌适时提醒。

周芙像是压根儿没把这事当真，只扯嘴笑了下。

陈忌垂眸瞥了她一眼，面不改色道："噢，忘了告诉你，有奖就有罚。"

周芙："嗯？"

"吃不完扣工资。"他随手将盛好的饭摆到她面前，继续说，"掉一斤扣一万。"

他怎么不早说？！

这是能随随便便忘记的吗？！

周芙想了想，准备最后再挣扎一下："那我……不要奖，行吗？"

毕竟她对长肉这方面确实不太自信，赔率太大了。

"那不好意思，"陈忌不咸不淡地回她，语气欠得要命，"不行哟。"

周芙："……"

"还多吗？"他看向她。

周芙这回态度十分端正地接过："不多，轻轻松松。"

陈忌眉梢扬了扬："那再添点？"

周芙咬牙切齿："……那大可不必了。"

不过陈忌肯定是知道循序渐进这个道理的，也没真为难她，只是比她往常吃的，稍微多要求了一点点。

两人面对面吃完饭，周芙立刻举手说要进行洗碗这事项。

她不能白吃、白喝、白住他的，还事事都要他来做。

除了准备等收到工资之后，就立刻把伙食费、生活费之类的转给他，其他能做的、该做的事，她都得积极主动一点。

结果只换来陈忌一句拒绝和嘲讽："没听说过洗碗机？"

周芙："……"

下午上班的时候，陈忌难得地给他们这一批进来的所有实习生统一布置了练习任务。其实内容、要求和上次他单独给她布置的差不多，每人分发了一份小型公共建筑的一草，要大家按照施工图的标准，把电子版绘制出来。

按理来说，大家都已经入职了小半个月，同期实习生差不多都该画过这种标准的施工图了。

只是有些人先前仗着带领的人正好忙，摸鱼摸得肆无忌惮一些，如今冷不丁被陈忌安排了任务，多少有些战战兢兢。

周芙先前本就是陈忌亲自带的，他抓得严，她也已经被训过一回。

一回生二回熟，加之她当初返工完图纸之后，还从方欣先前叫她收集整理的小型公共建筑图纸中挑了两套出来，额外多画了几回，这会儿拿到分发的一草后，整个画图的思路十分清晰，上手很快。

一连几天，一桌子实习生没了前些天的悠哉，一个个头也不抬地扎在电脑前，操作鼠标、键盘的手就没停过。

老余得空幸灾乐祸了一句："看看前几天给你们舒服的呀，现在尝到忙的味道了吧？我看，还得老大亲自出手。"

实习生里头个头最高、长相也最为眉清目秀的男生李顺趁仰头灌咖啡的空当，欲哭无泪地回他："别笑了别笑了，我们一会儿集体哭给你看。"

老余"啧"了声："我看人家小周就挺淡定，得心应手的。"

李顺委屈巴巴："她已经被老大摧残惯了，我们可不一样。"

周芙："？"这词怎么用得奇奇怪怪的！

方欣跟着笑了笑，说："那让粥粥给你们提点提点，可别怪我没提醒你们，老大改图那是相当凶且不留情面，要是错的地方多了，他能直接把图纸撕了砸你们脑门儿上！"

老余举手："我被砸过！"

方欣："我也被撕过图。"

李顺睁大眼："……女孩儿的都撕？"

方欣倒是替陈忌说了句话："搞建筑的分什么男女？你这个观念太老旧了，这说明老大从不搞性别歧视、差别对待。"

老余点头："这倒是。"

周芙回想起自己幸存的那几张图纸，可能，她改图那天，正好北临的老教授也在办公室，陈忌才把火给压了下来吧……毕竟她当时图纸出的错，现在想来确实挺低级、挺气人的。

想到这儿，她忍不住提醒道："那个，规范最好多看看，楼梯、台阶之类的得按照规范计算好，别直接用软件生成，他一眼就能看出来。"

只是这话轻飘飘的，似乎没有几个人在意，名叫单婷婷的黑长直发的姑娘头都来不及抬，说："哎呀，来不及了，直接生成吧，反正也差不多，到时候再改改，现在哪儿还有时间看规范啊？我还有三层平面图没开始画呢，反正我们是第一次画，老大应该也不会在意这些小细节。"

"对对对，交图是关键，能交上再说吧。"

隔天终于到了陈忌看图的日子。

办公室里几个实习生忙得跟无头苍蝇似的，傻愣愣地站在打印机前，半天打印不出一张图来。

陈忌懒洋洋地拿着杯子出来倒咖啡，正巧经过。

单婷婷见状，也没多想，张口便向陈忌求助："老大，这机子怎么用啊？能教教我们吗？"

然而陈忌甚至连脚步都懒得停下，径直朝办公室的方向离开，只满不在乎地留下两句："这种事都要我教你们？上厕所要不要教？"

"不用，谢谢老大，老大慢走。"单婷婷讪讪收回目光，尴尬得脚趾抠地。

老余在不远处偷乐，方欣虽也忍不住笑，还是拍了下他："别笑那么大声，人家小姑娘还是要面子的。"

"那得怪老大，是他不给人面子，又不是我。"老余一边低着头整理图纸，一边仍旧笑着说，"不过没事，别觉得尴尬，这种尴尬，咱们浮沉在座的各位，估计就没人没经历过。老大就是那脾气，对谁都没什么耐心，懒得搭理，习惯就好，大家都一样。"

老余："等会儿啊，别着急，我这点图纸整完过去教你们用。"

说话间，周芙用纸巾擦着手背上的水，从洗手间的方向走了回来，经过打印机附近时，看见那儿站了一堆同期的实习生，随口问了句："你们开始打图啦？"

"嗯。"李顺点点头，还在茫然地戳着几个按钮。

周芙忙加快脚步回到自己办公桌前："那我也得赶紧调一下出图比例。"

单婷婷站在一边干等着，也没什么事做，看过来："没关系，不着急，这打印机我们几个都不会用。老余、欣姐都赶着交东西，等他俩整理好图，才会过来教我们，你慢慢调。"

周芙闻言，当即重新走回几人身边："是机子出问题了吗？"

李顺摇摇头："不是，纯属是我们几个太废物。"

单婷婷："老大看我们像看傻子似的。"

周芙差点没忍住笑，忙从人堆里钻到前头："我教你们打吧。"

单婷婷惊讶："你会？"

周芙点点头，随口聊着："不过我第一次用的时候也是完全摸不着头脑，陈忌……陈总当时在边上就特别无语，一边教一边也是像看傻子一样看我。"

"对了，你们墙柱线型还有出图比例之类的，已经调好了吧？"周芙说完，动作利落地将纸放好，指尖已经放到按钮上了，"那我直接打了？"

"嗯嗯，你直接打吧。"李顺忙答，"稍稍调了一下。"

倒是单婷婷捕捉到了关键："你说你第一回不会用，是老大亲自教你的？"

周芙方才不在，压根儿不知道这里发生了什么，这会儿见大家表情都带着点惊讶，迟疑道："嗯，怎么了？"

单婷婷幽怨地皱着张脸，添油加醋地演上了，愤愤道："老大刚刚路过，我让他教教我们，结果他直接让我滚！"

周芙："？"

虽听起来有些离谱，但想到是陈忌，又觉得合理了。

李顺笑道："老大偏心实锤[1]了！"

这会儿大家都还处在乐呵呵的状态，谁也没想到，两个多小时之后，每个从陈忌办公室里改完图出来的人，脸上都或多或少挂着眼泪。

周芙是最后一个改图的，出来时，同一张长桌上的实习生们默契地哭成了一片。

---

[1] 网络用语，意为有了实际确凿的证据。

她是唯一面不改色的。

老余和方欣忙完手头上的事，正抱着抽纸盒，操心地忙前忙后给新人们挨个儿发纸巾。

见周芙出来，老余抬眸瞧了眼，随口问："你这么快？"

周芙抿着唇，不好吭声。

"没哭？"老余惊讶道。

周芙轻点了下头。

老余这话音一出，几个实习生的视线纷纷扫了过来，见周芙一脸淡定的模样，"哇哇"的哭声越发迅猛。

单婷婷是实习生里除了周芙以外唯一的女孩儿，从前在家里，也是长辈们捧在手中怕摔了的小公主，长这么大以来，没吃过什么苦头，学业、生活一路顺风顺水，从没遇过陈忌这种批评起来劈头盖脸毫不留情的情况，比起还要点面子的男生们，她哭得最肆无忌惮。

此刻见周芙安然无恙地出来，手里带出来的图纸上也没有太多打圈打叉的红笔痕迹，委屈巴巴道："老大偏心又添一实锤！"

老余："……"

"没事没事，谁没哭过？我两百多斤都被骂哭过。"

方欣手忙脚乱地继续给大家抽纸巾，单婷婷已经哭到"打鸣"了。

老余实在没忍住笑："你看看你，就是因为太能哭了才挨训的。不瞒你们说，老大最讨厌的就是没事动不动就哭的人，对那种娇滴滴的，他最没耐心，不训你们才怪。你们看小周，她多坚强啊，一滴眼泪不掉，老大不偏心她还偏心谁？"

没有人察觉到，周芙那藏在柔软披肩发之后的耳郭，正止不住地泛起红，热得滚烫。

周芙回到自己的座位上，萦绕在耳畔的哭泣声仍旧此起彼伏。

距离中午下班的时间还剩四十来分钟，这会儿大家刚交完图、挨完骂，手头上没什么正经事可做。

周芙难得掏出手机来摸鱼，正想找凌路雨聊聊天，陈忌便发了条消息过来。

她点开聊天框，就见他问："我去趟超市，中午想吃什么菜？"

下一秒，陈忌从自己办公室里走出来，懒洋洋地从一片哭声的长桌前路过，面不改色。

周芙抬睫瞧了眼，又垂眸看了下手机里他刚刚发过来的消息。

他神色平常到就像这一桌子的人不是他训哭的那般……

周芙犹豫了会儿，想不出来，打字回他："想不出来，吃什么都行，我不挑。"

她也没什么资格挑，本来就"吃人的嘴软"。

陈忌还没走出办公室，从她的这个角度望过去，还能看到他稍稍停下脚步，随手从裤兜里掏出手机，低头点了几下。

几秒钟过后，她的手机果然又振了振，不用想也知道是他发来的消息。

陈忌："少跟我来这套，你还不挑？"

周芙："……"

她还没想好该怎么回他，他的消息很快又进来了。

陈忌："收拾一下出来，去超市，自己挑。"

周芙扫了眼屏幕上方的时间，面露难色："还没到下班时间呀……"

陈忌："那我不是已经走了？"

周芙："……你是老板。"

陈忌："老板都走了，你还不敢溜？"

周芙："……"

陈忌："那现在老板钱包忘办公桌上了，能麻烦小周送一下吗？不然一会儿没钱付。"

周芙忍不住笑了下："你可以手机扫码。"

陈忌："那不好意思啊，我们这种做老板的，就喜欢现金支付。"

周芙："……"

很好，从老板不让加班，到老板踩点催着回家吃饭，再到老板要求迟到早退，周芙越发怀疑，这家公司到底是不是他开的了。

她悄悄抬眸扫了眼一桌子仍旧在哭的同事，心虚地收拾好包，尽量降低自己的存在感，轻手轻脚溜进陈忌的办公室。

摆满图纸的办公桌上，还真有个黑色皮夹端端正正地摆在桌面正中央，像是刻意留在那儿一样，十分显眼。

周芙随手拿起来，正想放进包里，脑海中忽然闪过之前有意无意听好些人提起的话。

"明明长了张渣男脸，居然还挺专一，这个年代了，还往钱夹里塞女朋友的照片，听说还是女生初中时期的证件照，估计应该是青梅竹马。"

周芙眼尾微微垂下，捏着钱包的力道不自觉加重，指尖泛起青白。

半晌，她回过神，随手将钱包塞进自己的背包里，面不改色地出了陈忌办公室。

方欣见状，随口问一句："粥粥，中午这么早走啊？"

周芙迟疑地点点头，多少还是有些心虚。

"没事，你走吧，反正都交完图也没什么事干，咱们浮沉就这点好，不打卡，出勤管得很松，只要任务能好好完成就行。"方欣似是看出来她的不好意思，忙宽慰了句。

周芙笑着点点头，再打声招呼便出去了。

到了电梯口时，陈忌正懒洋洋倚靠在走廊前的落地窗边抽烟，见她出来了，远远地，随手将还剩下的半支烟掐灭在垃圾桶上的烟灰盒里。

"这么久？"他抬了抬眼皮子，按下电梯按钮，"不知道的还以为你真要到下班的点才肯出来。"

"我不知道你在这儿等我。"她以为他都走到超市了，方才拿到他的钱夹时，犹豫着要不要看一眼里头的照片，回过神来时，时间竟已经过去许久，想了想，她随便找了个借口，"你的钱包……太难找了，我找了一会儿。"

"扯呢。"男人居高临下，偏过头垂眸盯着她，"我就摆在桌面正中央，进门一眼就能看见。"

周芙心跳了一下，很快又想到了什么不对，抬眸冲他眨了眨眼："你不是说钱包落在办公室忘带了？"

陈忌："……"

陈忌带她去了不远处一家超市，那地方离两人住的房子近，买完甚至能直接从业主专属的电梯上到小区内部，就是里头卖的东西，绝大多数都比外头普通的小店贵上不少。

周芙已经很久没有逛过超市了，回想起上一回逛超市，可能都得追溯到当初还在今塘的时候。

和他一起。

打从那个冬天从今塘回到北临之后，她便再也没过过这样悠闲自在的日子。

陈忌随手拉了辆购物车过来，周芙安安静静地跟在他身边。

全程一言不发地任由他一个劲儿地从架子上拿东西放到车里，而她只是随意扫一眼标签上的价格，便吓得迅速收回眼神。

良久，陈忌垂眸问："没有想要的东西？"

他还记得她从前在今塘逛超市的时候，买起零食来眼都不眨一下，每排货架都不会放过，随随便便逛个几分钟，购物车里就能堆出座小山来。

周芙摇摇头："没有。"

这地方算得上北临最富裕的地段，能在这附近居住生活的人，都是非富即贵，因而这里的东西贵得令人咋舌，压根儿不是她能消费得起的，实在想买什么，网上买能便宜大半，不过就是多等几天罢了。

这些年她早就习惯了精打细算，也早就没有了从前那种大手大脚的习惯。

陈忌薄唇抿成一线，没多说什么，只是将人先带到生鲜蔬果区，不紧不慢地开始挑东西，边挑还边问她："中午想吃鱼吗？"

周芙抬眸看他："我都行。"

生鲜摊前的售货员见状，忙开口问周芙："小姑娘，要哪种鱼？我给你捞起来处理一下。你看我们这儿的都是最新鲜的，全是活的，精神得很。"

周芙象征性地顺着他的话，往玻璃缸里扫了眼，之后茫然地抬眸看向陈忌："我分不清……"

男人懒洋洋地勾了勾唇。

售货员闻言，当即给她介绍起来："这两种都不错，挺多人喜欢吃，清蒸、红烧、水煮都行，每天要卖百八十条出去呢。"对方说着，便准备着手给她捞。

只是还没来得及动手，陈忌便扬了扬下巴，示意了一下另外一缸里的品种，淡淡开口："不要那两种，刺儿太多了，她吃不了，边上那个吧。"

陈忌不紧不慢的话音一落下，周芙的思绪便冷不丁被拉回到八年前的今塘。

她记得那会儿应该是临近除夕的某天，隔壁邻居家常年在外打工的儿子从省城放假回来过年。今塘三面环海，海鱼多，淡水鱼倒不常见，那人便带了桶新鲜的鲫鱼回来，还顺便给苏秀清也送了两条过来。

当天中午，奶奶便把两条鱼都熬上了。

周芙身体不好，那汤补得很，陈忌给她盛了满满一碗，要她老实吃完。

只是除夕将近，周芙那阵子正在为他那件毛衣赶工，想赶在除夕当天，他生日的时候准时送他，因而吃饭时也心不在焉，只想赶紧吃完下桌，继续折腾那乱成一团的毛线。

没想到鲫鱼小刺多，她才匆匆吃了几口便被鱼刺卡了喉咙。

等陈忌再抬头时，周芙已经说不出话来了，就那么仰着头，紧张无助地看着他，豆大的眼泪都不用酝酿，"吧嗒吧嗒"往下掉。

那阵仗是真把陈忌吓着了，脸色一青，起身就要带她去医院。

只是今塘是小地方，仅有的几个诊所都在除夕前早早关门。

小姑娘被少年背在身后，憋得满脸通红，眼泪湿了他半边肩头。

最后实在没办法，情急之下，少年硬是拍开了一家诊所的门，找到医生进行了处理。好在鱼刺卡得不深，并无大碍。

只是到底还是有些伤到，连着几天她都不敢随便开口说话。

可耐不住想说的话多，于是她便天天拿着本子缠在陈忌周围，废话连篇，一页一页写，还非要他也用写的来回她的话。

陈忌就没见过这么折腾人的姑娘，被缠得没办法了，硬着头皮用写的，在纸上回她一句:"我能说话。"

周芙不管,强行要求他和自己"平起平坐"。

后来真把他逼得无奈了,就见他在纸上写道:"你看看这辈子我还让不让你吃多刺儿的鱼。"

周芙想了想,冲他眨眨眼,之后用笔继续写:"你能管我一辈子?"

陈忌想都没想,提笔就写:"你看我能不能。"

那会儿两人之间谁都没有主动提起,除夕之后她便要回北临的事。

思绪回到眼前的生鲜摊位。

售货员闻言,笑着点了个头,动作利落地捞了两条个头差不多的鱼出来,一边低着头替他们把鱼简单处理一下,一边冲周芙随口感叹:"小姑娘,你这男朋友心还真细。"

周芙当即一怔,回过神来时,忙偏头仰眸扫了眼陈忌,见他半天没吭声,她心下一跳,张了张嘴,正打算解释:"不不,那个您误会——"

只是陈忌压根儿没给她把话说完的机会,前一秒还默不作声的男人忽然垂眸看着她,冷冷地问:"我心不细?"

周芙:"?"这个是重点吗?

陈忌收回眼神,伸手接过售货员递过来的两条鱼,放进购物车里,语调漫不经心的:"周芙,你有点良心。"

周芙:"……"

她甚至觉得这话都快要变成他的口头禅了。只不过想到她先前对他做的那些事,在他看来,她确实没什么良心。

买完鱼,陈忌顺道又买了些新鲜的肉蛋蔬果。

饮食上,他应该是有所考量,食材搭配得总是十分均衡,该她吃的东西一天没断过。

周芙原以为这就差不多了,只是陈忌似乎还没有要走的意思。

男人推着车,不紧不慢地往零食区走去。

周芙只能跟在他身边一块儿去。

整整齐齐的货架上,零食种类繁多、五花八门,换作从前,周芙不推个两车出去,都不好意思说自己来过。只是如今,从跟前走过,她连看都不看一眼。

反正她买不起更吃不起,看了也是白看,这么多年没吃过,不也活得好好的?就当戒了。

然而,同样一反常态的还有陈忌。

以往两人一块儿逛超市,都是周芙不停地拿,他懒洋洋地在一旁看着她拿,兴致缺缺。

此刻，周芙眼看着他一拿一放持续了一路，刚逛完一排货架，购物车就差不多要堆满了，颇有她当年的架势。

周芙下意识瞧了眼那一车零食。大多是他从前最嫌弃的甜食。

犹豫半晌，她没忍住，扯了下陈忌衣袖，问他："你不是……不喜欢吃甜的？"

陈忌拿零食的动作没有丝毫停顿，眼皮子都懒得抬："后来喜欢了，不行？"

周芙闻言抿唇点了点头，没再吭声。

她之前听过一句话，有些人在一起久了，生活习惯、饮食喜好都会趋于同化、逐渐契合。

周芙眼尾当即垂了垂，不知是哪个小姑娘也这么嗜甜。

还真让人……挺羡慕的。

东西都买得差不多了，陈忌推着车走到收银台前，掏出手机扫码付款一气呵成。

周芙跟在身后，定定地看着，总觉得哪儿不太对劲儿。

片刻后才想起，他让自己从办公室里替他带出来的钱包，还在自己包里安安静静地放着。

回到家，两人一前一后换好鞋。

陈忌随手将两大袋零食丢给周芙："自己找地儿放起来，别被咕噜给啃了。"

"嗯？"周芙低头瞧了眼袋子里的东西，这不都是他买的零食吗？

还没等她多说，陈忌已经拎着食材，一如既往地走向厨房，临进门前只随口叮嘱她一句："现在不许吃，一会儿马上要吃饭，吃了零食就吃不下饭了。"

周芙思绪当即开始乱飞，心不在焉地将一大堆零食随意在茶几下的小柜放好时，都没完全回过神来。

随后她愣愣地往沙发上一坐，想了想，又跑回卧室，一头扎到床上，将自己整个人裹进被子里。

口袋里的手机适时振动了几下，周芙从被窝里探出个乱糟糟的小脑袋来，摸出手机打开来一看，是凌路雨的消息：

"申城阳说他这周五会回国，你周末应该不加班吧？要不到时候我们一块儿去你那儿聚聚？反正我和他都还没去过你那儿呢。"

周芙这会儿脑子很乱，盯着一串文字看了好几遍，才勉强看清对方在说什么。

正想说声"好"，打字的间隙，猛然想起，这些天似乎忘记和凌路雨说了，自己早就从那个出租屋搬出来，阴错阳差地住到了陈忌家里。

她没来由地一阵心虚，攥紧了手，打字："我现在不住那边了……"

凌路雨还在状况外："啥意思？那你是住回学校了？学校不是更远吗？"

周芙不知道该怎么说，索性直截了当回她："我……现在住在陈忌家……"

那边凌路雨安静了许久，之后忽然一堆表情包轰炸，聊天界面一瞬间被问号刷满："你们俩到底什么情况？"

周芙："就……也没什么，我没地方住，然后他出于好心就暂时收留了我。"

至于他那套什么员工宿舍的破理论，她本就半信半疑，后来不经意间问过同为实习生的单婷婷和李顺，两人均表示压根儿没这回事。

凌路雨到底是谈过恋爱的，没周芙想得这么简单："出于好心？男人能有什么好心？你确定不是出于色心？"

周芙："不是吧……这方面我还是比较确定的，他对我应该没这种意思。"

毕竟孤男寡女共处一室，两个人深更半夜窝在沙发上看电影，电影里播放着各种限制级画面，而他半点反应没有，只面无表情起身上了个比较长时间的洗手间，回来的时候甚至给她带了条毛毯，毫不怜香惜玉地直接劈头盖脸丢她脑门儿上。

这哪儿像是有什么色心的样子？

凌路雨缓了会儿神："那到底怎么回事啊？"

周芙想了想，觉得这事还挺长的，也懒得打字了，索性直接给她连发了几条长语音，把事情的来龙去脉明明白白地讲了个清楚。

凌路雨那边一条接一条听完，先是气不打一处来："你室友什么浑蛋男朋友都往家里带？气死我了！你怎么不早点和我们说！气死了气死了！你等着吧，等申城阳回来，让他带着他那帮狐朋狗友摸黑去把那浑蛋再打一顿。"

这事还真是申城阳能干得出来的，周芙忍不住笑了下，补了句："让他记得蒙面。"

凌路雨："行，我现在下单十个脸基尼。"

周芙："……"

凌路雨估计是当真了，大抵真去下单了"作案道具"，几分钟后才重新回来，这回话题突变了："粥粥，我刚刚思前想后，仔细琢磨了一下，你们俩……我是说，你和陈忌，你们俩这相处模式、相处日常……确定不是已经在谈了吗？"

周芙："？"

凌路雨："我是说真的，粥粥，你不觉得，他对你太好了吗？虽然他可能平时总挤对你，说话可能也冷冰冰的不好听，但是从你之前和我说的那些大大小小的事来看，可能他这个人就是这种别扭的性格，但是他护你也是真护你，照顾你也是真的尽心尽力吧？"

这点周芙无可否认，她并非没良心的白眼狼，不论是从前还是如今，陈忌对她好，她都是知道的。

但她同样也知道，这中间，大概只是她母亲的缘故。

周芙："我和你说过的，我妈妈曾经在他母亲最困难的时候帮过他们家，而他又是一个责任感特别强的人，我妈妈死之前，匆匆把我送到他家，大概就是知道他会念着这个情分，好好照顾我。"

凌路雨难得和周芙意见相左，却又不知该怎么同她说自己的看法，想了想，索性换一种方式问她："那你呢？我们不说他，就光说你，你喜欢过陈忌吗？"

收到消息的一瞬间，周芙心头猛地一跳，指甲嵌入掌心，其实，她从未认真地想过这个问题，从前是还没开窍，一切凭感觉，不会去细想，后来，则是根本不敢去想、害怕去想。

良久，周芙第一次肯定地回她："喜欢过……"

凌路雨继续问："那现在呢？现在还喜欢吗？"

周芙鼻间控制不住泛起酸涩："还喜欢，而且……好喜欢。"

然而聊天框上方一个接一个不断弹进来的短信，又一下将她从幻想中重新拉回到现实。

短信是周嘉晟发来的。

"周芙，我妈说了，这次相亲时间定在周六晚上九点。

"我告诉你，你想来也得来，不想来也得来。

"我已经知道你实习的地方了，你要是不去，等着被人闹到公司去吧。

"听说你那公司还挺好，你看看到时候闹大了，谁还敢要你！

"自己看着办，时间、地点发你手机上了。"

那边凌路雨还在发着消息："喜欢就追呀！近水楼台先得月，你不懂吗？成年男女同住一个屋檐下，不搞出点事情来都很难的！"

只是此刻周芙眼前已经模糊不堪，发消息的手都带着些颤："还是算了吧，我这种条件的，还是不要拖累他了。"

他那样好的一个人，应该要有最好的人来配他。

凌路雨收到周芙发过来的消息，第一个不同意。

她当然知道前些年，周芙优越的家庭状况发生了不小的变故。可在她心中，即便没有那些身外之物，周芙这个她从小一块儿玩到大的发小儿，也同样闪闪发光。

凌路雨着急地打字："别这么说，你哪里差了？长相放到娱乐圈都没人敢挑你的错。脾气那么好，学习成绩还那么好，出了那些事，休了两年学，照样能考上北临大学，那可是北临大学啊！那么多人挤破脑袋都考不进去！"

凌路雨："光靠这个学历，都把多少人比下去了。你现在没什么钱，那是因为你还没毕业，刚起步。前几年那种情况下，你都能自己养活自己，还能供自己上高中、上大学，已经很厉害了。更何况现在已经工作了，等毕业之后，年薪也不只是实习时这个数了，有什么可拖累他的？"

凌路雨："我知道你想了他八年，在你心里他肯定是最好的，但是你也一样啊，一点都不差，你是不知道自己这种条件的，多少人打着灯笼都没地方找？我妈就经常说，小时候你常来我家玩，我哥那没出息的还不知道近水楼台先得月。要是你能嫁给我哥，她连夜一步三叩头上灵秀山谢菩萨去。"

凌路雨："不过我哥太丑了，配不上你，我第一个不同意你俩，虽然我没见过你的陈忌，但是我在你们北临大学隔壁上学的时候，也没少听过他的传闻，肯定差不到哪儿去。校花配校草，这不是天生绝配？不得锁死？"

凌路雨："你这种条件，我想不出任何理由自卑。你看看我，我家啥钱没有，我还不是和申城阳那种家世的想谈就谈了？什么年代了，想那么多干吗？"

周芙整个人蜷在被子里，看着凌路雨刷屏式发来的消息，认认真真看完后："你搞得像是他在追我，我死活不同意一样。"

凌路雨那头发消息的速度终于缓了下来，片刻后，她说："其实说实话，我真觉得一男的能对一女的这么照顾，住在一块儿还不会随便动手动脚，打心底里是因为喜欢吧。你可别说什么看在你妈分儿上，什么哥哥妹妹的。你妈关照他家的时候，他才两岁，能有什么感觉？我爸妈要是不在家，你看我哥肯管我？还是亲哥呢，别说亲自照顾三餐，盯着我吃饭了，简直恨不得直接把我饿死，省得烦他。"

周芙眸光微滞，呼吸都变得轻浅："他应该……不会喜欢我了，因为后来，就是我从今塘回北临之后，他其实来找过我几次，但是那时候我的情况你也知道，我不想让他看见我那个样子，更不敢让他知道，我怕他知道了之后，就会忍不住插手。可是他那时候也才十几岁啊，北临又不是他的地盘，万一要是插手了，他肯定会被我害死的。"

周芙咬着唇，眼眶微红，面上是藏不住的自责："然后我就编了个谎，那次他来找我的时候，我正好从付其右的别墅区出来，在外边柏油路上被他遇到了。我当时情绪也不太好，害怕他再多待一会儿就会和付其右遇上，我想让他赶紧走，可是他不愿意……"

周芙攥紧了手，连回忆起来都觉得心痛："然后我情急之下，就指着身后的别墅区对他说，'今塘不太适合我，我还是比较适应和喜欢以前的生活，不会再跟你回附中读书。我会留在北临把高中读完。然后考上北临大学，过我想要的生活，以后估计都不会回今塘了'。"

她记得当时陈忌愣了很久，随即面色沉了下来，眸深不见底，她只看了一眼，便不敢再对上那个眼神。

少年唇角弧度收紧，嗓音都带着点哑，话音极其冰冷，撂下一句："不就是北临大学？跟谁考不上似的。"

之后他随意往她身后的别墅区扫了一眼，不带半点温度的语气仍旧傲慢，却多了几分意味不明的味道："要过上这种生活很难吗？"

周芙的眼泪控制不住地砸到手机屏幕上："他应该，讨厌死我了。"

所以后来他总喜欢说："周芙，你有点良心。"

她一个字都没法反驳。毕竟当年她对他说的话、做的事，确实没良心透了。

要不是因为她母亲，他肯定是不会再管她了。

要不是后来阴错阳差在招聘软件上收到浮沉人事发来的面试邀约，周芙根本连想都不敢想，有一天，居然能有机会再次靠近他。

其实从一开始就不应该，可她实在没有忍住。

那时候她骗自己，就当是做一个短短的梦吧。

哪儿想得到，人心这么贪。

一个梦不够，还想梦得更长、更久、更圆满。

她看着叔叔婶婶不断弹进来的要挟短信，深吸一口气。

可是，陈忌那么好的人，凭什么要被她这种情况的人再次拖累？

等周芙回过神来时，陈忌的敲门声已经响了一会儿了。

周芙匆忙从床上坐起身来，趿拉上拖鞋跑到门边。

陈忌懒洋洋靠在卧室外的门框处，隐约能听见里头"嗒嗒嗒"的脚步声，阔别八年，熟悉到不能再熟悉的声音，有时候甚至在梦里都能梦见，男人一时有些愣神。

待周芙开了门，就见他漫不经心地抬了抬眼皮子，唇角微勾着讥讽她："你这公主吃个饭得让人喊多久？"

周芙此刻还没从方才的思绪里缓过来，情绪有些低沉。

换作从前，指不定会回他一句"喊公主吃饭的一般都是太监"，只是这会儿她没这个心思，张了张嘴，道了声歉："没听见，抱歉。"

陈忌最听不得的便是她对自己说"谢谢"和"抱歉"这两个词，眉头微拧了拧，眼神看着周芙还未收回，半晌，察觉出她情绪似乎有些不太对劲儿，似是哭过。

想了想，他仍旧保持着那吊儿郎当的语调："干吗？别扭什么？不就是不让你饭前吃零食？该不会这样就气到躲回房间掉眼泪了吧？"

周芙抿着唇，睫毛轻扇了下。

"不让你饭前吃，又没说不让你饭后吃，怎么就这么娇气？"陈忌居高临下，下意识伸手掐了把她脸颊，这动作他从前常对她做，只是重新遇上之后，两人都长大了不少，他一时半会儿也不好对她动手动脚，方才那一下纯属习惯，没控制住，刚掐完，双方都不自觉愣了愣。

男人不自在地清了清嗓，继续一本正经道："都是你的，又没人和你抢，怕你吃

176

了零食午饭就吃不下了，才不让你提前吃，至于躲起来哭？"

其实他明知不会是这个原因。

也不知怎的，就因他几句无关紧要的碎碎念，周芙心情莫名好了许多，微弯了下唇，替自己狡辩："我没哭。"

陈忌扬了扬眉梢："骗谁呢？就没见过比你还娇气、还难伺候的。"

周芙这会儿人已经回到状态了，想了想，幼稚地反驳他："哪儿有？单婷婷比我娇气，早上你改图的时候，她哭了，我都没哭。"

她冷不丁来了这么一句，陈忌一时半会儿竟都没想起单婷婷是哪号人物，他皱了皱眉："单婷婷，谁？"

周芙："……你早上刚撕了她的图。"

陈忌回忆了一下，似是才想起来，"哦"了声，淡淡说："我要是用批她那个劲儿批你，看你哭不哭。"

他记得第一次替周芙改图的时候，才耐着性子说上她两句，没撕图纸，甚至连个重词都没敢说，她都能拉着张脸不理人、不吃饭，还得他把咕噜带到公司去变着法儿地哄，真要是骂成那样，指不定直接踹他办公室的门递上辞呈，连夜收拾行李搬家走人。

周芙自知理亏，不打算和他继续说。她自顾自走到餐桌前，发现陈忌分配给她的"任务"，比昨天又多了些许。

男人慢悠悠走在她身后，片刻后也到了餐桌前，见她一副如临大敌的表情，适时提醒一句："吃不完扣钱，别想些歪门邪道的。"

周芙鼓了下腮："噢——"

下午，实习生们都在为早上被痛批的施工图返工。

几个人趴在电脑前改来改去，越改越乱，毫无头绪。

明明当时陈忌已经把该说的全数圈点了一遍，可问题实在太多，仅是隔了一个午饭时间，很多地方的记忆就又不那么清晰了。

老余和方欣也忙，偶尔会帮忙提点两句。但次数多了，大家也不好意思总打扰人家正常工作。

一知半解的几个人凑到一块儿探讨了半天，周芙的位子正巧就在边上，全程都能听见。

听清楚他们困扰的问题之后，才想起来，这问题她上回也出过，后来研究了几天，最后把改好的图拿给陈忌时，他还挺满意，应该是对了。

犹豫半晌，她轻声开口说了几句自己的看法。

单婷婷打从之前因为没听她的建议，栽了跟头之后，对周芙便极其信任。

闻言，单婷婷眸光亮了亮，立刻抱着重新打印的图纸跑到周芙桌前，好声好气撒着娇求她帮自己看看图，想想该怎么改。

周芙这回的图没出多少错，修改也没花多少时间，这会儿正好闲着，便十分爽快地答应了。

单婷婷图纸里的错处，大多是周芙上回犯过的，已经有过修改经验，教起来也算得上得心应手。

两人沟通了十来分钟，单婷婷豁然开朗，抱着图纸兴奋地回了自己的座位。

李顺眼巴巴盯着，羡慕得不行，又碍于面子，纠结了半天，最后还是挪着电脑椅滑到周芙边上，笑嘻嘻道："要不我也撒个娇，你也替我看看图呗？"

"……"周芙想象了一下李顺一个大男人学着单婷婷撒娇的模样，忍不住一阵恶寒，"倒也不必，直接看图吧。"

连着几天，周芙手头上没别的事，都在帮忙看图。

只是这样一来二去，李顺对她的态度似乎便开始和从前普通的聊天寒暄、插科打诨有些不太一样了。

早晨来的时候，会给周芙带份早餐，哪怕她说自己在家已经吃过了，他也雷打不动照带不误。

中午经常问周芙要不要和自己一块儿去外边吃。

到了下午，奶茶、甜品之类的东西跟不要钱似的不停往周芙桌上送，美其名曰感谢她这几天帮忙改图。

就连老余这种比较迟钝的直男都看出来了，这小子心思肯定不纯。

正巧得了空，他忍不住调侃了句："李顺，你怎么回事啊？就光请小周吃下午茶，我们几个就不配吗？"

李顺家里条件相当不错，压根儿不差这点钱，就是刚出社会，做人方面还没考虑得那么到位，闻言，笑了下，忙掏出手机摆到老余桌前："余哥、欣姐，你们想喝什么自己点，我请。"

方欣笑着推了下老余，摆摆手："人家给小姑娘献殷勤，咱俩跟着凑什么热闹？公司茶水间那么多种果汁、奶茶、咖啡，还不够你喝的？"

老余仰头摸了把后颈，笑说："我逗他玩呢，谁看不出来啊？"

李顺是个容易害臊的，被前辈这么一戳穿，尴尬得直挠头，看向周芙的眼神都变得躲躲闪闪，但也没有出口否认。

周芙客气婉拒了好几天，这才明白过来他的心思，微皱着眉头，悄悄把那零食、饮料再次推回他桌前。

桌上手机振了振，她瞥了眼来电显示，又是不认识的号码。

前两天，她已经将叔叔婶婶还有堂哥周嘉晟的手机号全数拉黑了，可是架不住对方纠缠不休，换着号码一个劲儿地往她手机打。因而这几天，只要看见不熟悉的号码，她都一概不接。

只是次数多了，饶是再好的脾气也忍无可忍。

周芙深吸一口气，板着脸将电话接起，还没等那头开口，便直截了当道："你们别再打电话来了，我早就说过了，我是不会去的。"

说完，也不管对面还想再说什么，她直接将电话挂断。

几分钟之后，方欣见她神色稍稍恢复如常，轻声问："怎么了？家里人催相亲啊？"

方欣从前还没嫁人时，没少被催过，因而对周芙方才接电话时的反应挺熟悉，一下便猜了出来。

周芙垂了下眸，虽然她的情况有些不太寻常，但也确实是这么个事，也没否认。

方欣摇了摇头："也不知道这种事有什么可催的，长辈就是喜欢瞎操心，我当初也被催得烦到不行，家都不愿意回。"

周芙弯弯唇，明知道对方情况和自己不同，但还是将情绪压了下去，淡笑回应。

方欣没看出来，似是担心她情绪不好，想活跃活跃气氛，抬抬下巴示意了下不远处的李顺："不如看看咱们小顺子，你看人家对你多好，天天送吃的，条件也不错吧，长得人高马大还清秀，家里还是开连锁餐饮的，要是能成，你爸妈估计就不着急催你相亲了。"

周芙淡淡扯了下唇角没吭声，一旁李顺倒是紧张得要命，见方欣都这么帮自己了，索性也不要面子了，哆哆嗦嗦从裤兜里掏出两张电影票，推到周芙桌上，结结巴巴道："粥粥，那什么，晚上下班之后有空吗？我这儿正好有两张电影票，是你之前和单婷婷聊天的时候说想看的那个，要不今晚我们一块儿去吧？"

周芙闻言，轻皱了一下眉头。

李顺人不错，脾气好、性格好，为人大方又热情，平时对待同事十分友好，对她也挺照顾。可她对他根本没有这方面的想法，一时不知道该怎么拒绝。

正纠结着想着措辞，李顺桌前忽然多了一沓硫酸纸。

随即身后头顶上方，忽然传来陈忌熟悉的嗓音，沉沉地带着些磁性，听起来懒洋洋的，十分磨耳。

周芙心不自觉跳了一下。

就听他对李顺道："不好意思啊，今晚得加个班了，蒋教授点名要你替他画施工图，你之前不是提过想让蒋教授带带你？这是个好机会。"

李顺抬眸瞧着陈忌，一脸欲哭无泪地捏着手头两张轻飘飘的电影票，愣愣地眨眨眼。

陈忌姿态慵懒，十分人性化地漫不经心道："当然了，你要是想约会，不想加班，也行，那我就把这机会给别人了。"

陈忌说完，作势要收回那沓刚刚放到李顺桌上的硫酸纸，"啧"了声，轻飘飘地嘀咕了句："看你自己，不强迫，自愿原则，就是……蒋教授似乎本来对你印象还挺好的……"

李顺犹豫了几秒钟，最终还是伸手将那即将撤回去的硫酸纸拿到了自己桌前："放心吧老大，我不会让蒋教授失望的。"

李顺抱歉地转向周芙："不好意思啊粥粥，我也没想到突然要加班，这样吧，两张票都送你了，你找个朋友去看，怎么样？"

周芙并不想白拿人家东西，正想开口拒绝，身后陈忌懒洋洋的嗓音再次响起："不如把票卖我一张？正好我也想看，没买上，你卖给我，还能回本，不浪费。"

陈忌没等李顺答应，就已经懒洋洋走到周芙身侧，伸手从她指间将电影票抽走。

周芙下意识抬眸，视线同他对上的一瞬间，只觉得男人的唇角微微勾了勾，之后迅速恢复如常，像是什么都没有发生过般。

几秒钟之后，李顺放在办公桌上的手机振了振。

是陈忌随手转过来的两百红包。

李顺随手点开来瞧了眼，头也没抬地问："老大，一张票就七十七，你怎么给了这么多？小周那张是我送她的，不用你给，而且两张一共也不到两百，多了四十六呢，我给你转回去吧。"

陈忌闻言，满不在乎道："就当是给员工的失恋安慰礼包吧。"

李顺愣了愣，半晌才反应过来，被陈忌那冷冰冰的词扎伤了心，梗着脖子欲哭无泪："我只是加个班！一时没时间去看电影，下次肯定还有机会的，怎么就失恋了！"

他说完，还看向周芙："你说是吧，小周妹妹？"

周芙尴尬地抿了下唇，索性抱歉地婉拒道："不好意思啊，我们可能不太合适……"

李顺这回眼睛都睁大了，这打击怎么一阵接一阵，如此密集迅猛。

对面正收拾东西准备下班回家的老余见状，实在没忍住，仰头笑出了声。

李顺苦着张脸，委屈死了："老余，你笑得也太大声了……"

说完，他又转头看向陈忌："老大，那你这失恋礼包给得也太少了！四十六算啥！还有零有整的！都不够我吃顿麦当劳。"

"怎么不够啊？最近新出的那个单身狗套餐不就一份四十六？"老余笑得牙龈都露出来了，"还别说，老大这安慰礼包给得正好送你吃一顿上路。"

"再说了，你那两张票连座的吧？"老余想了想，一本正经道，"你觉得一个脑子没有受过重创的正常女孩儿，坐在老大这种长相、身份的男人边上看一晚电影，完了还能记得你是谁吗？"

"四十六……"老余低声重复了一遍金额，笑意没收敛半分，"连这数字都告诉你，死了这份心吧。"

周芙："……"

李顺："……"

周五傍晚这个时间点，人心涣散，个个都等着下班过周末。

陈忌在时间和出勤上向来不做什么要求，回办公室取了车钥匙出来，随口招呼："大家没事的就可以直接走了。"

大家纷纷喊着"老大万岁"。

欢呼声过后，鸟兽状散尽，整个设计部顿时只剩下流着眼泪的伤心人李顺。

周芙动作慢，收拾好拎包，正准备背上走时，陈忌忽然走到她身后，若无其事地伸手替她将包拿上，姿态闲散地往电梯口走。

周芙心虚地往办公室里剩下的唯一活人李顺那头扫了眼，见他正悲伤地沉浸在自己的加班事业中，压根儿没抬头，稍稍松了口气，随后小跑着追到陈忌身后。

设计部的其他人已经搭上前几趟电梯下了楼，此刻等电梯处空空荡荡，周芙的心跳忽然便控制不住加快起来。

他方才把两张电影票都买了，说到底，只是办公室里的同事们嘻嘻哈哈调侃了一番。

陈忌全程没吭声，也没说叫她一块儿去。

正出着神，电梯"叮"一声开了门。

陈忌先走进去，周芙安安静静跟在身后，两人全程没有半句交流。

陈忌抬手按了负一层的键。

周芙纠结半天，最后还是伸手按了一楼的键。

男人闲散的语调不紧不慢地在电梯的封闭空间中响起："你干吗？"

"嗯？"周芙扭头仰眸看向他。

"去一楼干吗？"

周芙舔了下唇："回……家。"

陈忌嗓音淡淡："电影晚上七点开场，现在下班高峰期，开车过去都不一定来得及，你还回家？"

周芙："噢。"

两人到达停车场，没走两步，迎面跑上来个小伙子，到了陈忌跟前站定，动作利落地将手里两盒东西交给他后，转身便走了。

周芙跟在他身后，走到那辆熟悉的银灰色跑车跟前，耳边忽然闪过老余先前在办公室里聊天时说的话。

——"副驾驶座是留给女朋友的。"

——"家教严，没办法。"

周芙正出神，陈忌已经走到她面前，随手将副驾驶座的车门打开了，之后伸手在她面前打了个响指："想什么呢？"

周芙猛地回过神来，小声说了句："老余说……"

陈忌懒洋洋扫了她一眼："什么？"

周芙不自在地舔舔唇，故作轻松地扯了句："老余说你不让他坐副驾驶座。"

陈忌单手搭在门把上："还看不看电影了？"

"看。"

"看就上车。"

"噢。"

等她系好安全带，陈忌已经坐到了驾驶座上，关上门后，随手将方才收到的两个盒子丢到周芙怀里："现在过去来不及吃饭了，先垫垫。"

周芙瞧了眼盒子的外包装，问他："你什么时候订的呀？"

陈忌打着方向盘，目视前方，面不改色道："李顺刚失恋那会儿。"

周芙："……"

"你还挺能耐，走到哪儿都能搞出些哥哥妹妹的事来。"

周芙："……"

陈忌点的东西就没有不合周芙胃口的，周芙将包装拆开，水晶虾饺个个浑圆精致，透着股淡淡的香气。她夹了一个尝了尝味道，觉得不错，一连吃了三四个。

周芙偏头看向陈忌："你吃过了吗？"

"你说呢？"

周芙想了想："那……你要吃点吗？"

"也行。"男人目光懒懒看着正前方，没偏过头。

周芙见状，将盒子捧着递过去。

只是两秒钟过去了，没见陈忌有什么动静。

哪怕此刻车子还在地下停车场，男人的大手仍旧懒洋洋搭在方向盘上，没有要拿下来的迹象。

他微扬眉梢："没看见我腾不出手？"

"嗯？"周芙愣了下，反应过来后，"噢"了声，忙夹了个虾饺喂到他嘴边。

心跳莫名不争气地加快了许多。

连喂了几个之后，陈忌似是扯了下唇角，低低地笑了声："可以，没想到，有天还能让你伺候伺候我。"

周芙："……"

吃完东西后，车子平稳驶出地下停车场。

快到达电影院所在的综合商厦时，周芙忽然感觉小腹一阵坠疼，眉心忍不住拧了拧。

陈忌余光瞥见，偏头瞧过去，对她这种表情烂熟于心。先前在今塘，她坐他同桌的小半年，他每个月都能见上一次。

车子平稳滑进负二层停车场。

陈忌抬手点了个按钮，从座椅下方弹出个小抽屉来，之后面无表情地伸手探进去，片刻后摸出一包粉色的东西来，随手丢到周芙身上。

周芙定睛瞧了眼，是包还没开封的卫生巾。甚至连她自己都还没反应过来可能是来例假了，她都不知道陈忌是怎么想到的。

她随口问了句："你车上怎么有这个？"

陈忌没直接回答，只说："你不是说不规律了？"

那备着总能有用得到的时候。

下了车，她视线尴尬地往陈忌那儿瞟了几次，犹犹豫豫半天，没好意思和他开口让他帮忙看看裤子上是不是已经透了颜色。

没承想两人一前一后进了电梯之后，男人突然淡淡开口："放心吧，没弄到裤子上。"

"……"周芙耷拉着脑袋，"噢……"

她忽然觉得，陈忌在她脑子里装了监控。

电梯很快到达电影院所在的七楼，陈忌下巴往取票机不远处的卫生间方向抬了抬："洗手间在那边，我在这儿等你。"

周芙点点头，捏着卫生巾，脚步急促地向着卫生间小跑进去。

出来时，远远看见陈忌姿态闲散地排在购买爆米花的队列末尾。

边上不少女孩儿正窃窃私语，周芙听了三言两语便知道是在议论陈忌。

"看到那个穿黑色T恤的男人没有？帅到我腿软。"

"明明我男朋友也这么穿，怎么丑得不行？是我错怪了他的穿搭，我明明应该怪他的脸和身材。"

"时尚的完成度永远靠颜值。"

"怎么长这么帅也一个人看电影啊？"

周芙脚步顿了顿，正要走上前时，边上拎着两杯奶茶的女孩子似是已经观望了许久，终于鼓起勇气走到陈忌跟前，歪着头，笑颜朝气可爱："小哥哥，你好呀！"

女生话音也甜。

周芙安安静静停在原地，没有上前打扰。

陈忌正闲散地仰头盯着不远处墙上挂着的零食套餐招牌，闻言，连头都懒得偏，跟没听见似的。

这似乎在女孩儿的意料之中，大家都心知肚明，顶着这张脸，周身还处处透着股矜贵的男人，大抵从小到大都不乏异性搭讪追求，高冷傲慢再正常不过。

女生的笑容没有半分减少，甚至上手扯了下他衣角，嗓音仍旧甜腻腻的："小哥哥，方便的话，可以加个微信吗？"

这回陈忌终于蹙起眉头偏了下头，随即开口拒绝得十分直白："不方便。"

女孩子不气馁，低头点开自己的微信二维码："就扫一下的事嘛，很方便的。"

陈忌对付这种人，向来耐心有限，这会儿似乎已经有些烦了，忽地冷冷问道："你没看到我来的时候，边上带的小姑娘长得那么好看？"

言外之意，出门多照照镜子，凡事看看自己配不配。

"啊？"女生笑容一僵，表情顿时尴尬起来，其实从陈忌刚从电梯里出来时，她就一直在盯着他了，知道他身边有人，还特地等人去了洗手间后，才悄悄过来见缝插针。这招她之前用过几回，那些男人的气质看起来远不如陈忌这张渣男脸来得浪，但都屡试不爽。

男人嘛，对于主动送上门搭讪的小女生，向来很难拒绝。

女生一时不知道该怎么开口。

然而这人似乎是老手，短暂的尴尬过后，越挫越勇："交个朋友而已，又不做什么别的。"

陈忌眼皮子都懒得再抬，顺着队伍往前挪了两个位子，语调闲散回道："不好意思啊，女朋友管得严，从来不让我在外边随随便便交朋友。"

女孩儿："……"

周芙："……"

周芙在不远处等了半天，见那女生终于要离开之时，才慢慢腾腾朝着陈忌的方向走去。

男人前一秒还在盯着招牌看，头都没转，下一秒便知道她回来了。

他半点没避讳，语气在外人看来十分亲近，直接没头没脑地低声问："里头弄上了？"

周芙倒是还挺尴尬的："没……刚来。"

陈忌："很痛？要不直接回家？"

"还好。"倒不是逞强，就是这段时间在陈忌这儿吃得好、睡得好，生活各方面都被照顾得很好，身体似乎也见好不少，真没有之前那么难受了。

一旁女生定定瞧了许久，在见过男人这样温柔的口吻之后，心下的不甘心更是逐渐放大，觉得不达目的也得给两人找找不痛快，悄悄白了眼周芙之后，再次拎着奶茶走到陈忌跟前，直接无视身旁的周芙："哥哥，这杯奶茶是刚刚给你买的。"

然而后者始终还是没分给她半分眼神，大拇指冲周芙那儿懒懒示意两下，语气仍旧淡："她来例假了，喝不了冰的。"

周芙："……"

说完，陈忌接过刚买的爆米花和热奶茶，直接塞到周芙手中："自己拿着。"

"噢。"

两人排队检完票，一前一后进了放映厅。

此时电影还未开演，厅内昏黄的灯光都还未暗下。

李顺买的是双人沙发的那种情侣卡座，周围一众全是小情侣。

周芙咬了下唇，佯装淡定落座。陈忌个头高，体格也壮，待他懒洋洋坐下之后，整个沙发顿时显得拥挤了不少。

两人手臂挨着手臂，周芙紧张得眼神都不知道该往哪儿放。

她屏住呼吸，索性将注意力放到周围，就见不少女孩儿正举着手机自拍，有些则捏着两张票根拍照，应该是准备用来发朋友圈的。

其实长大之后，周芙还一次都没来过电影院，从前见不少人在朋友圈发过那样的图，多少还是有些羡慕的。如今好不容易来了一趟，她想了想，把票根重新拿出来，趁着电影还未开始，点开手机，就着顶上昏黄的光线，对着票根拍了起来。

只是她还没摆好角度，陈忌便随手将自己那张票伸到她的画面中："不一块儿拍？"

周芙手机都差点没拿稳，耳郭红了个透，稳了稳心跳之后，她淡声："也行。"

"也行？还挺勉强。"

周芙："……"

周芙拍照没多少讲究，随便拍了两张就差不多了。

拍完后，她将手机收回来，边上男人忽地看了她半晌，随后淡淡开口："不发个朋友圈？"

"啊？"

"你们小姑娘看电影一般不都喜欢拍个票根发朋友圈？"

"噢……对。"

男人"啧"了声："怎么感觉你跟我出来看个电影，还挺见不得人的？"

他这一句接着一句的，周芙显然有些招架不住了，索性把心一横，准备扳回一局："那不是怕影响了你的'行情'？万一耽误你搞一些哥哥妹妹的事，那就不好了。"

185

男人先是一愣，片刻后，扯了扯唇角，竟少见地低低地笑出声来。

行，拿他的话来堵他自己，真不愧是他养出来的。

周芙说完，重新掏出手机，把方才拍的照片发在了朋友圈。

大屏幕上还在播着片头广告，周芙见缝插针看了眼朋友圈的最新消息。

凌路雨评论得最快："啊啊啊！这部我超想看，都买不到票！"

凌路雨又来一句："哎，不对，两张票？粥粥！你被谁拐去看电影了？"

周芙小心翼翼偏头瞧了眼身旁的男人，心想：三人反正也不是共同好友，自己回凌路雨消息他肯定也看不见。于是便参着胆子直截了当："和陈忌。"

凌路雨那边激动得直接在评论区开问："这还说没在一起吗？我不管，今天就是天王老子来，你俩也得给我锁死！"

片刻后，凌路雨恢复了些许正常，继续问："采访一下，和陈忌一块儿看电影，什么感觉？"

周芙再次心虚地瞄了眼陈忌，心跳不自觉加快许多，回她："紧张，不知道一会儿能不能看得进去电影……"

男人握着手机，偏头定定地看了她许久，唇角微微扯了扯，淡定地收回了点赞的手。

电影放映了十来分钟。

陈忌懒洋洋靠在沙发里，抬眸看着大银幕，对内容兴致缺缺，随口问了句："这是什么电影啊？"

周芙："就是讲一对双胞胎姐妹互换人生的故事。"

她说完，顿了顿，问："你不是和李顺说你也特想看，正好没买着票？"

陈忌："……我想看个屁。"

周芙："……"

后半场，陈忌甚至直接闭眼睡了过去。

沙发小，两人靠得本就近，男人双手交叠搭在胸前，长腿懒懒伸着，脑袋有意无意地搭在周芙肩头上。

她紧张得不敢动弹半分，任由他枕着睡。

出来的时候已经将近晚上九点，陈忌开着车，随口问："饿了没有？"

"有一点。"

"是想在外面吃，还是回家吃？"

周芙想了想，觉得这附近应该都挺贵的，便说："回家吧。"

"行，看来还得我亲自伺候。"

周芙："……"

北临这个点，街道上仍热闹异常，城市霓虹闪烁，处处透着股纸醉金迷的意味。

她安安静静坐在副驾驶座上，本想拿出手机和凌路雨聊聊天，没承想手机上方飞快弹进十来条短信。

全是陌生号码，每条消息都是带照片的。

十来张照片中，前几张是周芙和陈忌这几天在浮沉同进同出时被偷拍的，后面的几张，则是两人方才在电影院排队时"新鲜出炉"的。

周芙指甲几乎是一瞬间便嵌进掌心。

短信里头说话的口吻，她看都不用看便知道是周嘉晟的。

"这位怕不就是你当初在今塘的情哥哥吧？怎么着，和你一块儿在那楼里打工啊？

"你不为自己着想，也得为人家着想啊！人家小地方来的不容易，北临多不好混啊！找到个工作多难啊！万一到时候我带人去闹，把他那工作也一并搞没了，你这不就耽误人家了？

"小小年纪的，还学人玩什么同居。

"你说你是不是有毛病啊周芙？和同事都能搞上，当初让你跟了付其右，你怎么就装清高装得要死，死活不同意？

"我可告诉你，付其右再过不久就要毕业回国了。明天那亲你要是不愿意相，那就等着付其右回来找你吧，到时候你的情哥哥怕是也要跟着一块儿受苦了。"

一路上，周芙捏着手机没再吭声。

陈忌以为她困了，顺手将车内空调的温度稍稍调高了些。

到家后，催着她先去把澡洗了，陈忌自己则懒洋洋进了厨房，动作利落地替她把夜宵准备出来。

全数弄完后，他习惯性来到周芙房门前，敲了敲门。

半晌，里头响起周芙有气无力的应答声音。

陈忌："出来把饭吃了。"

周芙："你吃吧，我现在不太想吃了。"

陈忌扬了扬眉梢："不吃扣工资啊。"

换作平时，她只要一听这话，便立刻乖巧地打起精神来吃饭了，屡试不爽。

然而今晚，周芙嗓音闷闷的："那你扣吧……"

陈忌蹙了蹙眉："你怎么回事？"

"没事……我就是太困了，想先睡了。"

男人大手已经搭在门把手上了，想了想，最后还是没直接进去。

约莫一个小时后，周芙浑浑噩噩抱着被子从床上坐起来。

头疼得厉害，喉咙也像是被什么东西糊了般，黏黏腻腻，十分不舒服。

她趿拉上拖鞋，迷迷糊糊地开了门往外走，准备去厨房倒点水喝，路过客厅的时候，就见陈忌半躺在沙发上。

见她出来了，他淡淡开口："饭菜都温着，想吃现在也可以吃。"

周芙只点点头："我不饿，喝点水就好。"

见茶几上就有，周芙索性直接走到沙发边上，坐下后伸手拿起就喝。

陈忌眉梢扬了扬："那杯是我喝过的。"

周芙点点头，满不在乎。

"你在干吗呀？"见他抱着手机，周芙随口问，嗓音带着些沙哑。

"打游戏。"他答。

其实陈忌鲜少玩这些玩意儿，只是方才见她什么都不肯同自己说，一头扎进房间不出来，心里没来由地烦闷，索性开了几局，转移注意力。

周芙表情木木的，闻言，轻声问："我能玩吗？"

"想玩？"

"嗯。"她点点头。

陈忌稍稍支起身："过来。"

陈忌打的是近年来比较流行的枪战类游戏。

周芙没玩过什么游戏，从前读书练琴忙，后来打工挣钱养活自己忙，没有什么闲暇时间能接触这些。

不过申城阳和凌路雨常玩，时不时便能看见他们在群里聊这些，多少也有些了解。

她乖巧地坐在陈忌身边，安安静静等他替自己安装完游戏。

先前申城阳因为在游戏里骂人太脏，被封了一个月的号，便把她的号借走和凌路雨双排，因而周芙的账号并非新手段位，开局也没有人机模式。

待她登上号之后，陈忌拉她进入队伍，简单给她讲完操作规则，练习了两遍后，很快便能上手了。

不过真到了实战界面，又并非方才在训练场时那样轻而易举。

全程，周芙几乎都死死跟在陈忌身后，大多数情况下，都由陈忌先行将对方打倒，之后将补枪机会让给周芙，让她安安稳稳过一把瘾，增加一些游戏体验。

周芙没什么胜负欲，这样也乐得自在。

两局玩下来，原本一左一右端坐在沙发上的两个人越发放松，不知不觉倚靠在一块儿，双方也都没发现什么异样。

这游戏除了遇到敌方需要刚枪①，其实还有不少玩法。

---

① 游戏用语，意为互相射击比拼。

188

周芙打枪容易被吓到，陈忌就带着她开车兜兜风，一会儿去坐坐热气球，一会儿又开着飞机去海边放烟火。

不知不觉中，整场游戏中的存活人数便从最开始的一百人，慢慢减少为几十，再是个位数，最后只剩下三个。

也就是说，除他们两人以外，只剩下敌方一人。

正常到了这最后的阶段，双方都比较小心谨慎。

然而周芙并不知晓这些规则，仍旧安安静静地在海边放着烟火。

陈忌对于游戏结果也无所谓，由着她玩。

后来大抵是烟火的特效引来了最后一个敌方玩家。

对方在暗，陈忌和周芙在明，第一声枪响的一瞬间，陈忌几乎是下意识便冲周芙说："你往左边跑。"

"嗯？"

"直接往左边跑。"

周芙下意识照做，之后就看见陈忌操作的人物忽然顺着她离开的方向跑过来，阻挡在正中央，之后抬手往前方不远处一团白烟的地方丢出一颗手雷。下一秒，游戏中那个挂着他名字的人物被一枪打倒在地。

明明只是游戏，可周芙顿时便咬唇攥紧手机。

她方才要是没听他的，没往左边跑，那颗爆头的枪子便会正好打在她的游戏人物上。

几秒钟之后，陈忌丢出去的弹适时爆炸，对方没来得及逃出伤害范围，被炸得只剩下一丝血。

周芙几乎是想都没想，拙劣地瞄准之后胡乱冲对方开起枪来。

一袋子的弹全数打尽，描了无数条边①之后，终究还是有一枪将人头收了下来。

游戏胜利的特效在两人的手机屏幕中亮起。

陈忌轻扯了下唇角，夸她："厉害啊！"

周芙脸上并没有半点胜利的喜悦，嘴唇紧抿着，脸色差得要命。

"怎么了？"陈忌见状，笑意逐渐敛起。

周芙许久没吭声，半晌后，嗓音中带着抑制不住的哭腔，忽然冲他开口道："你能不能别老是什么事都挡在我前面啊？"

陈忌表情一怔，眉梢扬了扬，语气仍旧尽量轻松："替你挡你还有意见了？有没有良心啊周芙，嗯？"

---

① 游戏用语，描边是对射击类游戏中，玩家枪法太烂，无法打中敌人的调侃。

"我总是拖你后腿，像个累赘。"

周芙垂下头，安安静静地不再说话了。

陈忌脸色随之变了变，声线甚至带了点哄的意味："只是游戏而已，这就要哭了？怎么这么容易哭？这最后不是没事吗？我都算好的。"

周芙深吸一口气，只觉得整个人都昏昏沉沉，半晌从沙发上站起身："我困了，先去睡觉了。"

陈忌定定看着她，眼神就没离开过，眼见着她从自己身边经过，之后似是被沙发下的拖鞋绊了一下，整个人一下摔到了他身上。

陈忌脊背忽地僵直一瞬，双手下意识虚环在她细弱的腰间，以防她再摔到地上去。

良久，周芙都没有要起身的意思。

黑暗中，男人舔了下唇，嗓音磁沉："周芙？"

"你差不多得了啊，占便宜也得有个限度。"

周芙没有吭声。

陈忌继续道："再不起来，我可提前告诉你，这可是你自己主动扑上来的，我要是真做点什么事，那可不负责啊！"

"当然了，也不是不负责的意思。"他补充道，"主要是说你要是再不起来，这可是你主动，那我做什么可都合法。"

下一秒，周芙细弱的双臂不自觉圈上了他的腰。

陈忌微蹙的眉头忽地舒展开来，僵在两侧半晌的大手一下将人紧紧搂住。

就在不经意间触碰到她额间的温度时，男人那刚刚舒展的眉头再次拧了起来。

等他将人从沙发上抱回房间的床上时，周芙已经烧得迷迷糊糊了。

陈忌从前照顾过她，对待这些事十分有经验。八年来，家中哪怕只有他一个人，那些她从前时不时就需要用到的药品，他都会定期储备和换新。

将人在床上安顿好之后，他忙拿来温水和退烧药给她喂下。

一整晚，陈忌没从她床边离开过，时不时拿微凉的毛巾替她擦擦脸蛋、擦擦脖子，直到天亮见她烧退得差不多了，才紧蹙着眉头靠在她床边闭眼小睡了一会儿。

上午九点多钟，陈忌起身去厨房替她把粥熬上。

其间，陆明舶打来电话："阿忌，你要我查的那个姓周的，我查到了，东西都发你邮箱了。"

陈忌淡淡地回："行，先不说了。"

陆明舶："什么情况啊，这么忙，两句话都说不上。"

陈忌："周芙发烧，我煮粥呢，煮完一会儿还得去照顾。"

陆明舶捏着嗓子："哎，忌哥，我要是女的，也想嫁给你呢！"

陈忌一阵恶寒："滚。"

挂掉电话，他将煮好的粥温在保温箱里，随即又回到周芙床边。

待她终于转醒时，入目的便是陈忌略显憔悴的睡颜。

他大概是又被她折腾了一整夜没合眼，这会儿胡子都罕见地冒出来短短一茬儿，整个人没了平日里矜贵散漫的模样，看起来十分疲惫。

周芙眼眶忍不住红了红，悄悄从被窝里探出一只手，小心翼翼地握上他轻搭在自己枕边的手指头。

半晌，她松开力道，努力把眼泪憋了回去。从枕头下摸出手机，给周嘉晟发了条短信："相亲我可以去，你再安排一下时间吧。"

只要她尽早地离开，他应该就不会被她拖累得这么疲惫吧。

周嘉晟那边很快有了回音，相亲时间定在下周一中午十二点半。

对方也在浮沉附近的写字楼工作，地点、时间都正好能对上。

周一一整个上午，周芙都过得心不在焉，画图出了不少低级错误，陈忌耐着性子才没撕她的图纸。

中午临下班之际，陈忌还是如同往常一样，发来微信："出来，去超市。"

周芙握紧手机，挣扎良久，回他："我中午有朋友约我吃饭，就不回家吃饭了。"

陈忌语气带着点酸："该不会是你那个异父异母的'亲哥哥'吧？"

周芙害怕再同他多说两句，她就真的死不了那条心了，索性直接将手机关了。

下班之后，她进了周嘉晟之前发给她的那家餐厅。

那是个法式餐厅，装修颇有种浮夸感，处处彰显出暴发户气质。

服务生按照桌牌号带领周芙找到相应的位子。

半晌后，一个大腹便便的中年男子坐到了她的对面，四十岁出头，模样看起来比两百多斤的老余还要胖上一圈，脖子几乎已经没了影，上头挂了条金闪闪的项链。

这就是她叔叔婶婶还有周嘉晟口中所谓的"特靠谱"的人。

不过也在她意料之中。

他们不过是看中了对方的那点家底，觉得只要把她"卖"出去，就能换回些值钱东西。

至少周嘉晟那个废物的工作是不用愁了。

周芙强忍住胃内不断翻涌的恶心感，指甲几乎要嵌进掌心的软肉之中。

"你叔婶说你今年二十四？"对方一坐下，便直接切入主题，眼神不住地在周芙脸上来回打量，像是捡了漏般窃喜，"我看你这哪儿有二十四的样子，十八还差不多。"

"点菜吧？随便点啊，这家店我常来，那个鹅肝不错的，我每次都点好多份，你不用担心钱啊，都是小钱。估计你平时也没怎么吃过这种东西，见见世面也是好的。毕竟以后嫁到我们家来，我带你出去，什么都不懂会让人笑话的。"那人一边说，一边翻起菜单，半途中忽然想起什么，从西服前的口袋里掏了张名片出来，骄傲地拍在周芙桌前，"这是我的名片，天山地产听过没有？北临地产界里头没人敢动的老大哥啊，我那公司就是他们名下的一个小分支，我可是副总哟。"

周芙全程没吭声，任由那人自说自话。

"对了，家务你会做的吧？虽然我是赚了不少钱，不过我还是觉得家里的事得由老婆来做，那才叫家呀！我听我叔叔婶婶说，你很能干的。

"噢还有，你身体怎么样啊？你嫁过来之后，肯定马上要考虑要小孩。我年纪虽然不大，但也四十来岁了，你身体要是不太行，小孩可能不好有的。"

然而还没等他继续开口，一道略显傲慢的嗓音忽地从头顶上方传来："她这身体可不怎么样。"

那熟悉的声音一出，周芙猛地抬起头，就见陈忌坐到她身旁，扯了扯唇角："这么巧，吃饭呢？我正好还没吃，不介意蹭一顿吧？"

说完，也没等周芙和对面那头"野猪"同意，自行拿过菜单翻了起来："你们继续，别管我，我就蹭个饭。"

餐桌对面那人表情一下愣住，之后看向周芙："不是，这是什么情况啊？"

周芙没吭声，倒是陈忌懒洋洋抬起头，靠近周芙那边的手臂一下抬起来，探到她身后，直接当着对面那相亲对象的面，将她揽到自己身侧，漫不经心道："中午刚给她做了饭，说不吃就不吃了，非要出来外边吃，脾气实在难伺候。明明前些天刚刚病了一宿，我守在她床头老老实实供她使唤，一夜没合眼，她倒好，转头就跟我发脾气，你说有没有良心？"

"平常什么事都不会干，全是我给包办了，打小身体就不行，喝药都得一口一口喂。你说说，就没见过这么难伺候的公主。"陈忌三言两语亲密尽显。

再加上那占有欲十足的肢体动作，对方的表情当即就黑了下来，语气十分不悦："不是，你是什么人啊？"

陈忌痞里痞气勾了下唇，随手拿起那人方才放在桌上的名片扫了眼："天山地产？"

"知道就好！识相点就赶紧滚！"

"听没听说过，你们天山地产总公司上头，有一个叫陆天山的？"

对方眉头一下皱起："陆总的名字也是你能叫的？"

"嗐，我还懒得叫，只是通知你一下，你这个小副总啊，可能也就能再当个几分钟了。你现在打电话回去问问，看看这位置还是不是你的了。"陈忌垂眸翻着菜单，连眼皮子都懒得抬，语气十分闲散。

对方脸色一黑："放屁！你以为陆总是你爹啊！"

陈忌忽地冷笑了声："劝你最好回去打听打听，陆天山他祖宗是不是姓陈。"

一场本就荒唐的相亲，登时被陈忌轻飘飘的三言两语搅得天翻地覆。

对方半信半疑地夹着公文包灰溜溜跑路。

周芙紧攥着的手仍旧还没松开，只是鼻间没来由地一酸，眼眶止不住地红。

半晌，她随意扯了句："你连儿子都有了？"

陈忌："……你是不是有什么毛病？"

周芙："那你怎么是他爹？"

陈忌冷冷瞥她一眼："以前和你说过，我北临那个爸。"

"噢。"

陆天山一辈子富贵荣华，却只有陈忌一个孩子，成天求着他回家，只要他愿意赏脸，怎么样都行。

"周芙，你可真行。家里做好了饭菜等你吃，你不吃，跑来这破地儿对着头'野猪'唯唯诺诺。"

"……"周芙垂着眸，淡声道，"我二十四了，也不是小孩儿了，相亲很正常。"

陈忌都快被她气死了："那你也不挑？和我住这么久，这种货色你都相！是不是和谁结婚你都行？"

周芙心头憋着口气："对，和谁都行。"

反正只要不是他，和谁又有什么差别？都一样，横竖都不是他。

陈忌脸色黑得骇人，随手从兜里掏出她的户口本砸到桌上："行，这可是你说的。走，这个时间点，开车去民政局，还能赶得上趟儿。"

周芙被他这举动给弄蒙了，愣愣地盯着桌上那本自己的户口本："你哪儿拿来的？"

"周嘉晟在浮沉闹事，事不小，几十个机位的监控拍出来的东西，都够剪场电影了，最后让陆明舶逮公安局去了，没我点头，别想私了。"陈忌舔了下唇，轻描淡写，"他出不来，我要了这个。

"行了，多的以后慢慢和你说，现在先跟我走，晚了人家工作人员都下班了。"

一直到坐在红墙前拍合照的时候，周芙都是蒙的。

工作人员温声道："来，小夫妻两个头再挨得更近一些，小姑娘笑一笑。"

整趟流程走下来，也不过半个多小时的时间。

她做了八年的梦，就在这半个多小时内，忽然实现了。

回去的车上，她以陈忌太太的身份，坐在副驾驶座那个所谓的"留给女朋友"的座位上，默不作声地死死盯着红本本上两人的合照，看了一路。

身旁的男人漫不经心地打着方向盘，扯了扯唇角，语调闲散道："不就一破本子，有什么可看的？看了那么久。"

周芙抿了下唇，忽然想起个问题。

结了婚，是不是就意味着，要……睡在同一个房间了？

她心跳没来由地加速起来，正出着神，陈忌忽然开口："想什么呢？耳根子都红了。"

周芙像是干坏事忽然被抓包一般，努力想扯些别的话题，将脑海中难以启齿的画面掩藏起来："那个……我有一个问题想问你。"

"问。"陈忌这会儿心情似乎很不错。

"就是……我早上正好称了一下体重。"

"嗯，怎么了？"

"我已经长了三斤多了……"

男人扯着唇角冷冷笑了下："三斤？我这一个月忙前忙后的，你就只长了三斤？你可真行。"

周芙舔了舔唇："三斤奖金一万五呢，你是不是为了分那一半夫妻共同财产，所以才急着和我结婚的？"

陈忌："？"

第六章　结婚证

我不要你吃苦，
我只要你做我太太。

车子正巧在红灯前停下，陈忌偏头看向她："周芙。"

"嗯？"

"你觉得我就只值七千五？"陈忌是当真快被她气笑了，"为了七千五，把自己卖给你？"

周芙抿了抿唇，似乎还真思考了一下："赚七千五，再……再得个老婆。"

这话说出口的一瞬间，立刻被她自己否定了。单说要那七千五，倒还情有可原，可得一个她这样的老婆，听起来似乎并不是什么好事。

一时间，她没再继续吭声。

倒是陈忌顺着她的思路，淡淡开口道："按你这么说，我倒不如直接把你饿死，一天掉几斤，一斤一万，这不比那七千五好赚？"

周芙点点头，赞同他的观点："你说的也有道理。"

后者听起来明显赚钱多了，还不费劲儿，怎么都更划算点，她想了想，又说："就是不能持续发展。"

赚不了几天，人就没了。

陈忌："……您格局还挺大。"

周芙舔了舔唇，视线重新回到手中那两个红色小本本上，她随手翻开来，看着两人那红色背景的证件照。

有一瞬间她觉得，这会不会又是在做梦？

之后她又迅速打消了这个念头。

她做梦都没做过这么具体的。

这好像是她和陈忌认识这么多年来，第一次合照。

照片中的男人仍旧和她记忆中桀骜难驯的少年相差无几，只不过是多了几分成熟稳重。

倒是这笑容，极为少见。

印象中，陈忌是不怎么喜欢笑的，偶尔淡淡地扯扯唇角，也不过是为了讥讽人

196

讥讽得更生动一些。

方才拍照的时候，她还处在蒙圈状态，脸上的笑容莫名透着股小心翼翼，表情甚至没有陈忌自然。

她看了看照片中自己身边的男人，再偏头看了看正目视前方专心开车的陈忌，忍不住再次深吸一口气。

明明她昨晚一整夜没法入睡，焦虑地为今天中午的相亲辗转反侧，早上临出门前，甚至已经心如死灰地做好嫁人的准备。可她怎么也没想到，最后和她莫名其妙领了证的人，竟然会是陈忌。

她悄悄地喜欢了八年的男人，忽然，就成了她的合法伴侣。

陈忌的手机铃声忽然在车里响了起来，连着蓝牙，声音外放，显得有些大。

陈忌也没管身边还有个她坐着，随手便接了起来："什么事？"

他接电话的习惯仍旧如少年时期那般，懒得和对面寒暄一字半句，永远是直截了当地切入主题。

电话那头很快传来个中年男人的嗓音，是周芙不曾接触过的音色，稍稍听上一两句便知道，是他那个所谓的在北临的爸。

她知道，陈忌对这个爸爸的情感其实挺复杂的，当初他母亲和后爸出事，就是他来亲爹这儿过暑假，导致了后续一连串意外的悲剧。后来大抵是因为愧疚与自责，陈忌同这亲生父亲便再没有什么好的态度。

只不过今天的对话听起来似乎还比较和谐。

陈忌此刻的心情好像真的还挺不错，连带着对陆天山的态度都缓和了不少。

"阿忌啊，爸爸听说，你今天和人领证了？"叱咤商界一辈子的男人，到头来在儿子跟前，语气竟还带着些小心翼翼。

话音入了周芙的耳朵，她不自觉开始紧张起来。

毕竟这话题，和她也有一定关系。

"嗯。"陈忌懒洋洋地应了声，淡淡地讥讽他，"你这消息还挺灵通。"

见陈忌意外地愿意同自己说上两句，陆天山似是悄悄松了口气，话语间也少了些方才的紧绷，甚至带着些藏不住的喜悦："挺好的挺好的，有个人能陪着你好好过日子，爸爸这心也就放下来不少。"

陈忌微蹙了下眉，傲慢地轻嗤他一句："什么叫陪我过日子？就不能我陪她过日子？"

周芙："……"

陆天山立刻讨好着改了口："是是是，还是你说得对，不管怎么样都好。"

陆天山只有陈忌这么一个孩子，可相处时间并不长，周芙甚至觉得，这对父子之间的关系，还没有她和陈忌来得熟。

　　陆天山没说话，陈忌便直接抿唇不吭声，大多数时候都是陆天山积极地寻找新的话题，片刻后，陆天山像是想起什么，又继续问："噢对了，是男孩儿女孩儿啊？"

　　"？"陈忌觉得这个世界怕是疯了。

　　他下意识偏过头看向副驾驶座上的周芙，后者心虚地缩了缩脖子，冲他尴尬地笑了笑。

　　这问题似曾相识，她不久前，似乎也问过他类似的。

　　陈忌冷冷地收回眼神，开口冲陆天山道："您有病吧？"

　　陆天山同样也是尴尬一笑："主要是这些年，从没听说你身边有姑娘，爸爸以为是因为你心里还惦记着很多年前的那个小姑娘——"

　　"不说了，带人家小姑娘去吃个饭。"陈忌没等陆天山把话说完，开口便将话题做了个了结，话音落下后，便直接将电话挂了。

　　封闭的空间中，一时安静得只剩下两人的呼吸声。

　　良久，陈忌忽然开口问她："想回家吃，还是在外边吃？"

　　周芙忽然想起上一次他这么问时，她说"回家吃"，他说她就想要他亲自伺候，她犹豫了片刻，道："那就在外边吃好了。"

　　身旁男人忽然扯着唇角轻笑了声。

　　周芙不明所以。

　　陈忌双手搭在方向盘上，姿态闲散，语气十足地欠："领了证还真是不一样，居然也知道心疼人了。"

　　周芙："……"

　　"想吃什么？"他问。

　　周芙在吃上头没他见识得多，也不愿意多想，就喜欢直接让他安排，便随口道："随便吧。"

　　陈忌眉梢挑了挑，漫不经心地说："那怎么能随便？怎么说你那点奖金现在都是夫妻共同财产了，要是太随便，我分的不也少了？"

　　周芙："……你说得对。"

　　最后，陈忌带她去了家私家饭庄。

　　在车上听陈忌的介绍，饭庄地点僻静雅致，依山傍水，里头还养了不少寻常人难得一见的观赏动物。

　　周芙原以为得到五、六环外的大郊区才能找到这样一处地方，没承想车子只稍稍拐了条道，下了二环高架之后，过了个她没见过的关卡，没多久便开进了一条林荫暗道。

越往里开，道路周围的环境越原始幽静。

陈忌有意将车速放慢了些，周芙好奇地扒在车窗上往外看去，夹道两侧不时闪过些白鹤、麋鹿之类的，她从前只在森林动物园里见过的小家伙。

她在北临长大，竟不知北临市中心居然还有这样的地方。

车子最终在饭庄门前停下时，周芙定定地看着面前那座古色古香的三层楼建筑，先是觉得震撼，之后又觉得莫名有些眼熟。

陈忌将钥匙随手丢给门童去泊车，之后悠闲地回到周芙身边，单手懒洋洋地插着裤兜，偏头垂眸瞥了眼她的表情，扯唇笑了下："眼熟？"

周芙点点头。

"还没想起来？"他扬了扬眉梢，"你们大三学古建筑那块儿的时候，在教科书上没见过这栋楼？"

周芙一下睁大双眼，像是终于想起来了，惊讶地仰头看向陈忌："就是这儿？！"

男人闲散地抬了抬下巴，问："当时上课的时候，没留意建筑师的署名？"

周芙被问蒙了："什么意思啊？"

"没什么意思。"他娴熟地将她领进门，"自己回去翻翻课本就知道了。"

周芙原以为这种地方也就吃个名气，没承想菜式口味竟都十分合自己的胃口。

她记得当初上这堂课的时候，专业课老师还顺带介绍了这家饭庄的几道经典名菜。老师其实也没机会来这儿，PPT上放的图全是从网上仅有的一点资料中搜罗来的。当时班里还有同学调侃，要是能混进来当个洗碗的，顺便吃上一回，那也值了。

那时候，周芙不曾想过，自己有一天，竟然会在教科书上介绍的地方，安安心心吃上一顿饭，且对面坐着的，是名正言顺地领了结婚证、她心心念念八年的男人。

这未免有些太过幸运。幸运得让她忍不住生出些慌乱与不安来。

她怎么也找不出一个陈忌要和自己结婚的理由。

她垂眸看着眼前再次被陈忌堆成小山的碗，舔了舔唇，终于犹豫地开口问了句："陈忌，你……到底为什么要和我结婚？"

男人替她夹菜的动作一顿，闲散地抬了抬眼皮子，就这么安安静静地盯着她，没吭声。

周芙被看得有些心虚。

这种事情总要有一个理由，只是她打死也想不出，和自己结婚，到底对他有什么帮助。

想了想，她小心翼翼地冲他开口道："或许……你需要我做什么吗？我吃得了苦的。"

怎么看都是她占了便宜，让她吃点苦也在情理之中。

陈忌终于懒洋洋地抬眸，视线不咸不淡地扫过她，半晌，轻嗤一声："你能吃什么苦。"

周芙："……"

很好，她觉得已经吃到了一点说不过他的苦了。

下一秒，男人终于微哑着嗓音开口："我不要你吃苦，我只要你做我太太。"

周芙那不争气的心跳控制不住地漏了一拍，表情一下怔住。

到后来，她已经不记得自己是怎么将碗里的东西全数吃完的了，只记得脑子里不断地重复着陈忌那句让她忍不住心跳加速的话。

她甚至不敢私自将那句突如其来的话当作情话，只是每每想起这句话时，脑海中似乎便不自觉地开始放起绚烂的小烟花。

许思甜说的果然没错，今塘岛除夕隔岸的烟花礼下许的愿望果然最灵验。

八年前，她愿望中出现的少年，在八年后的今天终究成了她的合法丈夫。

不管是出于什么缘由，她的愿望都意外地实现了。

一顿饭结束之后，也不过下午三点多钟。

周芙昨晚焦虑得一夜没合眼，这会儿吃过饭便开始犯困。

看了眼时间，原本是得回公司继续上班的，不过陈忌这个领导稍稍给她走了个后门，直接替她把假请了。

从饭庄出来后，车子不过才开了五分钟，便停在了一栋别墅院前。

方才他的车没有往来时的方向开回去，而是往饭庄再里的方向开时，周芙便觉得有些不太对劲儿。

此刻被他带着下了车，她看着眼前的别墅，整个人都是蒙的。

随后他淡淡道："困了就先去睡一会儿，晚上再回公寓。"

周芙茫然地跟着他进了别墅，随口问了句："这里是？"

"几年前建的，不过我很少来这儿住。"

这话的意思很明显，这别墅是他的。

周芙被他一路带到二楼的主卧，看得出来，虽常年有人打理，但他确实不常住。

整个房子没什么人气儿，但无一处不透着矜奢，甚至比从前付其右的那处别苑要豪华上百倍千倍。

说起来，这其实和陈忌那种闲散不羁的性子多少有些格格不入。

以周芙对他的了解，他应该并不喜欢这样的格调。

不知怎的，她忽然觉得，这一趟，陈忌带她过来，并非让她先补个觉这样简单。

她冷不丁想起几年前，她让他别来找自己时，狠着心冲他说的那些违心的话。

——"我会留在北临把高中读完。"

——"然后考上北临大学，过我想要的生活，以后估计都不会回今塘了。"

她记得他当时不以为意地冷冷地说:"不就是北临大学?跟谁考不上似的。"

于是,他成了北临建筑系几年下来,大家口口相传的神话人物。

他还说:"要过上这种生活很难吗?"

不难,哪怕他没什么兴趣,但她要是想要,他也不是给不起,甚至,能给更好的。

这房子常年定期有人打扫,处处一尘不染。

陈忌带周芙来到主卧,她四下随意扫了几眼,意外地发现,这里和公司附近两人正住着的那套平层一样,目光所及之处也摆放着不少一看就知道是女生使用的生活用品。

此刻她脚上趿拉着的拖鞋和陈忌脚上的是情侣款,就连洗手间里也如出一辙,卫生用品整整齐齐,一应俱全。

周芙胡乱捧水冲了冲脸,正习惯性抬手要将毛巾架上的粉色毛巾取下时,动作顿了顿。

片刻后,她随意抽了两张纸巾,将脸上的水珠擦净。

周芙睁开眼,正透过洗手台上宽大的镜子,安安静静地打量着周围的一切时,陈忌在外头轻轻敲了敲门。

她回过神来,应了句:"怎么了?"

"睡衣。"男人嗓音淡淡的。

"噢,好。"

周芙开了门,接过时,眼尾微垂,手上动作一顿。

那款式一看就知道不是他的,是女款睡衣。

陈忌顺着她的视线低头看去,眉梢不自觉地扬了扬,随后似乎察觉出她大概是误会了什么,懒懒地抬了抬眼皮子,不紧不慢道:"新的,都是干净的。"

周芙张了张嘴,一时不知该说什么,藏在披肩长发后的耳郭不住地发烫,心头方才那种莫名其妙的堵,因他轻飘飘的一句话,登时烟消云散。

她乖巧地点点头,唇角微微弯了弯。

她换好睡衣出来时,陈忌正背对着洗手间的门,站在靠近落地窗边的桌台前。

似是没察觉到周芙已经快走到身后了,男人宽阔的脊背微弓,低着头,姿态闲散地随手将抽屉拉出。

他定定瞧了会儿,从里头拿出个小木头疙瘩,漫不经心地放进裤兜里。

从周芙这个方向望去,大半视野都被他高大的体格挡去,她看不真切,只觉得那木头疙瘩有些眼熟,似乎和八年前,她在今塘过生日时,他满不在乎地丢到她怀里的生日礼物看起来有些相似。

分别的八年间，周芙一直视若珍宝地将之带在身边。

因而此刻她只瞧了那么一眼，便轻易地认了出来。

不过那木头疙瘩本就出自陈忌之手，估计是他在古宅里闲着没事干时随手雕的，并非只雕了给她的那么一个，看起来类似，也实属正常。

周芙没多想，趿拉着拖鞋"嗒嗒嗒"地走到床边。

陈忌揣着兜的手顿了下，之后不紧不慢地转过头来，语气淡淡："困了就睡会儿，等你醒了我们再回去。"

周芙点点头，小心翼翼地钻进被窝里，躺好后露出半颗脑袋来，圆溜溜的杏仁眼看着陈忌略显硬朗的侧颜："你……不睡吗？"

男人眼神再次扫到床上，唇角微勾，语气十足地欠："你也太心急了，我暂时还没有补觉的打算。"

周芙："……"

她双手攥着被边，当即拽着蒙过头顶，不愿再探出头来。

没想到也不过几分钟后，周芙手上的力道便弱了下来，等陈忌走到床边时，她已然睡得七荤八素。

男人俯身替她将被子整理好，定定地瞧着那睡颜好几分钟，才轻手轻脚地走出房间。

周芙昨夜通宵都没有睡好，如今心下暂时没了那些烦心事，睡起觉来都十分踏实。

这一觉睡到将近夜里八点才稍稍转醒。

她醒来后，陈忌带她去下午的那家饭庄又吃了顿饭，才开着车带她回家。

一路上，陈忌也没说什么话，而周芙这会儿吃饱喝足还补好了觉，精神得不行，脑子里终于开始复盘这混乱又不可思议的一天。

她居然，真的和陈忌结婚了。

周芙没有谈恋爱的经验，更别说结婚。

一般夫妻都是先从情侣做起，之后顺理成章、水到渠成地成为夫妻。

可是她和陈忌一下略过了前面好多步骤，直接到达终点。

那像他们这样不太寻常的夫妻，又该怎么相处？

周芙想不明白。她甚至都不知道陈忌为什么要和自己结婚，更不可能将普通夫妻之间的互动生搬硬套地放到两人之间。

周芙想了一路，直到电梯升到家门口，"叮当"一声开了门后，她才忽然开始紧张起来。

早上出门前，这间房子还是所谓的"员工宿舍"，两人只不过是普普通通的合住室友。再回来时，"员工宿舍"变婚房，而他们，成了新婚夫妻。

今晚将是他们结婚后共度的第一个夜晚。

下午的时候，陈忌说他没有要补觉的打算，她便一个人舒舒服服睡了好几个小时。

但是，晚上他总不可能还没有睡觉的打算吧。

哪怕神仙也不至于此。

周芙站在男人身侧，安安静静地等他开门。心脏不争气地加速跳动起来。

她整个人都开始紧绷，越往屋里走，抑制不住的紧张感便越强烈。

开门声响起，咕噜如往常的每一天一样，应声跑来周芙身边献殷勤。

周芙这会儿逗它逗得都心不在焉，动作十分僵硬不自然。

陈忌居高临下地定定瞧了会儿，只淡淡道："去洗澡睡觉。"

洗澡。

睡觉。

这两个放在平时再普通不过的词，此刻听在周芙的耳朵里，却显得尤为滚烫。

"噢。"她舔舔唇，老老实实回了房间。

整个澡洗下来，周芙全程心不在焉，脑海中思绪乱飞，手上动作不受控制，煞有介事地来来回回洗洗刷刷好几遍。

等她反应过来时，白嫩的皮肤都泛起点红来。

她不经意地从镜子里扫了一眼，片刻后，表情渐渐敛起，像是忽然回到现实，登时没了半点乱七八糟的遐想。

洗完出来，她重新翻出一套干净的长袖长裤的睡衣，如同往常一样，从上到下包裹得严严实实。

她在房里静坐了一会儿，门外传来咕噜跳起来开门把手的声音。

周芙闻声走出去，随手将它从地上抱起来，之后下意识往客厅走。

路过陈忌卧室前，屋内暖黄的光线打在门外廊道的白墙和地毯上，周芙不自觉地偏头看进去。

陈忌没关门。这段时间下来，周芙从没见他关过房门，像是压根儿不担心隐私被窥探般，永远毫无保留地敞着。

只不过她也从来不曾踏入过，一直保持着规规矩矩的距离。

他似乎也刚洗完澡，身上裹着浴袍，黑色碎发微湿，手机随意丢在桌上，屏幕亮着，开着外放。

周芙本不想打扰，正想加快脚步往客厅走时，忽然觉得屋内从陈忌手机里传来的声音莫名有些耳熟。

见周芙半晌没有搭理自己，咕噜努力"喵"了一嗓子。

正背对着门打电话的男人闻声，懒洋洋地侧过身来，正对上门外周芙尴尬的表情。

担心他误会自己偷听,周芙抿着唇,走也不是、留也不是。

下一秒,他扬了扬眉梢,抬手冲她弯了两下指节,示意她进来。

周芙不解地眨了眨眼,脚却已经乖巧地顺着他的意思,踏入房中,走到了他身旁。

周芙下意识往卧室四周打量了一眼,房间虽也大,可比起自己那间,这儿就莫名像间客卧。

陈忌往手机的方向抬了抬下巴,淡淡道:"打声招呼?"

"嗯?"周芙顺着他的视线望向桌上放着的手机,就见屏幕上,是多年不见,她想念了许久的苏奶奶苏秀清。

周芙惊讶地回头望了眼陈忌,随即将手机从桌上拿起来,握在手心,嗓音立刻染上些哽咽,说话的腔调都不自觉地带上些撒娇的意味:"苏奶奶……"

"哎呀,是粥粥啊。"八年不见,老人家脸上明显又添了不少岁月的痕迹,头发也更显苍白,可话音里仍旧是她熟悉的温柔亲切,哪怕这么长时间没再见过,也还是第一时间将她认了出来。苏奶奶心疼道:"怎么都没长胖呀,还是这样瘦瘦的。"

周芙眼眶泛着红,一时没答。

倒是陈忌在边上慢悠悠地插了句:"饭吃得还没那只猫多,怎么长胖?"

苏秀清满心满眼藏不住心疼:"阿忌,那你得多盯着些,让粥粥好好养养。这怎么行?粥粥,你也别任性啊,身体是自己的,别的可以不听阿忌的,吃饭这件事上,你得好好听他的啊,改天奶奶去北临照顾你一阵。"

陈忌懒洋洋地站在她身后,闻言,伸手扯了扯她脸颊:"听见没有?"

周芙没搭理他,只对着苏秀清道:"不用麻烦了,奶奶,您自己照顾好身体。"

陈忌扯了扯唇角,冲视频里头的苏秀清道:"老太太,她就愿意麻烦我。您多大岁数了,还来回瞎折腾,好好在今塘待着吧,等空闲了,我把她带回去看您。"

"哎,好,好,回来好啊,回来奶奶给你们做好吃的。"苏秀清说完,又盯着周芙瞧,"粥粥,听阿忌说,你们俩扯证了?"

周芙忙偏头看向陈忌。

男人满不在乎道:"刚和老太太提了一句。"

苏奶奶那头的话音还在继续:"好事啊孩子,八年了,阿忌还是把你找回来了。你是不知道,当初你走了之后,这小子也不知道偷着难过了多少回,天天就在你卧室里待着,一坐就是一整天的……"

周芙表情怔了怔。

陈忌闻言不自在地清了清嗓子,当即便将话接过:"行了,您疼您'亲孙女',别造我谣啊。她那房间以前本来就是我书房,我怎么就不能待了?"

周芙抬眸定定地看着他。

陈忌懒洋洋瞥了眼，习惯性地再次伸手掐了把她的脸蛋，淡淡道："看什么。"

周芙："……"

"行了，您赶紧睡吧，哪个七老八十的老太太这个点还上网冲浪不睡觉的？回头去今塘看您，先不说了啊。"

陈忌说完，也没等苏奶奶应声，随手将视频通话关了。

室内一瞬间恢复寂静。

周芙默不作声地在原地站着。

陈忌捏了捏她的下巴："干吗？还不走？想在这儿睡？年纪不大，倒还挺主动。"

周芙："……"

她咬了咬唇，一时也不知道该同他说什么。

陈忌伸手将咕噜从她怀中抱出来："回去睡觉，老太太不睡，你这小太太也不睡。"

因"小太太"这陌生又颇显亲昵的称呼，周芙那不争气的心跳忽地漏了一拍，莫名觉得有些害臊。

她索性几步小跑回自己的卧室，热着张脸，一头扎进被窝里。

然而大抵是因为下午那个觉补得实在舒坦，这会儿忽然让她继续睡，她便睡不着了。

在床上翻了半个多小时后，周芙无奈地抱着被子坐了起来。

她想起白天从民政局带回来的结婚证。

明明下午已经看了百遍千遍，被陈忌嘲笑"一个破本子有什么可看的"，此刻回想起来，她还是想再看一遍。

她拉开被子下了床，走到桌旁开始翻起包来。

只是她怎么翻都没翻出来。

周芙秀气的眉心拧了拧，难不成掉在外边了？

她想着，忙开门往客厅走。

没承想刚走到廊道尽头，就见陈忌懒洋洋地倚靠在沙发上，眼神定定地看着手里的东西。

而他指间捏着的，正是她白天怎么看也看不够的红本本。

周芙下意识地清了下嗓子。

沙发上的男人闻声，忽地将那结婚证收了起来，之后不自在地半支起身，抬着眼皮子往她那儿看去，难得没吭声。

周芙抿了抿唇："你不是说……这破本本没什么好看的吗……"

陈忌大手探到颈后拧了拧，面不改色、一本正经道："我就检查检查，看看有没有什么错别字之类的。"

周芙："？"

随后，她淡声道："噢，那不用检查了，我下午检查了好几遍，没发现有错别字……"

陈忌："……"

周芙走到他旁边坐下，随口问："你怎么不回房间去睡？"

陈忌闻言，懒懒地躺回沙发上："我就喜欢在沙发睡，不行？"

"行啊。"周芙舔了舔唇，也学着他那样子，在另一头躺下，"我也觉得……睡沙发还挺舒服的……"

陈忌眉梢微抬，懒懒地抬了抬眼皮子，唇角带着点似笑非笑的弧度，不咸不淡地叫她："周芙。"

"嗯？"她刚刚在沙发上寻找到一个舒适的躺姿，闻言，努力支起身来，看向他，"怎么了？"

男人随手抓了条毯子直接冲她抛过去，不偏不倚，正好将周芙遮得严严实实："你几岁了？"

"啊？"他冷不丁这么问了句，一下把周芙给问蒙了。

"小时候踹我房门，长大了就寸步不离黏着一块儿睡。"男人痞里痞气道，"知不知道害臊啊？"

"小小年纪，想法还挺花里胡哨。"陈忌淡淡补了一句。

周芙睫毛轻扇了下。

哪怕距离第一回听到这句话已经过去多年，可她仍旧熟悉到不能再熟悉，甚至条件反射地，直接往下接了一句："你一把年纪，还挺纯情。"

说完，她就后悔了。

半响，陈忌像是被气笑了，半坐起来，眼睛直勾勾盯着她："我劝你最好还是给我老实一点，毕竟——"

男人尾音拖得慢且长，下巴冲茶几上静放着的两本红本本抬了抬："我现在可是有法律保护的人。"

周芙一时没懂，等反应过来时，只觉得从耳郭到脖颈都烫得没法见人。

她抿着唇，尴尬地从沙发上起来，动作利落地趿拉上拖鞋，佯装淡定地拿起桌上的水杯，慌不择路地一头扎进厨房。

一直到最后她都没发现，自己拿的是陈忌的那杯。

周芙出来时，陈忌已经从沙发上坐起来了，不过仍旧没有要回房的意思。

长腿慵懒地搭在茶几上，似是没发现她站在不远处的屏风后，他微低着头，拇指按在手机屏幕下方，大概是在给什么人发语音。

语气仍旧清冷，带着点他特有的傲慢："不打，别拉我。"

听起来，语音那头的人大抵是陆明舶。

"我打个屁，和菜鸡①一块儿打，还不如单排。"男人的那股傲气几乎是从骨子里透出来的。

陆明舶很快又发了条长语音过来，陈忌满不在乎地将手机丢到一旁，随手点开，之后俯身去拿桌上那半杯被周芙喝过后"抛弃"的白水，两口全部喝尽。

陆明舶的嗓音很快回荡在客厅里："不是，阿忌，我记得我前几天才观战过，你不是才和一个很菜的菜鸡打了一晚上？那战绩我看了都嫌辣眼睛，可比我菜多了，这你都能和他一连打了好几局，怎么就不能和我打？"

周芙："……"

她默默回忆了一下自己那天晚上和他一起玩游戏时，那毫无水平可言的操作，很难不对号入座。

她正想着，陈忌那边已经漫不经心地开口给了她个实锤："跟老婆打和跟你打，能一样？"

他这个"老婆"，说的应该是自己吧……

周芙忍不住弯了下唇，虽然吃瓜②吃到了自己头上，但是这种陌生的称呼，似乎挺让人心情愉悦的。

片刻后，陈忌那边没了声音。

她端着一杯水慢悠悠地从屏风后出来，准备回房睡觉。虽然这会儿她还挺精神，躺下应该也睡不着。

她路过沙发边上时，陈忌忽地偏过头来抬眸看她，薄唇微启："打吗，游戏？"

周芙脚步一顿，此刻还记着他方才说自己不害臊的仇，索性矜持地摇摇头，温声道："不打，要回房间睡觉了。"

男人轻扯了下唇角，低低地笑了声："骗谁呢？你那一瓶药我早给你丢了，白天睡那么多，这会儿还能睡得着？"

不得不说，陈忌对她的了解有时候甚至到了一种过分透彻的地步。

周芙索性也不再装，转身几步回到沙发跟前，盘腿坐到他身旁，掏出手机点开游戏界面。

刚把号登上去，屏幕正中央便跳出个礼盒来，周芙随手按下"打开"，是件花嫁婚纱套装。

---

① 网络用语，指能力很差，此处指打游戏水平差。
② 网络用语，用来表示一种事不关己、不发表意见仅围观的状态。

她对这礼服还挺有印象的，当初这件时装刚上线时，网上一度炒得火热：设计华丽精美令人垂涎，价格昂贵高不可攀。

那会儿凌路雨成天在群里发这件花嫁的图，嚷着"好看"又不舍得买。申城阳看了说要送她，还被她义正词严地拒绝了，说这种败家玩意儿，看看就算了，绝对不能真中了圈套。

只不过嘴上虽这么说，但那种想要又得不到的难过，还是让凌路雨号了大半个月。后来限时贩售期终于过去，她才勉强好转。

礼盒界面最上方标注着赠送人 ID，周芙扫了眼便知道是陈忌送的。

她一时没接收，下意识找到游戏商场看了眼价格。

不看不知道，一看吓一跳。

申城阳家里条件不错，平时花钱向来大手大脚，凌路雨也不怎么说他，能让她开口骂"败家"的，定然价格不菲，周芙知道贵，但没想到能这么贵。

限时上架时间在二月的情人节，妥妥地奔着割小情侣的韭菜①去的。

这么贵，就换了这么条裙子，再好看也忍不住心痛。

周芙默不作声关掉了礼盒界面，没点"接收"。

很快，耳边传来身旁那个败家玩意儿淡淡的嗓音："收了。二月上线的时候就买了，钱早给了，你不接收，它也得在我仓库里躺着。"

周芙："……"

她想了想，问："这个还能退吗？"

陈忌满不在乎地摇摇头："不能。"

周芙深吸一口气，忍不住嘟囔了句："败家……"

男人眉梢微微抬了抬，表情似乎还挺愉悦："怎么，这就管上了？"

这对话还挺暧昧的，周芙不自在地扯了个借口替自己解释一句："我，我主要是觉得，这套装太招眼了，穿着分分钟被人找到。"

陈忌没忍住笑，轻嗤了句："你觉得你自己不穿这套装，就藏得很好？"

周芙："……"怎么就开始侮辱人了呢？

"真退不了？"周芙不死心地又问了句。

"退不了，别想了。"陈忌淡淡回了句，随后抬眸看着她，态度难得一本正经道，"今天证件领得仓促，我们之间什么都没商量也没准备。之后我会好好安排，该有的都会补上，就是得给我点时间，我不想随意敷衍了事。"

这些事都不是小事，陈忌打心底里十分看重。

---

① 割韭菜，网络用语，意为"赚某人的钱，剥削某人的价值"。

包括领证，要不是被她那场荒唐至极的相亲气极了，他不会就这样随随便便地把她"忽悠"进同一个户口本里。

至于婚礼，他还是觉得，至少得在她真心实意地喜欢自己的前提下，那种仪式对双方来说才有意义。

他原以为自己对她无所不知，后来才发现，他压根儿没法确定这小姑娘的脑子里到底在想些什么。

他害怕自以为是地给得太多、追得太紧，到头来又招惹她反感。

他不想再经历一次那样的八年，不想再听她说，她不喜欢他给的生活，还是更喜欢从前。

周芙表情一下愣住，忽然便说不出话来。

在他说之前，她压根儿没敢去想别的东西，只觉得能像现在这样，朝九晚五，晚上安安心心地和他凑在一块儿，扯些无聊的日常，不用看人脸色，不用为吃一口饱饭发愁，不用日日夜夜提心吊胆，就已经很知足了。

良久，陈忌扯了下唇，抬手在她脸颊那儿掐了掐："听见没有啊？"

周芙心跳不争气地漏了一拍，不自在地移开眼神，弱弱地"噢"了声。

隔天周芙一到公司，便发现气氛似乎不太对劲儿。

大家三五成群地凑在一块儿，个个脸上都难掩暧昧又羡慕的表情。

见周芙到了位子上，方欣忙从后勤的桌上拿了套礼盒放到周芙面前。

周芙有些蒙："这是？"

"老大让后勤给大家分发的小礼物，虽然没说到底是什么缘由，但是这礼盒牌子我知道，他们家的新婚伴手礼最是出名，听说一套都能抵得上咱们一个月的工资了，最得北临有钱人的青睐。"方欣分析道。

单婷婷年纪也不大，还没到谈婚论嫁的时候，对这些没什么了解，闻言睁大了眼："所以，这是什么意思啊？"

方欣摊了摊手："可能，老大订婚了，或者，直接一步到位，结婚了！不然送什么伴手礼啊。"

正讨论着，老余从洗手间回来，清了清嗓，像是要宣布什么大事般，先故弄玄虚了一番，被众人唾弃之后，才开口："我刚刚出去的时候正巧碰上老大了，你们猜怎么着？我看见他手上戴了枚戒指。"

方欣惊得张了张嘴。

"老大平时最不喜欢这种花里胡哨的东西了，那戒指一看就不是戴着玩的。我就随口问了句——"老余顿了顿，还顺便喝了口茶，"结果老大直截了当地说，'婚戒'。吓我一跳啊！我都没半点心理准备。"

方欣脸上的羡慕显而易见："也不知道是哪个小姑娘这么有福气，我本来以为老大那种渣男脸的人，平时在公司装得再正经，怎么也会有点花花肠子吧？多少男人结了婚也不愿意往外说，藏着掖着，生怕影响自己在外的'行情'。"

周芙抿着唇，尽量降低自己的存在感，没搭话。

垂眸时，她目光落到桌前的伴手礼上，正好奇地打算动手拆开看看里头都有些什么，还没动手，盒子便被陈忌从身后直接抽走了。

"给外人的伴手礼，你凑什么热闹！"

周芙："……"

她下意识抬头看了眼周围，好在方才他那句话，除了她，没人听见。

下午临下班之际，凌路雨发来消息说，申城阳已经到国内躺平好几天了，就等她这个大忙人赏脸聚一顿饭。

周芙算了算申城阳出国的日子，有个两三年没见面了，也不好再放他俩鸽子，忙回了个"好"，让凌路雨安排时间和地点，她下了班就过去。

回完消息后，她又给陈忌发了条微信："我晚上不回家吃饭，你别做我的那份啦。"

陈忌那边很快有了回应，简简单单一句废话都没有："？"

周芙补充道："我晚上和朋友在外面吃。"

正想关掉手机，陈忌那头又弹了条消息过来，这回更是简单粗暴："来我办公室一趟。"

不知为何，明明领完证，两人的关系比起从前，至少更加合法化一些了，可她看到这种话时，没来由地更显心虚。

到他办公室后，周芙下意识地将门关得严严实实。

陈忌懒懒地靠在老板椅里，淡淡地讥讽她一句："又准备和谁相亲去？"

周芙："？"

男人舌尖不悦地抵了抵脸颊，少见地在公司里透出些桀骜的味道来："周芙，我说你能不能遵纪守法一点？"

周芙被他给说蒙了："？"

"咱们证都领了，你再去相亲，不太合适吧？当我是死的吗？"他冷冷道。

也不知为何，周芙只觉得陈忌此刻的表情莫名有些可爱，她忍住没笑，说："不是，我发小儿，就是之前和你说过的。"

陈忌眉梢微挑，眉头轻蹙起来，脸色看起来更黑了些，随后阴阳怪气道："哦，你那个异父异母的'亲哥哥'啊？"

周芙："……"

这个哏到底什么时候能过去！

陈忌忽然问了句："你那'亲哥哥'知道我俩领证了吗？"

周芙老实地摇摇头："我没说。"想了想，她又补充道，"你放心，我们这事，我不会到处乱说的。"

陈忌："？"

"为什么不说？我见不得人？"

"……"周芙睫毛轻扇了下，"不是呀……"

陈忌忽地酸溜溜道："既然都领证了，我还是不得不稍稍提醒你一下，你搞的那些哥哥妹妹的事，纯粹是在违法的边缘疯狂试探。"

周芙努力将笑意忍下去："噢。"

"这样吧，我呢，正好也有点空，一个人也懒得回去做饭了，送你去一趟的时间也不是没有，感动吧？"

"……"周芙敷衍地点了下头。

"对了。"陈忌从抽屉里将两本红本本抽出来，"顺便把这个带上吧。"

周芙："？"

吃个饭而已，带结婚证做什么？又不能打折。

陈忌一本正经道："让你那异父异母的'亲哥哥'也帮忙检查一下，看看里头有没有错别字。"

周芙："……"

从陈忌办公室出来时，长桌边好几个人正直勾勾盯着她瞧。

周芙本就有点心虚，这下更是忍不住紧张起来。

"怎么了？"她心头发毛，语气弱弱地问。

单婷婷眨眨眼，一脸八卦地问："老大叫你进去改图？"

周芙一时愣住，不过大抵是和陈忌待久了，被他各种各样奇奇怪怪的问题给锻炼出了较为稳定的心理素质，这回的反应倒是快，她点点头，顺势答了句："嗯嗯。"

"训你了吗？"李顺接着问。

周芙不知该怎么回答比较好，想了想，为了避免不必要的麻烦，还是让陈忌小小背一下锅："训了。"

李顺"啧"了声："不愧是老大啊，脾气还是这么冲。"

周芙见众人都没有什么异样的反应，大抵是糊弄过去了，心下悄悄舒了口气，表情都放松了不少，小鸡啄米似的跟着点头，还随口附和一句："可不是嘛！"

脸不红心不跳的。

单婷婷抱着杯奶茶喝了两口，一边嚼着珍珠，一边含含糊糊地说："我还以为，老大新婚，心情应该不错，脾气耐心应该也会稍微好一点吧，没想到还是一个样。"

老余闻言笑了声:"脾气耐心?你们可真是异想天开,在咱们老大这儿,就根本没有这俩东西。你说是吧,小周?"

周芙心虚地舔了一下唇,随即表示了赞同:"你说得对。"

老余继续道:"我估计啊,这辈子能让老大好好说话的,怕也只有他家那位新婚小太太了。"

周芙表情登时不自然起来。

"你们是不知道,早上我问老大那戒指的时候,他顺着我的话低头盯着手上看的眼神,甚至都可以用'温柔'这种'可怕'的词来形容了,你们说吓不吓人?"

单婷婷年纪小,属于被偶像剧和小说洗脑长大的那一批人,立刻开始浮想联翩:"你们说,老大会不会也是电视里演的那种,在办公室里冲我们发完火,转头和老婆打电话的时候,就开始一口一句'宝贝'哄着的人?"

周芙:"……"

以她目前对陈忌的了解,他应该不会是这种人……

他只会动不动叫她"有点良心",时不时提醒她"不要在法律边缘试探",一边吃饭还要一边说"吃不完扣钱"。

宝贝……

周芙努力回忆了一下认识陈忌这么久以来,他叫过自己的称呼。

最多的便是冷冰冰连名带姓地叫着"周芙",从前偶尔会故意喊她"新同桌",除此之外,似乎再没有别的更亲昵的称呼。

就连相熟之后,大多人都会喊的"粥粥",她都从来不曾听他这样叫过自己。

不过回想起来,自己似乎也一样。

从前在今塘,亲近的人都喊他"阿忌",周芙是知道这个称呼的,但是也从不曾这样喊过他。

一开始是觉得这样的称呼太过亲密,当时她初到今塘,和陈忌之间的关系远没有达到能这样称呼的地步。后来临近回北临的那段时间,有好几次,周芙差点忍不住学着那样喊他,最后碍于脸皮薄害臊,没敢。

如今想来,好在当初没那么叫他。

于她而言,对他最亲密的称呼便是最寻常的"陈忌"两个字。

这样哪怕两人关系不复从前,她同样也能悄悄地,用属于自己最亲密的称呼喊他。

而"阿忌"不行。

临下班前几分钟,陈忌给周芙发来消息,让她等会儿和他一块儿去停车场。

周芙觉得两人之间这特殊的关系转变得有些突然,一时半会儿在办公室里也不好明说,总觉得影响不好,不自在,能瞒着就尽量瞒着,并不像陈忌那样无所顾忌。

想到两人一块儿下班一块儿去停车场，肯定会引来同事们各种八卦讨论，周芙觉得还是分开走比较好，索性让他先行下去，等同事们坐那趟电梯走了之后，自己再搭下一趟。

似乎是担心她一个人下来找不到车的位置，周芙一到达停车场，就见陈忌那辆她如今已经很熟悉的车，正停在老地方，十分高调地不断闪烁着轮廓灯。

见状，以为他是等得不耐烦了，周芙忙小跑过去。

开了车门后，她动作利落地坐了进去。

陈忌单手搭在方向盘上，指尖有一下没一下地点着，懒懒偏头看着她，半晌，淡淡道："你跑什么？动作这么快，跟怕被人看见似的。"

周芙一时没懂："？"

陈忌不咸不淡地对她说："不知道的，还以为我俩搁这儿偷情呢。"

他扯了下唇角，抬眼看她："是不是还挺像的？"

周芙："？"

"我倒不知道，你还喜欢玩这种小刺激。"陈忌一句接一句，"花样确实多。"

"……"周芙明明自诩坦荡，脸颊却忍不住烧起来。

陈忌说完，随手将车子发动，问完她地点后，也没再多说什么。

周芙安安静静坐在边上，片刻后忽然想起上午办公室私底下讨论得火热的婚戒，眼神控制不住地往陈忌那边瞟过去。

男人的大手正搭在方向盘上，手指骨节分明，右边无名指处男款素戒若隐若现。

居然还真有。可他好像从来没和她提过这个。

正想着，凌路雨一个电话打了进来，是催她的，问她"快到了没有，到哪儿了，要不要过来接你一趟"。

周芙下意识瞟了眼窗外，还没来得及开口回答，倒是陈忌淡淡提醒了句："二环高架。"

"噢。"周芙忙对着电话那头复述了一遍。

凌路雨"嗯"了声，半晌后察觉出点不对劲儿来："你身边有男人？！"

周芙这才想起来，自己似乎忘记和他俩说，今晚陈忌也去。

想了想，她将电话直接挂了，之后悄无声息地转战三人小群打字。

周芙："忘了和你们说，晚上陈忌也去，没事吧？"

这仨人从小一块儿玩到大，相处起来其实没有多少顾虑，周芙只是随口问一句，实际上一点不担心他俩会不同意。

果然，比起陈忌来不来，他们还是对陈忌为什么会来比较感兴趣。

凌路雨语气暧昧："啧啧啧，有情况啊？咱们聚会，他一个外人来干吗呀？该不

213

会真被我说中，你俩成了吧？"

凌路雨只是随口这么调侃一句，哪承想，周芙那头直截了当地回："也不算，就是，我们俩结婚了。"

以最平淡的语气，说出了最劲爆的消息。

哦，结婚了啊！

结婚了？！

凌路雨一时间差点没认出来"结婚"这个词："你们结婚了？！"

简简单单几个字，让凌路雨差点怀疑人生。

申城阳冷不丁来了句："@凌路雨 你还说那男的是外人！我俩才是！"

周芙："……"

这事说来确实挺神奇，就连周芙自己如今回想起来，仍旧觉得不可思议，但就是莫名其妙地发生了。

她简单地在群里讲了一下领证那天的来龙去脉。

凌路雨此刻也已经差不多接受周芙已婚的这个事实，心思全然放到这俩人纠结别扭的关系上了："所以，你俩虽然领了个证，可到现在，还是普通室友关系？"

周芙想了想，好像没什么毛病："嗯……"

凌路雨："真想打开你脑壳，看看你到底在想什么。"

周芙："？"

凌路雨："他都这么明显了，你还觉得他不喜欢你啊？不喜欢你干吗还把你弄到自己身边来住？不喜欢你还和你领证结婚？现在多的是画大饼的男人，谈了十来年恋爱不跑，还死拖着不愿结婚的人满地跑。他上来就和你领证，你以为真图你那七千五的夫妻共同财产？"

周芙不自觉地咬着手指头思考着："但是七千五真的很多欸。"

凌路雨差点被她气笑了。

周芙不自觉偏头又往陈忌那边瞧了眼，要是从前，说他喜欢自己，那还有点可能性。

可是当初她对他说了那么过分的话，他不讨厌死她就已经算心胸宽广了，又怎么还会喜欢她？

况且从那之后，陈忌便再也没来北临找过她了。

哪怕从前真喜欢过，也应该……早就没感觉了。

三个人在群里聊了一路，待到双方见面之后，又莫名安静得很。

只有手机不停地在振。

凌路雨："周芙！这种长相的，你证都领了还不往他床上扑？我不理解。"

周芙："……"

凌路雨和申城阳毕竟都和陈忌不相熟，聚起来自然没那么放松。

周芙夹在中间，眼神时不时在几个人身上扫来扫去。

明明三个人背地里都不是善茬，怎么偏偏都能装出一副优雅斯文的样子来……

临结束前，陈忌一言不发地起身去前台把账结了。

一时间，桌边只剩下发小儿三人。

凌路雨憋了一晚上，终于找到机会开口了："粥粥，我不是乱说啊，就是觉得，你男人看着有些眼熟。"

明明在陈忌来之前，只是听过名字，并没有见过本人。

她刚说完，申城阳也适时开口："我也觉得，总感觉他对我有种莫名的敌意，而且吧，那个带着敌意甚至透出一丝丝警告的眼神，我总觉得特别特别熟悉，好像在哪里看过一样。"

三个人浅浅聊了两句，陈忌便已经结完账回来了。

告别完，大家各回各家。

陈忌没喝酒，自己开车，周芙坐在边上，仍旧抱着手机在群里侃天侃地。

下一秒，凌路雨和申城阳几乎是同一时间发出了类似的消息。

凌路雨："粥粥！我好像知道在哪儿见过他了！"

申城阳："我终于想起来那个眼神在哪儿见过了！"

周芙："？"

申城阳都觉得这事离谱到不可思议："你还记得八年前你从今塘回北临那天，我和凌路雨去码头接你吗？"

周芙："怎么了？"

申城阳："那天你出站的时候，我看见他了。"

周芙下意识否定："怎么可能啊？那天他送我上船之后就走了，没和我一起来。你们不知道，他出于家里的原因，当时特别讨厌北临，不可能来的，你肯定看错了。"

申城阳这会儿十分笃定："不可能看错！我就说怎么那个眼神那么熟悉，八年前他就是这么盯着我的。我就记得那会儿你从出站口出来，后边三五米的距离，有个个子特别高的男的，一直跟着你，你停他也停，你走他也走。我盯了一会儿，觉得奇怪，后来你冲我们俩招手的时候，他看过来了，眼神和今晚一模一样。"

申城阳："当时我被看得心头都发毛，还以为他认识我，本想等他出来的时候问问，结果等你出来之后，他就忽然回头走了，没有出站。"

申城阳："哦，我记得那人当时穿着件看起来非常奇怪的黑色毛衣。"

周芙不由得攥紧了手，下意识偏头往陈忌那儿看了眼。

那天他送自己到码头的时候，确实是穿着她织的黑色毛衣。

所以……那天，他嘴上说着让自己赶紧滚蛋，还他几天清静日子，其实，一直陪着自己回北临了吗？

凌路雨："我现在都不知道是你这个厉害，还是我这个比较不可思议了。"

她继续发着消息："粥粥，你还记得我当时给你说过的那个主动要求加我微信的帅哥吗？"

申城阳冷不丁插了一句："什么加你微信的帅哥？"

凌路雨："等会儿，这个事回头再和你说。"

凌路雨："@小豆腐 我想起来了，那帅哥是你男人……"

凌路雨："太久了，我就见过那一面，他平时也不发照片什么的，我都差点忘记他长什么样了。今晚见了就觉得眼熟，想了好久，终于想起来了。"

凌路雨："我当初还以为真是自己招来的桃花，结果没想到！他是冲你来的！你记得吧？那天我们在你出租房附近吃饭的时候，我和你说过，他连着点赞了两条和你有关的朋友圈，之前从没见他出现过。"

凌路雨："真的，不信我截他的头像图给你，你看看是不是他。"

凌路雨的截图刚一发过来，周芙便瞬间怔住了。

凌路雨："难怪前两年，你不在北临，我朋友圈里没发和你相关的东西时，他半点动静没有，原来是想尽办法想看看你啊……所以……他其实，是不是，很想你啊？"

周芙这会儿打字的手都带着点颤："是……什么时候啊？他找你要微信是什么时候？"

凌路雨："等会儿啊，我看看那条聊天记录是什么时候的。"

几秒钟之后，凌路雨发了个年份日期的截图。

周芙眼眶当即红了。

那天，也不过是她故意暗示他，她要的生活他给不起，让他别再来北临找她的半个月之后。

她对他说了那么难听的话，以为他讨厌了自己八年。

如今看来，他好像……只是生了不到半个月的气……甚至更短。

周芙深吸了一口气，努力想要将呼之欲出的眼泪憋回去，然而还是隐隐有种根本无法控制的趋势。

她试图让自己的嗓音听起来平淡自然些，只是开口时，还是微微带着点沙哑："陈忌。"

"嗯？"

"能开一下车窗吗？空调感觉有些闷，想吹吹风……"她胡乱扯了个借口。

只是语气中微微的哽咽，还是难逃陈忌的耳朵。

男人偏头淡淡扫她一眼，薄唇抿成平直一线。

他没多问，直接将敞篷开了。

车子到十字岔道口时拐了个弯，偏离了周芙记忆中回家的路线，一路驶向二环外的盘山车道。

夜风卷着绿林间草木土壤的清新，一阵阵扑面而来。

周芙拧眉努力睁眼迎着风，将眸眶中的湿意强行带走。

车子绕着盘山车道一路上到山顶，最终停在一处观星台上。

往下望是万丈深渊，抬眸又是星星点点。

两个极端，意外地碰撞出最惊艳的美感。

四周一片静谧，只剩悠扬蝉鸣。

两人默契地靠着座椅后背，微仰着头。

深渊似是与他们再无半点关系。

陈忌磁性的嗓音在这夜色中显得尤为磨耳，语气淡淡，听起来只是在介绍着寻常见闻："今天工作日，又是这个点，没什么人。往常，要是换作周末，人应该挺多的，夜里能看星星，再熬几个小时，还能看到日出。"

陈忌不是什么浪漫的人，甚至对浪漫过敏。一切文艺风雅的事情好像都与他扯不上任何关系。

今塘绚烂的烟花礼下，他也只会满不在意地说一句"许什么愿，又实现不了"。

周芙无法想象他看星星、看日出的样子。

她平静地问："你……经常来看吗？"

陈忌面无表情地舔了下唇，喉结上下滑动，眼神仍旧盯着闪烁星空，淡淡回她："没来过。陆明舶常来，听他说的。"

听陆明舶说了很多年，但陈忌一次都没来过。

他单独过的时间太长了，并不希望有更多的地方，留下只有他一个人的记忆。

所以这些年的大多数时间，陈忌都过着"几点一线"的生活。

反正日子还长，又不是活不久，其他新鲜的地方，总有机会，能两个人一块儿去吧。

山顶夜里湿气重，温度也低，两人安安静静地待了会儿，谁都没再开口说话。

最后是周芙冷不丁打了几个喷嚏，才打破了这半个多小时的寂静。

她身体不好也不是一天两天的事了，几个喷嚏之后，眼眶红红，鼻尖也红红。

两人哪怕中间分别了八年，陈忌对她此刻这个模样还是记忆犹新，熟悉到不能再熟悉。

周芙下意识用手捂上小半张脸，一下一下吸着鼻子。

陈忌随即抽了几张纸巾，侧头俯身到她面前，伸手将她那捂着脸的手拿开："别捂着。"

"你别凑那么近，我刚打完喷嚏，肯定脏……"周芙嘀咕，柔软的耳根也跟着红了起来。

"脏个屁。"陈忌冷冷讥讽她一句，手上动作却是温柔轻缓的，一只手握着她的手腕将她的手拿开之后，另一只手拿着纸巾覆上去，替她轻捏了两下鼻子之后，淡声道，"擤。"

周芙："……"

不知为什么，她莫名有些想笑。

陈忌懒懒地抬了抬眼皮子，往她微弯的杏仁眼上扫了一下后，视线重新回到下面："快点。"

"噢。"周芙听话地照做。

她不记得自己有多久不曾体会过这样体贴入微的照顾了。

几张纸巾弄完，他随手又抽了几张，继续方才的动作。

明明就这点小事，她完全可以自己做，可陈忌就是习惯性替她做，半点没有嫌弃的意思。

周芙老老实实微仰着头，面上一脸平静地享受着他自然而然的照顾，心脏却跳得飞快。

全数弄完之后，陈忌垂眸淡定地处理着手上几团纸巾，随口问她："你那些药，以前天天喝的那些，多久没喝了？"

"啊？"周芙抿了下唇，似是在回想，"噢，有一段时间了……"

她答得模棱两可。

"一段时间是多久？"陈忌严谨的眼神扫过来。

周芙总觉得莫名有种在办公室被他改图的紧张感："就，可能几年吧。"

准确来说，她从今塘回北临之后就没再喝过了。

她压根儿都不知道自己从前喝的是什么药，没人替她惦记也没人再管她这些事，没这个条件。

陈忌没再多问，只随手把车顶重新关上，之后将车发动："山里太凉了，上来的时候也没准备，先回家，日出有机会再看。"

"好。"周芙乖巧地点点头，答应得很平静，不再像从前那样，会表现出明显的失落，会坚持，会央求他，用带着点撒娇的意味磨人，来达到自己的小目的。

她似乎对于任何突如其来的改变都接受得十分坦然，不再有多少明显的个人情绪。

小心翼翼地，没了脾气。

可这看在陈忌眼里却不是滋味，想了想，他又补了一句："下周五傍晚下班吃完饭后，带上外套，买点零食，再带你来看。隔天正好不上班，看完了回家能接着补觉，不会那么累。"

他给出了一个明确的时间和计划，而非虚无缥缈的"改天有机会"。

周芙偏过头，眸光亮亮地看着他，脸上的欣喜掩藏得十分差劲儿："好呀！"

她忽然意识到，他们似乎并非只有眼前，不一定非要急着把事情全堆在一块儿做完不可。

至少还有下周。

晚上回到家，周芙坐在地毯上抱着咕噜玩了一阵后，就被陈忌催着洗澡睡觉。

等她洗完澡吹好头发，舒舒服服地躺在大床上，重新摸出手机时，才发现凌路雨和申城阳在她消失的这段时间里，又聊了"99+"的消息。

周芙心虚地冒了个泡，被凌路雨一顿强烈谴责之后，话题重新绕回到她和陈忌身上。

凌路雨坚持认为，陈忌对周芙的意思已经相当明显了："他都这样了，要不是喜欢你，我把申城阳的头拧下来给你俩当球踢。"

周芙："……"

申城阳："倒也不必如此。"

大抵是由于这些年的经历，周芙如今并没有从前那般自信。

十几岁时候的她，会理所当然地认为陈忌搭在院子里的秋千，就是特地给她搭的，会直截了当地问他，是不是觉得自己穿白裙子在秋千上的时候，看起来还挺漂亮的。

那会儿，她有那个自信和底气，和现在截然不同。

也正是因为这样巨大的差别，哪怕她可以确认他从前真的喜欢过自己，也并不觉得他会继续喜欢现在的自己。

毕竟如今的她，和过去的远远无法相提并论。

凌路雨的性子直接，索性建议道："要不你直接问他得了，两个闷骚凑到一块儿，放不出一个响屁。"

周芙："……"

周芙犹犹豫豫："我不敢……我觉得我和他现在这样的生活和关系，其实就已经挺好的了。我怕万一，他要是对我没有别的心思，单纯只是不想看到我和那样的人相亲结婚，做做好事拉我一把，结果我还那么贪心，对他甚至还想要有感情上的需求，惹他讨厌了，那岂不是连普通朋友都做不成？"

她经历过那毫无交集的八年，太难挨了，与其重新回到那种老死不相往来的关系，还不如就当个能天天见面的普通朋友。

凌路雨说："难道你还想再错过八年吗？人一辈子能有几个八年？要是他真对你没意思，往后总会碰到喜欢的，以你的性格，最后也会是离婚收场，躲着他不愿意再打扰，不可能做一辈子的普通朋友，反正到最后都会是这样的结果，不如现在试试看。"

这一夜，周芙又一次辗转反侧无法入睡，脑子里不断回荡着凌路雨说的"还想再错过八年吗？人一辈子能有几个八年"。

夜里，咕噜睡过一觉后又精神地跑到周芙房门前，试图跳起来开门把手。

周芙自打搬进来，就没反锁过房门。

哪怕陈忌几次三番提醒，她也没当回事。她打心底里对他无比信任。

咕噜试了几次，当真被它开门进来了。

小家伙轻车熟路地蹿到周芙床边，一下跳上来，钻到她怀中撒娇。

周芙正好睡不着，索性将它一把抱起来，下床趿拉上拖鞋出了卧室。

她路过客厅时，陈忌仍旧如意料中那般，懒洋洋地躺在沙发上休息。

周芙觉得还挺奇妙的，他好像对沙发情有独钟。

印象中，在她搬进来的这么长时间里，就没见他回房间睡过觉。

她这些年睡眠质量很差，虽说和他住到一块儿之后，心境放松了许多，入睡没那么困难了，不过因为才断药没多久，还没那么快适应，夜里便容易醒。

她醒来了就习惯性出去倒水喝，结果每回出去，不论是几点，都能在沙发上见到陈忌。

他偶尔是醒着的，不过大多数时候是睡着的状态。

只是每每等她从厨房倒完水出来后，他又总能懒懒地坐起身来，半抬着眼皮同她打声招呼，或者陪她随意说两句话、打打游戏什么的。

今晚似乎也没什么不同。

周芙抱着咕噜去了趟厨房，出来时，陈忌又同往常一样，已经半睁着眼从沙发上坐了起来，手指头拧着，眼睛看着厨房的方向，像是在等她出来一般。

周芙下意识走到沙发边上坐下，随后便听他问："又睡不着了？"

"睡了一小会儿。"她随口答，"后来醒了。"

陈忌摸过手机："那打游戏？"

"不了吧，我坐会儿就好。"周芙觉得，他看起来似乎还很困，并不是真的想打游戏，好像只是为了替她消磨睡不着的时间。

陈忌："不无聊？"

"还好。"

男人放下手机，单手枕在后脑勺，重新躺了回去，眼睛却始终没闭上，随意看着不远处的她。

周芙以为他重新睡过去了，百无聊赖地拿出手机来漫无目的地刷着。

没过一会儿，屏幕上方忽然弹出一条热门推送，是她之前为了查资料，随手下载的论坛软件推的消息。

周芙鲜少用，这会儿无意中点进去，发现这论坛里还细分了好几个区块。不只有学术区块、影音区块，还有社会民生、情感互动等。

她下意识点进情感互动区块。

一时间，整个页面立刻被各色各样的情感问题所占。

周芙随意扫了眼，有问大家都是怎么找到对象的，还有问在图书馆如何搭讪心动的男嘉宾的。

论坛的流量似乎不小，问题一经发出，下面立刻就有不少人跟帖回复。

周芙先前为了下载资料，创建过账号，这会儿无须登录就能评论回帖。

想了想，她咬着唇，鬼使神差地点到发帖界面，慢条斯理地将自己的问题一字一句打了上去：

  我一个朋友最近忽然和多年前的心动对象重新遇到了，原本以为对方早就不记得以前的事情了，结果没想到不仅记得，在生活上还特别体贴主动地关照着。求问一下大家，对方到底是什么态度啊？

网友："两人以前谈过吗？"

周芙："没有……"

网友："多年不见，一见到就主动关照？小心是传销，没准想拉你进去呢。我一个远房表姐就是这么被拐走的，到现在人都还没找回来。太可恶了，这些人就知道从熟人下手。"

周芙："应该不是……对方有正经工作。"

网友："那是想借钱吧？多的是这种八百年一声招呼不打，一找来张口就是借钱。"

周芙："也不是，对方条件还挺好的，反正不差钱。"

网友："你朋友是女方，对方是男的吧？"

周芙："对。"

网友："那肯定就是冲着人了，这种男的多了去了，估计多年不见图个新鲜，正好又是当初喜欢自己的迷妹，觉得好钓。你让你朋友注意点，有钱男的最喜欢骗小女孩儿了，玩完之后踹了再找新的，想让他负责，门儿都没有。"

周芙："……主要是我这个朋友，就是女方，她被家里逼着相亲，相亲对象条件一般，然后这个男的就直接和她扯证了，不过到现在也没有那个什么……"

网友："我觉得我的世界颠覆了，你是说，一个有钱的条件不错的男的，主动体贴关照，二话不说领证，还不强求女方？"

网友："我觉得只有这几种可能性。骗婚；男的那方面不行；另外那就只剩下太喜欢了，当成宝贝喜欢，疼着护着不舍得碰。你朋友估计还是个没开窍的。哟，不过这种男的打着灯笼都难找，我偏向于这人根本不存在，一定是你编的！嫉妒使我双眼滴血！"

周芙一瞬间紧张得忘记该如何呼吸。

那就只剩下太喜欢了。

太喜欢……

次周周一，是周芙这批实习生进公司满一个月的日子。

临近中午下班的时间，几个人手机上纷纷收到了工资进账的短信。

按照陈忌先前临时加的码，每人一个半月工资，再加上这一个月下来各种大大小小的补助，总金额不算小，个个脸上神采奕奕。

周芙正看着短信上的数字，下一秒，陈忌的微信弹了进来。

她打开来瞧了一眼，是条转账消息。

金额两万。

她早上刚上过秤，比刚搬到陈忌那边时，已经长胖了四斤。

这大概就是所谓的奖金。

她掏出计算器算了算，最后又给陈忌转回两万五过去。

对方很快回了消息："？"

周芙："一半的共同财产，加上伙食费和生活费。"

她并不想白吃白喝占尽他便宜。

不论怎么算，她都是占便宜的那个。

陈忌："……行。"

中午回家吃饭的时候，陈忌忽然从餐桌上起身回了卧室。

片刻后，拖了个小行李箱出来。

周芙眨了下眼："你要去出差吗？"

陈忌没吭声，直接将行李箱打开，放平在地上，随后将箱子里的证件，不紧不慢一本接一本地掏出来，摆到周芙桌前。

周芙："？"

陈忌嗓音淡淡，满不在乎地给她数着："房产证。这个是这套房的；这个是那天带你去的那个别墅的；还有这个，是三环边上那栋的，等小长假的时候带你过去住两天；还有这些，不太记得都是哪儿了，反正就是北临还有隔壁几个市的。我约个时间，带你去做个公证。"

周芙被他一下接一下弄得有些蒙。

陈忌还在往外掏："另外这些，是一些存折啊信托啊什么卡之类的，密码都一样，一会儿发你微信上。其余就是浮沉的那些有的没的，时间我也约了，到时候去办个手续。还有这些零零碎碎的不知道什么东西，有的是陆天山，噢就是我北临那个亲爹给的，反正七七八八的我也懒得管，以后正好都你来管了。"

周芙皱了皱眉，不解地问："……什么意思啊？"

陈忌坦荡荡："财产啊，共同财产，你不是已经给我分了你的？那我肯定也不能占你便宜。"

"……"周芙张了张嘴，她那点东西，和他这些比，压根儿就不能摆到一块儿相提并论。周芙摆摆手，"我，我不是这个意思，只是想把我的给你。"

并不是要他也把自己的拿出来分的意思。

陈忌眉梢扬了下，不以为然道："我也是啊，和你一个意思，不行？只许你算得那么清楚？"

周芙："……"

周五傍晚下了班，按照陈忌先前说好的，今晚他们要一块儿去观星台等日出。

两人先回了趟家，陈忌拿了薄毯和两件外套到车上，再带周芙去超市采购今晚在山上要吃的零食。

周芙仍旧如之前一样，老老实实地跟在一旁，什么都不敢拿、不敢买。

陈忌垂眸扫她一眼，淡淡说："多挑点，我不够吃。"

周芙顺口接了句："你之前不是不喜欢吃零食吗？"

陈忌伸手掐了掐她脸颊："你怎么这么小气？"

周芙："？"

陈忌："不就多吃点你的共同财产，这么不舍得？"

最后由于陈忌不停地塞，购物车又堆了满满一座小山。

临上山前，陆明舶打了电话过来，陈忌正开着车，直接按了"外放"。

陆明舶："忌哥，今晚兄弟几个组了局，出来聚聚呗，都多久没一块儿吃过饭了？"

陈忌二话没说就开口拒绝："去不了，晚上有事。"

陆明舶很懂，语气十分暧昧："你晚上有没有事我能不知道？浮沉外务这块儿都是我在负责，你又不喜欢应酬，怕是陪老婆吧？"

一旁的周芙不自在地舔了下唇，攥紧着手，耳根红得能滴出血来。

"嗯，不行？"陈忌面不改色，竟直接当着周芙的面应着。

陆明舶那边似乎是将手机塞给身旁的许思甜了，女孩儿熟悉的嗓音很快从音响处传来："粥粥，你在旁边吗？我是许思甜！晚上来吃饭吗？就我一个女的，可太无聊了，你一块儿来呗？"

周芙已经很久没有机会和许思甜联系了，此刻冷不丁听见她的声音，差点掉眼泪，忙扭头看向陈忌，似是在征求他同意。

男人正开着车，目视前方，余光瞥见她的动静，习惯性地纵容："看你，我随便。"

周芙弯了下唇，忙对许思甜说："好呀，我们一会儿过去。"

陈忌偏头扫她一眼："日出不看了？"

"下周五吧，好不好？太阳又不会丢。"

她少见地又开始向他提要求了。

陈忌不经意地扯了下唇角："行吧。"反正他们还有无数个"下周"。

晚上，一块儿吃饭的大多是陈忌从前在今塘玩得比较好的朋友。

陈忌这个人脾气虽然差，但对待朋友是真义气，自己发达了也不忘拉朋友一把，一伙人跟着他干，各自发挥特长，这些年都混得风生水起。

如今他们都是兜里有不少钱的主儿，约的地点自然也不会差。

几个人直接包了一整层，除了吃饭，各色各样的娱乐活动层出不穷。

两人一进到厅内，就见许思甜立刻放下手中的台球杆，丢下正费尽心思教她打台球的陆明舶，风一样往周芙跟前冲了过来。

两个小姑娘七八年不见，抱在一块儿哭哭啼啼，没有半点生疏的感觉。

与其说来吃饭，更不如说来叙旧。

两个人凑在一块儿，饭菜没吃几口，话倒是说了几箩筐。

男人们也懒得管她们，几个人围在台球桌边打起球来。

许思甜抱了会儿周芙，随口说："你可太瘦了，骨头都硌到我了。我要是能和你一样瘦就好了，省得我成天看着晚饭不能吃，干饿着减肥。"

周芙笑了下："你这样是刚好的，我这种容易生病，所以我最近在努力增肥，小有成效，已经重了四斤！"

许思甜暧昧地扫她一眼："我听陆明舶提过，陈忌可真行，把你养得真不错，一个月就能养四斤。"

周芙脸颊发烫。

许思甜继续说:"我这样不行,看着还行,其实还是偏重了,得再瘦点才好,陆明舶那个傻子就喜欢瘦子。"

周芙抿了下唇,不自觉瞧了眼如今的许思甜。

其实她和从前的头发没有太大的差别,可是有些地方,似乎又有种说不上来的小变化。

比如她从前的发型是干净清爽的高马尾,最看不惯周之晴那种带着羊毛卷的披肩发。可如今的头发,和从前周之晴的有些相似。

不只是头发,还有各种各样细小的地方,似乎都有某种程度上的相似。

不过这些既视感也只是闪过一瞬,很快便被周芙抛到脑后。

台球桌那边,陆明舶冲许思甜招了下手。许思甜立刻便懂了他的意思,拿了包烟、倒了杯酒给他送过去,送完东西后,两人还旁若无人地亲了一下。

周芙对于他们的短暂记忆还停留在八年前,大家还在今塘附中读高一的时候,现在一时有些没法接受这样大尺度的成年人互动。

一瞬间的小举动,看得她面红耳赤。

待许思甜回来,见周芙这个模样,忍不住笑了:"你干吗?我和他都在一起好几年了,接个吻很正常的,你以为还未成年啊。"

"你和陈忌该不会连亲都没亲过吧?"许思甜见她这副反应,睁大眼,不可思议道。

别说亲了,他俩连手都没牵过,说到底连恋爱都没谈过,压根儿就不是情侣……周芙尴尬地咬了下唇,忙扯开话题:"那个,你和陆明舶后来是怎么走到一起的啊?"

许思甜睫毛扇了下,摆摆手:"哎呀,也没什么,就是他之前和周之晴在一起,结果被人家甩了好几次。有一次被甩了之后,人家好几个月都不愿意和他复合,好像是有新男朋友了,让他别再纠缠。他就跟受了多重的情伤似的,天天买醉,正好在我勤工俭学的那个酒店,我记得那时候他每天来喝酒,起码喝了大半个月吧,反正一来二去地,就在一起了。"

说到后面的时候,许思甜表情不太自在,似乎回忆也并不是很愉快。

周芙没再细问,喝了口果汁,就听见许思甜忽然感叹道:"粥粥,我好羡慕你。"

"嗯?"

"你们都分开八年了,陈忌对你从没变过,还是像以前一样那么重视你,一找到你,就迫不及待带你把证领了。"许思甜低下头,喝了口酒,"我和陆明舶在一块儿这么久了,前段时间我爸妈催婚,我和他提几次,每次都被他打着哈哈几句话敷衍了事,渣男。"

周芙张了张嘴,不知道该怎么和她说,自己和陈忌之间的婚姻,其实也不是像她想的那么简单。至少，不是因为水到渠成的感情才修成的正果。

她甚至都不知道陈忌对自己到底是什么感觉。

若非要说羡慕不可，周芙更羡慕她，毕竟她和喜欢的人早早就在一起了，没有什么错过的八年。

"能被一个人从一而终拼命地喜欢着，该是件多么幸运的事啊！"许思甜忽然冒出了一句。

周芙怔了怔，还是打算说句实话："其实，我和陈忌之间，不像你想的那样，我们没谈恋爱，他也不是因为喜欢我才和我结婚的……"

"你都不知道陈忌有多喜欢你。"许思甜把酒一口闷了，后劲儿上了头，情绪也开始浓烈起来，"你不知道你刚走那会儿，他有多颓，打从你走之后就没再来过学校。后来陆明舶着急了，找到他家去，就听苏奶奶说，陈忌没日没夜坐在你从前住的那间卧房里，跟不要命似的，谁劝都不好使。"

"后来，不知道你记不记得，就是半个多月之后，你突然给我打了个电话，当时我问你'要不要替你找一下陈忌'，你说'不用了'。事后我想了想，还是让陆明舶去和陈忌说了声。"许思甜看着周芙，"那是你走之后，我第一次在学校里看到陈忌，他来找我，问我能不能把手机借他一下，他想把你那个电话的录音弄出来，我就把手机给他了。后来他不知怎的，忽然就回学校上学了，每天来得最早的那个永远是他，一个人坐在第一桌，插着耳机玩命地埋头写卷子。"

"有次陆明舶犯贱，趁陈忌午休的时候，偷偷摘了他耳机听里边的内容，被陈忌狠狠地打了一顿。"许思甜幸灾乐祸地笑了下，问周芙，"你知道陈忌耳机里放的是什么吗？"

周芙摇摇头："什么歌吗？"

"我们一开始也以为是什么歌呢。"许思甜顿了顿，"后来陆明舶和我说，是你打来的那个电话的录音，里面全是你的声音。在今塘的时候，他几乎每个周末都会去趟北临，后来又忽然总往英国跑。你知道为什么吗？"

周芙摇摇头，这会儿已经没办法思考了。

"我听陆明舶说，有两年，陈忌怎么都找不到你，然后不知道从哪儿打听到你有个发小儿去英国读书了，估计你也跟着去了，所以总往英国跑。"

许思甜说完，又不想让气氛变得这么僵，开了句玩笑："谁能想到啊，陈忌顶着一张渣男脸，居然还是个恋爱脑，这种行为难道不是陆明舶那种丑东西才应该做的吗？"

周芙努力扯了下唇角，却实在是笑不出来。

晚上陈忌开车回家，周芙坐在副驾驶座上垮着脸，一言不发。

男人冷不丁说道："见个许思甜就感动成这样？还抱在一块儿哭，你当初刚见我的时候，怎么不哭？"

"哭了，"周芙平静地开口，"没让你看见。"

陈忌忽然噤了声，片刻后，又说："难道不是被辣哭的？你可真行。"

周芙忽地偏过头去："所以那些菜都是你送的吧？"

陈忌："……"

狭小的车内，空气忽然安静。后半程，两人都没再多说一句话。

到家后，周芙兀自回了卧室。

陈忌心里不知为何，莫名起了些烦躁。

他从抽屉里摸出一包许久没在家里抽过的烟，想了想，又顺手带了瓶酒，出了门。

到了小区楼底时，他给周芙发了条消息："我出去一趟，你自己先睡，我一会儿回来。"

似是担心她一个人在家会有什么状况，陈忌也没敢走远，就只是到停车场里，坐到车上，开了半边车门，一边抽烟一边喝酒。

其实找到周芙之后，他已经很久没再这样颓过，可不知为什么，今晚看到陆明舶和许思甜两人相亲相爱凑到一块儿的时候，那种莫名的烦躁意味便更盛。

要是没有这八年，他和周芙也会像他们一样很快就走到一起吧？那他也不至于羡慕别人。

周芙是洗完澡出来后才看到陈忌消息的。

距离他出门，大概过去了半个小时。

或许是某种默契使然，周芙总觉得他这趟出门，并不是什么好事。

她在沙发上犹豫了许久，最终还是给他发了条消息："你去哪儿了？你不是说一会儿就回来吗？"

陈忌那边酒已经喝了三分之二，烟也抽了小半包，这会儿面色微沉着，可见到周芙的消息，还是很快给她回了过去："你都多大人了，该不会还不敢一个人待在家吧？"

她不知道该怎么说，想了想，索性直接顺着他的话说："嗯，那你能早点回来吗？"

陈忌轻叹一口气："等着。"

他随意将剩下的酒和烟全数留在车里，孤零零一个人坐上电梯回了家。

手刚搭上门把手，他还没来得及开门，周芙便一下从里头将门打开。

陈忌眉梢扬了扬："等我呢？"

周芙没否认："嗯，等你。"

男人没进门，只定定地站在门外。

周芙瞧了眼："为什么不进来？"

"抽了点烟，味还没散。"

"噢。"周芙舔了下唇，仰头看向他，像是鼓足了勇气，才结结巴巴说了一句，"有个事我想和你商量一下。"

陈忌下意识蹙起眉头，生怕她说出什么要搬家、要辞职等一系列他一个字都不想听到的话："什么事？"

"就是……"周芙咬了下唇，手心攥得紧紧的，"就是我说，既然我们都已经结婚了嘛……要不，就，走个流程，谈谈恋爱什么的？你说怎么样？"

陈忌表情怔了一瞬，然而也仅是一瞬，又迅速恢复如常："那你这么说，既然要谈恋爱，总得有个人追一下吧？该走的流程都得走一走，不是吗？"

周芙点点头："也对。"

她想了想："那要不，我追你一下吧？"

她小心翼翼地看着他："是你之前说我可以追你的……"

"嗯，我又没说什么，你凶什么啊？"陈忌懒洋洋地偏着头应了句。

周芙紧张地抿了下唇："反正我就是和你说一下。"

陈忌十分大度地点点头："行吧，你追吧，我反正也管不了你。"

"我就提醒你一句啊。"陈忌故弄玄虚地顿了顿，"我这个人呢，还挺难追的。"

周芙乖巧地点头，表示理解："嗯，那我努努力，尽量让你满意点。"

陈忌微微勾了下唇："那你打算怎么追？"

周芙努力思考了一下："我还不太清楚，不过昨天上网查了一下攻略。嗯，或者，你有什么建议吗？一般追人要怎么追啊？"

陈忌"啧"了声："你这是要我透题啊？"

周芙鼓了下腮："行个方便呗？"

陈忌傲慢地梗着脖子："那我哪儿知道？我又没追过人。"

他想了想，一本正经道："不过我看陆明舶他们一般都是，接吻什么的。"

周芙张了张嘴，紧张得说起话来都有些结巴："刚，刚追就接吻啊？"

陈忌一本正经道："对啊，这有什么奇怪的？"

周芙这会儿心脏都快跳出来了："那我……"

陈忌挑了下眉："你不是说要追？"

周芙点点头。

陈忌："这点面子都放不下来？"

周芙深吸一口气，忽然凑到他跟前，踮起脚，双手攥在他手臂上："那你低头准备一下吧。"

陈忌："嗯？"

周芙佯装淡定道："我打算亲你了，你稍稍配合一下吧。"

男人眼尾微垂，眸光晦暗不明，漆黑瞳仁深不可测，似是要将她看穿。

周芙面上一脸淡定，实则心脏都快要蹿出来了。

这明明是他的建议，她原以为他应该也没理由拒绝，可说出口之后，内心深处又不自觉地升起一股不安来。

这只是一般人追人的方式，但并不代表他这个被追的人会全盘接收。

周芙攀在他结实小臂上的双手不自觉地紧了几分，细嫩的掌心微微渗出些细汗，紧张得甚至忘却该如何呼吸。

她小心翼翼地保持着踮脚、微仰着头看他的姿势。

然而陈忌并没有如她所愿，配合她把头低下。

时间一分一秒地流逝，那股不安越发强烈。

男人每一秒钟的无动于衷，都是对她那壮着胆子突如其来的自信最残酷的凌迟。

须臾，他忽然沉声道："周芙，你可想清楚了，这一次，是你自己的选择。"

不是我一次又一次不顾你的意愿，强行想要将你拉回身边。

不是我强行想要给你你不需要的东西。

不是我强行让你过上你并不想过的生活。

这是你自己的选择。

一旦确认，就再也没有理由像从前那样将我从你身边推开。

周芙睫毛轻扇，毫不犹豫地点了下头。

下一秒，男人大手一下抚上她细弱的腰，只稍稍用了点力道，便轻轻松松将人一把抱起。

周芙原本紧攀在他小臂之上的双手，因他这动作，不自觉挂到他脖子上。

双脚离开地面之际，几乎是下意识地圈上男人劲瘦却有力的腰。

两人的位置在一瞬间互换。

周芙被他紧抱在身前，居高临下，不用再踮着脚。而陈忌则懒洋洋地微扬起头，喉结上下滑动了下，嗓音磁性低沉："快点啊，抓紧机会。"

少女圈在他脖颈处的双手忍不住收紧几分，微低下头，心脏剧烈跳动着。

双方的气息都像是瞬间放大般，细细密密地缠绕在周身，温度滚烫灼人。

她闭上眼，在看不见的黑暗中，轻吻上陈忌微凉的薄唇。

唇齿触碰的一瞬间，熟悉的烟酒气卷着浅淡木质香，强势地侵袭她的一切感官。

不知怎的，眼底控制不住地泛起酸酸涩意。

藏了八年的委屈忽地涌上心头，之后又只剩下庆幸。

脑海中闪过两个字：终于。

在此之前，周芙从未做过这样大胆的事，哪怕是梦里都没敢梦过。

此刻她动作青涩笨拙，除了轻轻触碰，其余的什么也不会。

陈忌的耐心十分有限，只给了她三秒钟的主动权。

明明是她要追人，最后还是换成他在掌控。

男人紧紧将人抱着，两步进了屋内，反手将怀中少女抵在门后。

一只手霸道地抚在她细软的腰上，另一只手探到她凌乱的发丝之后，粗糙的掌心紧扣着她后脑勺，唇齿相抵。

亲吻的力道更是毫不留情。

周芙被动地承受着，周身不自觉地战栗。

她此刻已然无法思考，只能下意识跟着他的引导。

一场由她主动的深吻，不知持续了多长时间。

一吻方终，周芙迷离睁眼，总觉得分不清眼前是幻想还是现实。

两人稍稍拉出些距离来，仍旧保持着一个仰头、一个垂眸的姿态。

双方唇峰之上都还残留着淡淡水光。

周芙不自觉伸出舌尖舔了下唇。

陈忌眸光暗了几分，喉结忍不住再次上下滑动。

片刻后，男人嗓音带着点得逞后的愉悦，却又欠欠地倒打一耙："占够便宜了？"

周芙老实地点点头，简直乖得要他性命。

陈忌不耐烦地"啧"了声，眉梢轻挑："那放你下来？"

周芙稍稍加了加双手的力道，圈得他更紧了些，尴尬地咬了下唇，声音微弱到几乎听不见："腿软……"

男人愣了一瞬，之后忽地哼笑出声，淡淡讥讽她："就你这点出息，还追人。"

"那你看起来还挺有出息的，经验丰富……"她不服输，却又只能嘴上逞逞强。

陈忌抱着人径直往沙发走，懒懒地抬着眼皮子瞥她一眼："这点事要什么经验？我有没有经验，你心里没点数吗？"

如若能把梦里的算上，那他倒是身经百战。

这八年来，他在梦里可没少在她身上努力实践。

因他几句轻飘飘的话，周芙的心情不自觉地愉悦了许多。

被他俯身轻放到沙发上后，她仰起头，紧张地咬了咬唇，小心翼翼地问："那，我这算是……追上了吗？"

陈忌仍旧保持着俯身在她面前的姿势没有起身，笑道："这才哪儿到哪儿啊？你追人，就追一秒钟？没点诚意啊。"

周芙鼓了下腮:"那我继续努努力吧。"

"嗯。"陈忌语气不咸不淡的,"先追着吧。"

周芙点点头:"行。"

那认真的模样实在乖得有些诱人,陈忌刚刚尝过甜头,这会儿的自制力差劲儿得要命。

他结实有力的手臂顺势撑在周芙两侧,将人困在自己周身范围内小小的空间当中,随后傲慢道:"我这个人呢,有一个很大的优点,为人处世比较大方。"

周芙不解地眨了下眼,搞不懂他怎么突然同自己说起这个来。

"亲一次送一次,买一送一,怎么样?"他定定地看着她。

没等周芙反应,他的大手轻捏上她的下巴,霸道地将唇覆了上去。

等再次将人松开时,周芙浑身已然羞得发烫。

陈忌满意地掐了掐她温热泛粉的脸颊,微微勾了勾唇:"连占两次便宜,你也算挺厉害了,倒是可以不用去网上搜攻略了,自己都能出本书教他们了。"

周芙:"……"

大抵是被他抱久了,她身上沾了些许他那熟悉的烟酒气。

淡淡的,换作别的地方染上,她怎么也得再洗一遍澡才舒坦,因为是陈忌的,周芙莫名觉得还有点好闻。

这一晚,周芙是在小鹿乱撞的心情中睡着的,没想到能入睡得那么快,也没想到能睡得那么踏实。

现实似乎比梦还不可思议,因而这一夜,她几乎是一觉无梦睡到闹钟响。

昨晚临睡前,她设了个比往常早了一个多小时的闹钟。

打从她搬来陈忌这边之后,就没再这么早起过。

只是她昨晚上网搜索追人攻略之后有了启发,打算学着陈忌那样,下厨给他做一次早餐。

她下了床,轻手轻脚出了房门。

她昨晚定闹钟的时候,算过他平时起床的时间,这会儿厨房里正好还没有半点烟火气息。

周芙围上搬来之后自己一次都还没有用过的围裙,动作利落地将陈忌昨天采购好的食材挑了一些出来,处理好洗净。

她拿起刀,将番茄切成小块时,才察觉陈忌不知什么时候已经从沙发上起来了。

男人穿着宽松的 T 恤,循着声懒洋洋地往厨房走,眼皮子只半抬,眉心不自觉地拧着,这会儿比他平时醒的时间早了四十来分钟,因而他看起来像是还没睡醒的样子,少了点清冷傲慢,多了几分居家的亲切。

"你干吗？"他嗓音带着初醒时的沙哑。

周芙闻声，下意识转过身，一边手上沾着番茄汁，另一边手上拿着菜刀。

陈忌见状，那点困意当即便消散无踪，整个人一下子就清醒过来，眉头却蹙得更紧了，声线冷硬板正："你动刀子干什么？谁让你下厨的？"

他两步走到她跟前，二话不说，一把将菜刀从周芙手中没收到一旁，之后垂下头，略显粗糙的大手握上她沾着番茄汁的手，里里外外仔仔细细检查了一番，看清楚没有受伤，眉头才舒展些许。

"你怎么这么早就醒了？"周芙抬眸瞧他，明明自己定的闹钟比他平时起床的时间早了不少，"你一般不都得再过四十来分钟才起吗？"

陈忌面无表情地伸手替她将围裙摘下来，淡淡道："你什么时候从房间出来，我都能醒。"

周芙一下噤了声，忽然想起自己每回半夜起夜出来喝水，他好像确实都能立刻转醒，之后有意无意地陪着她消磨时光。

"倒是你，"男人习惯性将围裙往自己身上套，"大早上的不睡觉，跑到厨房来瞎折腾什么？饿了不知道叫我？"

"不是……"周芙舔了下唇，"我不是要追你吗？所以就想给你做顿早餐，露一手。"

陈忌偏头扫了她一眼，只将后背对着她，淡声道："绑带替我系一下。"

其实平时他自己一个人的时候也能系，可今天她在，他就偏偏想要她替自己系。

周芙听话地伸手，嘴上嘀咕着："你别不信，我现在真的会做一些吃的，至少番茄鸡蛋面呀，炒饭炒青菜什么的，这些家常的我都能做，我做过几年呢。"

陈忌舌尖抵了抵后槽牙，不悦地说："说了不用你做。"

"顺便提醒一下你，给你透个内部消息。"他拿过她方才切了一半的番茄，"在我这儿呢，会下厨是减分项，你掂量掂量，下个厨，得亲几次才能把分补回来。"

周芙："？"

第七章　追你

下次想抱就直接动手吧，
别再通知我了。

其实按照陈忌自身所透露的气质来说，清冷、矜贵、傲慢，不论是哪个词，在外人看来，都与"洗手做羹汤"几个字沾不上半点边。

这似乎才是周芙最熟悉的他的样子。

她初到今塘后吃的第一顿早餐便是他做的，往后的每一顿，都少不了他的亲自照料。

他不止一次说过"不用你会"，也从来不只是口头上说说而已。

周芙被他赶到一旁，安安静静地看着他动作娴熟地接手那些本该由她这个追求者做的事。心下不自觉动容，胆子也莫名大了起来，半晌后，她冷不丁开口问了句："陈忌，我能，抱你一下吗？"

男人脊背僵直一瞬，喉结上下滑动，语气倒是仍旧从容淡定："抱吧。"

他这个人最大的优点，就是大方得很。

周芙眉眼弯了下，小步挪到他身后，纤细的双手小心翼翼圈到他劲瘦的腰腹之上，侧脸轻轻贴在他宽阔的后背上，鼻间立刻便能闻见属于他身上独有的淡淡香味。

那是她很喜欢的味道。

她不知道这样将他抱着，会不会影响他下厨的动作，但是她没舍得松开。

洗净的青菜下锅的一瞬间，"噼里啪啦"的油声随之响起。陈忌几乎是条件反射般，腾出一只手来，一下覆上周芙圈在自己腰间的两只纤瘦手臂。

等那棉质睡衣柔软布料的触感传递到男人手臂、掌心的皮肤之上时，他才忽然记起，这姑娘一向穿长裤长袖，包裹得十分严实，下锅时激起的那点油不至于烫到她。

不过，略显粗糙的大手还是将她仅剩下的裸露在空气中白嫩的手背护得死死的，遮挡得密不透风。

然而这些在周芙看来，像是无声的、浅淡的、一点小小的回应。

她不自觉弯起唇，觉得自己大概是这个世界上最幸运的人。

她小心翼翼地没吭声,生怕打破这温馨的小确幸①。陈忌磁性的嗓音不紧不慢地在耳畔响起:"周芙。"

她睫毛轻扇了下:"嗯?"

"下次想抱就直接动手吧,别再通知我了。"陈忌懒懒道。

周芙心尖控制不住地一阵战栗,他真的是个十足大方的人。

上午到公司,几个实习生又领了一小套方案图来练手。

有了之前的几次教训,这回大家上手都显而易见地迅速了许多,人手一本规范手册,着手画图之前,全都认认真真地做足了功课。

周芙的画图效率挺高,一上午过去,两层平面图已经粗略完成。

上交图纸的时间定在几天之后,不赶时间,距离中午饭点还有半个多小时的时候,大家都放下鼠标、键盘,扭扭脖子揉揉肩,一边放松,一边抱着手机开始点外卖。

周芙随手将图纸保存,也掏出手机来看了看消息。

打从之前重新和许思甜联系上之后,两人每天都像从前那样,有着说不完的话。

她和许思甜没有多少秘密,当初在附中时,她们就常交流一些情感上的小心思,因而周芙这两天在追陈忌的事,许思甜也知道。

给她支着儿的除了凌路雨、申城阳,以及广大不知姓名的论坛网友,又多了一个许思甜。

申城阳和凌路雨算是从小吵着长大的,即便如此,后来从朋友变成情人的那一小段时间里,他也没少动用寻常男生追人的手段。申城阳是个不差钱的主儿,花跟不要钱似的玩命送,凌路雨哪怕平日里看起来大大咧咧,说到底也还是吃那些套路的。用她的话来说就是——哪儿有人收到鲜花会不开心呢?

周芙默默记下了,但是碍于她目前经济情况还不容乐观,得在九月大五开学前,攒出七八千块的学费,还没法太过奢侈。至于陈忌给她的那些,她从未想过要动用分毫。

因而粗略看起来,暂时只有许思甜的建议,她能稍稍采纳一番。

周芙盯着许思甜发过来的几大段土味情话,耳根有些发热。

她没法想象陈忌听到这些话时会是怎样的表情。

换作平时,那几段话里的任何一段拿出来,周芙都觉得难以启齿。

可许思甜说,当初陆明舶追她的时候就是这么说的,两人还在一块儿了,说明是成功案例。

周芙忍着头皮发麻的尴尬,心一横,点开陈忌的微信聊天框,话题切入得直截

---

① 网络用语,意为小小的幸福,幸运、幸福的小事。

了当且生硬。

周芙："你猜我在干吗？"

陈忌那边很快有了回应："画图。"

很好，这个回答几乎是正好踩中了周芙刚刚打好草稿的情话模板。

她得逞地弯了下唇，很快又发了一条消息过去："嗯嗯，那你猜，我在画什么图？"

陈忌："？"

办公室里，男人懒洋洋地靠在柔软宽大的老板椅内，盯着手机屏幕上这诡异的对话，眉梢微挑，隐约察觉出些不对劲儿来。

他倒是想看看，这姑娘大中午的到底又想折腾什么，于是一本正经答道："富力社区中老年活动中心三层平面图。"

这是他早上刚刚布置下去的任务。

周芙：……

周芙攥紧了手，强行忍下被肉麻到想吐的不适，慢条斯理地打下那段令她自己都忍不住面红耳赤的话："不是……我在画，我们未来美好幸福生活的蓝图……"

陈忌：……

聊天界面安静了几秒钟，双方都没再发出半个字。

周芙看着那土到不能再土的句子就这么耀武扬威地停留在页面上，心中只剩下"后悔"两个字。正想刷点表情包，把那段指定有点大病的情话刷上去时，陈忌那边竟然又发了条消息过来。

陈忌："给你闲的，看来是我布置的图纸任务不够多。"

周芙："那倒不是因为这个……"

陈忌此刻已经端出了老板的架子，开始视察工作了："三层平面图画几层了？"

周芙这才惊觉方才是搬起石头砸了自己的脚，只能老老实实答："两层……"

陈忌："行，按A2大小打印出图，拿到我办公室来，现在马上给你批。"

周芙：……

陈忌："我倒要看看，你给我们未来生活画的蓝图，有多美好多幸福。"

周芙：……

一桌子的同期实习生看着周芙悲壮起身打印图纸的动作时，纷纷表示好奇与同情："怎么这么快就要求改图啊？我们一会儿也要给老大看吗？"

周芙摇摇头，欲哭无泪道："你们不用。"

毕竟他们又没有发神经，给陈忌画未来幸福生活的蓝图……

李顺"啊"了声："那你怎么回事啊？"

周芙这会儿已经笑不出来了："我就是……正好有点问题……"

不是图纸有点问题,是脑子有点问题。

办公室内,男人拿着红笔,一声不吭地对着周芙拿进来的图纸圈圈改改。

他也没开口骂,只是半晌后,淡声道:"问题还是不少。"

周芙:"嗯,我会好好改的。"

陈忌懒懒地抬了抬眼皮子,随手将图纸叠好推回到她面前,微微勾了下唇:"看来,这'未来幸福生活的蓝图'还是得我亲自画才行。"

周芙:"……"

男人看着她一脸干错事被抓包的紧张样,忍不住哼笑一声:"到底从哪儿学来的这虚头巴脑、歪门邪道的东西?"

周芙抿着唇,并不打算出卖许思甜。

陈忌几乎想都不用想:"许思甜教你的?"

周芙:"……"

他怎么什么都知道?

"你不用说我也知道,陆明舶那傻子就只会这招。"毕竟八年前,同一个招数,陆明舶也教过他,只是没有被采纳。

陈忌忍着没再笑,算是给她面子。

周芙鼓了下腮,觉得此地不宜久留:"那我先走啦?"

她转身就要离开。

"等等。"男人沉沉的嗓音从身后传来。

周芙闻声回过头,就见他手指点了点桌上他刚刚改过的那张图纸:"'幸福生活的蓝图'不拿走?打算留给我继续欣赏?"

周芙:"……"

很好,她又努力地完成了一次减分项目。

周芙搞不明白,在陈忌这儿,除了接吻,到底还有什么是加分项呢?

改完图后,到了中午下班的点,陈忌先行回家给她做午餐。

周芙收拾好包下了楼,回家的路上途经一家花店。

此刻正值中午饭点,花店里并没有太多人。周芙站在门前定定地观望了一阵,店主见了,忙从里头走出来招呼:"小姑娘,不进去瞧瞧啊?好多花都是今天早上刚到的,又新鲜又漂亮。"

周芙多少有些心动。

这些年,她迫于生活压力,已经很久没有好好欣赏过这些闲情逸致的东西。

架不住店主的热情,周芙还是没忍住,被一把拉了进去。

店主满脸笑意:"是准备送男朋友的吗?"

周芙想了想，摇摇头："不是……"

不算是，毕竟她还在追求阶段，陈忌还没有松口答应。

两人不是情侣，但……是夫妻。

她开口道："送我先生。"

店主点点头，动作利落地给她推荐了几束刚刚包装好的花。

"这些都是情侣、夫妻之间喜欢送的，包装也好看，拿出去脸上很有面子的，您先生应该也会喜欢。"

周芙垂眸仔细研究了一番，好看是好看，不过都是修剪过枝叶根茎的，开不了几天，加上包装过度，价格昂贵。

她如今并没有能随意挥霍的资本，想了想，问："有……盆栽吗？"

店主一愣，不过良好的职业素养使然，表情很快恢复："有的有的。"说完，忙带着周芙介绍了一圈。

周芙对花卉也不太了解，最后凭着眼缘，挑了个带盆带土，价格也在自己能力范围内的买了下来。就巴掌大，刚刚好捧在掌心。

她带着盆栽回到家时，陈忌的午餐已经准备得差不多了，一开门便是扑面而来的饭菜香。

周芙弯腰换拖鞋时，随手将盆栽往地上一放，咕噜好奇地追过来，围着那盆花来回打量。

陈忌闻声懒洋洋地走出来："我还以为'蓝图大师'在路上走丢了。"

周芙不跟他计较，端着盆栽到了餐桌前，献宝似的往陈忌面前一摆，弯着唇："我刚刚路上买的，送你的。"

她眼眸泛着光，一眨一眨，似是在期待他的反馈："喜欢吗？"

男人满不在乎地瞥了眼，不自在地哼笑一声："还行吧，比'蓝图'强。"

周芙实在是憋不住了，气鼓鼓道："真想一口把你咬死。"

陈忌痞里痞气勾了下唇，眉梢轻挑："真的？有本事来咬啊。"

周芙耳根忽地红了红，这话怎么听起来这么奇怪？

吃过饭，两人默契地没有回各自的房间，一人一头躺在沙发上，安安稳稳地睡了个午觉。

周芙毕竟是下属，不能像他这个做老板的这样迟到早退还心安理得，因而下午上班的时候也没等他。

她醒来后草草洗了把脸，背上包便先行去了公司。

进门后，周芙同往常一样，从单婷婷身后绕过，坐到自己的位子上。

单婷婷这会儿午觉也正好醒了，伸着懒腰坐起身来，见周芙正将背包从身上拿下来，随口问："粥粥，刚刚是你从我后面走过去？"

周芙随意点点头："嗯，怎么了？"

单婷婷正揉着脖子："没什么，我还以为是老大呢，话说你用的是什么牌子的香水啊？"

周芙抬睫："嗯？"

单婷婷说："我总感觉你身上的味，和老大的一模一样。我刚刚正睡着午觉呢，你从我后面走过去，那味道，我还以为老大来了呢，吓得我一激灵，条件反射直接醒了。"

方欣视线扫过来，也点点头："我也觉得，味道一模一样。"

周芙莫名有些紧张起来，结结巴巴道："我没用香水，可，可能，正好用的是一样的沐浴液、洗发液之类的吧……"

不是可能，是本来就是，打从她住进陈忌家之后，两人用的东西从头到脚都是一样的。

"这样啊。"方欣随口说，"什么牌子的？还挺好闻的，改天我给我们家也换一套。"

周芙张了张嘴，一下子说不上来。家里的大多数东西都是陈忌直接置办的，压根儿不用她操心，她只管用，没注意其他，问她牌子，一时半会儿她还真说不上来。

正想说回去看看再给她们推荐，还没来得及说出口，一群人的注意力忽然被从门外走进来的陈忌所吸引。

男人和早上离开时的样子没什么变化，就是手上多了个盆栽。

周芙定睛一瞧，正是她中午买了送他的那个。

当时看他兴致缺缺，似乎也没多喜欢，不知道怎么还带公司来了。

老余胆子大，眼见陈忌走到跟前，便随口问了句："老大，怎么带了个盆栽来？"

陈忌下巴微扬，状似漫不经心，语气却莫名带了些傲慢："噢，也没什么，太太送的。"

话音一落，办公室起哄声四起。

周芙紧张得没敢抬头，耳郭红了一阵又一阵。

几分钟之后，老余忽然感叹了一声："老大这千年不发动态的，居然还发了个朋友圈。"

一群人闻言，纷纷掏出手机打开朋友圈。

周芙也默不作声地点开陈忌的头像，跟风点进他的动态，就见那向来干干净净什么也不发的页面上，忽然多了张照片，照片大概是刚刚拍的——那盆她送的小花，被陈忌摆在办公桌正中央。

动态才发，下面暂时还没有评论。

她正想退出来，陈忌忽然给她发了条消息过来。

周芙打开来一看，就见他说："你可真行，挑个盆栽都挑得这么符合你的气质。"

周芙没懂："？"

陈忌继续道："中午上网查了一下，这花还有个别称，你知道是什么吗？"

周芙："什么？"

陈忌一本正经道："花卉界小豆腐，简称，花界周芙。"

周芙："……"

陈忌："别看它是个盆栽，很不好养的，和你一样娇气难伺候。"

周芙鼓了下腮，她哪儿知道："我就是看它好看……"

陈忌："嗯，所以说花界周芙。"

周芙眨了下眼，心跳不自觉漏了一拍。

两人有一句没一句聊了半天，界面再切换出来时，陈忌那条朋友圈下已经有了不少点赞和评论。大多数是浮沉公司的人，有些出于工作原因加过好友的，周芙都能看得见。

底下有个大抵平日就喜欢养花养草，对这方面有些研究的，评论道："老大，这花很难养的，虽然是盆栽，但是伺候起来不轻松哟。"

陈忌别的没怎么搭理，倒是把这条挑出来回了句："那没办法，太太送的，再难养也得好好'伺候'着。"

周芙握着手机，不自觉地咬了下唇。

晚上吃过饭洗完澡，陈忌懒洋洋地往沙发上一躺，握着遥控器百无聊赖地切换着电影，只不过换来换去都兴致缺缺。

他正想关掉投影仪，掏出手机来打打游戏，周芙顶着一身刚刚出浴的香气，小跑到他边上坐下。

许思甜说，追人的要义之二在于，要不断地在他面前刷存在感。

周芙想了想，觉得很有道理，于是洗完澡后抓紧时间跑了出来。

见陈忌正在挑电影，她忙说："你要看电影吗？正好我也想看。"

男人默不作声地将手机揣回兜里，握着遥控器继续挑了起来。

周芙随口问了句："你打算看什么片啊？"

陈忌原本漫无目的，此刻却面不改色道："鬼片。"

周芙咽了下口水，攥紧了手点头："太巧了，正好我想看。"

她想看个屁，她胆子小得要命。

陈忌"嗯"了声，随手挑了个看起来最恐怖的。

那血淋淋的封面就已经让周芙忍不住紧张了，可为了追人，她还是佯装镇定，环抱着双腿，缩在沙发一头。

在鬼脸第三次冲到镜头前时，她闭上眼，深吸一口气，偏头对陈忌说："你冷吗？我去给你拿条毯子。"

说完，她起身，头也不回地回了卧室。

很快，她拿了条宽大的毛毯出来，秉持着追人就要好好照顾人的原则，仔细地替陈忌盖好毯子，随后坐到边上，悄悄扯了点毛毯边边，将自己的眼睛蒙住半边。

有东西挡着，安全感瞬间倍增。

只是眼睛不看，还是抵挡不住耳朵能听见。

陈忌开了环绕音效，周芙哪怕看不见，仍旧觉得那些鬼头鬼脑的东西似乎就飘在自己身侧。

一来二去，不知怎的，原本是给他一人的毛毯，逐渐被周芙占了半边。

她这会儿根本顾不上什么害臊，整个人一个劲儿往毯子里钻。

陈忌淡定地倚靠在沙发上，眼见着毯子里的小家伙越靠越近，默不作声地用遥控器将音效开到最大。

诡异的音效充斥在整个客厅的一瞬间，周芙下意识又往他身边挪了点距离，也不知磕到了哪儿，陈忌喉结上下滑动了下，嗓音沉沉，哑得要命："周芙。"

"……嗯？"

"你注意点。"他说。

周芙这会儿都没法思考了："什么？"

陈忌语气带着点欠："你再往上磕一点，信不信我直接在这儿弄你？"

毛毯下的周芙忽地没了半点动静，脑袋一片空白。

半晌才消化完他那个带着威胁的"弄"字到底是什么意思，心跳加速得飞快。

周芙在这之前没谈过恋爱，更没经历过这些。大学宿舍夜聊时，虽也常听室友们聊些脸红心跳的私房事，可大多数时候她都不在意，觉得与自己没有多少关系。

她和异性之间的每一次接触与新奇的体验，都来源于陈忌。

只是从前两人年纪都不大，陈忌也从不曾和她说过什么限制级的话。

她记得当初还在今塘附中上学时，班里偶有一阵流行起在课间或午休的时候，用班级里的投影仪放电影等视频。

那会儿陈忌也像如今这般，懒洋洋地坐在她身边，不过对电影内容总是兴致缺缺，不甚在意。

那个年纪的学生，情窦初开，喜欢看的电影也多是些谈情说爱的类型，免不了卿卿我我、搂搂抱抱。

屏幕上偶然闪过亲吻的镜头时，陈忌甚至会冲她伸出大手，一把将她双眼挡得严严实实。

有好几回，她跟着陈忌一块儿去和他那些玩得比较好的朋友吃饭。男人扎堆的地方，聊天谈话的内容便不自觉染上几分颜色。

陈忌鲜少参与这样的话题，平常的时候，自己不搭话，由着他们说倒也无所谓，可是每回将周芙带在身边时，但凡桌上有人嘴里稍稍有点不对劲儿的苗头，他便会下意识地蹙起眉头，表情不悦地出声打断。

陆明舶也是个惯会看脸色的，知道他不想让周芙听这些不干不净的东西，见状都不用他继续开口，便会自觉开始控场。

后来再有周芙一块儿来的场合，大家都十分默契，连脏话都不敢再挂在嘴边。

被陈忌带在身边那么长时间以来，她一直习惯于被他保护在一个相对来说干净简单的世界，以至于她差点忘记了，如今，他也是个血气方刚的成年男人。

难怪她刚刚就觉得，似乎硌到了什么不得了的东西……

她还没听过陈忌说这样的话，此刻躺也不是、起也不是，僵直脊背，紧张得像是丢了魂，连带着连脑子都丢了。

半晌，她弱弱地出了个声："我……没碰到……"

陈忌眉梢轻挑，原本以为她不吭声，心软放过她，这事也就过了，没想到这姑娘胆子竟然大得出乎他的意料，倒把话题重新挑了起来，他差点被气笑："碰没碰到，是你说了算还是我说了算？"

"……"周芙顺势支起身来，移开眼神没敢看他，从脸颊到耳郭无一处不滚烫炙热，"我又没碰过嘛，怎么知道……"

陈忌勾了勾唇，拖腔带调的："那你的意思是，这还是我的不对，没有提前让你好好感受感受？"

这话怎么越听越奇怪？周芙嘴唇紧抿着，不自在地往边上挪了一寸，没敢吭声。

陈忌哼笑一声，表情散漫，继续淡淡地讥讽着："照你这种说法，我是不是从头到脚都得先舍身给你碰一回，才能让你自觉地对自己的行为进行一些适当的约束？"

周芙舔了一下唇，睫毛轻扇，嘀咕了句："也不是完全没有道理。"

男人微眯起眼："周芙，不得不说，你占人便宜的花样，还真多。"

周芙被他一句接着一句惹得面红耳赤，索性破罐子破摔："那你最好要提早习惯哦，调整好心态，没准这样的事情，以后可能会更多呢，毕竟，我也是受法律保护的，你管不了我。"

陈忌这回是真被她气笑了，磁性的低笑回荡在空旷的客厅内，磨得周芙心跳都失了节奏："那我还真是，好怕哟。"

周芙："……"

陈忌眼皮子懒懒地抬着，继续漫不经心道："不过我也要提醒你一句，我要是真想干什么呢，那也是合法的。"

要是换作以前，周芙没准还真敢头铁地来一句"有本事你就来"，但今晚她是真不敢。

因为方才那仅仅一瞬的短暂触感告诉她，他应该是……真有那本事……

日子在这偶尔掺杂着平淡温馨的拌嘴中悄然飞逝，转眼便来到九月中旬，北临大学在校生开学的日子。

建筑学本科读五年，这是周芙在校的最后一年。

大五阶段学校没再安排多少课程，只需要开学当天带上学费报个到，再在学校里听几天职业生涯规划课和动员讲座，便可各回各家继续实习。

浮沉给予员工的福利报酬十分可观，周芙勤勤恳恳一连实习了两个多月，终于在大学最后这一年，不用再为那几千块钱的学费发愁。

这算得上是她这几年来，心理负担最小的一次开学。

临出发去学校的前一晚，周芙将收拾到一半的行李箱摊在房间地毯上，心情愉悦地哼着小曲，里里外外进进出出，在卧室和客厅外头穿梭。

她在陈忌这儿住的时间也不短了，平时生活的范围也不只局限于主卧，属于她的日常用品几乎遍布整套房子，收拾起来，东西也不少。

咕噜跟在周芙身后跑进跑出，陈忌握着遥控器坐在沙发上，貌似在认真地看电影，半点不在意周芙那边的状况，实则一秒钟也没看进去，心思全在她那点动静上。

见她来来回回折腾了将近一个小时，陈忌终于凉飕飕地讥讽道："不知道的，还以为你要移民到国外定居。你不如把整栋房子搬学校旁边去得了，看你这架势，跟不打算回来似的，不就去一个星期？"

周芙其实也没打算带多少东西，主要是往常她生活习惯不太好，东西随手拿随手放，弄得到处都是。原本她还没搬来时，整套房子基本属于一种空荡荡的轻奢冷淡风格。打从她搬来之后，整个家的生活气息便越发浓郁，属于小女生的东西逐渐随处可见。

陈忌在这方面对她十分纵容，平时随手替她稍微收拾收拾，大多数时候，他也喜欢维持着那种略显凌乱的现状，总觉得这样似乎才真正像个家的样子，而非从前那种干净到冰冷的临时住所。

只是如此一来，周芙急着想用某样东西的时候，一时半会儿便根本想不起来到底放哪儿去了，因而也想趁这个机会，好好收拾收拾。

她随口答他："没办法，心情好，顺便把外面也都收拾一下。"

毕竟这可是难得的不用为学费发愁的一次开学。

只是这回答就让陈忌相当不满意了，男人眉梢扬起，眼神似是藏了小冰刀子般，冷冷地扫过来，声线也带着些板正，冷冷哼笑一声，字里都带着酸溜溜的味道："哦，不就回宿舍住一周？至于开心成这样？"

周芙没吭声，正蹲在行李箱面前叠衣服。

陈忌懒洋洋地从客厅走进来，闲散地倚靠在主卧门框上，瞅着她，补了一句："该不会是……"

周芙闻声回过头，抬眸看向他："什么？"

"该不会是……"他尾音拖得很长，语气十分不爽，"学校里又有好几个许久没见的哥哥弟弟吧？"

周芙一愣，没忍住笑出声来，随后有意逗他，故作惊讶地倒吸一口气，无辜地眨眨眼："你怎么什么都知道啊？是有那么几个呢……"

陈忌神情桀骜，差点被她气死："你可真行。"

周芙抿起唇，忍下继续想笑的冲动，"嗒嗒嗒"跑回客厅拿东西，将陈忌一人孤零零地留在卧室。

男人满脸不爽地坐在她卧室的大床上，板着脸，十分幼稚地将那碍眼的行李箱轻踹了一脚。觉得没够，他还顺手将里头周芙刚刚叠好的衣服搅得乱七八糟。

等隐约听到外头响起她回房的脚步声时，陈忌才忽地将蹲在一旁的咕噜捞起来，随手放到周芙行李箱那团乱糟糟的衣服上，之后装出一副什么都不知道的样子，继续跷着二郎腿，懒洋洋地坐在床上。

几秒钟之后，周芙回到房间，一进门，入目便是一片狼藉。

她探究的眼神在咕噜和陈忌身上来回切换。

片刻后，男人淡定自若地站起身，当着她的面将咕噜从行李箱里抱出来，之后面无表情地在行李箱边上蹲下，大手耐心仔细地将里头乱成一团的衣服一件一件有条不紊地叠好。

周芙定定地站在原地，看着他的一举一动。

随后就听陈忌冷不丁地来了一句："学校里那些许久不见的哥哥弟弟，也有这个耐心替你叠衣服收拾行李？"

周芙："……"

隔天傍晚下了班吃过饭，陈忌开着车，将周芙连人带行李直接送到了北临大学女生宿舍楼下。

他这车子太过高调招摇，周芙原本只想让他送到校门口附近，然后下车走进去就好。哪承想陈忌莫名其妙愣是不愿意听，直接将车开到了她宿舍楼底下。

他把车停下之后，还煞有介事地开了双闪，随后锁了副驾驶座，自己先行下了车，懒洋洋地走到车后替她将行李箱拿下来之后，才慢悠悠地走到副驾驶座的门边替她将车门打开。

整个流程走下来耗费了不少时间，磨蹭到就连校门口路过的蚂蚁都已经听说了周芙被豪车和帅哥送回学校的程度。

她抿着唇接过行李箱时忍俊不禁："你……快走吧……"

"干吗？这就着急赶我走了？"男人眉梢轻挑，十分不爽，"担心你那几个哥哥弟弟看见？"

男人微仰着下巴，语气傲慢得要命："我倒要看看，你那几个哥哥弟弟到底还有没有这个自信，跑来和你再续前缘。"

周芙："……"

回到宿舍之后，周芙稍稍将两个多月没睡过的床整理了一下，时间比较晚了才从行李箱里拿出套睡衣来，进了浴室。

她洗好之后套上睡衣，鼻间忽地被睡衣上那股从家里带出来的清新淡香充盈。

这味道和陈忌身上的如出一辙，就连方欣、单婷婷她们都说像。

之前周芙和陈忌总是待在一块儿，还没什么感觉，如今冷不丁分开了，再闻见，忽然明白了单婷婷她们说的那种感觉。

周芙眼尾垂了垂，不自觉地去想陈忌此刻会在什么地方做什么事情。

这个点，他怕是还跟往常一样，懒洋洋地躺在沙发上看电影、打游戏吧。

明明刚从家里出来没多久，却莫名已经开始想他了。

思绪一下子发散开来，手上穿衣服的动作不知不觉便慢了下来。

直到浴室门被人敲响，外头传来潇琪的声音："周芙，你快点吧，洗个澡还这么慢，别人不用洗吗？"

周芙一下回过神来，忙冲门外回了句"抱歉"，当即加快了穿衣服的速度。

出来时，潇琪抱着换洗衣物和脸盆走过来，白了她一眼后，还故意撞了一下她肩头，这才走进浴室。

周芙也没太在意，毕竟这回确实是她理亏在先。

她在陈忌那边住了一些日子，某些从前娇气的小习惯，无形中似乎又被惯了回来。如今刚搬回来第一天，一时半会儿没想起来是在宿舍，便磨蹭了些。

或许是因为这些日子过得太过舒坦。在公司，大家都和谐友爱又照顾她，每天工作学习之余便是插科打诨、聊天说笑；在家里，陈忌虽常同她拌嘴，但她知道他打心底里是纵着自己的。连着两个多月不用看人脸色生活，此刻没来由地被数落了两句，情绪多少还是受了些影响。

她坐到自己床下的座位前，一边手拿着吹风机，另一边手摸出手机来，正想找

245

个借口问问陈忌在干什么，哪承想刚点开微信，就看见了好多条陈忌发过来的未读消息。

陈忌："宿舍整理好没有？"

陈忌："不会收拾就花点钱叫别人一块儿帮帮忙，浮沉给你的工资不少，别抠抠搜搜的。"

陈忌："领导给你发消息你都不回？"

陈忌："周芙，你可真行。"

陈忌："这么快就和哥哥弟弟们叙上旧，乐不思蜀了？"

陈忌："我看你这么飘也别回浮沉了。"

周芙："……"

很快又进来了一条他的消息。

陈忌："给你点了几份外卖，估计一会儿就到了，晚饭都没吃几口，奖金还想不想要了？"

因他这一连串的消息，周芙心头那浅淡的不愉快瞬间烟消云散，反而感到暖意融融。

就是没来由地想他，想听听他的声音，哪怕和他吵吵架也好。想到这里，周芙犹豫着拨了个电话过去。

那头很快接了起来，男人磁性的嗓音从听筒内传出："怎么？周旋在哥哥弟弟中间，居然还有心思和我打电话？看来你这些哥哥弟弟，道行也不行啊。"

周芙忍不住弯了下唇："你在干吗呀？"

陈忌声音莫名不自在起来："能干吗？躺在沙发上看电影呗。"

周芙"噢"了声，正想继续说，就听见陈忌电话那头传来了一阵哨声。

这哨声莫名和她宿舍楼不远处的篮球场上传来的声响意外重合。

周芙心上一跳，忽然起身跑到窗户边，往楼下望去，就见陈忌正背对着她的窗口，懒洋洋地倚靠在楼下不远处的一棵老树下。

周芙眨了下眼，语气不自觉染上欣喜："陈忌，你不是回去了吗？"

"嗯。"

"那我怎么在宿舍楼下看见你了？"

男人不紧不慢地回过身，抬起眼皮子一下便捕捉到窗口处探出头来的那抹淡黄色身影，之后哼笑一声："散步，不行？"

"行。"周芙眼神直勾勾盯着他，心跳得飞快，"就是……从家里到我宿舍，开车也得将近一个小时，你这步散得也太远了吧……"

男人语气仍旧不服软："那没办法，我体力好。"

周芙舔了下唇，语气温软："陈忌。"

楼下男人也保持着抬眸的姿势："嗯？"

周芙眉眼微弯："你是不是想我了？"

电话那头话音忽地顿了顿，周身的喧嚣似是陡然被隔绝在两人之外，双方只听得见彼此的呼吸。

不远处的老树下，男人身形挺拔、肩膀宽阔，黑色碎发松散地搭在额前，单手举着手机贴在耳边，手臂线条显得格外流畅有力，半个身子隐在昏黄的路灯下，明明只随意套了件最寻常、毫无讲究可言的纯黑T恤，却还是什么都不用做，就往那儿懒懒一站，便惹得周遭路过的女生不住回望。

明明他已然脱离校园，早早地成了业内高不可攀的天之骄子，可与生俱来的那股桀骜，仍旧同多年前的少年如出一辙。

男人微抬着头，定定地注视着周芙宿舍的窗台，眸中似是也一如从前般，只容她一人。

沉默半响，他哼笑一声，嘴里不咸不淡地对她说："想什么，我好不容易把你送走，能过几天清静日子，你还真能往自己脸上贴金。"

周芙此刻是一个字都不信，淡定地"噢"了声，半个身子趴在窗台上，隔空冲底下的男人招了招手，状似在告别："那你接着散步吧，我就先不打扰你清静的日子啦！"

她说完，便要将电话挂断，下一刻，男人低沉的声线从手机那头传了过来："给你能的，还不下来？"

目的达到，周芙控制不住弯了下眉眼，舔舔唇，满脸写着"得逞"两个字，没再同他调笑，十分乖巧地回他一句"噢"之后，转身关了自己桌上的台灯，便不管不顾地往宿舍楼下跑。

她绕着楼梯，脚步不停，一向温暾的性子竟也有这样急不可待的时候。

小跑到宿舍楼门前的一瞬间，陈忌闲散地等在老树下的高大身影撞入她的视野。

这一幕，她大学四年来幻想过无数次。

她也曾在每一个放学回宿舍的夜晚，悄悄羡慕树下一对对亲亲热热、搂搂抱抱的小情侣，也曾奢望过，要是当初中间没有出那么多乱七八糟的事，她也没有同陈忌说过那么难听的话，那么他是不是也有可能会像那些男生一样，懒洋洋地耐着心性等在她的楼下。

那时，她也没有想到，即便过去八年，发生过的事仍旧没有任何改变，依然存在于两人之间，到头来，陈忌竟还是愿意出现在这树下。

周芙眸光一寸不离地定在他身上，明明方才下楼时脚步飞快，此刻就快要到他跟前了，却不自觉地怔在原地，鼻尖十分不争气地酸了酸。

不远处，男人眉梢扬了扬，见她迟迟没有上前，索性直接往她那边走了过去，到达跟前时，周芙刚刚沐浴过后的清香瞬间扑面而来。

陈忌深吸一口气，眼睛不自觉地在她身上打量了下，大手忽地抬起，轻捏住她柔软的下巴，眸光晦暗不明：“谁教你的，直接穿着睡衣就下楼来？”

周芙一时没反应过来，"啊"了声，随后下意识低头，瞧见一身暖黄色棉质睡衣时，这才想起刚刚洗过澡，见到他在楼下等，只顾着兴奋，什么都没想便脑热地冲了下来。

周芙尴尬地抿了下唇。

陈忌淡声道："上去把衣服换了再下来，一会儿不打算出去？"

"噢。"周芙点点头，正打算听话地转身往回走，脚步忽然停了停，抬眸看着他，随口叮嘱了句，"那你等我一下。"

陈忌双手懒懒地插在裤兜里，眼皮褶子深邃，闲散地点了下头，痞里痞气地低笑一声："放心吧，来都来了，跑不了。"

周芙弯了下唇，担心他等得太久，着急匆匆地往上跑。

陈忌语气向来淡，见状，音量难得大了些，似是有操不完的心："别跑那么急，一会儿又要摔。"

"知道了。"

再下来时，周芙如往常一样，换了身长袖长裤。

陈忌瞥了眼："不嫌热？"

周芙没吭声，抬头瞧着他，很快扯开话题："你怎么没回去？"

"看路。"校园小道上，不少大学生骑着共享单车迎面而来，陈忌几乎是习惯性攥上她那小胳膊，一把将人从道路外侧拉到里边，自然而然同她里外换了个位置后，才满不在乎地答她，"回了。"

回去过，又回来了。

明明原本很长一段时间里，那套房子都只有他一个人住，按理说那才应该是他最习惯的生活状态。

谁能想到周芙才搬进来不过两个多月的时间，如今冷不丁地搬走，他回到家，一进门，没了满室光亮，没了她趿拉着拖鞋来来回回到处走，时不时抱着咕噜自言自语的声响，寂寥和冷清一下便充斥着整套房子。

家不像家，他便也没多少心情继续待着，最后莫名其妙回到车上，漫无目的地将车往外开，开着开着便又回到了她的宿舍楼下。

陈忌面不改色地清了清嗓音："来你们学校有点事，顺道呢，路过你宿舍楼下，本来也没打算叫你的,这不正好,你自己打电话过来了。"

周芙左耳进右耳出,就当没听见。

"也好。"陈忌闲散垂眸瞥她一眼,似笑非笑地勾了下唇,"不然有些人,嘴上说着追人,亲也让你亲了,抱也让你抱了,便宜占了不少,结果才追几天,人就不见了。"

周芙舔了下唇,非常自如地对号入座了。

"鉴于你这个跑路的前科比较严重,"陈忌伸手带着点幽怨地扯了下她脸颊,"我呢,也不得不来提醒提醒你,我的便宜可不是白占的。"

追个几天就跑,想都别想,既然开始了,他就不可能放过她。

周芙压根儿没心思听他那些有的没的,心思全在他垂落在裤腿侧时不时擦过她小臂的大手上。

周芙仔细观察了一下学校周围的寻常小情侣们,不说个个你侬我侬,至少人家一对对的手都是亲昵地牵着的。

她和陈忌的关系虽然比较复杂,但牵手这事,似乎也不是什么上不了台面的大事。

她如今作为主动的追求者,被追求者已经送上门了,那便没有放过的道理。

只是这事还挺难为情,然而也确实如陈忌所说,亲都亲了、抱都抱了,那牵个小手什么的,他这么大方的人,应该也没什么理由拒绝吧。顾自纠结良久,周芙忽地冲身边男人开了口:"陈忌。"

"嗯?"他的语调仍旧懒。

"你不是说你最大的优点就是为人大方?"周芙眸光里带着期待。

男人眉梢轻挑:"怎么?"

周芙张了张嘴,方才还觉得勇气十足,这会儿话临到嘴边,又莫名在他的注视下,紧张起来:"就……不如……把你的手借给我牵一下呗?"

"也,也不是说非得要牵,就是……你看他们都牵了,我们如果不牵的话,就显得我们……"周芙话说了一半,实在扯不出多余的理由来,眼神不自在地移开,随后耷拉着脑袋,手不自觉地探到脖子后挠了挠,整个人后知后觉地烫了起来。

别扭得要命。

到底还是脸皮薄,做不来这种主动的事。

"显得我们什么?"陈忌忍俊不禁。

周芙眨了下眼,终于想出个合理的解释:"显得我们像父女,毕竟我还是个学生,你都出社会了,我们俩看起来,多少还是有点代沟的……"

"……"陈忌差点被她气死,轻嗤一句,"到底是在学校里有哥哥弟弟的人,这就嫌我老了。"

他也不过才比她大两岁!

周芙张张嘴："也不是……"

男人居高临下地看着她，将她这些细小的反应全部收入眼底，最后唇角还是微微地勾了勾。

须臾，周芙只觉得自己还抚在颈后的手腕忽地被一阵温热覆盖，男人因从前长期握着木头精雕细琢，掌心微微起了层薄茧，触感略显粗糙，偏偏就是这样的感觉，让周芙心头忍不住一阵战栗。

她紧张地攥着手，任由陈忌将自己的手拉到身侧，之后听他哼笑一声，低声道："你手攥得这么紧，要我怎么牵？"

"放松一点。"他声线平直勾人。

周芙"啊"了声，不自觉地便听话地将手松开。

男人的大手一下将她葱白的手指各自分开，举止自然地同她十指相扣后，一瞬间占有欲十足地收紧。

周芙原以为只是简简单单牵个手，没想到他竟然能大方到这个地步，直接一步到位。

掌心温热的触感让她不自觉缩了下手，然而陈忌似乎并没有打算给她后悔的机会，只将握着她的大手握得更紧一些，直直将人牵在自己身侧。

周芙紧张得心跳加速，说话也来不及过脑子，语气带着点娇："陈忌，你，轻点啊……"

男人闻声懒洋洋低下头道："不是嫌我老？我都没使劲儿，你要我怎么轻？"

周芙："……"

这话怎么越来越往奇奇怪怪的方向发展了呢？

只是和他牵手的滋味，确实比每一次想象中的好上许多。

十指相扣了一会儿，周芙便自然而然地挽上他结实有力的小臂。

陈忌没拒绝也没吭声，任由她将自己半个身子的重量都挂在他身上。

两人同校园里任何一对寻常小情侣无二，一起走过落满树叶的林间大道，有一搭没一搭地聊天。

周芙："我们专业课老师每次上课都要提你。"

"李生？"陈忌有点印象。

"嗯嗯。"

"他带过我两年。"

"学校三食堂的红汤粉很好吃，和今塘那边的味道很像，你吃过吗？"周芙随口问。

"嗯，每次上完专业课都会去。"陈忌应道。

周芙眸光亮了亮："我也是。"

建筑学有自己的专业课教室，位置就在三食堂边上。

"我平时就喜欢坐在红汤粉窗口左边靠近鲤池的那个位子上吃，一边吃，一边看外面。"周芙继续道。

陈忌说："嗯，我也是。"

周芙惊讶地抬头看他一眼，最先是发现巧合的欣喜，之后眸光又忽地暗下去。明明这么巧，可这几年，却从来不曾一起来过。

陈忌似是发现了她的小情绪，大手一下抚上她的头顶，胡乱将她的发丝揉乱，淡淡道："过几天一块儿去吃。"

周芙笑了下："好呀。"

两人边说边往学校侧门的小吃街走，北临大学的小情侣一般都喜欢去那儿。

他俩此刻虽"名不正言不顺"，可还是默契地有着同一个目的地。

这种事，两人在大学时期都不曾做过，如今正好有机会补上。

走了没一会儿，迎面遇上了方才周芙刚刚提过的专业课老师李生。

对方看到陈忌的第一眼，先是一愣，随后脸上立刻扬起笑容。

在北临大学建筑系，陈忌不论是在哪一个老师嘴里，都是实打实的得意门生般的存在。

"李老师好。"周芙还没毕业，还是人家手底下的学生，笑容便显得有些胆怯。

"李老师好。"陈忌难得谦逊地跟了一句。

李生睁大眼，眼神里流露出的赏识藏都藏不住："稀客啊！陈忌，什么风把你又吹回咱们北临来了？前两年校长亲自打电话让你回来给学弟学妹们开开讲座、传授传授经验什么的，你都抽不出空来。"

陈忌扯了扯唇角，哪怕是面对从前的老师，骨子里仍旧透着股与生俱来的傲慢："那两年在英国。"

周芙笑意忽地敛了起来，她忽然想起许思甜同她说的陈忌去英国的原因。

李生打心底里喜欢陈忌，随意点了个头，这事也就翻篇了："今天怎么会来？"

陈忌牵着周芙的手没松开，下巴懒懒地往周芙那头抬了下，这会儿倒是没了方才对周芙的那些冠冕堂皇的说辞："来看看她，顺便带她出去逛逛，吃点东西。"

李生的注意力终于落到周芙身上，满脸写着惊讶："你们……认识？你女朋友？"

他看向陈忌。

后者一脸坦荡，直接介绍道："不是女朋友，我太太。"

周芙脸颊当即烫了烫。毕竟在老师跟前说起还没毕业就领证这事，多少有些害臊。

李生震惊过后，笑着摇了摇头："那这不就巧了？你们夫妻俩专业课都是我带的。"

陈忌很给面子地点了下头："是巧。"

他偏头瞧了眼周芙，重新看向李生："还请李老师多多关照她一下。"

"她本来就是我学生，还说什么关不关照的？"李生笑了笑，"周芙性子温暾，我原本还担心她出去实习容易受欺负，这下倒是不用愁了，有你这个浮沉建设一把手带着，我这个做老师的都要羡慕了。"

周芙抿着唇，不好意思地往陈忌身后稍稍躲了躲。

"挺好的。"李生看向周芙，"早早把事定下来也好，也不知道你晓不晓得这小子之前还在北临的时候有多拼。建筑系本来就累，寻常学生啃个四五年也不见得能啃下来的东西，他没日没夜花了一年半就学完了，之后就申请去了英国。"

李生"啧啧"两声，感叹道："这小子是真拼啊！我当时都纳闷，年纪轻轻的，也不知道在赶什么，像是特别着急想出学校进社会似的。现在事业上拼完了，缓下来组建家庭也挺好的，以后小两口能好好过日子了。"

他看着周芙："有你家这位在，你倒是什么都不用愁了。"

周芙不自觉地看向陈忌。

其实非要算起来，陈忌才大了她两岁，若按照寻常的人生轨迹来说，也不过是正在大学校园里读研的年纪。

这些年，她没少从别人嘴里听过关于他的故事。

他长相好、家世好，明明有着得天独厚、任由他随心所欲的条件，在学业上竟然还拼得要命。

旁人都不知道其中原因，只感叹一句"大佬和凡人终究是不一样的"。

而周芙也是如今才知道，大抵是因为她那句刻意想要将他推离自己身边的话，才让他即便是豁出性命，也想抓紧一切时间，尽快成为那个无论她想要什么样的生活他都能给的人，然后重新出现在她面前。

周芙低着头，眼眶忍不住红了红。

都怪她的那句话，他这几年应该也过得好辛苦。

和老师道别后，周芙瘪着嘴，陈忌倒是对那些事满不在乎，大手探到她肩头，将人一把往自己怀中稍稍带了带，随后手指自然而然地捏住她那柔软的耳垂，捻了捻，随口问："这外面的学生街逛过没有？"

周芙摇摇头："没有。"

她大学课余时间基本都用来兼职赚钱，没那个时间也没那个钱来这附近消遣。

陈忌说："我也没逛过。之前我室友他们常被女朋友拉着来。逛逛？"

周芙："好。"

陈忌重新牵起她的手，动作熟练得像是练习过无数次。

两人一块儿走在人群拥挤的街道上，周围摆了很多小摊。

因为大学生情侣多，整条街能玩的花样也繁复，气氛有点类似当初她还在今塘时，陈忌带她去的那个游乐场。

逛了一会儿，她先前因老师那几句话而沉重的心情渐渐好转了。

这块片区的消费群体大多是还未出社会还没有自己赚钱的大学生，因而物价比起陈忌那套地处寸土寸金的市中心的房子周围，明显低了不少。

周芙逛起来轻松许多，偶尔有想要的东西也敢开口问价了，但是，都是陈忌一路掏手机，一毛钱也没舍得让她自己花。

周芙一手拿着一杯关东煮，另一手拿着几根串儿，冷不丁地闻见刚洗的头发里染上了烧烤摊的油烟味，随口问了他一句："你晚上还回家吗？"

陈忌舔了下唇："不回，都几点了？"

周芙咬了颗丸子，抬睫看他："那你晚上住哪儿？"

"酒店。"陈忌眉梢轻挑了挑，"怎么，想一起？"

周芙咬唇瞪了他一下："你可别想歪啊，我就是想借你住地方再洗个头、洗个澡什么的，刚才染上油烟味了……"

宿舍人多，加上潇琪又看不惯她，她大晚上回去再洗一回，怕是要被嫌弃死。

陈忌闻声，唇角勾了勾："嗯，没想歪，不就是完成你小时候的梦想吗？我懂。"

他懂了，周芙没懂："什么？"

陈忌微抬着下巴，痞里痞气的："我就记得某些城里人，从小思想就花里胡哨的，现在终于要让她得逞了。"

周芙脑海中冷不丁飘过两句话：

"小小年纪，想法还挺花里胡哨。"

"你一把年纪，还挺纯情。"

"……"周芙瞪了他一眼，脸颊烧着，自顾自地往前继续逛。

途经一家手工艺摊，周芙不自觉地停下脚步。

店主看着像是六十来岁的老人，脸上虽爬满皱纹，但一双手精巧得很。

一条条平平无奇的藤蔓，被他那灵巧的十指绕来绕去，轻轻松松编织成各色各样的生活小物。

周芙好奇地看了会儿，之后随手拿起摊子上摆放的成品。

一双藤编凉鞋。

周芙仔仔细细地瞧了瞧，搭配起长裙来，应该会很不错。

她左看右看，十分心动，顾及店主年岁高，想照顾照顾生意，便随口问了下价格。

没承想这种手工制品的价格并不高，当即便想买下。

她正想用手机扫码时，电量闪烁告急，没等她将钱支付出去，手机便自动关机了。

陈忌站在身侧，面无表情，并没有要出手帮忙的意思。

明明方才不论她买什么，哪怕她想要自己付款，他都十分自觉地抢在前面。

只是这一回没有。

周芙对那双鞋越看越喜欢，想了想，扯了下陈忌衣角："我手机没电了，你先帮我付一下。"

男人摇摇头，无动于衷。

周芙抬睫看他，觉得有些奇怪。不过百来块钱，放在平时，他眼睛都不眨一下。

平时不经她同意，也非要转给她买零食的钱都不止三位数。

这些倒也不是她理所当然要他花钱的理由，想了想，周芙小声说："你先帮我垫一下，我回去肯定还你。"

他哪里是差她那几个钱？

男人垂下眸，眼神扫过她，无奈地问："一定想要？"

周芙小心翼翼地点点头。

就见陈忌拿着手机走到一个卖奶茶的摊位前，随意买了两杯饮料，之后招呼周芙过来："我给这老板多转了几百，你管她借。"

周芙眨了眨眼，没懂他这多此一举的操作到底是什么意思。

她还是按他说的做了。

折腾一番，终于把那鞋买下来之后，周芙笑着将袋子拎在手里，想了想，还是抬头对陈忌说了声"谢谢"。

哪承想男人眉头微蹙，淡淡道："奶茶店老板借你的钱，别和我扯上关系。"

周芙实在搞不懂什么意思，一脸疑惑。

那钱明明就是陈忌多转给奶茶店老板的。

须臾，他轻叹一口气，抬手扯了扯她脸颊："你知不知道，今塘有个说法，送人鞋子，就代表想将对方从自己身边送走。"

他从前桀骜不驯，最不信那些陈规礼教、普世谏言。

然而他在今塘除夕那场烟花礼下许的愿望，竟然真的将周芙重新带回到他身边。

从此往后，他便对此类深信不疑。

周芙心头紧揪了一下。

她之前对他做的事确实过分，只是没有想到，向来冷硬的少年竟也会有这样的后怕。以至于他宁愿相信自己从前根本不屑一顾的许愿，都不愿把这希望寄托在她身上。

原来不只是她，他也会不安。

她小心翼翼地抬睫扫他一眼，之后主动去够他垂在裤腿边的大手，像小孩子般一把握住他的食指指节，讨好似的晃了两下，说："我今天拿到了上个学年的奖学金，这就当是我给自己买的奖励，和你没关系。"

周芙想了想，忙从奶茶店老板那儿借了纸笔，弯着身，凑到摊位低矮的小桌板上，煞有介事般一笔一画、工工整整地给陈忌写了张欠条。

将自己名字签上去之后，她还傻兮兮地顺手从方才买的烤肠上蹭了点番茄酱到拇指上，咬着唇往欠条上按了个手指印。

陈忌居高临下，眼尾微垂，看着她的一举一动，忍不住勾唇低笑了一下。

"给。"周芙将笔还给老板，直起身来，态度十分端正地将欠条双手递上。

陈忌在这事上也没和她客气，随手接过，粗略扫了两眼，淡笑着点了下头，将欠条折起来，随手放进裤兜里，将话题扯开："奖学金拿了多少？"

周芙如实说："一万。"她眨眨眼，脸上是藏不住的得意。

"一等？"陈忌从前也是北临大学建筑系的，成绩几乎是一骑绝尘，虽然没刻意去争取过这些东西，但年年一等奖学金都是他的，男人轻扯了下周芙脸颊，"厉害啊，建筑奖学金不好拿的。"

他说着，重新掏出手机，不紧不慢地给周芙转了个五位数红包过去。

周芙这会儿手机没电自动关机了，也没提示音，正安心地喝着方才陈忌买的奶茶，喝了两口后，想起来另一杯还在自己手里，正想给他递过去，余光不小心瞥见他手机屏幕上的内容。

那顶着一块小豆腐的头像，周芙再熟悉不过了，见状，她不解地问："你干吗又给我转钱啊？"

陈忌满不在乎地冲她手里的那双鞋抬了抬下巴，说："那鞋是你自己买的奖励，这钱是我给的奖励。"

周芙"啊"了声："你别总给我钱呀，我自己的工资都够花了。"

他使坏般伸手将她头发揉乱，语气仍旧傲慢："我就想给，你管我？"

这点钱又算得了什么？偏偏就是少了这么点钱，让他的女孩儿八年里过得没个人样。

这八年，他没能在她身边，甚至不敢轻易去想象，她那样一个只会哭、其他什么都不会的公主，到底被迫吃了多少苦。

如今他总算是把人弄回自己身边了，便想着法子，把他所拥有的全部给她。

他就是想给。

整条街逛下来，周芙偷偷去牵陈忌手的动作，明显娴熟许多。

到后来她甚至舍不得松开，以为他没发现，暗自窃喜，殊不知这是他默不作声给的特许。

两人走走停停，时间过得飞快，周芙从前曾设想过很多次，和陈忌一块儿在学校附近过着寻常小情侣的生活会是什么样子的，如今陡然实现，备感珍惜。

哪怕已然接近宿舍关门时间，她仍旧没舍得走。

出了巷子口，途经一家炸鸡店，她眸光亮了亮，抬眸看向陈忌："你想吃吗？"

她今晚已经吃了不少东西，虽说好些是只尝了几口，便全数塞给陈忌扫尾，但种类多，此刻肚子已经八九分饱。

但因为想到出去了估计就得和他分开，一个人孤零零回宿舍，她还是变着法地找借口想和他多待一会儿。

没等陈忌开口，她继续补充道："这家店的花枝丸很好吃，我之前每回下班，老板都会送我一份，我自己也会做。"

"噢，我前几年在这家店打过工。"印象中，她还没同陈忌说起过先前的生活，怕他没听明白意思，忙解释了句。

陈忌淡淡"嗯"了声："正好找个地方坐坐。"

这话便是同意了，周芙开心地拉着人往店里走。

一到店内，老板便迎了出来，见到周芙这张熟脸，忙热情地打了招呼叙旧："好久没看你来了。"

周芙点点头，笑答："对，今年实习了，就不常回学校。"

"工作还顺利吧？"老板随口问着。

周芙偏头看了眼陈忌，点点头："嗯，挺好的，同事都很好，领导也很好。"

边上的男人淡淡地扯了下唇角。

老板接过话："我就说嘛，几个月没见，难得看你长胖了点，应该是过得还不错。"

周芙眨眨眼——有这么明显吗？

老板寒暄过后转身回了后厨。

陈忌冷不丁地抬手掐了把她的脸颊，懒洋洋道："别听他扯。"

"嗯？"周芙没懂。

"长胖个屁，那天在沙发上，骨头都硌到我了。"他唇角微勾。

周芙反应过来，整张脸瞬间红得没法看了。

两人找了张空桌坐下，周芙随口问："你来过这家吗？"

陈忌不自在地移开眼神："没有。"

"那我随便点了？"她按照先前的印象，点了些学生们比较喜欢的东西。

将点好的单子还给老板后，她的视线忽然定在不远处装着玻璃瓶汽水的冰柜上。

陈忌对她这种眼神十分熟悉，从前求着他，让他允许她吃一口冰激凌的时候，就是这个样子。

这段时间，她的某些小性子被他重新养回来了，没了两个月前刚重逢时的战战兢兢，很多刻进骨子里的表情和习惯都还是当初的老样子。

陈忌顺着她的眼神往冰柜那儿望了一眼，语调和话术也还是同八年前没有任何区别："想都别想。"

别的都好商量，带"冰"字的免谈。

周芙自诩对付陈忌还是很有一套的，想了想，同他说："你知道吗？我之前在这里打工的时候，经常看见男生点那个玻璃瓶汽水，开盖都不用起子，拿根筷子就能开，动作好帅。"

话音刚落，陈忌那森冷的眼神当即便扫了过来，定定地盯了周芙两秒钟，忽地起身往冰柜处走。

周芙手肘撑在桌上捧着脸，忍俊不禁。

其间，老板手托着盘，将她方才点的东西送到桌上，之后轻声道："我就说嘛，你俩肯定是一对的。"

周芙不解："嗯？"

老板继续道："刚才你男朋友一进店里，我就觉得眼熟，一时没想起来在哪儿见过。后来我老婆和我提了，说是之前每天都来我们店里订东西，一订就是百八十份的那个男孩子，就是他。

"然后我就想起来了，确实是他。我就记得那会儿我们店刚起步，生意也不怎么好，多亏了他每天的大单子，才让我们把头半年撑下来。当时想送点东西感谢他，结果他什么也不要，只说让我们对你好点，多发点工资，他补贴，别让你干太多活。

"当时我和我老婆就猜呢，他肯定是在追你。"

周芙这会儿鼻尖泛着酸，眼神定定地看着陈忌正俯身替她拿汽水的高大背影，已经听不见更多的声音，只淡笑着点点头。

片刻后，陈忌手上拿着一瓶冰镇玻璃瓶汽水回到桌前坐下。

他手指弯起，面无表情地在周芙桌前轻敲两下，语气傲慢："看好了。"

正说着，男人左手握着瓶身下方，右手一转，连筷子都不拿，腕骨朝着瓶口轻撞了下，就听见"啵"的一声，盖子打着旋儿掉在桌面上。

"谁帅？"陈忌冷冰冰地问了句。

难得幼稚。

周芙反应过来，忍着笑，温声答他："你帅。"

男人不自在地清了清嗓子："太冰，只能喝一口。"

周芙点点头："好。"

周芙愣愣地抱着喝了一口，心思却全在方才老板说的话上，不知该怎么和陈忌开口，只能学着他对自己的样子，一个劲儿地往他面前的餐盘里堆好吃的，只是想，能稍稍对他好一点。

一来二去，陈忌似是也发现了点不对劲儿，眉梢微扬，随手将东西弄回她盘里："好好吃你自己的，少管我。好不容易给你养回来的那点肉，再给折腾没了，你看回浮沉之后，谁给你转正。"

周芙鼓了下腮，故意拿话塞他，嘀咕道："你是不是嫌弃我夹过的？"

闻言，男人懒洋洋地抬了抬眼皮子，之后大手忽地握上她右手手腕，稍稍使了点力，将她手中那已经啃了小半口的花枝丸直接送到自己嘴里，淡声问："你说呢？亲都亲过了。"

周芙："……"

两人磨磨蹭蹭，等出店时，已然过了夜里十一点。

这个点，宿舍大门都已经锁半小时了，周芙心虚地看向陈忌："我回不去了。"

陈忌一把将人牵着带回他停在附近的车里："开房呗，就你那点心思，我还看不出来？"

周芙："……"

她还是第一次和男人开房，说不紧张是假的。

明明在家里时，已经同住一个屋檐下很久了，但同房的经历是没有过的。

原以为到了前台，会碰上经典的"只剩下一间房了""要大床房还是标间双床房"这类尴尬又刺激的问题。

结果没想到，这些问题在拥有"钞"能力的人面前，似乎压根儿就不存在。

陈忌随手订了个顶层总统套房，粗略估计有八间房。

周芙："……"

想来也对，她才是追人的那一个，被追求的人是该矜持一些。

进门后，男人神色如常，就跟回家没有任何分别。

等周芙换完鞋，他掏出那张欠条，十分在意地说道："充电还钱。"

周芙笑了下："噢。"

债务一笔勾销之时，已经将近晚上十二点，陈忌瞧了眼手机上的时间："明天是不是还要早起回学校？"

周芙点点头。

"去洗澡睡觉。"

这情节发展得和她想象中有些差距。只不过她虽处在追求者的位置上，脸皮仍旧薄，听陈忌这么说，也只能听话照做。

哪承想不只是陈忌不配合，连每个月只来一回的"亲戚"，也相当不配合。

澡洗到一半时，周芙隐约察觉出些不对劲儿来。

片刻后，氤氲着水汽的浴室忽地传来小姑娘弱弱的嗓音，听起来略显尴尬："陈忌……"

男人坐在不远处的沙发上，低头瞥了眼某处，深吸一口气后，淡定起身走到浴室门前："干吗？"

周芙咬了下唇，结结巴巴地问："你车上还有……还有卫生巾吗？"

陈忌脸色一黑："……"

周芙没听见他吭声，却听见了往门口走的脚步声，想了想，又喊了一句："等等！"

男人脚步顿住。

"能不能顺便帮忙买条小裤裤带回来啊？"周芙的语气听起来挺难为情。

陈忌消化了许久，才反应过来她口中的"小裤裤"是个什么玩意儿："你觉得这事很顺便吗？"

"反正……反正你都已经有过一次经验了嘛……"

陈忌："……"

原以为陈忌会拒绝，没想到最后，男人还是咬牙切齿地低声说了句："上天真是专门派我来伺候你的。"

周芙："麻烦你了……"

陈忌："等着。"

等他买完东西回来，周芙已经从浴室里出来了。

估计是时间有些久，她先随意拿纸巾垫了垫便凑合着出来了。

床上多了个小鼓包，陈忌走到床边，就见周芙整个人缩在里头，额头上出了点汗，脸色苍白得要命，看起来十分不对劲儿，和方才在外头生龙活虎的样子判若两人。

知道她是又疼了，估计就是先前那一口冰镇汽水给折腾的。陈忌眉头蹙起，从口袋里掏出方才顺手买的药，将人扶起来："先吃了，一会儿带你去医院看看。"

周芙这会儿闭着眼，动都不愿动一下，只张嘴将药丸吞了，说话也含混不清："不想去……我躺一会儿就好了，老毛病。"

这事由不得她拒绝，陈忌心头揪着，可见她这模样似乎也不适合外出，想了想，又说："行，不去就不去，我一会儿让人过来给你看。你先把裤子和那个换了，这样会舒服点。"

周芙哼哼唧唧不睁眼。

陈忌咬了咬后槽牙，忽地俯下身去凑到她耳畔沉声道："你懒得动，那我替你换了？"

这话刺激得周芙一下睁开眼，入目的是男人不带任何玩笑色彩、一本正经的脸。

259

她心脏忽地剧烈跳动起来，疼痛都忘却了，强撑着坐起来，从他手里接过东西，去了洗手间，出来时，陈忌叫的医生也已经到了。

对方替周芙瞧了瞧，只说是老毛病，得长期调理，眼下带了点滴来，可以先打一瓶，救救急。

陈忌细致地问了句："她刚刚吃过布洛芬，和这点滴冲突吗？"

医生忙答："没事没事，不冲突。"

他随意瞧了眼四周环境，想到这是酒店，又适当地提醒了句："就是经期不能同房啊，稍稍忍一下。"

周芙："……"

陈忌："……知道了，麻烦您跑一趟了。"

将医生送走之后，陈忌回到周芙床边，见她软绵绵地藏在被窝里，大手探到她散在纯白枕头上的黑色长发上。

果然还没干。

他想了想，从洗手间拿了吹风机过来，径直坐到床头，就这么任由她睡着，默不作声地替她吹起头发来。

良久，吹风机声响终于停下。

周芙抬眼，就见陈忌正耐心地替自己整理着头发。

她这会儿病恹恹的，带了点鼻音，奶声奶气地说："陈忌，我现在没什么力气，所以追你这个事，要暂缓一晚了。"

"嗯。"他淡淡回了句。

反正他也不指望她能追到什么程度。

周芙继续说："我还有点疼，你能……抱抱我吗？"

陈忌眉梢微微抬起，哼笑一声："明明是你追我，你的要求还这么多？"

说归说，动作却很诚实。

一会儿工夫，他便掀开被子一角，从少女身后覆了上去，一把将人揽到怀中，动作娴熟得像是排练过无数次一般。

周芙眼间酸了一下，话音很弱却十分直白："陈忌，我平时自己一个人的时候，很坚强的。"

陈忌："嗯。"

男人下巴抵在她头顶，发出声响时，周芙能感觉得到他的喉结微微滑动。

"但是每次你在的时候，我就可能会，会更作一点……"周芙继续道。

"作吧。"陈忌温热的大手忽地抚上她小腹，一下一下轻缓地揉着，"我都被你作习惯了。"

男人手上轻轻替她揉着，薄唇不自觉地凑到她柔软的耳垂处，温热的气息洒在她的脖颈，惹得她忍不住一阵战栗。

忽然，他问："你生日快到了吧？"

周芙"啊"了声："还有两三个月。"

他知道，圣诞节前一天："那也快了。"

"有没有什么想许的愿望？说出来，没准我现在就能替你实现。"

比如想要个男朋友什么的，趁他现在心疼她，她开口他就能答应。

周芙没想到他会忽然这样问，不自觉地咬了下唇，想了想，面红耳赤地提醒道："但是医生刚刚说，经期不能同房的……"

陈忌一愣，忍不住哼笑一声，语气听起来暧昧得要命："哦，原来有些人的愿望一直是这个啊？"

周芙忽地睁大眼："！"

她也没想到，自己怎么轻易就能把那样的话脱口而出。

周芙的脊背僵直一瞬，即刻噤声，浑身热滚滚的，尴尬到想找道地缝钻进去。

只是这会儿没有地缝给她钻，想了想，她索性破罐子破摔，也不去猜陈忌此刻到底是怎样的表情，反正她在他面前丢脸也不是一次两次了。

想到这里，周芙悄悄吸了口气，咬着唇，把心一横，努力撑起仅剩的最后一丝力气，在陈忌温热的怀中翻了个身，两只纤弱的手臂往他腰间探去，之后收起力道，整个人一下缠到他身前。

不钻地缝那就钻胸膛。

男人抵着她发顶的喉结不自觉上下滑动了一下，呼吸一滞。

他还没来得及出声，就听见周芙微弱的气音从自己怀中闷闷地传了出来："你之前说过，我想抱你的时候，可以直接抱，不用通知的……"

陈忌先是一愣，之后低低地哼笑了声，嗓音仍旧磁性低沉："我说你什么了吗？"

周芙"嗯"了声："我就是和你说一声，不然怕你误会。"

陈忌眉梢轻挑："误会什么？"

"误会我又想占你便宜什么的。"周芙一时也没想明白该说什么，便随口回他。

男人拖腔带调地说："难道不是？"

周芙眨了下眼，身下刚刚稍缓些的疼痛仍旧束缚着思维，反应一时有些慢："好像也是……"

她咬着唇，又想了想，最后软软地为自己的行为再次辩解了一句："其实，也不能说是占便宜，这词好像显得我在耍流氓。"

"你难道不是在耍流氓？"他继续反问道。

周芙脸颊贴着他宽阔的胸膛，轻轻摇了摇头，微显凌乱的发丝擦在男人脖颈上，磨得他气息都重了些："我就是，本能地想靠你更近一点。"

"生理反应，懂吗？这是人为控制不了的，不是道德品行有问题。"她越说越起劲儿，歪理一套接一套。

等话音落下时，她才忽然发觉，紧临耳畔的心跳声，似乎莫名变得急促起来。

周芙舔了下唇："陈忌。"

"嗯？"

"你的心跳怎么这么快啊？"

"生理反应，懂吗？"他直接拿她方才的话术搪塞回去。

周芙想了想，继续问："那上次，就是在沙发上那次，也是生理反应，对吗？"

男人眼睛忽地垂下，半晌轻扯唇角，不咸不淡地问："你一个小姑娘，怎么对这事好奇心这么旺盛？害不害臊？"

周芙鼓了下腮："都说了嘛……人为控制不了……"

见陈忌没吭声，周芙便继续追问："那我上回，是碰到你哪儿了？"

陈忌眸光暗了暗，喉结上下滑动了下，哼笑一声，语调忽地不正经起来："想知道？"

他说着，原本还环在她腰间的大手当真往身后伸去，捉住她那贴在自己脊背上的小手。

周芙惊得睁大了眼，心跳开始不争气地加速，全然没了方才的淡定。

她到底还是个小姑娘，装得再主动，脸皮也仍旧是薄的。

陈忌薄唇微抿着，强忍着笑意，能感觉到周芙被自己握在掌心的小手控制不住地发颤，打算吓吓便放过她。

他唇角实在忍不住微微扬着，淡淡地"嗯"了声，说："看在你今晚不舒服，勉强算个病人的分儿上，我只好稍稍自我牺牲一下，当作给你点慰问好了。"

周芙点点头，顺着他的话往下接："你说得也对，哪儿有探望病人空手来的呢？"

陈忌差点被她气笑了。

只是她嘴上虽这么说，心里还是紧张得要命，手掌被陈忌握着，没出息地缩了下手。

这是她长这么大以来，第一次直面异性之间身体的差异，羞意裹着胆怯，她整个人躲在他胸膛，面红耳赤。

精神高度紧张之余，她便没了多余的心思控制手上的力道，瑟缩之时，指尖似是蹭到了陈忌的身体。

就听见男人"嘶"的一声，不自觉地倒吸了口冷气，沉沉的嗓音带着些晦涩难懂的暗哑，咬着牙关："你是不是以为你今晚来事了，就能肆无忌惮？"

周芙这会儿是真的有些慌了，听着他那变了的声线，便开始有些害怕，压根儿没胆再抬眸看他。

陈忌这回是真被她气笑了，低低的笑声过后，眼神直勾勾盯着她泛红的脸颊，之后忽地抬手捏住她细嫩的下巴，将那小脸抬起，迫使她躲藏的眼神同自己的视线交汇，下一秒，他低下头，对着周芙那温软透粉的唇瓣直直吻了下去。

她只能被迫仰着头，感受着环绕在鼻尖的木质淡香，和嘴唇上酥酥麻麻的异样。

良久，陈忌稍稍松开捏着她下巴的力。

周芙勉强找回呼吸，眼神都有些蒙："你怎么……"

她话都还没说完，便被自己沙哑的嗓音吓得收了声。

男人漫不经心地轻舔了下唇，似笑非笑地答她："既然是合法夫妻，那我亲一下，也不是什么大事吧？"

周芙眨了下眼，觉得他说得很有道理，索性点点头："没事，可以亲。"

陈忌哼笑一声，又听周芙继续道："那我们这算是……扯平了吗？"

"扯平？"他眉峰一扬，像是听见了什么天方夜谭，扯了下唇角，强行一本正经道，"你不觉得，这很明显还是我比较吃亏吗？"

周芙鼓了下腮，回忆了一下滋味，也对他的说法表示同意："那……我再给你亲几下？"

"周芙，"陈忌忽地叫了下她的名字，开始语重心长地教育，"耍流氓呢，还是得讲究一个适可而止。不能什么好事一个晚上全让你占了。懂了？"

"懂了。"

周芙不是一个贪心的人，可是每每对上陈忌的时候，又贪心得不像个人。

大抵她潜意识里便觉得陈忌是纵容自己的，因而向他吐露真心这件事，似乎渐渐地也不再像从前那般难以启齿。

她想了想，还是跟从自己内心的想法，黏人地往他怀中钻了钻，抱着他的四肢缠得更紧了些，之后温软的嗓音再次从贴着他的胸膛处溢出来："那亲就先算了，你今晚能……抱着我睡一晚吗？别去其他房间了呗……"

陈忌任由她整个人缩在自己臂弯中："我发现你这个人还真挺会得寸进尺。"

周芙"嗯"了声："那行吗？"

陈忌已经不记得今晚到底沉了几次气，语气多了些无奈："你觉得你这个样子缠着我，我今晚还能睡得着吗？"

周芙努力替自己争取："我睡相还挺不错的，睡着了很老实，不怎么乱动，不会打扰到你的。"

陈忌嗤笑一声："老实？一张沙发分两头睡，夜里还能一个劲儿往我怀里钻，也不知道是真睡着了，还是装睡想着法子耍流氓。"

周芙睁大眼睛："真的吗？"

"骗你干吗？"

周芙动了动身子，抱得他更紧："是像这样吗？"

陈忌眉头轻蹙，深深叹了一口气后，沉声道："松开。"

周芙："？"

怎么忽然这么凶？

陈忌舔了下唇，喉结上下滑动，被她折腾得没辙了："总得让我先去洗手间吧？"

周芙："……"

这一晚，周芙睡得相当踏实惬意。

醒来时，她整个人是趴在陈忌身上的。

当场实锤了"睡相差不老实"这一点。

不过她也没多在意，见陈忌还未睁眼，就没舍得从他身上离开。

男人的黑色碎发慵懒地搭在额前，薄唇微抿，习惯性轻蹙的眉头少见地舒展，看起来少了分桀骜不驯，大手似是担心她从自己身上摔下去，哪怕还在睡梦中，也本能地揽在她腰间，紧紧束着。

周芙小心翼翼地侧着脸贴在他身上，重新闭上眼，对与他相拥的每分每秒，都无比珍惜。

再醒来时已经过了早上八点半。

床上只剩下她一人，洗手间的门紧闭着，从里头传来淅淅沥沥的水声。

周芙在床上裹着被子赖了半小时，才见陈忌懒洋洋地从洗手间出来。

"你洗澡啊？"她随口问了句。

陈忌眉梢轻挑："我干什么，你心里没点数？"

周芙愣了一下，半晌才反应过来他话里的意思。

一夜过去，昨晚莫名上头的勇气丢得无影无踪，她耳郭忍不住泛起粉，手心攥紧了被角。

"起床洗漱，一会儿十点不是还有讲座要去？"陈忌瞧了眼手机上的时间，适时提醒。

周芙"噢"了声，又问："你怎么知道的？"

陈忌懒懒地往床边的沙发上一坐，面不改色看着她："不巧，院方正好邀请我去给你们讲两句。"

周芙睁大眼睛，想到并非回了学校就要与他分别，面上窃喜之意一时没藏好：

"真的？"

男人微微勾了下唇角："倒也不必如此兴奋。"

两人收拾好离开酒店，周芙想起还有个申报最后一年奖学金的纸质材料表格要交给班长，陈忌便开车送她回了趟宿舍。

目送她下车上楼之后，陈忌也没走，就这么在楼下站着，等着和她一块儿去讲座现场。

周芙回到宿舍时，两个室友立刻从各自的座位上抬起头。

此刻潇琪不在，宿舍里其余的几个人关系都不错。

顶了一头卷发器的室友说："听说你从潇琪那儿搬走了？"

周芙点点头："嗯，有两个月左右了。"

短发室友忙将话接过："我当时就说嘛，潇琪这个人不可靠，住在一块儿肯定会出事。"

周芙舔舔唇，没吭声，她并没有在背后说人坏话的习惯，加之那些事都过去了，等毕业之后，两人应该也不会再有交集，能不提便不想再提。

只是室友之间一块儿住了这么多年，关系又不错，到底还是互相了解的。"卷发器"见周芙这个表情，便直截了当地说道："你别不好意思说她了，她昨晚趁你走之后，在宿舍里说了你一晚上，我俩都不想搭理她，戴着耳机音乐开到最大，都挡不住她的声音。哪怕她自己添油加醋、颠倒是非地说了一通，正常人听起来，谁听不出来明明都是她和她男朋友的问题？"

"卷发器"生气地吐槽完，又说："那你后来搬哪儿去了？房租贵不贵？要是钱不够，我能先借你点。我昨天也刚拿了二等奖学金。"

周芙笑着摆摆手："没事，我现在实习的地方……有，有员工宿舍……"

"卷发器"一脸羡慕："浮沉不愧是浮沉，还是这种大公司员工福利好。"

周芙心虚地点点头。

福利确实好，有"员工宿舍"住，老板亲自伺候一日三餐，还……

边聊着，周芙边从书架上抽出材料表格，翻着仔细检查了一遍，妥帖地收进包里后便和室友告别离开。

没承想她刚走到楼梯口，正想往等在车旁的男人那儿走去时，就见潇琪举着手机，从不远处小跑过来，一下凑到了陈忌跟前。

男人这会儿正低着头，面无表情看着手机。

潇琪一脸兴奋地将手机伸到陈忌眼前，努力挤出漂亮的笑容："学长，你是大几的呀？能加个微信吗？"

那刻意到发腻的嗓音听到陈忌耳朵里，如同锈锯拉老木般，他忍不住蹙起眉头，眼皮都懒得抬。

潇琪舔了下唇，还没打算放弃，毕竟不论是陈忌这个长相身材，还是他身后这辆让人挪不开眼的车，对于潇琪来说，都有着十足的诱惑："学长，交个朋友呗？"她又说了一遍。

这回终于等到了陈忌开口，只是没想到，他直接来了一句："不好意思啊，我只能和那个最漂亮的小姑娘交朋友。"

男人下巴朝不远处抬了抬。

潇琪顺着望过去，就见周芙背着包从台阶上走下来，眼见着便要到达两人跟前。

周芙那张脸一向很吸引人，可是她家境差得要命，寻常男生想谈女朋友，多多少少会被她那家庭条件劝退，潇琪没想到，眼前这样的男人竟然是冲着周芙来的。

潇琪和周芙本就有过节儿，这会儿更是气不打一处来，想了想，忙同陈忌说："学长，你可能不知道，她这个人的人品差得要命，你可别被她的外表欺骗了。当初我看她没钱没地住，好心把租好的房子分了她一间，结果她倒好，住进来没几天，就勾引我男朋友，天天和我男朋友眉来眼去，还——"

"不好意思啊。"陈忌没等潇琪说完，便立刻出声打断，那些诋毁周芙的话，他半个字都不想听，念在眼前这傻子是个女的，他不想直接动手，努力压下火气后，冷着声道，"我可能要适当地提醒你一句，你那位两百多斤的男朋友的胳膊，不巧，是我亲自卸下来的。"

潇琪张了张嘴，先是一愣，脸色由红转白，不过很快又恢复如常。

她努力沉下气来，往周芙那儿再瞥了眼，气不过，又继续道："那你可要小心点了，这女的最会用脸骗人了，谁知道一边勾着你，让你替她出气卖命，一边又勾搭上其他什么人呢！"

"你怕是不知道吧？"潇琪故意卖着关子。

见陈忌没搭理自己，自顾自地说："浮沉建设你听过吗？"

陈忌微垂了下眼眸。

潇琪笑了下，得意地往周芙那儿瞪了一眼："就是那女的最近实习的公司，我们同学里头可都传遍了，听说周芙和浮沉建设的领导有一腿。"

聒噪的话音落下，陈忌懒洋洋地抬了抬眼皮子，嗓音沉沉："和浮沉建设的领导有一腿？"

潇琪见他终于有反应了，立刻答："对啊，听说还是她主动勾搭的呢！"

陈忌微勾了下唇角，眉梢轻挑："确实有所耳闻。"

潇琪："？"

陈忌舔了下唇，当着潇琪的面，伸手一把将周芙揽到自己身侧，语气十分大度：

"不过我并不怎么介意,她喜欢就好。"

潇琪:"??"

潇琪脸色僵硬了一瞬,深吸一口气后才将情绪稍稍压下,不再失态。

只是她语气仍旧酸,皮笑肉不笑地冲陈忌说:"没想到你还挺喜欢戴绿帽子的。"

周芙眉心拧了下,原以为"绿帽子"这词,不论是换作谁听了都会生气。

哪承想身旁男人闻言,一脸从容淡定,唇角仍旧微勾着,大手轻抚上周芙后脑勺,亲昵地揉了两下,语气还是那副漫不经心:"如果是她这样的,那戴个绿帽子又有什么关系,换谁不是心甘情愿地戴着?"

周芙:"……"

这话一出,算是给足了周芙面子。

她脸颊微热,靠近陈忌那边的手轻扯住他衣角,心虚地示意他"别再说了"。

果然,效果十分显著。潇琪气了个半死,正打算离开,其余两个室友背着包从宿舍楼台阶上小跑下来,到了周芙跟前。

短发妹垂眸瞧了眼陈忌那抚在周芙腰间还没来得及松开的大手,看出来两人关系不一般,暧昧地笑着冲周芙眨眨眼:"粥粥,这是你男朋友吗?"

问完,她凑到周芙耳边压低嗓音:"好帅呀!"

周芙不自觉咬了下唇,想到自己如今还在追求他的阶段,他还没松口同意,又不好意思告诉同学,两人其实已经领了证,索性摇摇头:"不是。"

还不是,她还在努力。

两人之间的关系一看就十分亲近,闻言,室友表情疑惑。

周芙正想补充一句,"我还在追他",没承想陈忌先她一步开了口,脸不红心不跳地淡声道:"还在追,不过她还没同意,所以暂时不是。"

周芙愣了两秒,才反应过来陈忌说的似乎是他在追她。

她睁大眼睛抬头望向他,男人只微勾着唇,习惯性地抬手捏了下她脸颊。

这小动作看在两个室友眼里,已经足够她们"嗑生嗑死"了,毕竟两人的颜值太过登对。

短发妹说:"帅哥,那你加油,我们粥粥可多人追的,不好追哟。"

"卷发器""啧啧"两声,接着又问了句:"帅哥,你大几的啊?我怎么感觉你看起来还挺眼熟,像是在哪儿见过?"

周芙随口接着话:"他已经工作了。"

话音刚一落下,站在一旁迟迟没走的潇琪像是总算找到空子钻,阴阳怪气道:"这么年轻就工作了,怕不是连大学都没考上,就早早出社会了吧。"

潇琪自顾自道:"没上过几年学,就想追北临的大学生,难怪态度那么'舔'。

噢对了，你该不会以为周芙她家还和几年前一样有钱，能让你吃软饭吧？那你就认错人了，她妈早就死了，现在有钱的是她那个爸，不过她爸只疼她姐，根本不要她这个女儿。"

"你这算盘算是打空了。"潇琪挑眉扫了眼陈忌身后的车，嗤笑一声，"这车估计也是为了泡妞，从哪儿租来的吧？周芙，知道你这几年过得不怎么样，不过作为室友，还是好心提醒你，可不要轻易被人骗了呀！"

周芙："……"

周芙眉心皱了下，她其实不太喜欢和旁人发生冲突，哪怕先前对潇琪没什么好感，也从来不会主动挑起矛盾。这些年，她被人背地里议论也早已习惯，只是此刻，因为自己的关系，害得陈忌也受到莫须有的编派，她实在忍不下这口气。

然而潇琪说完，不等她开口反驳便头也不回地走了。

两个室友气得白眼都快翻抽了，而陈忌只偏头看着周芙，心思全在那句话上。

"她妈早就死了……她爸只疼她姐，根本不要她这个女儿。"

男人面色微沉，他不知道这几年，周芙到底经历过什么，过着怎样一种生活。他只希望，他的姑娘，能毫无顾忌地将所有委屈都同他细细地讲，别总是自己扛，他能护她。

宿舍四人都是同一专业的，因而哪怕此刻不欢而散，几分钟之后，还是在同一个讲座又碰上了面。

周芙她们去得晚了一步，到达礼堂时，位子几乎都坐满了。

周芙有些诧异，对于即将毕业的学生来说，应付这种讲座都颇为敷衍，能不来就尽量找借口不来，她还是第一次见到这样座无虚席的盛况，不自觉地嘀咕了句："怎么这么多人啊！"

"卷发器"跟在身后，忙回她："你不知道呀？"

"嗯？"

"咱们校长费了九牛二虎之力，终于把之前从咱们院毕业的那个大佬学长给请回来讲两句话了，就是今天这场讲座。"她想了想，拍了下周芙的肩，"哎，我差点忘了，就是你们浮沉建设的头儿啊，我之前和你说过特帅的那个。可能你刚进去实习，还没什么机会见到他，所以没什么印象，不过一会儿就能见到了。

"想想就激动，这乌泱乌泱一礼堂的人全是冲他来的，而且还有不少别的院的，全都闻风来看他。"

周芙眨眨眼，下意识瞥了眼身旁的陈忌。她不是没听过陈忌从前在北临时的传闻，可她入校那年他就已经去了英国，今天算是第一次直观地见识到这样的盛况。

明明要上台讲话的是陈忌，她反倒不自觉地紧张起来。

两个室友左顾右盼，最后只找到潇琪附近剩下的几个空座，硬着头皮拉着周芙往那边走去。

　　潇琪这会儿脸上"小人得志"的神情还未消散，见到几个人迎面过来，还阴阳怪气了一句："哟，没上过大学，连讲座都爱蹭。"

　　"……有毛病！"周芙甩出毕生最狠的骂人话，之后板着张小脸，护短似的抱着陈忌的手臂，让他坐到离潇琪远些的地方，自己隔在中间。

　　陈忌向来对这些冷嘲热讽不甚在意，还被他家小姑娘"恶狠狠"骂人的样子逗笑了，轻扯了下唇角。

　　几个人刚在位子上坐定，讲台上校长的话音已经通过环绕在四周的音响，传遍了大礼堂的每一个角落。

　　开场白和一般讲座相差无几，台下学生们兴致缺缺。

　　有聊天的，有悄悄抱着手机打游戏的，有的甚至已经在短短几分钟之内，打起了瞌睡。

　　毕竟他们此次来听讲座的目的十分明确。

　　几分钟之后，校长的发言终于进入了收尾阶段。

　　阶梯座位光线昏暗的过道处，系主任弯着身子，一路艰难地往后排挪去，终于在后排乌泱乌泱一堆人里找到陈忌时，忍不住舒了口气，之后扬起笑容冲他道："你可让我好找，不是都说了在前面给你安排了位子，怎么还挤这儿来了？"

　　陈忌当着系主任的面，顶着周围扫过来的无数道好奇的目光，毫不掩饰地一把将周芙放在自己腿上的小手牵过，微抬起下巴，眼睛瞥了她一眼，之后语气漫不经心地说道："小姑娘还没毕业，不喜欢在学校里搞特殊，只好陪着她一块儿坐。"

　　周围惊讶又羡慕的议论声瞬间四起，一时间吸引了台下几乎所有到场学生的注意。

　　台上还在滔滔不绝的校长已然无人在意。

　　周芙忍不住攥紧了下手，脸颊滚烫，心脏不争气地跳得飞快。

　　紧贴着她坐着的两个室友被眼前这幕弄蒙了，大眼瞪小眼，没反应出个所以然来，索性齐齐看向周芙。

　　周芙舔舔唇，连笑容都变得不自然起来。

　　半晌，校长终于察觉出台下的异样，无奈地摇着头笑了几声，十分有自知之明道："行了，我就说这么多，反正在座的各位今天来听讲座的目的也不在我这儿，我就不耽误大家拍照、录像的时间了。"

　　台下一阵哄笑。

　　校长没什么架子，也跟着一块儿笑："那行，我废话不多说，直接快进，请你们期待已久的师兄上台讲两句好了。"

整个礼堂内瞬间掌声四起。

众目睽睽之下，陈忌懒洋洋地从周芙身边站了起来，由着系主任在前边开路，不紧不慢地朝台上走去。

男人身形挺拔，肩膀宽阔，白色衬衣的领口微微敞着，不似寻常人对待大场合时的一丝不苟、战战兢兢，整个人透着一股与生俱来的桀骜，模样、姿态仍旧慵懒、闲散，看起来几乎与"学霸""大佬"等词扯不上半点关系。

偏偏他就那样往讲台上随意一站，骨子里透出来的威慑力，当即让台下嘈杂了许久的学生们不自觉地噤了声。

男人随手接过话筒，磁性磨耳的嗓音传遍整个礼堂："大家好，浮沉建设陈忌。"

简简单单的自我介绍，不多说半句拖泥带水的话。

从前往届学长发言，多半都带着校领导们安排好的句式——"大家好，我是你们的学长某某某。"而这种话在陈忌这儿是不存在的。

他不是大家的学长，只是周芙一个人的。

几个字的介绍完毕，台下瞬间沸腾。

个个嘴里都在嚷着"百闻不如一见""这趟没白来""这录像我能拿出去炫耀到我死为止"。

而周芙身边的两个室友终于也忍不住抱着她的胳膊使劲儿地摇。

"卷发器"激动道："啊啊啊！我刚刚就说怎么感觉你对象看起来那么眼熟！！我之前是不是和你说过，学校论坛到现在还有他挂在墙上的证件照！！"

"粥粥，你藏得好深啊！救命！我室友居然是大佬都还没追到的女神！"

周芙："……"

事实上，是她在追他，而且还没追到……

"卷发器"还处在狂喜中无法自拔，短发妹显得更加理性一些，反应特别快地扫了眼此刻正坐在最角落、脸色黑得没眼看的潇琪，忍着笑："说个笑话，浮沉建设一把手没上过大学，半个北临都是他家产业，还需要租豪车来骗粥粥的软饭吃。"

潇琪这会儿已经快气死了。

讲台上，校长站在陈忌身旁，拿着话筒冲台下学生道："大家抓紧机会，有什么问题要问你们学长的，赶紧举手，我点人问。第一排红衣服那个女同学。"

女生满脸激动地站起身，接过话筒，说话的嗓音都带着颤，紧张得结结巴巴："学，学长，听，听说，校长每年都请您回来搞讲座，没一次请得动您。今年是什么原因，才选择回母校和大家一起分享交流经验呢？"

陈忌微抬了抬下巴，眼神不紧不慢地从人群中扫过，最后定在最远处的周芙身上，语调懒洋洋的，没有半点正经："噢，来学校看看我家小姑娘，半道遇上了，正好她也要来听，我就只好陪她来一趟，顺便讲两句。"

周芙："……"

校长："……"

第八章　芙陈

周芙，
你到底追完没有？

陈忌话音一落，台下无数道羡慕的目光转而投向周芙。

周芙不自觉抿起唇，心跳如擂鼓，半张脸侧着躲在室友肩头后，脸颊发烫，耳郭红得没法看。

半晌，礼堂里终于重新响起陈忌磁性的嗓音，众人的注意力才又回到台上。

周芙稍稍松了口气，这才直起身来，靠回自己的椅背。

室友这会儿显然还没有她淡定，凑到周芙耳畔，没头没脑地来了一句："告诉我理由。"

周芙没懂："嗯？"

室友："粥粥，你知道你的这位追求者，要是不在台上强行表示自己非单身，这一场讲座下来，能收获多少个美女的联系方式吗？没准男的都不在少数。"

周芙："……"

"即使已经表明非单身了，没准还有不少头铁的上赶着要搭上点关系呢。"室友握着周芙手腕，百思不得其解，"所以这种长得帅到没边、有钱有事业还专一的极品大佬疯狂追求你，你到底是因为什么，才能扛到现在，还不同意在一起呢？"

周芙舔了下唇，很难开口和室友解释明白，因为她才是疯狂努力的那一个！

见周芙没吭声，室友想了想，之后压低嗓音，问："难不成，是那方面有问题吗？"

周芙愣了会儿，反应过来时，脸颊比方才被无数道目光注视时还要滚烫。

……那显然不是。

虽然她和陈忌之前还属于纯洁的室友关系，但经由她昨晚多次不小心占到的便宜来看，陈忌那一方面完全不需要她过多地担忧。

台上，陈忌总算是耐着性子，稍做正经地回答了几个专业性的问题。

除了最开始提到出席讲座是因为来学校看女朋友，其余的时候，他脸上没有过半点笑容，永远是那副与生俱来的清冷傲慢的样子。

意外的是，台下满座的学生，都十分吃他这套。

轮到一个男生提问，只见他拿着话筒，一时紧张，脑子一片空白想不出问题来，又不舍得放弃机会,便随口问:"学长您能,能稍微介绍一下浮沉建设吗?"

陈忌闻言,眉梢轻挑,嚣张难掩:"浮沉还用我给你们介绍啊?你们建筑系主任给你们上专业课的时候,没吹过吗?要么你是隔壁院混进来听讲座,不搞建筑的,要么这专业课,你是一个字没听啊。"

几个问题答完,结束的时候,陈忌还是象征性地敷衍了一句:"浮沉建设欢迎大家。"

在场的几乎都是本科应届生,闻言,炸开了锅,叽叽喳喳地开始自嘲:"学长,我们不配,谁不知道浮沉只要硕士及以上啊?本科生连简历都投不进去。"

陈忌连安慰的假话都懒得编了:"那三年后欢迎大家。"

台下一片哄笑。

周芙也不自觉地弯了下唇。

"卷发器""哇"了一声,拉着周芙:"啊啊啊!你男人帅死了!"

周芙被"你男人"这称呼弄得心尖一颤,弱弱地还陈忌清白:"……还不是。"

一直到陈忌从台上下来,懒懒散散地坐回她身侧,她那不争气的心脏仍旧不受控制地疯狂跳动。

片刻后,周芙回过神来,轻扯了下他衣角,压低嗓音:"你刚刚干吗那样说?我还没追到你……"

她指的是最开始的那个问题。

闻言,陈忌偏了下头看着她,也不管周遭是否有人往这边瞧,抬手自然而然地又扯了下周芙的脸颊,一本正经、坦坦荡荡道:"给你在学校里的那批哥哥弟弟稍稍提个醒,凡事都要看看自己配不配,省得我一回家,你一个人待在学校里,就忍不住在违法的边缘不断试探。

"我总得稍稍保障一下自己的合法权益。"

"……"周芙睫毛轻颤了下,想到自己此刻其实还处在追求他的阶段,不能被方才那一个个令人着迷的假象冲昏了头,想了想,小声道,"陈忌。"

"嗯?"

周芙舔了下唇,同他说清楚:"我在学校其实没有什么哥哥弟弟。"

陈忌眉梢轻挑了下,面不改色,装作不在意:"哦。"

周芙继续道:"而且我也从来不叫别人'哥哥'。"

没这样叫过任何人,即便是有血缘关系的,她也向来只喊名字,从没有叫过这样亲昵的称呼。

陈忌仍旧只"哦"了声。

周芙咬了下唇,秉持着追求者该有的自觉,忽地凑到他耳边,声音微弱,多少还带着些小心翼翼:"哥哥。"

男人呼吸瞬间一滞,喉结上下滑动了下,整个人甚至没有方才站在台上时来得放松,连脊背都不自觉地僵了僵,片刻后,眼神才往周芙那儿扫了下,清了清嗓子,十分不自在:"你干吗……你当这儿是哪儿?大庭广众的,注意点影响。"

周芙眨了下眼,十分乖巧:"噢,好的。"

陈忌面无表情地捏了捏她下巴,嗓音带着点微微的喑哑:"要喊回家让你喊个够。"

周芙:"……"

经陈忌这么一闹,后半场的讲座周芙也没什么心思听了,想到反正自己的工作规划已经十分明晰,索性小声和室友打了下招呼,拉着陈忌先行离开。

出了礼堂,两人漫无目的地走在学校的林荫道上。

不知为何,哪怕这已经不是第一次,周芙仍旧觉得这个画面来得有些难以置信。像梦一般。

走了没几步,陈忌口袋里的手机铃声打破了这片刻的宁静。

男人随手摸出来,懒懒扫了眼来电显示,满不在乎地将电话接起。

比起和陆明舶那些兄弟打电话,陈忌此刻说话的态度倒是稍稍好了些:"蒋老好,什么事啊?您说。"

周芙一听这态度便知道,大抵是有正经事,忙噤了声,不再同他搭话,乖巧地跟在他身边往前走。

"哦,成啊,小事,您都亲自开口了,我还能说什么?也就是多个人的事。"陈忌一边应着声,一边习惯性地拉着周芙,将人换到道路内侧,"这样吧,一会儿我把我一兄弟的联系方式发给您,让她和他联系就行,这些事一般都是我那兄弟安排,您看怎么样?"

对面似乎还有不少话说,周芙安静地走在边上,百无聊赖地仰头盯着片从树上打着旋儿掉下来的花瓣看,瞧了会儿,不自觉地踮起脚伸手去接,结果临要落到眼前时,脚尖一酸,没站稳,花瓣从指尖轻轻擦过。

下一秒,身旁男人闲散地伸出手,掌心朝上,将周芙错过的花瓣接得稳稳当当。

电话那头的人还在继续滔滔不绝,陈忌一边握着手机,淡声回应,一边自然而然地将那花瓣递到周芙手心。

周芙心跳不争气地漏了一拍。

"行,您让她直接和陆明舶说就成。"陈忌说完,也没再过多地寒暄,直截了当地挂了电话,将手机随意收起。

周芙这会儿正弯着唇玩着手中的花瓣,见他挂了电话,随口问了句:"怎么了?"

陈忌也没瞒她,不当回事地说:"蒋教授你认识吧?就是上回让李顺失恋的那个。"

周芙没忍住，笑了下，点点头："嗯，我之前也修过他的课，你在公司第一次给我改图的时候，我在你办公室里也看到过他。"

陈忌淡淡"嗯"了声："我之前在这儿读本科的时候，能提早三年把课直接修完，他帮了我不少忙，算是我的恩师。"

那是两人分开的八年里，他经历过的点滴，周芙哪怕从前没少从别人耳朵里听到，这会儿见他主动讲，仍旧听得十分认真："嗯。"

"他说有个熟人，从前在他落魄的时候雪中送炭，现在人家孩子毕业了，正好也从事我们这行，就想行个方便，来浮沉。"

其实浮沉向来不管这种人情世故，陈忌也没有这个习惯，换作平常，他不点头，任谁也塞不进人来。

只不过蒋教授当初确实帮了他不少，要是没有蒋教授在学业上的帮助，他也不可能短短几年还没出校园，就在北临建筑业内站稳脚跟，更不可能这么快这么顺利地将周芙带回自己身边。

这点他虽没同周芙说得那么明白，但心底确实因此对蒋教授十分感激。

"蒋教授也很少求人，既然朝我开了口，那我肯定得点头。"无非是加个人，也不是什么大事。

周芙点点头，随口问："那孩子也是我们北临大学的吗？"

陈忌忽地哼笑了声，抬手轻扯了扯她脸颊："人家比你还大个几岁，你还管她叫'孩子'？小屁孩儿。"

周芙："……"

陈忌有一搭没一搭地回她刚才问的话："不是北临大学的，好像祖籍是北临的，不过从小在国外长大，在英国读完研究生了。听蒋教授说，好像就是我之前在英国读的那个学校，搞不清楚。"

他方才心思全在替周芙"拈花惹草"上，压根儿没怎么仔细听，反正全部交给陆明舶办就成，不用他亲自费心思。

周芙睁大眼："这么好的学历还要走后门啊？"

陈忌扬了下眉梢："你以为浮沉很好进？"

少女忽地开始神游，之后突然想起方才他临下台前的最后几句话和台下大家的反应，脚步不自觉地顿了顿，仰头看他："陈忌。"

"嗯？"

"那个……就是刚刚听讲座的时候，台下他们都在说，浮沉只招硕士及以上的学历，本科生简历都投不进去，真的假的啊？"

陈忌想都没想，顺口就答："当然是真的，你见公司里哪个同事是本科的？"

"噢，除了陆明舶，他专科。"

周芙心虚地舔了舔唇，话音比蚊子还细："但是……我本科还没毕业……"

陈忌脚步忽地停滞了一瞬，之后很快恢复如常，偏头打量她一眼，淡定自若地问："对啊，你当初是用什么歪门邪道的花招进来的？"

周芙抬头，睁大了眼，她明明是走正当途径！靠面试进的！

她想了想，得替自己稍稍澄清一下："我没给浮沉投简历，是人事主动发的应聘邀请啊！"

确实是浮沉那边主动邀请的，不然，她也没有那个勇气，重新靠近他的世界。

陈忌眉梢轻轻扬起，微微勾了下唇："哦，那你的意思是，人事那边的工作出现了纰漏？"

周芙话音顿住，睫毛轻扇了下，这怎么又要牵连人事小姐姐了呢？

想了想，她忙一把将他手臂抱住，生硬地转移话题："那个，那天不是说三食堂的红汤粉好吃吗？走，我们现在一起去，我请客。"

一周时间过得很快，自从第一晚和陈忌在外边酒店留宿之后，周芙就没再回宿舍过过夜。

陈忌虽没有闲到每天都能从早到晚在学校陪她，但担心她继续住在宿舍里会被潇琪欺负，便默不作声地将酒店一次性续了半个月，给了她一张房卡，以便她平日没课没讲座的时候，能随时过去休息。

不过回想起来，陈忌似乎没有哪一天不来她跟前报到。

至少每天晚上，她都能在酒店里见到他，总的来说，生活似乎和之前在公司的时候，没什么太大差别。

临离校那天，周芙没有课了，一觉睡到早上九点多，又抱着被子，舒舒服服地赖了会儿床。最后，她是被枕头下的手机铃声叫醒的。

她懒洋洋地从被窝里伸出手，探到枕头下将手机摸出来，半睁着眼扫了下来电显示，果不其然是陈忌打来的。

周芙随手将电话接起来，话音含含糊糊，还带着初醒时略显奶气的鼻音："怎么了？"

"还没起？"陈忌一听她这声音就知道了。

"我早上没有课，就多赖了一会儿床。"周芙打了个哈欠，又揉了揉眼，眼底泛起一阵雾蒙蒙的水汽。

她睡眠向来不好，能多睡会儿，陈忌也欣慰，便没多说其他，只继续道："给你叫了早餐，过一会儿就会送到房门口，你先吃点垫垫，吃完了想睡再睡，不要让胃空得太久。"

周芙"嗯"了声:"我也准备起了,一会儿要回宿舍收拾行李。"

"你先在酒店等着,或者自己出去玩会儿,等我过去替你收。"陈忌理所当然道。

"啊?"周芙不想他大老远地来回折腾,忙习惯性拒绝,"不用了,也没多少东西,我自己收一收就好。"

"我已经在路上了。"陈忌压根儿就没给她拒绝的机会,"大概半个小时之后就会到。"

"噢。"虽说怕他累,不想他来,可知道他很快会到的时候,周芙还是忍不住弯了下唇,没有人能拒绝这种时刻被惦记的滋味,"那你开车小心点,先不说啦。"

电话挂断没多久,外头门铃很快响起,陈忌在吃这方面算是替她操碎了心,周芙愣愣地看着酒店服务生推进来的一整车早餐,已经开始盘算着先打包一半放起来,一会儿带去给室友分分,不然一个人吃这么多,实在心有不安。

她拉着车到沙发前坐下,随手拍了几张照片发到室友小群里:"你们两个吃过早餐了吗?"

"卷发器":"还没,都还在床上躺平。"

周芙:"那别买了,一会儿我给你们带。"

"卷发器":"哇!好丰盛,我立刻就清醒了,是大佬买的吗?"

周芙:"嗯。"

短发妹:"不愧是他!613宿舍的好女婿!"

"卷发器":"我命令你立刻接受他的追求!"

周芙:"……"

她也想啊,但是她没有这权利!

聊了会儿,周芙忽然想起一会儿陈忌要来的事,忙又问了句:"今天宿舍能进男生吗?"

"卷发器":"能啊,走廊外边不少男生,今天很多人都搬宿舍,不管这个的。"

短发妹:"该不会是大佬要来吧!啊啊啊!"

周芙:"嗯,他可能要去一趟,我先和你们说一下,等会儿快到的时候再和你们说,行吗?"

"卷发器":"没问题!"

陈忌果然如他所说,不到半小时便到了酒店。

周芙吃东西慢,又是抱着手机边聊天边吃的,等陈忌到的时候,还没吃掉多少。

陈忌也没催她,懒洋洋地挨着她坐下,时不时还跟没长手似的,接受她偶尔递过来的投喂。

吃了一会儿，周芙忽然想起他这几天似乎不是在上班就是在自己跟前晃悠，每晚也都是在这边的酒店睡的，之后隔天清晨早起洗漱开车直接去公司，想了想，她随口问："你这几天回过家吗？"

"不回去，你儿子不得饿死？"陈忌往沙发上一靠，语调仍旧带着点欠，佯装一本正经地报备道，"每天上班下班、回家喂猫、过来喂你，三点一线。"

这动词用得……周芙脸颊忍不住发烫。

吃完早餐，两人一块儿回宿舍楼。

今天不少刚入学的新生和即将实习的毕业生都在搬宿舍，因而男生可以随意进出。

到了宿舍，周芙先敲了敲门，等室友们都换好平常的衣服，喊"可以进"的时候，她才推门入内。

两个室友正面对上陈忌时，还是难免紧张，打招呼的语气和在公司里见到领导时没什么差别，战战兢兢。

陈忌将手里提的两大袋东西递出去，稍点了点头，算作回应之后，便动作利落地开始替周芙收拾东西。

只要陈忌在时，这些事情他向来都喜欢亲力亲为，不想周芙插手，只需要她在一旁自己玩自己的，稍稍等上一会儿就好。

周芙得了空，招呼室友把她带来的早餐吃了。

明明三人是面对面坐在一块儿的，这会儿却还是抱着手机在群里疯狂打字。

"卷发器"："我以为这种锦衣玉食的大佬，生活是完全无法自理的，只需要砸钱靠别人伺候就好了，怎么干活儿这么利索啊！"

短发妹："真的，他看起来超熟练，衣服叠得都跟豆腐块似的规整。粥粥，你俩在一块儿的时候，该不会这些事情都是他来做的吧？"

"卷发器"："我看这大老远都得跟过来替她弄，没准是了。"

周芙："……算是吧。"

短发妹："大佬该不会是什么都会吧？"

"卷发器"："估计可能下厨弱点？"

周芙："他做菜也很好吃。"

至少她百吃不腻，而且总是一连半个月每天的菜式都不重样，花样很多。

室友："！！"

周芙想了想，前段时间她在家里，除了偶尔给咕噜添添猫粮，似乎真的没有什么事是需要她做的。

就连她随手倒杯牛奶喝，喝完后，陈忌也会习惯性地伸手将杯子接过，替她去洗。

这么回想起来，才短短几个月，不知不觉中，她似乎又被他养出了从前那种生活无法自理的臭毛病。

人堕落起来可太容易了。

正想着回家之后该怎么努力抢点事情来做时，宿舍门被毫不客气地从外头一下打开，力道很大，门板撞到墙面后才停下。

陈忌眉心微拧，没抬头，其余三个小姑娘顺着声响的方向望去。

是潇琪回来了，身后还带着她那个两百多斤的男朋友。

事情到了那个地步，两人还没分手，周芙也觉得挺不可思议的。

那"两百斤"一看到周芙在屋内，表情正要蛮横起来，转眼又看到有过一面之缘、还曾卸过他胳膊的陈忌，瞬间气势全无，当即换上满面讨好的笑容，厌了巴叽地冲陈忌点头哈腰。

陈忌懒得搭理，"两百斤"便一声不敢再吭地坐到潇琪的电脑椅上，拿了罐她买的冰镇饮料，一边喝一边小声催她"赶紧收拾，收拾完就走，再晚点，赶上下班高峰期，地铁要挤死人"。

潇琪顶着一头汗，看着模样俊朗、身形高大劲瘦，周身透着股矜贵的陈忌，还耐着性子亲自替周芙一点一点收拾行李，再看看自己这边要长相没长相、要身材没身材，连打个车都舍不得的两百斤男友，这会儿还跟个大爷似的一动不动靠在软椅上享受，等着自己收拾，两相对比之下，差点气死。

似是不愿让周芙再和这两人在同一屋檐下待太久，陈忌收拾东西的动作比方才要快了不少。

他利落地拉上行李箱后，礼貌地冲其他两个室友点了下头，亲昵地伸手掐了掐周芙脸颊，温声道："走吧，回家。"

周芙点点头，和室友说完"再见"后，便起身和他走。

哪承想临出门之际，潇琪似是咽不下这口气，冷不丁地抬头冲陈忌问了句："你们在一起之后，她给你看过她的手臂吗？"

陈忌面无表情，没想搭理。

潇琪见状得逞地笑了下："那看来是没有了。

"你难道不想知道她为什么一年四季不论多热都不愿意穿短袖吗？

"你这么好的条件，确定要找她这种人？"

陈忌忽地冷冰冰嗤笑了声："那我想你可能搞错了，我和她之间，从来都是我配不上她。"

潇琪脸色黑了黑。

周芙唇紧抿着，眼眶有些不争气地微微湿润了，一把握上陈忌手腕，拉着人径直往楼下走。

一直到车上,周芙都没再开口说过一句话,只紧紧地攥住手腕的衣袖,低垂着脑袋。

她不想说,陈忌也没发问。

直到车子开出校门之后,男人才淡淡开口:"你不想说的,我都不会逼你。我还是想让你记着,不论有什么心事,只要你想和我说,我都愿意听,并且不管是什么样的事,我都一定会站在你这边,给你最有力的支持和保护。周芙,我现在有这个能力,你一定要记着,你背后永远有我,没有什么是我不能替你做到的,你能明白吗?"

周芙乖巧地点了点头,最终还是一言不发。

一连几天,周芙的情绪都不佳,整个人看起来无精打采,似是又回到了之前刚进公司时心事重重的样子。

最明显的表现便是在吃饭上。

她饭菜吃得一天比一天少,就连用"扣工资""不给转正"这些话来威胁,也起不了太大作用。

陈忌变着法子给她更换菜式,还新学了好几样她从前最喜欢的甜口糕点,也不见她有多少食欲。

到后来,实在没了办法,男人拿过她的碗筷,说话的方式都变得柔和许多,轻叹一口气,无奈地说:"难不成还要我一口一口喂你吃?都几岁的人了?"

说归说,他还真打算这么做。

等饭菜当真喂到嘴边时,周芙才忽然反应过来,眼眶微微湿润,不好意思地自觉伸手将碗筷接了回来,小声道:"我自己来,我好好吃。"

陈忌没吭声,定定地看着她,也不催她,安安静静陪着她把小半碗饭吃完。

这天晚上,男人同往常一样,懒洋洋地往沙发上一坐,拿着遥控器佯装要看电影。

只是他等了半晌,也没再像之前一样,等到屁颠屁颠跑来套近乎,一口一句"要追你,要好好表现"的周芙。

片刻后,周芙卧室那边传来动静。

她开了门,趿拉着拖鞋,眼神带着些空洞,漫无目的地往厨房走。

从厨房出来的时候,她手里端着杯水,经过客厅沙发,也没再往陈忌那边看,就这样安安静静地擦身而过,作势要重新回房。

陈忌犹豫了一秒,最后还是开口叫住了她:"周芙。"

男人嗓音很沉,周芙脚步顿了下,之后回过头,轻声问:"怎么了?"

"你过来。"

周芙睫毛轻颤了下，听话地转身往他跟前去："有，有什么事吗？"

陈忌深邃的眸里只有她一人的影子："你还记得要追我这件事吗？"

周芙点了点头："记得。"

"那你最近表现得也太不积极了。"男人自嘲地扯了扯唇角，"我还以为你准备换人跑路了。"

周芙张了张嘴，随手将杯子放到茶几上，回想了下自己最近的状态，似乎确实是对他冷淡了不少。

她舔了下唇，索性直白地开口问："那我……能抱你一下吗，现在？"

陈忌眉梢轻扬了扬："我不是说过想抱就抱，不用通知我？"

周芙点点头，又觉得有些难以启齿，犹豫半晌才说："我想，坐在这儿抱……行吗？"

她细嫩的指尖小心翼翼地点了点陈忌闲散地伸着的长腿。

男人似是怔了一瞬，之后喉结动了动："坐，抱。"

周芙听话地点了点头，靠近他的每一个动作都很慢，最后竟出乎意料地面对面坐到他怀中。

陈忌呼吸轻滞一瞬间，大手最开始只虚环在她身后。

片刻后，两只纤细的手臂圈上男人脖颈，之后小心翼翼收紧，巴掌大的脸颊深埋在他宽厚的胸膛上。

陈忌几乎是下意识便将人抱进怀中，大手平添了不少力道，不再像方才那般只虚虚环着。

须臾，周芙闷闷的嗓音从男人怀中轻轻传了出来："陈忌，我这几天心情有点不好，对不起……"

男人咬了咬后槽牙，温热的掌心在她瘦弱的脊背上轻抚了两下，沉声道："不用和我说对不起。"

周芙眼眶不争气地红了："那你再哄哄我吧，好吗？这样我明天又可以好好追你了……"

这对陈忌来说其实是件难事，他在哄人这件事上，确实没有什么天赋。

他这人生来桀骜，打小野蛮生长，清冷傲慢，脾气差劲儿，绝不是个好相处的人。

大多数人第一眼见他，都难免心生忌惮，就连周芙第一次在今塘见到他也忍不住害怕。

似乎很难将这样的男人同"哄"这个字扯上半点关系。

偏偏出了个周芙这样不寻常的姑娘。第一次见他虽怕他，却也能硬着头皮开口

283

向他提要求，要他载自己进岛；认识没两天，就在他面前哭哭啼啼好几回，理所当然地和他套近乎；稍稍相熟之后，撒起娇来更是肆无忌惮。

而这些明明也并非她刻意为之，甚至连她自己都不曾发现，从前她潜意识里流露出来的某些矫情娇气的小性子，已然悄无声息地将陈忌那点臭脾气一点一点慢慢磨去。

不过，这些特殊也只对她一人才有。

陈忌这前二十多年里，少有的那么点温柔和耐心，也全然毫无保留地都只给了她一个人。

因此，她总能出其不意冲他提出些旁人看起来只觉得离谱的要求。

偏偏不论是什么要求，只要是她提出来的，陈忌无论如何都拒绝不了。

下一秒，周芙察觉到他环抱着自己的力道加重了许多，明明带着些强势束缚的意味，可对此刻的她来说，是最具安全感的接纳。

少女侧脸紧贴在他宽阔的胸膛之上，只觉得轻轻一阵起伏后，熟悉的气息忽地在她耳郭处放大："好，哄哄你。"

陈忌其实有些束手无策，他知道该怎么做才算疼她、照顾她、对她好，但在"哄"这件事上犯了难，哪怕还不知道该怎么哄，先答应总没错，省得她在自己这里还要多受些莫名的委屈。

仅仅是这简简单单的几个字，听到周芙耳朵里，便让她忍不住一怔。

好多年了吧，她已经记不清楚到底有多久，久到都快忘记了这种心情不好的时候想要人哄，还真有人回应她的滋味了。

周芙豆大的眼泪顺着脸颊，一颗一颗砸到男人胸膛上。

无声，却滚烫。

她其实和从前并没有多少不同，还是容易哭，只是过去的几年没人在意她，哭不仅没用，甚至会惹人嫌，久而久之她便不敢轻易宣泄情绪，也努力学着坚强。

若是有人心疼，谁又喜欢坚强？

潜意识里，她知道陈忌会心疼，眼泪便无论如何也无法再同那几年一样，轻易收起。

男人温热的大手下意识扣上她后脑勺，怜爱地揉了揉，微垂下眼眸，随后稍稍将她从怀中带出来，视线停留在她躲藏的眉眼间两秒钟，最后轻轻吻在她挂着泪珠的眼角。

一下又一下，不带丝毫成年男女之间的欲望，只是单纯地、心疼地哄着他的姑娘。

言语多有匮乏，那便用行动来弥补，这一向是陈忌的习惯。

而这对周芙来说，也很是受用。

此刻她或许听不进多少温言软语，可是脸颊上、眼尾处，男人薄唇带来的真实存在的温柔触感，能有力地将她心底的委屈一点一滴地缓缓安抚住。

半晌，周芙的眼泪终于停了，脸颊上的泪已经被他吻得差不多了。

她抬起头来，气息还不太匀，带着些压抑过后的抽噎。

"不哭了。"陈忌喉结动了动，抬手轻捏住她的下巴，还是试图在语言上也进行一些努力，"老天给了你一张这么漂亮的脸蛋，是让你用来哭的？"

生硬，却又是真情流露，是心里话。

周芙被他这笨拙的一句安慰惹得总算是将最后那点委屈全数散尽，忍不住弯了下唇，笑里还带着点方才哭过之后的可怜巴巴，她睫毛轻扇了下，抬眸，双手还搭在陈忌肩上没有松开。她这会儿心情好了不少，也有了点精力能同他开玩笑："那……能用来占便宜吗？"

陈忌眉梢抬了抬："嗯？"

周芙搭在他肩上的双手又下意识十指相扣环在他颈后，舔了舔唇，深吸一口气，也没经过他同意，就这样直直地凑近他，往那刚刚吻过她眉眼的薄唇上轻碰了下。

事成之后，她才后知后觉地开始心虚，小心翼翼地抬头看了下他的脸色，破罐子破摔地解释道："这，这招叫……'强取豪夺'……所以不用经过你同意……"

陈忌："……"

半晌，男人低低地笑出声来，笑里带点嘲讽的意味，惹得周芙脸颊红了一阵又一阵。

他不咸不淡地评价道："那你还挺霸道。"

周芙抿了下唇："还，还行吧。"

"不打算更霸道一点？"陈忌平直的唇角似笑非笑地勾了下。

周芙一时没反应过来："嗯？"

男人大手再次扣上她脑后，磁性的嗓音十分磨耳："张嘴，怎么也得让你尝尝自己眼泪的味道。"

一吻方休，周芙脸颊红了个透彻，深吸了几口气，也没法平复那不争气的心跳，整个人软绵绵地挂在他身上。

陈忌抱着自家姑娘低低地轻笑了声。

听在周芙耳朵里，那便是赤裸裸的嘲笑。

追人追成她这个样子，还真挺没面子的。

不过算起来，似乎还算……挺成功的吧？

至少，该占的便宜她统统占到了，除了没让他松口答应和自己在一块儿，其余的"战绩"十分漂亮。

在他身上赖了几分钟，周芙也没有要起身的意思。

许久后，陈忌终于先她一步开了口："工作上画图要我教你，这我认了，怎么连追我，还要我亲自教你？"

周芙："……"

"拥抱不知道该怎么抱，接吻也不知道该怎么吻。"

周芙："……"

"不仅要透题，要亲自教，还得时不时地盯着督促，不催就不积极主动，态度相当不端正。"

周芙："……"

别骂了别骂了，她知道问题的严重性了。

陈忌一句接一句，平静地剖析她这小半个月下来的表现，顿了顿，之后话锋一转，问了她个问题："周芙，你到底追完没有？"

"嗯？"闻言，周芙睁大了眼，没了方才的淡定，一下从他身上支起身来，定定地盯着他，"还没有啊，怎么了？"

该不会是因为她追得太差劲儿，他耐心被耗尽，改变主意，不允许她再继续追了吧？

周芙张了张嘴，不自觉地挪了挪身子，还没端正好姿态，便被男人的大手一把握住，稳在原位上。

她眉心微微拧了下，这会儿只想先稳定稳定陈忌的情绪，忙开口道："你别着急呀，我，我还有很多很厉害的招数没有使出来……"

很好，她还学会给他画上大饼了，陈忌这回是真的很努力，才忍着没直接笑出来："有多厉害？"

周芙一时半会儿想不出，只硬着头皮说："你让我继续追，不就知道了？"

男人清了清嗓："周芙。"

"嗯？"

"你知不知道，追人呢，除了讲究一些特殊的技巧，有些看似微不足道，但又必不可少的流程，是不能忽略的？"陈忌表情一本正经，像是认真地在给她进行一些指导。

周芙这会儿态度十分端正，听得相当认真，闻言，忙求知若渴地提问："是什么？"

陈忌当真教起她来："你至少得在追求的过程中，时不时地问对方一句，'能不能在一起'，不然你让对方怎么答应你？嗯？"

周芙眨了下眼，开始回忆这个月以来自己的追人经历，似乎真缺了他说的这句。

正回忆着，一时没出声。

陈忌眼皮子懒洋洋地抬了抬，十分大方地开始给她举起例子来："就比如说，我现在准备追你了，那我肯定得先问你一句。

"周芙。"

"嗯？"周芙正出着神，听到他叫自己的名字，随口回应了一句。

陈忌眸光定定地停留在她脸上，语气看似不经意，表情却前所未有地正经："和我在一起吧，做我的女朋友，行吗？"

这话像是带了蛊惑，她几乎是控制不住地便点了点头，一句肯定的回答脱口而出："行。"

"那行。"

"嗯？"几秒钟之后，周芙忽然反应过来点什么。

没等她开口，陈忌又继续道："行了，这个流程我们走完了。"

周芙微张着嘴，一下子差点回想不起来刚才到底发生了什么，犹豫半晌，她慢慢腾腾地问："那我们这是……算在一起了吗？"

陈忌腾出一只手来，捏了捏她的脸颊："你说呢？流程都走完了，你该不会还想赖账吧？"

周芙当即摇摇头，可是总觉得好像哪里有些不太对劲儿。

"陈忌，你是不是搞反了……"

男人抬手轻揉了揉她的发顶，使坏般将那毛茸茸的发丝揉得乱七八糟后才罢休："指望你，那太费劲儿了，我这个人呢，没什么耐心，以后这种事还得我来。"

周芙舔了下唇，又听他继续说："当然了，你那些很厉害的招数，还是可以继续使一使，我倒是挺好奇，你能弄出什么新花样来。"

周芙："……"

两人之间的关系转变得十分突然，周芙那不争气的心跳一时半会儿没法平息。

然而这突如其来的狂喜只维持了片刻，周芙表情忽地沉了下去。

这段时间以来，她一直贪恋地享受着重新靠近陈忌身边的平静与温馨。

因为太过贪心，她潜意识里强行让自己忘掉许多不好的记忆，不断地活在自我欺骗里，只想着：要是能一辈子过着这种追着他的生活，其实也不错。

不用他答应，她慢慢追就是了。

周芙没没想过他答应的情况，这样她也不用去考虑自己到底与他般不般配的问题。

可刚才那诱惑对她而言实在有些大，她一时没反应过来，也没忍住，答应的话脱口而出。

这会儿理智重新击败感性，表情也变得僵硬许多。

她抿着唇，任由内心里两个小人不断击打碰撞。

最后还是决定要对他负责，咬咬牙，把心一横，她低声开口道："陈忌，有个事，我想提前说明一下。"

男人漫不经心地抬抬眼。

"你最好……做一下心理准备。"周芙脸上没有半点笑容，看起来还挺紧张，"那天离开学校之前，潇琪说的那些话，你应该还有印象吧？这件事我其实一直不想说，一直保持着鸵鸟心态，觉得逃避和忘记就能当作一切不存在。"

"其实我也知道，这不可能。"她顿了顿，"所以我得提前告知你，毕竟这件事，可能一般人都不能接受，我起码得对你尊重负责，让你有最基本的知情权和选择权。"

周芙微垂下头："我之前一直没敢给你看，没想过你会答应我的追求，也没想过我们之间的关系这么快就有了进展，所以就一直拖着、藏着。刚才一时口快，没忍住答应下来，也带着侥幸心理，真的很对不起。我们就当刚刚的事没有发生过，你看过之后，再重新做选择吧，不管是什么样的结果我都接受。"

她深吸一口气，指甲几乎快要嵌进掌心，像是鼓足了极大的勇气，才将环在他脖颈后的双手缓缓拿下来，之后双眼一合，轻轻揽起衣袖，视死如归般将那裹藏了不知多少个春秋，不见天光的双臂，直白地展现在他眼前。

少女白皙纤细的手臂上，一道道细长的疤痕十分刺眼。

"腿上也有……"她低着头，没敢再抬头看他的表情，自嘲了句，"是不是还挺恶心的？"

陈忌一声没吭。

周芙心下沉了几分，她能理解，他这样的反应才是正常的。

她顶着这张漂亮脸蛋，这些年追求者也不少，可每一个都毫不意外地在无意中看到她手臂上的疤痕之后，退而远之。

换谁看了都没法接受。就连她自己都嫌弃。

所以后来她没再碰过短袖，甚至连洗澡的时候，都没再照过镜子。

"对不起，我之前，不应该什么都不管不顾就开始追你。"周芙咬住苍白的嘴唇，原来从狂喜到一瞬间跌下深渊，人是麻木的，是哭不出来的，不过好在哭不出来，她就无须费劲儿去忍了，"真的很对不起，浪费你时间了……"

她虽不喜欢潇琪，但是又不得不认同潇琪所说的——他条件那么好，确实没什么必要找她这样的人。

然而时间一分一秒过去，她并没有等来想象中的嫌恶。

她仍旧安安稳稳被他抱着，陈忌也没有要放她走的意思。

须臾，她只觉得冰凉的手臂上多了一份温热。

陈忌举止轻柔地握上她手腕，没给她再躲闪的机会，像是在强忍着某种情绪，音色极沉："怎么弄的？"

周芙睫毛轻颤了下，整个人都不自在起来，安静片刻，只轻描淡写地说："就……有一次学校组织秋游，逛竹林的时候不小心摔下去了……刨蹭的……"

陈忌半个字都不信。

他方才看过了，那疤痕确实细，看起来不像是刀子之类的东西割出来的，但也不可能是摔落造成的。

他定定地盯着她，周芙不敢抬头，也没有要继续说的意思。

男人握着她手臂，指腹一下一下轻轻地在那疤痕上摩挲着，半响后，只问了句："疼吗？"

"嗯？"周芙张了张嘴，一时还没反应过来，过去见过她伤疤的人，从来只会说句"可怕、恶心"，对形成的原因好奇，刨根问底，恨不得从她说出来的理由中找到千百个漏洞，从中挖掘出惊天动地的悲惨故事，之后感叹一句"好惨"，再满意地将悲惨故事搬到各个社交场合，成为最引人注意的谈资。

从没人问过她"疼不疼"。

周芙鼻尖不自觉地酸了酸，话音有些哽咽："还好，竹丝嘛，很细小的，其实不怎么疼，就是容易留疤，不太好看了……"

陈忌微合上眼，深吸了一口气，努力将某种呼之欲出的情绪藏了回去，之后忽地扯唇轻笑一声。

这突如其来的轻笑把还战战兢兢地正等着接受审判的周芙给弄蒙了。

"周芙，你可真行。"陈忌抬手扯了扯她脸颊，"这阵仗给我弄得吓一跳。"

"我当什么事呢，就这么点疤痕，搞得天要塌下来似的。"男人满不在乎道，"你要不说，我乍看都没看出来。"

他伸手将骨节分明的食指抵在少女下巴处，微微将她那张小脸抬起来，迫使她看向自己："我还以为，你至少得告诉我，自己其实是个男人。这种令人震惊的真相，才配得上你刚才那种视死如归的语气吧？"

周芙："？"

陈忌忽地朝她面前凑近了几分，之后扯了下唇角，表情十分不正经："不过我可得告诉你，别想用这种借口赖账。"

周芙："？？"

"行了。"他大手搂回她腰间，"还有什么诸如此类鸡毛蒜皮的小事要通知我吗？"

周芙眨了下眼，一时还没从方才以为刚恋爱就要失恋的悲痛中回过神来，愣愣地摇了摇头。

"那行，咱们这流程就算彻底走完了。"男人指尖顺手轻捻着她一缕头发，"我没觉得这些疤难看，真的，不仔细看真看不出来。这么点疤，你就不敢穿短袖了，那我身上的疤比你多了去了，你见我不敢光膀子了吗？"

周芙顺着他的话接了句："但我真没看你在家光过膀子。"

陈忌痞里痞气地"啧"了声："怎么？这就想看人不穿衣服的样子了？小姑娘，你的动机要不要这么明显啊？"

周芙："……"

她想了想，还是问了句："你身上真的有很多疤吗？"

"不然呢？你以为当时在今塘，大家怎么那么怕我？"他轻笑了声，如今想起来也幼稚，"都是从小打出来的。"

他说着，随手撩开衣角一处："给你欣赏一个。"

"比你那些丑多了吧？"陈忌低声笑了下，"周芙，老子跟你连疤都是绝配。"

周芙瘪了下嘴，这会儿后知后觉地有了泪意，重新扑回他身上，委屈巴巴地又掉了几滴眼泪："我以为，一会儿就得收拾行李走人……"

陈忌大手轻抚在她后背上："得了吧，你收拾行李那水平，就是给你收半年都搬不走。"

周芙："……"

"喂。"陈忌冷不丁地拍了她两下。

"嗯？"周芙从他身上支起来，"怎么了？"

"你那天在学校外边的精品店，买的那个什么，情侣手链，带名字，三十九两条的那个，你打算什么时候送我啊？"

周芙"啊"了下，脸颊微烧，那东西纯粹是她少女心作祟，随便买的，觉得拿不出手，也觉得两人还不是情侣，没到送这种东西的时候。

"别否认啊，我看见你买了。"陈忌见她没吭声，继续说，"等好几天了，也没见你给我，该不会又送给什么其他哥哥弟弟了？"

周芙失笑："没有，在卧室。"

"快去拿过来送我。"陈忌催了句，之后少见地幼稚道，"我拍个照给陆明舶他们炫耀一下。"

周芙："……"

周芙被陈忌催得没了办法，双手撑在他肩上，从他身上下来，趿拉上拖鞋后几步小跑进卧室，从还没来得及整理完的行李箱里，翻出了前些天在学校附近精品店买的那两条手链。

两条纯黑珠串，模样看起来其实很普通，就是珠子内侧刻有凸起的汉字。

学生街上开的这种小店，东西价格本来就亲民、接地气，因而压根儿没有定制这一说。

珠串都是做好的成品，每串里藏着不同的字，几百个字分散在几千条链子中，挂了一整面墙。

那会儿陈忌正巧接了个电话，懒洋洋地插着兜倚靠在店门口，正好让周芙有了足够的时间挑选和寻找。

她自己的"周"和"芙"字都还比较常见，找到几乎不费什么工夫，就是陈忌的"忌"字不太寻常，大多数人不会用这个字作为名字。她长这么大，也只见过他一个人名字里出现过这个字。

她目光茫然地在几千条链子中不断地扫过，最终还是只找到了个"陈"。

陈忌那边一个电话似是快要结束，男人不咸不淡的话音显出对对方没有多少耐心："知道了，你先处理，陪我家姑娘逛街，忙着呢，别再打过来。"

周芙睫毛轻颤了下，怕他发现自己这会儿正泛滥的幼稚少女心，想了想，趁他挂掉电话过来之前，随手放下自己"周"字的，只留下"芙"和"陈"的，之后再顺便拿了几个小摆件，将那两条链子混入其中，一并拿到柜台前把账结了。

她以为他接电话没发现，没想到还是被他看见了。

周芙拿着两条珠串回到沙发前，陈忌仍旧保持着她方才离开前的样子，伸着腿，闲散地靠在柔软的沙发背上。那模样就像是专门为她把座位留好，只等她从卧室回来后重新坐回去。

周芙想了想，没再往他怀中凑，只挨着他坐到边上的沙发上。

男人眉梢轻挑了下，没多说什么。

周芙把珠串拿出来，摊在白皙的手掌心上，递到他面前，却不见他伸手接。

随后，男人不紧不慢地抬起离她坐的方向更远的那一边手臂，淡声要求："帮我戴。"

周芙乖软地应了声"好"，只是明明是他开口要求的，伸出来的那只手臂却并不是那么配合。

手臂像是懒得再往她跟前挪半分，就抬高了些许。

周芙最开始试图朝他那边努力凑近些，后来发现够不着，便下意识跪坐起来，伸着手，将半个身子探出去。

然而陈忌像是有意捉弄她般，每每快要够到时，那手臂便又不经意地挪远一些。

最后周芙实在没了办法，垂眸瞥了眼男人唇角似笑非笑的弧度，也没反应过来，单手往他胸膛上一撑，再次跨坐到他身上。

坐下的一瞬间，男人"嗞"的一声，倒吸了口气，之后忽地闷笑出声。

周芙以为是自己动作太大，或者是突如其来的重量太沉，忙紧张地问："怎么了？是不是我太重了呀？那我下来吧。"

她咬着唇，说着便要从他身上离开。

男人大手抚上她腰间，稍稍使了点力道不让她起身，淡淡道："重什么，自己几斤几两心里没点数？"

周芙张了张嘴——这倒也是。她眉心仍旧担忧地微拧着："那你——"

"你说呢？"陈忌整张脸忽地凑到她耳畔，温热的气息瞬间放大。

周芙愣了一瞬，下一秒，脊背不争气地僵直着，紧张得一动都不敢再动。

陈忌喉结上下滑动了下，漆黑的眼神直勾勾缠绕在她身上，淡定自若地问："没感觉到？"

周芙脸颊几乎是一瞬间红到滴血。

哪怕两人之前早已有过拥抱、亲吻，甚至更亲昵一些的触碰，这还是她第一回从陈忌的嘴里，听到这样直白赤裸的荤话。

男人唇角仍噙着笑意，伸手扯了扯她脸颊，哼笑嗤她："就这点出息？"

周芙紧张地屏住呼吸，搭在他肩头的双手一时间不知该往何处安放。

"害怕了？"他略显粗糙的指尖在她柔软的耳垂上轻捻着。

周芙抿了下唇。

今晚两人的关系转变得有些快，陈忌似是已经迅速地进入了属于自己的角色和位置，周芙脸皮薄，反应也慢，一时还没来得及适应。

可要说"觉得害怕"，那也太丢人了些，想了想，她梗着脖子，佯装镇定："不怕。"

她那点小表情，陈忌又怎么会看不出来，闻言轻笑一声，倒也懒得拆穿她："不怕就行。"

"怕也没用。"男人拖腔带调地继续补充道，"以后多的是时间。"

"……"

周芙一言不发，陈忌大手抚着她腰间的动作十分娴熟自然，对于她此刻的姿势也相当满意，淡声道："早这样不就完了？"

原来他方才是故意的。

周芙努力将不争气的心跳压下去，强行将话题扯回正题上："手给我。"

比起刚刚，陈忌这会儿已然达到目的了，举手投足就明显配合许多。

闻言，他将左手从她腰间收回，伸到她面前。

为了将自己的注意力从某种持续的触感上移开，周芙低着头，盯着珠串，煞有介事地给他介绍起来："这个串的字是刻在里面的，字样还是凸着的，所以戴起来可能会稍微有些不舒服。要是你觉得戴得不太舒服，绳子可以系松一些，这个是活结，能调节的,或者你不戴也行。"

陈忌直接忽略她最后那句话,只问:"你挑的什么字?"

周芙低着头,葱白指尖捻着珠子一颗一颗翻找,找到后将字翻出来给他看,解释道:"本来想找我们两个的名字,但是你的'忌'太难找了,所以就要了你的姓、我的名。"

"嗯。"陈忌眸光定定地注视着她,继续问,"什么字?"

周芙不解地抬眸看他。她都说得这么直白了,他明明知道,怎么还问?

不解归不解,周芙向来想得浅,既然他问了,她便也脱口而出:"芙和陈。"

"嗯?"陈忌挑了下眉,像是听不真切的样子,"什么?"

周芙眨了下眼,还是耐心地给他重复了一遍:"芙、陈啊。"

只是这回话音刚落,她不自觉地愣了愣,微张着嘴,像在思考着什么,久久没再吭声。

所以……这是巧合吗?还是……

男人漫不经心地抬手在周芙面前打了个响指,这才将她那飘远的思绪拉了回来。

"干吗?拖拖拉拉的,不舍得给我戴啊?"陈忌催了句,"快点,再晚点,陆明舶他们都睡了,得明天早上才能看见我发的图。"

周芙没忍住笑了下:"陈忌,你怎么也有这么幼稚的时候啊!"

"幼稚?"男人眸光带了几分不一样的色彩,"那你是想现在就尝点不幼稚的?"

周芙瞬间噤了声,这下比方才老实了许多,半个字都不敢再乱说。

陈忌微微勾了下唇角:"我要你的那个字。"

她点点头:"好。"

周芙拆好活结,拉过陈忌的手腕替他戴上。

男人手臂结实有力,手腕也不似她的那般细小,明明她给自己戴上之后拉到最紧,也还剩余许多空隙,抬手甚至能直接滑落到手肘处,可到了陈忌手上,就显得有些小了。

周芙瞧了眼,还是再提醒了一次:"要是紧了不舒服,你就别戴了。"

然而陈忌只说:"再拉紧一点。"

"嗯?"周芙抬睫看他,"再紧的话,那凸起的字会印到手上的。"

陈忌漫不经心地"嗯"了声:"那正好,那你的字永远别想从我身上拿掉了。"

周芙呼吸一滞,心跳十分不争气地漏了一拍。

珠串的圈虽紧,但是颗粒、大小、颜色倒都挺适合他,戴好之后,陈忌满意地掏出手机来,认认真真对着拍了几张。

周芙窝在他怀中,这会儿也放松了不少,双手圈在他腰上,舒舒服服地侧着脸贴在他胸膛上，就着这个姿势和角度，看着他坦坦荡荡摆在自己面前的手机屏幕。

男人指尖随意滑动几下，挑了几张刚刚拍好的照片，什么滤镜也不加，就打算发到群里去。

周芙眼看着他毫无顾忌地在自己面前点开微信界面。

大抵是因为工作性质，需要传输不少图纸进行项目的沟通交流，陈忌没有删聊天对话的习惯，因而聊天列表不算干净。

不过满屏的列表看下来，除了必要的工作交流，陈忌似乎从不和人闲聊。

除了置顶的那个聊天框里有一堆废话。

而那个聊天框的对面是她本人。

滑了几下，正好陆明舶在群里冒了下泡，陈忌顺利将对话框点开，也不去看他们前面聊了什么，只将自己想发的图片全数发出去。

原本正聊得火热的群因为这几张图片，当即冷了一瞬。

许久后，陆明舶发了一长串问号出来。

之后他又开始文字轰炸："哪儿来的微商？跑咱们群来卖手链？"

陈忌："……"

周芙看着，忍住没笑。

有人提醒陆明舶："那是忌哥。"

这下陆明舶发来的问号就更长了："忌哥被盗号了？"

陈忌："盗你个头。"

陆明舶："盗号贼，别想从哥哥我这儿骗一分钱，有本事你发条语音出来我们听听！"

陈忌：……

好在陈忌这会儿心情还不错，且想要显摆的目的还没达到，颇有耐心地按下语音键，磁性嗓音的语音很快发了出去："你有病？"

陆明舶："……这素质是忌哥没错。"

陆明舶："不是，阿忌，你大晚上没事，忽然发什么手链啊？"

陈忌舔了下唇，也没管周芙就靠在自己怀中一块儿盯着聊天界面看，淡定自若地打起字来："噢，也没什么，我家小姑娘送的，情侣款，非要我戴上，说是戴上之后，珠串里头她的名字就能印到我手腕上。我觉得这玩意儿还挺高科技的，怕你们没见过世面，丢了浮沉的脸，让你们见识见识。"

陆明舶：……

下一秒，周芙丢在沙发上的手机振了振。

她随手摸过来打开，是许思甜发来的消息："粥粥，陆明舶说你送了陈忌一条高科技手链？"

周芙脸烫了下，忙尴尬地解释了一下。

许思甜："噢，大概懂了，所以多少钱？"

周芙："两条三十九。"

许思甜："……所以我拿着几百万的卡，满世界给你挑包和首饰，你两条三十九的手链就把陈忌打发了？三十九两条的情侣手链就能让他拍图到处炫耀，我在想，他是不是连你掉的眼泪都要一颗一颗收藏起来啊？"

那倒是没有，但是他一颗一颗全给舔了……

周芙问了句："什么满世界挑包和首饰啊？"

许思甜："啊？哦，就是我最近不是和陆明舶在国外嘛，前几天陈忌和陆明舶说你心情不好，也不知道该怎么哄，给陆明舶寄了张卡，让我们帮忙挑点礼物带回去。我那时候说你可能不吃这套，但是陈忌说该有的都要有。"

周芙抬眼瞧了眼此刻还抱着手机给陆明舶他们炫耀的男人，圈在他腰间的力道重了重。

这突如其来的黏人，让陈忌喉间忍不住一紧。

男人嗓音有些沙哑："你能不能稍微老实一点？"

"嗯？"周芙觉得自己明明已经很老实了。

"你是不是想履行夫妻合法义务了？"

周芙："……"

她冷不丁想到了刚才，小心翼翼抿了下唇，之后壮着胆子开口："那……也不是不行。"

"你知不知道你自己在说什么？"男人平直的声线当即哑了几分，眸光忽地暗下，漆黑瞳仁深不见底，似是能将周芙看穿。

周芙这会儿后知后觉开始紧张，对上他的视线，又不自在地移开，心跳如擂鼓。

"嗯。"她耷拉着脑袋，轻轻点点头。

"那行啊。"他微扯着唇角，似笑非笑应了句。

下一秒，周芙只觉得身子一轻，再抬眸时，陈忌已经轻轻松松抱着她从沙发上站起身来。

周芙双腿不自觉盘在他劲瘦的腰间，整个人被他有力的小臂托着，半点劲儿都不用使，眼睁睁地看着他抱着自己，不紧不慢往卧室那头走。

陈忌的脚步似是有意放慢，周芙此刻开始知道害怕了，男人每走一步，她的心跳便加速几分。

到了走廊壁画旁，陈忌懒洋洋停下："自己选。"

"嗯？"周芙不明白他的意思，"什么？"

"在你房间，还是在我房间？"

周芙攥紧着手，指甲几乎快嵌入掌心："都……行。"

陈忌闻言，眉梢轻挑："要不两边都感受感受氛围？"

周芙："……"

说完，他也没让周芙继续纠结，直接将人抱进自己的卧室。

大床被褥整洁柔软，陈忌略显粗蛮地将怀中人往床上一丢。

周芙只觉得像是在松软的云层中轻弹了两下，之后瞬间陷入其中，周身被那股熟悉又贪恋的属于他的木质淡香紧紧包裹。眨眼间，陈忌俯身而下，大手随即握上她纤弱的手腕，之后又转为十指紧扣，霸道地将她的两只手束缚在头顶之上。

他定定地看了她几秒，眸中似有火光，像是藏了只呼之欲出的猛豹。

周芙屏住呼吸，没敢吭声。

"这会儿知道害怕了？"陈忌微微勾起唇，忍不住再逗弄她一下，"那你可没有机会反悔了。"

话音刚落，略显粗糙的大手轻捏她下巴，明明力道极轻，却莫名带着股威慑。

因他这一个极具暗示的动作，周芙那不争气的小心脏差点要从嗓子眼里跳出来了。

然而她大话都已经放出去了，此刻也不好再反悔，哪怕心中怕得要命，还是硬着头皮把心一横，回应道："没……反悔……"

少女的话音弱到不行，偏偏就是这简简单单的几个字，让陈忌那仅剩的最后一丝理智，瞬间化作泡影。

男人敛去唇角那丝浅淡的笑意，细细密密的吻顷刻间落下。不似先前的温柔，也并非浅尝辄止。

周芙大脑瞬间一片空白。

漫长的亲吻结束之后，陈忌慢悠悠抬起头来，眼睛直勾勾盯着她。

周芙抿着唇，不自觉地屏住呼吸。

男人大手抚在她肋骨之上，拇指指尖紧抵着那颗疯狂跳动的心脏，半晌低低笑出声来："心跳得这么快啊？"

"还以为你真有多大能耐呢？"陈忌舌尖痞里痞气地抵了抵脸颊，"嗯，也不过就这么点出息。"

周芙睫毛轻颤了下。

"怕成这样？"陈忌扯着唇角哼笑。

周芙："……"

良久，他轻叹一口气，带着沙哑的嗓音磁性磨耳，像是在自言自语，又像是在说给她听:"怎么办?我还是有点舍不得啊。"

也不知怎么回事,他这带着些无奈与疼惜的话音刚一落下,周芙便忽然有种想哭的冲动。

并非"劫后余生"松一口气,而是某种缺失已久、被人强烈在意与珍视的感觉,迫使她眼眶发涩。

周芙唇角不自觉撇了下去,双手轻捂着面颊,这会儿终于忍不住认厌了:"呜呜,你,吓死我了……"

陈忌双手懒洋洋撑在她枕头两侧,微勾着唇,欣赏她没出息掉眼泪的模样。

八年前在今塘初见她的时候,他就已经发现了。他的姑娘,哭起来,真好看。

"哭完了?"半晌,他低声开口。

周芙顺了下气,点点头。

陈忌随手握上她手腕,哑着嗓:"下次可就不会这么轻易放过你了。"

他耐心地替她擦干净脸,自己起身去了浴室。

回来时,周芙已经抱着他的半边枕头安稳入睡。

他轻手轻脚走到床边,正想替她将被子掩好,再睡进去,大手握上她手腕时,少女睡衣衣袖轻飘飘滑落了几分。

细细密密的疤痕在暖黄的床头灯下清晰可见,陈忌眼眸微垂,青黑的脸色不再隐藏。

他拧着眉,仔仔细细地看了许久,总觉得这疤痕的形状有些熟悉。

确实如她所说,和摔进竹林刚蹭出来的十分相似,但不是。

当年他后爸从今塘骑车出来接他时,意外摔落的那座山下,就是一片竹林。

陈忌得到消息赶到现场时,后爸还躺在地上,没来得及被带走。

当时他后爸浑身也布满了竹丝划出来的痕迹,因而陈忌对那种伤痕十分熟悉,且记忆深刻。

或许别的借口还能骗过他,但碰巧这个不行。

看了会儿,他动作轻缓地替她将袖子拉回去,温柔地放回被窝中,掀开被子一角躺进去,紧紧抱着人沉沉入睡。

翌日清晨,周芙从陈忌怀中醒来。

她转了个身,面对面偎进他怀中,正想闭上眼再安安稳稳赖儿床,偏偏因为她这亲昵的靠近,某人迅速苏醒。

周芙察觉到了,想起昨晚,当即将他束在自己腰间的手挣开,逃命似的下了床,趿拉上拖鞋,开了门往客厅跑。

陈忌躺在床上轻摇着头低低地笑了下,才懒洋洋起身出了卧室。

周芙如往常一样，正蹲在咕噜窝前倒猫粮。

陈忌闲散地跟过去，弯下腰敷衍地摸了咕噜两下，大手又来到周芙略显凌乱的发顶揉了又揉，之后冷不丁来了一句："睡完了就溜。"

周芙："……"

其实确认了关系，真正在一起之后，两人的相处和之前没有太大差别。

陈忌仍旧和从前一样，成天盯着她身上那几两肉，操尽心变着法地给她补身体。

家里的事大多数情况下还是陈忌干，周芙偶尔会抢，不过总是在最后关头败下阵来。

她抢不过他，他也是当真什么都不用她做，一人全数包办。

唯一有点不一样的地方，大概在于，两人终于不用每天在夜幕降临的时候，找尽借口凑在一起在沙发上过夜。

自打确认过关系之后，陈忌便霸道了许多，也直白许多，想要她陪着睡便不由分说地直接将人扛回房间。半点没觉得别扭和不自在。

周芙失眠的次数也少了许多，似是有他环在身后，那温暖又坚实的怀抱，便是诱她入睡的最佳良药。

渐渐入了秋，北临今年的秋天比起往年，要冷上许多。

周芙从衣柜里掏出一件黑色紧身的针织毛衣换上，下边搭了条米色阔腿裤，更显得那小细腰盈盈一握。

从卧室出来时，陈忌懒懒地抬了抬眼皮子，上下打量了一眼，随口问："你这裤子不透风？"

周芙下意识低头瞧了瞧："会透一点点，不过没关系，我不冷，反正公司也有暖气嘛。"

"是什么给了你'没关系，不冷'的错觉？

"你这种体质，这种天，就穿这个？"

周芙怔了怔，定定地站在原地，有一瞬间，她觉得，陈忌方才那表情，和八年前她在今塘过秋天时，他臭着脸要求自己去把冬季校服找出来换上时的模样如出一辙，甚至连话都几乎不差。

她不自觉弯了弯唇。

他们曾错过八个春夏秋冬，到头来，似乎一切都未变过。

周芙发愣的间隙，陈忌已经去她衣帽间逛了一趟，回到她跟前时，手上拎着条保暖的打底裤："穿了再走。"

周芙忍着笑意，乖巧地"噢"了声。

她接过打底裤，想了想，两人虽亲过、抱过，但她还是不太好意思在他面前直接换,最后还是小跑回卧室。

她出来的时候,并没有在玄关处看到等待自己的陈忌,以为他有事先走了,正想弯腰换鞋离开时,听见身后传来男人的脚步声。

周芙回身仰头,定定地看了他一会儿,总觉得好像和方才相比,有什么地方不太一样。

半响,她反应过来。

几分钟之前,陈忌随意套了件宽大的浅灰色连帽卫衣。

此刻,浅灰色卫衣换成了黑色冲锋衣,而冲锋衣里头,显然还添了件黑色高领毛衣。毛衣领口已经能看出些岁月的痕迹。

周芙怔在原地,许久没有动静。

回过神来时,她抬睫问他:"是……我织的那件吗?"

陈忌轻挑了下眉梢:"不然呢?我还能上哪儿找手艺这么差劲儿的毛衣?"

周芙咬了下唇:"那你怎么……还留着啊?"

男人漫不经心道:"有什么办法?你就只给我织了这么一件。"

大概是因为年轻火力旺盛,陈忌从前并不喜欢穿毛衣。

和周芙这小病秧子不一样,他底子好,精力也足,常年锻炼,身体素质极佳,鲜少有生病的时候,哪怕是再冷的冬天,也几乎感觉不到冷。

送他毛衣之前,周芙曾笑过他,成天总像一副没穿衣服的样子,其实也不是全不穿,就是穿得少,少得有些过分。

在她需要用加长款大棉袄从头裹到尾,围巾、帽子、厚手套一个不落的天气里,陈忌能多穿件外套,都算给足了老天面子。

在周芙送他第一件毛衣之前,"毛衣"这个词从未存在于陈忌的词典和衣帽间里。

他身材高大,骨骼也展阔,整个人比较壮,大多数毛衣于他而言都偏小。

那种强烈的束缚感是他不喜欢的,他从来不是一个能轻易被约束的人。

但周芙给的约束可以。

和她有关的一切,他一声不吭,全盘接收。

她织毛衣的手艺奇差,偏偏就好在这个"差"上,织线松散,陈忌穿起来反倒挺舒服,后来洗了几回,缩水之后,竟然越来越合适。

当初收到毛衣时,陈忌还曾调侃她,就是把整个市面翻上几遍,也找不出一件比她织的还差劲儿的。

但再也找不出一件比她织的还合适、还讨他喜欢的。

周芙记得就在前不久,北临温度刚刚降下来的那个周末,许思甜约她出门逛街,添置冬装。全程没见许思甜替自己挑什么衣服,反倒是拉着她把整个商场的男装店逛了个遍。

　　她边挑还边往旁边人形木头模特身上比画，周芙看着她仔细又熟练的动作，随口问："你是给陆明舶挑的吗？"

　　许思甜那会儿正用手指摩挲着衣服面料，没抬头，"嗯"了声，理所当然地回她："除了他，还能给谁挑啊？"

　　周芙下意识瞧了眼许思甜此刻的打扮，如果没记错的话，这身衣服和她前段时间给自己看过的，几年前刚入大学时拍的生活照上的那件衣服，应该是同一件。

　　看得出来，她还是和高中那会儿一样，在自己身上明显节省许多，对陆明舶比较舍得花钱。

　　周芙想了想，总觉得心里不是滋味，同她说："不如一会儿去逛逛女装吧？"

　　许思甜"啊"了下，问："你冬天衣服还没买好呀？好啊，我这几件买完就马上陪你去。"

　　"也不是……"周芙语气弱下来。

　　她过去几年确实就那么几件衣服来回换洗，如今倒是真不缺。

　　陈忌在她日常生活的各项事宜上，都愿意替她操心，为她一手包办。

　　周芙在物质上一直很容易满足，没有索取讨要的习惯，陈忌似是知道她性子如此，知道想要等她主动开口，那几乎是等不到的，因而总是习惯于想到什么便给什么，尽可能地多给。

　　别的小姑娘有的，她得有；别的小姑娘没有的，他也全得给。

　　早在北临还未入秋之际，周芙的衣帽间便已经一如从前住在今塘时那般，被陈忌添置得满满当当。

　　她偶尔看到其他喜欢的款，也会自己另外再买一些，不过都并非生活所需，纯粹是消遣。

　　周芙犹豫着不知道该怎么说才好，索性直截了当地说道："给你自己也买点嘛。"

　　许思甜手上拿了几件男士夹克，回头看她，眨了下眼："我不用，够穿。"

　　许思甜一连比较了几款，最后敲定好，让店员拿走拆标结账，这才同周芙解释道："你是不知道，这个男人，表面上看起来人模人样的，背地里就是个甩手掌柜，什么也不管不顾。每年冬天要不是有我给他操心，我怀疑他都能直接懒到把今塘的校服拿出来继续穿。"

　　她一边刷卡输密码，一边偏头看向周芙，问："你要不要也给陈忌挑两件啊？

　　"哎呀，我和你说，男的都一个样，咱们不管，他们就没个人样。你前几年不在不知道，你家那位啊，几乎一到秋冬，就把那件黑色毛衣翻出来穿，都多少年过去了，就那么一件，年年穿年年穿，明明挣了那么厚的家底，跟白瞎了似的。"

周芙思绪一时在过去停留得有些久，眼神盯在他身上，小小一人蹲在地上，手上换鞋的动作不经意停滞下来，半晌没有动静。

陈忌在边上懒洋洋地站着等了会儿，见状，索性直接俯下身去，一把将周芙轻轻松松抱起来，放到玄关处的柜面上。

周芙双手下意识撑在身子两侧，愣愣看着他在自己面前微弓脊背，垂下头去，略显粗糙的大手握上她细嫩的脚踝，替她将拖鞋脱下后，又耐心仔细地替她套上方才放在一旁、正准备穿的帆布鞋。

周芙眼神定定地看着他替自己系鞋带的动作，不经意间抬眸，视线又从包裹着男人脖颈的黑色毛衣领扫过。想了想，她抬手圈上他脖子。

陈忌系鞋带的手一滞，很快又继续，只淡声道："转正第一天就想迟到？"

"嗯？"周芙一时没懂。

"你注意点。"陈忌侧头瞥了眼她圈在自己脖子上纤弱的手臂，示意她，"我这个人呢，在你跟前定力一向不太好，你这么黏人，我很难保证不发生点什么。"

周芙："……"

她不过就是圈了下他脖子而已！

陈忌继续道："当然了，你要是真想迟到呢，也不是不行，毕竟我这个做领导的，还挺好说话的。"

周芙懒得搭理他的流氓话，细嫩指尖在他那旧毛衣领上轻轻摩挲了两下，之后仰头对上他的视线，眼底眸光微亮："陈忌。"

"嗯？"

"我给你再织几件吧。"这语气并非商量，只是告知。

陈忌下意识回了句："什么？"

"毛衣呀。"周芙掰起手指头开始数，"就是我当初只学了个皮毛，后来也再没给人织过，现在应该全忘光了，估计捡起来还得一段时间。从现在开始织，没准又得等到快过年的时候，你才能穿上。"

周芙想了想，又笑说："不过也好，那样就可以当作生日礼物送你，你今年过年也有新衣服可以穿了，还能掐新。"

她还记得八年前，那个她二十多年人生中只经历过一次的、属于今塘的新年习俗。

陈忌哼笑一声，正巧替她将两边的鞋带都尽数系好了，大手揽上她腰间，一下将人从柜面上直接抱到自己怀中。周芙双腿不自觉盘住他，这姿势两人如今都已经十分熟练，之后就听他随口发问："那尺寸是不是还得偷偷摸摸再量一遍？"

周芙眨了下眼："我现在可以光明正大地量呀。"

301

陈忌眉梢轻挑："我当初没让你光明正大地量？"

男人"啧"了声："那会儿抱都主动给你抱了，现在你转头还想赖账？成年人，得学会负责。"

周芙说不过他，只继续说："尺寸肯定是得重新量的，毕竟这么多年过去了，你也长大很多。"

陈忌闷声一笑，也没将她放下，直接抱着她出了门，进到电梯间，他才稍稍收敛起那吊儿郎当的神色，没来由地正经起来："不用你织，也不用再送我。"

"嗯？"周芙不理解，他看起来还挺喜欢那件衣服的，"为什么？你是不是嫌我织得不好？陈忌，你没有良心。"

陈忌："……"

"你织得好不好，自己心里没点数？还好意思学我说话！"陈忌扯唇笑了下，没给她留什么面子，只说，"你刚转正，多的是项目等着你去做，别想这些乱七八糟的，得费多少精力？别以为领导和你'潜规则'，就能给你少布置点任务，想都别想。"

周芙本来就没有这种想法，她对待工作上的事很认真也很专业，从没想过通过和陈忌的这层关系走什么后门。

只是此刻毕竟是在家里，还没到公司，环境不同，两人之间的关系也不同，她索性同他开起玩笑来："那我这个'潜规则'岂不是很亏？"

陈忌抬了抬眼皮子："你亏？是领导伺候你一日三餐亏，还是领导替你吹头发系鞋带亏？"

"周芙。"他忽然叫了下她的名字。

周芙心领神会地替他将想说的话接过："我知道我知道，得有点良心。"

男人看着她，差点被她气笑。

其实他怎么没给她走后门？换作其他人，别说一次班不用加，通宵达旦都是家常便饭，改一次图他能把人批哭七八回；到了她这儿，他连句重话都没舍得说，也不敢说，说完了到头来还得他自己想尽办法哄。

"毛衣不用织了，也别再送我，我有这么一件就够了。"调笑完，他又忽然回到正题上来。

周芙双手轻轻搭在他衣领上，只说："你年年穿，都旧了。"

"挺好的，旧也没事。"半晌，他才轻叹一口气，"别再送我了，那年我心心念念等这毛衣等了几个月，结果你除夕送完之后就走了。一走就是八年。别再送了，我后怕。"

向来天地不怕、无所畏惧的男人，只怕那样的八年，再来一遍。

图书在版编目（CIP）数据

只要你 / 九兜星著. -- 北京：北京联合出版公司，
2024.8
　　ISBN 978-7-5596-7474-6

　　Ⅰ.①只… Ⅱ.①九… Ⅲ.①长篇小说—中国—当代
Ⅳ.①I247.5

中国国家版本馆CIP数据核字(2024)第048703号

只要你

作　　者：九兜星
出 品 人：赵红仕
选题策划：北京磨铁文化集团股份有限公司
责任编辑：刘　恒
封面设计：46设计

北京联合出版公司出版
（北京市西城区德外大街83号楼9层　100088）
嘉业印刷（天津）有限公司印刷　新华书店经销
字数371千字　700毫米×980毫米　1/16　印张19.5
2024年8月第1版　2024年8月第1次印刷
ISBN 978-7-5596-7474-6
定价：49.80元

版权所有，侵权必究
未经书面许可，不得以任何方式转载、复制、翻印本书部分或全部内容。
本书若有质量问题，请与本公司图书销售中心联系调换。电话：（010）82069336